RALF BÖNT

DAS KURZE LEBEN DES RAY MÜLLER

RALF BÖNT

DAS KURZE LEBEN DES RAY MÜLLER

ROMAN

Deutsche Verlags-Anstalt

DER errechnete Termin war Freitag vor zwei Wochen, und weil ich bei jeder Gelegenheit über Lyciles Bauch mit dem herausgehobenen Nabel strich, habe ich vor ihr bemerkt, dass er mal hart war und mal weich. Die Phasen waren so lang, dass wir nicht wussten, wie lang genau. Stundenlang war Lycile sich gar nicht mal sicher und legte immer wieder prüfend die Hände auf, bis sie erstaunt sagte: »Stimmt!«

Am Abend mussten wir zur Kontrolle. Unsere Gynäkologin war im Urlaub, deshalb gingen wir zu einer Vertretung, einem jungen Arzt, in dessen Praxis viel alte Kunst um die neuesten Geräte herum hing. Auf seinem Bildschirm sahen wir die Einzelheiten in Lyciles Unterleib, der Muttermund war leicht geöffnet. »Ein knapper Zentimeter«, stellte der Mann so triumphierend fest, als ginge es um sein Tor im letzten Auswärtsspiel und wie weit der Ball hinter der Linie gewesen war. Dabei fuhr er mit dem Rollhocker aus Lyciles Schritt, zog die Handschuhe ab und warf sie, auf links gedreht, in einen kniehohen Eimer, der fast ganz mit gebrauchten Tüchern, Handschuhen und Überziehern des Schallstabes gefüllt war. Mit dem Anblick hatte ich wieder den säuerlichen Geruch in der Nase, den ich beim Betreten des Sprechzimmers mühsam unterdrückt hatte und jetzt umso deutlicher spürte: wie er sich auf die kleinen Finger und Augen legte, in die Haare kroch und um meine Schuhe und in die Hosenbeine strömte.

Der Arzt war aufgestanden. Mit sorglosem Gesichtsausdruck wusch er sich die Hände, desinfizierte sie, setzte sich an den ergonomisch geformten Tisch, an dessen Rundungen ein Kind sich kaum den Kopf hätte stoßen können, und tippte mit zwei steifen Fingern etwas in die Datei, die Lyciles Namen trug. Ich hätte gern den Bildschirm eingesehen, aber das ging nicht, und ein paar Minuten später hatten wir mit guten Wünschen die Praxis verlassen. In unsere Vorfreude gehüllt, standen wir auf dem Gehweg, Verkehrslärm um uns herum.

»Ganz schöne Käsebude«, meinte Lycile, hielt sich die Nase zu und wedelte mit der anderen Hand durch die Luft.

»Ich wollte es ja nicht sagen.«

Sie meinte, der Mann sei jedenfalls nicht zu beneiden, aber ich fand, dass es Schlimmeres gebe, und setzte ein extra bescheuertes Grinsen auf.

»Ach, was denn?«, fragte sie gespielt, sah auf ihre lackierten Fingernägel und dann in den fließenden Straßenverkehr.

Während ein Bus neben uns bremste und vor der Ampel zum Stehen kam, fragte ich: »Kanalarbeiter?«

»Was?«

Ich wartete, bis der Dieselmotor in den Leerlauf fiel, aber irgendwo an dem Vieh von Fahrzeug schlugen Metallteile aufeinander, und es war lauter als vorher.

Ich brüllte: »Kanalarbeiter!!«

»Echt?«

Heftig nickend bestätigte ich: »Typischer Männerberuf!«

Lycile sah den Unterschied »nicht direkt«, und ich stellte ihr eine genauere Erklärung für die kommenden Tage in Aussicht. Sie nickte wohlwollend, während die Ampel auf Grün sprang. Mit dem Hochdrehen des Motors hörte das Scheppern auf, und wie ein Flusspferd setzte sich der Bus in Bewegung.

»Lass uns essen gehen«, sagte Lycile, »und zwar sofort.«

Ich schlug den Inder vor, der jahrelang unser Kellner gewesen war und sich direkt gegenüber vom Restaurant seines ehemaligen Chefs selbstständig gemacht hatte. Keine fünf Fußminuten hatten wir bis zu ihm. Mit einer Hand auf dem Bauch und der anderen auf der Handtasche fand Lycile, dass ich tatsächlich das Richtige vorgeschlagen hätte.

Ich sagte: »Wahnsinn.«

Sie freute sich und ging zielstrebig los. Sie redete viel und für ihre Verhältnisse auch schnell, ich sehe sie noch genau vor mir. Uns beide sehe ich, wie wir uns mit Fleisch in den Mündern und Gewürzen auf den Zungen ausmalten, dass Ray bald da wäre und wie irre das alles war. Mit dem Zeigefinger machte sie mich auf ein Reiskorn aufmerksam, das an meiner Lippe klebte, dann beschwerte sie sich, dass ich immer noch Bier trinken dürfe.

»Sauerei«, sagte ich mit fliegender Freude im Bauch und bestellte mir das zweite: »Ich trinke eins für dich mit.«

Beim Bezahlen meinte sie, ich sei dran. Ich wusste nicht wieso, gab aber meine Karte ab, unterschrieb den Bon und steckte die Karte wieder ein. Lycile war währenddessen auf der Toilette.

Um sie zu provozieren oder aus Übermut verfiel ich auf dem Nachhauseweg in den schiefen Gang, der seit der Operation meiner Zehengelenke zu meinem Bewegungsrepertoire gehört. Ich hatte die Gelenke über die Jahrzehnte mit zu kleinen Schuhen ruiniert, mit Schuhen, die an den Füßen meiner Schwester gut ausgesehen hätten. Jetzt hielt ich mich an Lyciles Ärmel fest, ächzte und jammerte: »Langsam, nicht so schnell!« Sie stöhnte und fragte, ob ich mir nicht mal was Neues ausdenken könne. Eine Ferse drehte ich umständlich nach außen, um sie über den Gehweg zu schleifen.

»Du machst dir nur die Schuhe kaputt.«

»Die mütterliche Tour hast du schon gut drauf«, sagte ich wieder in normalem Ton und richtete mich auf. »Das ist genetisch, oder?«

»Dein erstes Kompliment heute!«

»Och, gerne.«

»War höchste Zeit.«

Zuhause angekommen, setzten wir uns in die Küche, ich trank einen Whisky. Eine Weile alberten wir in unserer Idiotensprache rum, die im vorletzten Sommer entstanden war, als wir uns von der Hoffnung, ein Kind zu bekommen, verabschiedet hatten. Die Sprache bestand aus übertriebenem Lispeln und kollabierter Grammatik, die wir mit verdrehten Augen unterstrichen, als wären wir selbst Kinder, die sich über alles lustig machten, vor allem über Erwachsene. Ich trank noch einen Whisky, und als ich in einer Gesprächspause verloren die Flasche ansah, ruhte Lyciles Blick plötzlich auf mir.

»Komm jetzt«, sagte sie ruhig, »ich verführe dich noch mal.« Sie war vom Tisch aufgestanden. »Wer weiß, wann ich dazu wieder Zeit habe.«

Sie sah mich an, als meinte sie, mich aufmuntern zu müssen, streckte eine Hand aus, von der ich mich hochziehen ließ. Ich umarmte sie. Um keinen Druck auf Ray auszuüben beugte ich meinen Oberkörper vor, fuhr mit den Händen über ihren Rücken, dann mit einer über den Bauch. Sie wand sich, weil ich sie kitzelte, und Ray antwortete mit einem Tritt. Wir lachten.

»Im Moment ganz hart«, sagte ich mit der Hand unter ihrem Pullover.

Lycile zuckte nur mit den Schultern und zog mich am Daumen hinter sich her ins Schlafzimmer. Sie hatte seit Tagen einen breiten, watschelnden Gang, als hätte sie etwas zwischen den Beinen. Ich strengte mich an, nicht immer zu grinsen oder vorzuschlagen, dass sie sich hinsetzte. Die ganze Zeit stellte ich mir vor, wie jeder Schritt an Rays kopfüber auf die Öffnung drückendem Schädel rieb, eine idiotische Vorstellung, gegen die ich nicht ankam. Und als Lycile sich langsam vor mir auszog, zögerte ich.

»Das bisschen Prostaglandin wirst du für den Muttermund wohl übrig haben«, meinte sie, »oder willst du gar nichts beitragen?«

Ohne mich aus den Augen zu verlieren legte sie sich auf das Bett und führte die Hand in ihren Schritt, begann sich zu massieren und durch den Mund zu atmen. Das machte mich an, ich zog mich aus, und der liebe Gott hat Zungen nicht nur zum Sprechen erfunden. Wir nahmen den Kreuzstich. Lycile konnte den Bauch dabei gut hinlegen, ich stützte mit einer Hand ihr Sacrum, mit den Fingern der anderen konnte ich durch ihre Falten fahren und erst ihr Tempo, später mit dem Druck von außen auf die Prostata auch meines regulieren. Als ihre Wasser über die Dämme stiegen und ihr Atem sich mit den tiefen Lauten löste, die ich so mochte, konnte auch ich noch fast gleichzeitig kommen und vor allem schön langsam.

»Du Genießer«, sagte sie, als ich neben ihr lag.

Sie gab mir einen Klapps auf den Hinterkopf und strich dann über ihn. Wir zogen unsere Hemden über. Wie immer schliefen wir ohne Hosen.

AM Morgen war der Himmel über Berlin hellblau, fast weiß und fern. Es fror. Ich lag am Fenster, Lyciles Bauch berührte mich an den Lendenwirbeln, ihre Hand bemerkte ich auf meiner Hüfte, als sie sie wegzog. Mit einem Stöhnen drehte sie sich auf die andere Seite, stemmte sich hoch und hinterließ im Bett eine leere Stelle. Aus der Küche hörte ich, wie sie einen Thermostat am Heizkörper aufdrehte, sich mit Mühe wieder aufrichtete und das Radio anstellte. Ich stand auch auf.

Lycile hielt mit dem Wasserkocher in der Hand inne, als sie mich sah. Sie lächelte mich an. Ich nahm ihr den Kocher ab. Nachdem ich ihn gefüllt und angeschaltet hatte, betrachteten wir uns wortlos. Durch die großen Scheiben fiel schräg und fahl das Sonnenlicht. Auf dem Dach des Hauses gegenüber lag eine dünne, raue Eisschicht, die weiß strahlte. Um eine Haarsträhne zur Seite zu streichen nahm Lycile ihre Hand vom Bauch, und vielleicht lächelte ich auch. Sie setzte sich an den Tisch, ich begann zu decken. Das Radio informierte uns über die rasante Abnahme des Erdmagnetfeldes, am stärksten in Brasilien. Es werde von den Magmaströmen im Erdinneren bestimmt, die vor allem aus Eisen bestünden und manchmal die Richtung änderten. Wahrscheinlich pole sich das Erdmagnetfeld im Moment um, meinte die Stimme im Radio, ein Vorgang, der nur alle dreihunderttausend Jahre vorkomme. Gefährlich sei das aber nicht. Über Tischplatte, Fußboden und Wände warfen sich lange Schatten. Auf dem Dach gegenüber hüpften drei oder vier Krähen herum.

Beim Frühstück redeten wir nicht viel, ich lud die Zeitung herunter und blätterte sie durch. Lycile stand auf, machte das Radio aus und wechselte, die Hand wieder am Bauch, zum Sofa, wo sie ein Bein anwinkelte, um sich daraufzusetzen. Das ist die typischste ihrer Bewegungen. Sie sah belustigt zu den Krähen hinüber, die auf dem vereisten Dach lärmten.

»Was die schon wieder haben?«

Ich antwortete nicht, weil wir alle paar Wochen in immer gleichen Worten feststellten, dass man nicht wissen kann, ob sie schimpfen oder lachen oder sich nur etwas erzählen.

»Der Unterschied zwischen Mensch und Tier ist ja, dass Tiere den Tod nicht kennen«, sagte ich dann, und weil sie nicht antwortete: »Hat gestern wieder jemand im Radio gemeint.«

»Und?«

»Finde ich witzig.«

»Wieso?«

»Wo doch die Verteidigung des nackten Lebens ihre einzige Beschäftigung ist.«

»Glaubst du?«

Die Krähen flogen vom Dach, und Lycile sog Luft durch die Zähne, rückte sich auf dem Sofa zurecht, fasste sich an die Leiste, sah mich an und sagte langsam: »Hm, jetzt drückt es zum Beispiel hier.«

»Drückt es mal und ist dann weg und drückt wieder?«

Sie fühlte weiter mit der Hand und zuckte mit den Schultern: »Es zieht eher.« Dann nahm sie die Finger von der Leiste und zuckte wieder mit den Schultern.

Ich stand auf, räumte den Tisch ab und belud die Spülmaschine. Über die Akribie, mit der ich für jede Tasse und jede Schale den richtigen Platz suchte, machte Lycile sich schon lange nicht mehr lustig, aber sie beobachtete mich amüsiert und vielleicht sogar liebevoll. Dabei spülten wir oft Sachen zweimal, wenn ich nicht darauf geachtet hatte, dass die Düsen mit ihren Strahlen auch überall hinkamen.

Als sie in meinem Rücken meinte, jetzt ziehe es wieder, drehte ich mich um. Sie hatte die Hand auch wieder an der Leiste. Seit der letzten Wehe waren nur ein paar Minuten vergangen. Lycile hatte jetzt einen veränderten, in die Ferne gestellten Blick, den ich an ihr nicht kannte.

Ob ich ein Entspannungsbad besorgen könne.

»Klar. Ein Besonderes?«

Sie verneinte mit einer Kopfbewegung. »Die Wehen verschwinden mit einem Entspannungsbad, oder sie ziehen an. Wenn es nach den Hebammen geht.«

Auf ihrem Gesicht sah ich leichte Schmerzen, die sie selbst gar nicht wahrnahm, und ich wollte sagen: Bis gleich. Aber stattdessen beteuerte ich, mich zu beeilen. Ein paarmal kontrollierte ich meine Jackentaschen, ob ich Geld, Schlüssel und vor allem das Telefon hatte.

Draußen und allein zu sein war schön. Mit Atem vor dem Mund, Händen in den Jackentaschen und nach vorne geneigtem Oberkörper lief ich in konstanter mittlerer Geschwindigkeit um den Block. Nur wenige Autos fuhren, ein Mann kratzte Eis von der Windschutzscheibe seines Oldtimers, dessen Motor im Stand lief und blau qualmte. Im Supermarkt war kaum jemand. Ich beobachtete eine aufwendig gekleidete Frau, die mit dem langen roten Nagel ihres rechten Daumens eine Paprika aufschnitt und den Strunk herausriss, bevor die grüne Hülle in die farblose Plastiktüte glitt. Den Strunk ließ sie zurück in die Auslage fallen, ihr Schmuck klimperte am Handgelenk, und als sie fertig war, starrte sie mich so selbstvergessen an wie ich sie. Ich glaube nicht, dass sie sich an der Kasse, als die Paprika gewogen wurde und ich mit dem Entspannungsbad in der Hand hinter ihr stand, noch an mich erinnerte. Mit vorgeneigtem Oberkörper wie auf dem Hinweg lief ich zurück, nur schneller.

Zuhause fand ich Lycile unaufgeregt auf dem Sofa, ihr Blick abwesend, auf den Wangen ein unbestimmtes Glück oder der Wille dazu.

»Welche Abstände hast du jetzt?«

»Weiß nicht.«

Ich ließ ein Bad ein, und wir fühlten abwechselnd mit den Händen nach der Temperatur. Auf dem Rand der Wanne sitzend, sah ich ihr zu, wie sie sich den Bauch hielt, schwere Augenlider bekam und durch den Mund atmete. Wenn sie sich bewegte, floss das Wasser langsam um ihre vergrößerten Brüste, deren Höfe dunkel geworden waren. Ich ärgerte sie, indem ich ihr Schaum ins Gesicht schnippte. Mit offenem Mund atmete sie aus und bedeutete mir mit einem Kopfschütteln, ich solle sofort damit aufhören. Als sie aus der Wanne stieg, hatte das Wasser ihr Schamhaar zu zwei Zöpfen geflochten und lief daran ab. Ich wickelte sie in ein großes Handtuch und drückte es an ihren Leib. Mit einem kleineren trocknete ich ihre Arme und Füße ab. Auf dem Weg zum Schlafzimmer machte sie zwei Pausen, bei denen sie sich mit den Händen an der Wand abstützte, laut stöhnte und nicht ansprechbar war. Ich rief die Hebamme an und sagte, dass wir in einer Dreiviertelstunde da seien. Sie fragte nach den Abständen.

»So drei Minuten, vielleicht vier.«

Ob wir nicht schneller kommen könnten.

»Das glaube ich nicht.«

»Kein Grund, nervös zu werden«, sagte sie hastig.

Während Lycile sich nicht davon abbringen ließ, schon mal alleine nach unten zu gehen, und ich wie immer nicht streiten wollte, lief ich mit dem Schlüssel in der Hand das zweite Mal durch die Kälte. Unser Wagen stand auf dem Parkplatz des Supermarktes, ein hübscher Fehler, wie mir jetzt klar wurde, denn sie schleppten zwar keine Autos weg, nachts war die Schranke aber zu. Ich kratzte den Rückspiegel an der Fahrertür frei und machte dann schnell Löcher in die Eisschicht auf der Seiten- und Windschutzscheibe, jeweils drei oder vier handtellergroß. Den Rest musste das Gebläse schaffen. Der Motor startete gleich, und ein sachter Rückenwind trieb seine weiße Dunstwolke langsam am Wagen vorbei, als ich zurücksetzte und im ersten Gang vom Parkplatz rollte. Um sehen zu können, hatte ich die Brust nah am Lenkrad, als ich in unsere Straße bog und die Reifen auf dem Kopfsteinpflaster das Geräusch machten, das mich immer an Platzregen denken ließ.

Lycile stand gebeugt vor dem Haus, eine Hand an der Hauswand, darauf die Stirn. Ich führte sie zum Wagen. Langsam kletterte sie auf die Rückbank und legte sich halb hin.

Auf der Fahrt ließen die Wehen nicht nach, wie das Lehrbuch der Hebammen es kennt und ich es auch bei den Geburten von Jakob und Merle erlebt hatte. Am Alexanderplatz war der Motor warm, und das Eis hatte sich so weit gelöst, dass ich das meiste mit dem Scheibenwischer in weichen Scherben zur Seite schieben konnte. Ich lehnte mich zurück, und weil meine Rückenmuskulatur nun losließ, bemerkte ich, wie verkrampft sie gewesen war. Ich glaubte, dass wir den Tunnel unter der Kreuzung nehmen mussten, und ordnete mich dafür ein, aber der Navigator wollte mich rechts an ihm vorbei an die Ampel lotsen. Vor ein paar Monaten war ich an dieser Stelle schon mal falsch gefahren, ganz sicher war ich aber nicht. Unschlüssig ging ich vom Gas und entschied mich, der Ansage zu folgen: Hauptsache, ich war an nichts schuld. Fast zehn Minuten hingen wir deshalb fest. Die Ampelphasen habe ich nicht gezählt, während drei Wehen kamen und gingen und unter uns der Verkehr durch den Tunnel floss.

»Fluchen«, meinte Lycile, »hilft jetzt nicht.«

Zwischen den Sitzen hindurch konnte ich an ihre Wade fassen, Körperkontakt schien mir natürlich. Ich fragte aber, ob ihr das angenehm sei, und sie bejahte gleich. Die weiteren roten Ampeln bis Tempelhof habe ich auch nicht gezählt, ich wunderte mich nur, dass Ray es bei der Ankunft immer noch genauso eilig hatte. Oder es war Lyciles Körper, der drängte. Es ist egal, wie herum man das betrachtet.

Zum Glück war kein anderes Paar vor uns. Die Hebamme öffnete uns die Tür zum großen Raum, den wir von der Besichtigung kannten. Sie legte Lycile einen Gurt mit einem Sensor um den Bauch, Rays Herztätigkeit wurde auf eine Papierrolle geschrieben, und mit der Chipkarte in der Hand ging die Schwester in ihr Büro. Ich witzelte, dass Lyciles Muschel endlich mit dem Andreasgraben auf einer Stufe stünde, aber sie lachte nicht und stellte sich breitbeinig an eine Anrichte, auf die sie sich mit den Ellbogen stützte. Ihre Unterarme lagen flach auf, die Hände waren ineinander verkrallt. Wie sie es gelernt hatte, atmete sie die Wehen weg.

Dann platzte die Fruchtblase. Während ich das am Bein herablaufende Wasser mit einem Papiertuch auffing und den Rest vom Boden wischte, sah ich auf dem Schreiber, dass Rays Puls unter einer Wehe abfiel und sich danach erholte. Bei der nächsten Wehe passierte das wieder. Die Hebamme kam zurück, ich berichtete ihr. Wortlos wartete sie auf die nächste Kontraktion und beobachtete den Herzschlag, bevor sie entschied, dass der Gürtel an Lyciles Bauch blieb. Sie telefonierte mit dem Arzt, der keine fünfzehn Minuten später da war. Das

Wort vom Kaiserschnitt fiel, Arzt und Hebamme wechselten dabei Blicke. Ich schlug aber erst mal eine Lageänderung vor, und sie half sofort. Wieder wechselten Arzt und Hebamme stumm Blicke.

Nach einer halben Stunde wiederholte sich das Ganze: Sie wollten schneiden, ich wollte, dass Lycile sich bewegte. Sie war jetzt im Vierfüßlerstand auf dem großen Bett und bestand darauf, unter den Wehen das Kreuzbein massiert zu bekommen. Dafür hatte ich ein Öl mitgebracht, das ich in der Handfläche erwärmte, auf ihre Haut fließen ließ und im Uhrzeigersinn erst mit aufgeschmolzenen Händen verteilte, dann mit fester reibendem Handballen. In den Pausen strich ich über ihren Po an den Beinen außen hinunter und atmete dabei laut aus. Arzt und Hebamme beobachteten wortlos, wie Lycile das genoss.

Irgendwann spürte ich einen Druck im Hals: meine Schilddrüse. Ich musste ans Fenster, und weil im Geburtsraum kein Zug entstehen durfte, schickte mich die Hebamme auf den Flur. Mit offenem Mund stand ich in der Winterluft und hyperventilierte, die Kälte war an Stirn und Brust angenehm, und der Sauerstoffmangel baute sich schnell ab. Lycile rief, sie brauche mich. Aber ich rief vom Fenster aus, dass ich nur schnell eine rauchte, nach den Halbzeitständen sehen wollte und gleich käme.

»Sorry«, sagte ich nach der verpassten Wehe, »Samstagnachmittag.«

»Er ist ein bisschen krank«, erklärte Lycile, aber die Schwester überging das. Sie zeigte mir, wie ich unter der Kontraktion mit gegenläufigen Händen auf dem Kreuzbein das Austreiben unterstützen konnte. Auch das war Lycile angenehm. Rays Puls blieb lange akzeptabel. Dann fiel er unter siebzig, und der Arzt musste ihm eine Blutprobe entnehmen. Dazu führte er ein Rohr ein, durch das er Ray mit einer übergroßen Pinzette, die aus einem alten, klamaukigen Horrorfilm hätte stammen können, die Haut an der Fontanelle aufkniff. Das Blut lief in ein Röhrchen aus Glas, und das Erste, was ich von Ray zu sehen bekam, war diese rote Flüssigkeit.

»Gleich wissen wir«, meinte der Arzt, »wie viel Stress er jetzt hat.«

Er verschwand mit dem Röhrchen im Nebenzimmer und kam nach ein paar Minuten sichtbar entspannt zurück: »Wir haben eine Stunde, bevor wir die Geburt entweder beschleunigen müssen oder anhalten, damit er sich erholen kann.«

Erst gegen Ende dieser Stunde fiel der Puls einmal auf sechzig. Wir befanden uns jetzt mitten in der Austreibung, für einen Kaiserschnitt war es zu spät. Der Arzt entschied sich deshalb für die Saugglocke. Ich beobachtete, wie er sie in den Geburtskanal fummelte, zum Glück konnte Lycile das nicht sehen. An der Glocke war ein aufgeschweißter Haken, daran eine Eisenkette, an deren Ende ein Griff. Als die Vakuumpumpe lief und die nächste Wehe kam, stemmte der Arzt seine Füße in den Boden und hängte sich mit seinem ganzen Körpergewicht an die Kette, aber das half nicht.

Nachdem die Wehe verebbt war, schüttelte er den Kopf: Lycile presse nicht richtig. Sie lag auf dem Rücken, ich saß hinter ihr und hielt ihre Hände. Sie wollte das so. Der Arzt forderte mich auf, ihre Hände in die Kniekehlen zu legen, er sah mir dabei ernst und vielleicht etwas unruhig in die Augen, denn sie hörte ihn nicht mehr. Sie hörte nur noch mich. Ich sagte ihr, dass sie nicht atmen solle, nur nach unten pressen mit aller Kraft und mit den Händen die Knie hochreißen.

»Okay«, sagte sie erschöpft, »mach ich.«

Der Schweiß hatte ihr die Haare an die Stirn geklebt.

»Wenn die Wehe kommt.«

Sie nickte, aber es kam keine Wehe mehr. Im konstanten kräftigen Tuckern der Vakuumpumpe warteten wir. Die Kette war gespannt, wir sahen abwechselnd auf den Pulsschreiber und auf Lycile. Ewige Minuten vergingen. Ich tauschte Blicke erst mit der Hebamme und dann mit dem Arzt, in seinem Gesicht regte sich nichts. Ich misstraute dem Mann, aber dann kam die Wehe, die Hebamme drückte mit beiden, flach auf Lyciles Bauch aufgelegten Händen von oben, der Arzt hatte seine am Eisengriff und stemmte sich mit einem Fuß vom Boden, mit dem anderen vom Bettrahmen ab. Er wirkte nicht unsicher dabei. Ich hielt Lyciles Hände in ihren Kniekehlen fest und zog mit ihr zusammen die Beine nach oben. Als leitete ich irgendeinen Lehrling durch die Handgriffe, die die Bedienung einer Maschine erforderte, sagte ich: »Luft anhalten, Luft ganz anhalten und nur nach unten drücken, nur nach unten rausdrücken.«

»Ja.«

»Nur pressen«, sagte ich mechanisch, während der Arzt aufgeregt rief: »Ja, so, genau so!«

Und dann war die Wehe weg, und ich sah Rays kleinen, runden Kopf, seine geschlossenen Augen, seine Nase, den Mund, der gerade oberhalb der zum Zerreißen um ihn gespannten Schamlippen lag. Lycile wimmerte. Der Arzt nahm den Fuß vom Bettrahmen, stellte die Pumpe ab und fing mit der linken Hand die von Rays Kopf fallende Glocke. Die Hebamme war um Lycile herum und saugte mit einem grünen Schlauch Flüssigkeit aus Rays Nase und Mund. Er wirkte komisch auf mich, bis mir klar wurde, dass er nicht atmete. Ich hatte noch nie einen lebenden Menschen gesehen, der nicht atmet. Dass er lebte, dass er das Absaugen als störend empfand, sah ich dann am Zucken eines Augenlides oder weil er seinen Kopf aus dem Klammergriff befreien wollte, genau kann ich das jetzt nicht mehr sagen. Dann fiel mir ein, dass Lycile nichts sehen konnte.

»Der Kopf ist draußen«, sagte ich also ruhig. »Du hast es gleich geschafft.«

Sie hörte sofort auf zu wimmern. »Ach so, echt?«

Mit der nächsten Wehe kam er ganz raus. Die Nabelschnur war zweimal fest um seinen Hals gewickelt, es sah aus wie eine Strangulation, aber das Gesicht hatte eine gesunde Farbe. Der Arzt war ganz entspannt und stellte fest: »Ah, deshalb!« Wie ein trainierter Artist im Zirkus wirbelte er das neue Leben zweimal herum und legte es in derselben Bewegung auf Lyciles Bauch, was mir trotz aller Vorbereitung einen Stich versetzte, einen Schmerz, mit dem ich nicht gerechnet hatte. Die Hebamme deckte ihn mit einem Tuch zu, und er hustete, atmete, öffnete die Augen und gab einen schwachen Laut von sich. Außer mir lachten alle.

»Och Gott«, sagte Lycile überfordert, »da bist du ja, mein Kleiner.«

Sie sah Ray an, und Ray sah Lycile auch an, zumindest wirkte es so. Ich habe ja ein Foto davon gemacht, von Lycile und Ray. Später merkte ich, dass es die beiden in dem Moment zeigt, den auch das Bild meiner Mutter festgehalten hatte, das meine Kindheit über in einem roten Rahmen auf dem Fenstersims unserer Küche stand: meine Mutter mit schwarzem Mädchen auf dem Arm, meine Mutter als glückliche Frau. Sie hatte eigene Kinder angeblich nicht bekommen können, und die Adoption war ein langer Weg gewesen. Den Fotoapparat noch in der Hand, beobachtete ich Ray, dann Lycile und wieder Ray und wurde zum ersten Mal von dem feurigen Willen ergriffen, so mit meinem Sohn allein zu sein, wie ich immer mit meiner Mutter hatte allein sein wollen, ohne meine Schwester. Ich wollte Ray jetzt von Lyciles Bauch nehmen, ihn an mich drücken, mich umdrehen und mit kräftigen Schritten den langen Gang vor dem Geburtsraum hinuntergehen. Ich hatte vor Augen, wie ich das erstaunte, ungläubige und paralysierte Rufen der anderen ignorierte oder, sollte die Hebamme hinter mir herlaufen, sie fröhlich wissen ließ, dass ich gleich wieder zurück sei und Lycile Bescheid wisse. Dass ich nur eine Minute mit ihm allein sein wolle! Ich hörte, wie sie unsicher »ach so« sagte, sah mich in Maximaltempo weitergehen, als sie stehen blieb, den Gang hinuntergehen, ich drückte die Schwingtüren auf, die hinter mir die Luft umrührten, stieg mit ihm ins Auto und fuhr davon, unter einem Himmel, der uns gehörte.

»Der Rand geht schnell weg«, sagte die Hebamme.

Mit Hitze im Nacken blickte ich zu ihr auf, in dieses fremde Gesicht, das mich ansah, das unverschämt freundlich war, als ob alles seine Ordnung hätte. Auf meiner Kopfhaut trat Schweiß aus, ich glaubte, dass man die Perlen an den Haarwurzeln sehen müsste, denn ich spürte jede einzelne. Aber sie wies mit dem Kinn auf Rays Hinterkopf, den ich offenbar gemustert hatte: Auf dem Schädel war ein runder Absatz von vielleicht einem Zentimeter Höhe, den die Glocke hinterlassen hatte. In der Mitte war die mit Blut verklebte Wunde.

»Wenn Sie nach Hause gehen«, sagte sie so einfühlsam, dass es auf mich herablassend wirkte, »ist der weg!«

Ich glaube nicht, dass ich darauf geantwortet habe, bin sogar sicher. Sie hielt mir eine Schere hin, und ich kniff die Lider zusammen, als wir kurz Auge in Auge standen. Ich sollte die Nabelschnur durchtrennen. Sie sagte das etwas strenger, und der Anweisung folgte ich, aber ich drückte nicht kräftig genug. Ich habe ihr Lachen noch im Ohr: »Sie müssen sie schon durchschneiden wollen!« Das Gewebe sträubte sich, wie man sich das von einer dicken Sehne vorstellt, einer Achillessehne zum Beispiel. Ich hatte ziemlich niedrigen Blutdruck und kam mir wie ein Eindringling vor, der diese Verbindung für immer zerstört. In meiner Hand blieben der Widerstand der Fasern und ihr widerwilliges Nachgeben unter dem Schnitt gespeichert. Die Hebamme setzte eine blassgelbe Klemme aus Kunststoff auf das lose, blutende Ende der Schnur, nachdem eine hellblaue sich als kaputt erwiesen hatte. Es ist in meiner Hand jetzt noch präsent, als hätte ich eben gerade erst die

Schere weggelegt: der Widerstand der Fasern und wie eine nach der anderen nachgab.

»Jetzt sind sie unabhängig voneinander«, meinte die Hebamme bizarr lächelnd und verstaute die Schere irgendwo in der Ordnung der Klinik. Die Reihenfolge der Handgriffe kann ich jetzt nicht mehr genau rekonstruieren, aber man wird mir das wohl nicht glauben. Wahrscheinlich glaubt man mir überhaupt nichts. Das Nächste, an das ich mich erinnere, ist jedenfalls die Aufforderung, mit Ray ins Nachbarzimmer zu gehen. Das Adrenalin musste stark nachgelassen haben, die Stimmen kamen wie durch ein Medium zu mir, als sähe ich nur Mundbewegungen und Körpergesten durch Panzerglas.

»Weil die Plazenta nicht kommt«, sagte die Hebamme und wechselte einen Blick mit dem Arzt. »Da müssen wir jetzt noch mal ran!«

Offenbar reagierte ich nicht gleich. Die Hebamme nahm jedenfalls die aus Lyciles Scheide hängende Nabelschnur und zog daran, als wollte sie mir das Problem demonstrieren. Wie sich zuvor der Arzt mit seinem Körpergewicht an die Eisenkette gehängt hatte, ließ sich nun die Hebamme am losen Ende der Nabelschnur nach hinten fallen, riss ruckartig und erfolglos an der Schnur und sah dabei zu mir. Lycile beobachtete uns ohne Regung.

»Es wird jetzt doch ziemlich blutig«, meinte der Arzt gewollt brüderlich und fasste mich am Oberarm, was mir schmierig vorkam. Sicher stand auch er nur unter dem Einfluss irgendwelcher Stresshormone oder deren jähem Ausbleiben. Auf welche Art er mir zunickte, konnte Lycile so wenig sehen wie die Bettkante zwischen ihren Beinen und den Eimer darunter, der mich an die Hasenschlachtungen meiner Großmutter erinnerte. Man denkt ja selten daran, dass ein Körper vor allem aus Flüssigkeiten besteht. Ich warf Lycile einen möglichst vertrauensvollen Blick zu, der mir zu gelingen schien. Sie erwiderte ihn, und ich überlegte nur kurz und ohne Ergebnis, ob ich ihr Mut machte oder sie mir.

Dann bekam ich Ray in Tücher gehüllt auf den Arm. Er wog weniger als eine Vogelfeder und gab keinen Laut von sich, rollte die Augen hin und her. Man führte mich über sachte schwankenden Boden in den Nebenraum, ein Zimmer mit Bad, wie man es in jedem Hotel findet und in dem die Hebamme uns sofort allein ließ. Ray blieb ganz ruhig. Wir waren im Parterre, und ich hätte einfach aus dem Fenster steigen und zum Wagen gehen können: noch mit ihm auf dem Arm sah ich nach. Das werden sie mir vielleicht als positiv anrechnen, dass nichts geplant war, das muss ich im Verhör unbedingt sagen. Obwohl eine Flucht in dem Moment viel besser gewesen wäre, sie hätte gut geplant sein können, es hätte wohl kaum einen Unfall gegeben, und ich säße nicht in diesem Zimmer, ohne zu wissen, ob ich wenigstens Lycile noch einmal sehe. Ich dachte aber nicht ans Abhauen, ich konnte mir nicht vorstellen, das zu tun, konnte mir nicht wirklich vorstellen, mit der rechten Hand einen Gang einzulegen, die Kupplung kommen zu lassen und leise mit Ray vom Parkplatz zu rollen. Ich legte ihn auf das Doppelbett und betrachtete sein Gesicht. Er blickte erst mich an, dann interessiert um sich und machte langsame Bewegungen mit dem Mund, die aussahen, als schnappte er in Zeitlupe nach etwas. Das war der Saugimpuls, wie mir erst Tage später aufging, als ich ihn und Lycile beobachtete. Ich sprach ihn an, strich mit den Mittelgliedern meiner Finger über seine Wangen und mit meiner Fingerkuppe über seine Handrücken, bis die Schwestern kamen und ihn holten. Er sollte trinken.

Zwei Stunden schlief ich wie tot.

IRGENDWANN hörte ich Lycile reden. Sie stand mit einer mir unbekannten Hebamme drei oder vier Schritte vom Bett weg und trug ein langes weißes Hemd, das hinten offen war. Draußen war es dunkel, und unter meinem verzögerten Wachwerden, einem Auftauchen aus großer Meerestiefe, bemerkte ich erst nach einigen Momenten, dass sie Schmerzen hatte, die sie kaum aushielt. Gebeugt ging sie ins Badezimmer. Man habe ihr eine Spinalanästhesie gegeben, erklärte mir die Schwester, die zur Nachtschicht gekommen war und mit ihrer Ausgeruhtheit, der gesunden Gesichtsfarbe und dem schweißlosen Körpergeruch fremd und beinahe unnatürlich auf mich wirkte.

Vielleicht sei das Steißbein gebrochen, sagte sie zu mir. Aber Lycile konnte laufen. Weil es nicht die Schritte waren, die wehtaten, sagte ich, dass das Steißbein in Ordnung sei. Sie sah mich erstaunt an, und ich erwähnte, dass ich mir mal das Steißbein gebrochen hatte. Sie zog die Brauen hoch, ich winkte ab: »Beim Sport, ist lange her ...«

»Ach so.«

Ich sah wieder zur Badezimmertür, hinter der Lycile auf der Kloschüssel saß. Die Hebamme nickte sich selbst dabei zu, als sie vorschlug: »Am besten mal die Blase entleeren.«

»Du kannst jetzt nicht helfen«, meinte Lycile kurzatmig durch die offene Tür.

Eine zweite neue Hebamme kam dazu, älter als die erste, sie blieb bei uns stehen. Sie seien jetzt erst mal mit Schmerzmitteln, dem Stillen der Blutung, mit Anlegen, Baden und der Erstuntersuchung und so weiter beschäftigt. Dass Ray sofort trank, sei wegen der Immunglobuline wichtig, sagte die jüngere: »Damit er gleich guten Schutz hat.«

Ich nickte, legte mich wieder hin, und obwohl alle noch im Zimmer standen, fiel ich sofort in das Schwarz zurück.

SIE weckten mich in der Dämmerung. Das hellblaue, ins Weiß spielende Licht stand wieder am weit entfernten Himmel, den ich durch die hohen Fenster des alten Backsteinbaus sehen konnte. Ich solle aufstehen, wir könnten nun nach Hause.

Sie habe noch keine Minute Ruhe bekommen, sagte Lycile, die ich im Flur traf, aber man sah es ihr nicht an. »Die ganzen Schmerzmittel«, meinte sie, »wirken jetzt endlich.« Wir umarmten uns, und es fühlte sich täuschend echt an. Dann packte ich unsere Taschen und trug sie in den Wagen.

Draußen war es angenehm frisch, die Luft etwas feucht, es fror nicht mehr. Ich ging noch mal zurück ins Haus, Lycile kam, von der Hebamme gestützt, den Flur entlang. Ich nahm von der zweiten Schwester die Schale, in der Ray schlief, installierte sie auf dem Rücksitz, und Lycile stieg auch hinten ein, wo sie sich vorsichtig hinsetzte.

Ich fragte: »Geht das?«

Sie nickte.

Die Hebamme überprüfte alles, kontrollierte Rays Gurt, und als sie fertig war, hätte ich ihr fast den Streifen gelben Lichts auf dem roten Backstein des Klinikgebäudes gegenüber gezeigt. Die Wolkendecke musste dünn geworden und schließlich aufgegangen sein. Sie achtete aber nur auf Lycile und Ray. Dabei kondensierte ihr Atem vor dem Mund, langsam stieg der Dampf auf und schwebte davon. Sie hatte Ray gebadet und angezogen und löste jetzt ihre Verbindung zu ihm. Ich schlug die Autotür zu.

Kaum ein Mensch war auf den Straßen. Im Wagen sprachen wir nicht, und während die stille Stadt an mir vorbeiglitt, fiel mir der Traum der Nacht wieder ein: Ich hatte geglaubt, dringend aufs Klo zu müssen, und war halb schlafend ins Badezimmer gewankt, wo ich benommen das Wasser laufen ließ und einen unmenschlichen Druck im Darm verspürte. Er wurde immer stärker, wuchs und wuchs, über jedes vorstellbare Maß hinaus. Ich drückte, aber nichts half. Offenbar sollte ich eine Kanonenkugel scheißen, nichts Kleineres, und zu ihrer tödlichen Größe kam, dass jedes Gleitmittel fehlte. Ich verhielt den Druck dann, aus Angst vor Verletzungen, glaubte aber überhaupt nicht, mich so wieder hinlegen zu können. Ich drückte erneut und fürchtete, zerrissen zu werden, bei vollem Bewusstsein. Nach verzweifelten, von Angst gefluteten Versuchen, das Ding herauszupressen, sagte ich mir, dass ich nicht panisch werden dürfe, auf keinen Fall. Dass ich besser wieder schlafen ginge. Dass mein Körper mich schon wecken würde, bevor ich stürbe. Dass er wohl bis morgen die Kugel erweichen würde, dass er Körperflüssigkeiten sammeln und in den Darm senden würde, um mich zu retten, beziehungsweise um sich selbst zu retten. Dass es nur um meinen Körper ging und nicht um mich als Person, nicht um meine Persönlichkeit, war ein riesiger Vorteil, hatte ich im Traum gedacht, denn was sollte gegen meinen Körper sprechen, der noch gebraucht wurde, jetzt mehr denn je? Ich hatte deshalb eine Chance, weiter in ihm sein zu können, und dass mein Geist mal wieder so diszipliniert seine Arbeit tat, selbstständig, hatte mich beruhigt. Ich musste lachen und den Kopf schütteln.

Von hinten fragte Lycile: »Was denn?«

Lieber hätte ich die idiotische Geschichte für mich behalten, sagte aber: »Ich habe geträumt, eine Kanonenkugel scheißen zu müssen.«

Im Rückspiegel sah ich Lycile nicht etwa verdutzt oder entsetzt, sondern grinsend. Sie fragte nicht, ob möglicherweise eine Gesprächstherapie helfen würde gegen diese Verwirrung oder Medikamente. Ich hätte sagen können: Wie wären Elektroschocks, dann eine kleine Geschlechtsumwandlung, dann die Gespräche, alles ein paar Jahre lang bequatschen und zerreden, schließlich die Heirat? Unser Lachen wäre schnell an sein Ende gekommen, wenn wir uns eine Sekunde lang auf meinen Albtraum eingelassen hätten oder ich ihn ganz erzählt hätte, statt nur die Geburtsfantasie zu nennen. Aber so schüttelte Lycile gutmütig den Kopf. Es sei genau wie im Vorbereitungskurs besprochen, sagte sie fröhlich: »Bis zur Angst, zerrissen zu werden und sterben zu müssen.«

»Alles, wie ich's gesehen habe«, sagte ich ganz verständig.

»Man sieht nur«, sagte sie beim Einbiegen in unsere Straße, »was man weiß.«

Sie sah und wusste aber nichts. Jedenfalls nicht, dass ich wieder schwitzte. Der Schweiß rann mir den Nacken herunter vor Aufregung, und ich wartete auf einen Kommentar von ihr, aber Lycile badete in dem Mitgefühl, das sie in meinem Traum zu erkennen glaubte. Es schmeichelte ihr. Um das Thema zu beenden, konterte ich, ein Parkplatz fast direkt vor dem Haus sei jedenfalls, was ich sähe.

»Wusst' ich's doch«, sagte sie, und im Rückspiegel konnte ich beobachten, wie ihr verliebter Blick Ray galt.

Mit dem Geräusch der ratschenden Handbremse in den Ohren, dem Klicken der Gurte, dem Knarren des zu trockenen, weil nie benutzten Scharniers hinten, den beiden nacheinander zuschlagenden Türen und dem Geklimper meiner Schlüssel trug ich ihn eine Minute später neben seiner Mutter her ins Haus und die Treppen hoch. Kein Versuch, noch mal zum Wagen zurückzugehen, Ray wieder auf der Rückbank festzugurten, obwohl das einfach gewesen wäre: Ich hätte etwas vergessen haben oder nicht sicher sein können, ob ich abgeschlossen hatte. Auf der Treppe spielte ich vielleicht mit dem Gedanken, nur um wieder zu einem Nein zu kommen, dann wurde ich abgelenkt, weil Lycile meinte, ich sei wohl außer Form. Ich atmete hörbar. Irgendwann würde es anstrengend sein, hier mit einem Kleinkind zu leben, ohne Fahrstuhl. Darüber hatten wir schon gesprochen.

Im dritten Stock lachte Lycile, sie habe noch nie an einem Tag so viel abgenommen.

»Respekt«, sagte ich, »sieht man dir gar nicht an.«

Sie schlug mir auf den Oberarm.

»Wusstest du, dass immer mehr Frauen ihre Männer schlagen?«

»Wo hast du das denn wieder her?«

»Stand in der Zeitung.«

Sie antwortete nicht, bis wir fast oben waren.

»Wann denn?«

»War's gestern?«

»Bin ich leider nicht zu gekommen. Aber ich glaube, dass Frauen ihre Männer immer schon geschlagen haben.«

»Ja?«

»Nur hat niemand drüber geredet.«

»Ist ja auch egal.«

Sie seufzte, fand das gar nicht egal und schloss auf. Im Sonnenlicht hinter der Tür tanzte der vertraute Staub, die Dielen knarrten beim Betreten, ich roch die Dämmung oder was immer diesen Geruch ausmachte, der mir auffiel, als kämen wir von einer Weltreise. Ich setzte die Schale mit Ray ab und glaubte noch einmal, in diesem eingerichteten Leben zur Ruhe kommen und die Vergangenheit sich selbst überlassen zu können. Wieso nicht? Und was sollte ich sonst tun? Es würde nur etwas dauern, sagte ich mir, als ich Jacke und Schuhe ausgezogen hatte, die Schale wieder hochnahm und ins Schlafzimmer trug. Lycile legte sich, wie von Arzt und Hebamme befohlen, sofort hin. Ich brachte Frühstück, und später telefonierten wir mit ihren Eltern. Mehrmals wechselte der Apparat zwischen uns hin und her, und einmal hörte ich Lycile zu ihrer Mutter sagen: »Das war schon heftig mit der Plazenta, die holt der Arzt mit der Hand raus.«

AM Mittag kam die Hebamme für das Wochenbett. Wir mussten jetzt Normalität herstellen, und die junge, von Lycile ausgesuchte Frau fand uns »schon mal in bester Ordnung und sehr aufgeräumt«. Das zu sagen fiel ihr nicht schwer, ich hatte sie dabei genau beobachtet. Rays geringes Gewicht war ihre einzige Sorge. Er würde in den ersten zwei Tagen noch abnehmen, dann aber, da war sie sich sicher, zulegen. Ihre Worte unterstützte sie mit jener schaufelnden Kopfbewegung, die ich in der Geburtsnacht schon bei einer der anderen Hebammen beobachtet hatte. Nur war sie dieses Mal stärker und setzte sich als Welle in den Rumpf, ins Becken und die Beine fort.

Im Bad zogen wir ihn unter dem Rotlicht aus. Der Nabel sei gut, fand sie und entfernte die Kompresse, weil er an der Luft abheilen sollte. Sie legte Ray auf den Bauch, was ihm nicht unangenehm war, im Gegenteil: Er mochte das. Mit der flachen Hand strich sie langsam über den Flaum auf dem Rücken, der bald verschwinden würde, und ich machte es ihr nach. Dann drehte sie ihn wieder um. Um mir zu zeigen, wie klein der Magen noch war, stellte sie ihren Daumennagel auf die Kuppe ihres kleinen Fingers: »Wie ein Stecknadelkopf!« Der Bauch wölbe sich dann in ein paar Tagen. Ray beobachtete uns mit seinen großen Augen, manchmal verfolgten seine Pupillen die Bewegung einer Hand. Es könne übrigens sein, dass er mal schiele, sagte sie liebevoll, das sei normal: »Nicht erschrecken!«

Als sie weg war, stand Lycile auf. Jakob kam und hatte seinen Bruder so lange auf dem Arm, bis der protestierte und an die Brust gelegt wurde. Dann begann ich die ersten Fotos zu verschicken. Unter ihnen war auch das Bild von Lycile und Ray direkt nach der Geburt. Ich zeigte es Lycile.

»Sieht so aus, als sähe er dich direkt an.«

»Tut er auch.«

»Kann er gar nicht.«

»Wieso?«

»Neugeborene sehen nur hell und dunkel.«

»Meinst du?«

»Die sehen keine Konturen.«

Sie zuckte mit den Schultern, und ich erklärte, dass das Gehirn erst lernen müsse, einen Bildpunkt der Netzhaut des einen Auges mit dem des anderen in Verbindung zu bringen. Sie wisse das nicht, meinte sie, weshalb ich ausführte, dass anfangs alle Punkte der beiden Netzhäute miteinander kommunizierten und dabei das unschärfste Bild entstünde, das man sich denken könne.

»Aha«, sagte sie abwesend.

»Sehen lernen bedeutet, die eine richtige Verbindung zu trainieren und alle anderen zu kappen«, sagte ich.

Sie sah auf das Foto.

»Lernen«, erklärte ich, »ist von Anfang an vor allem verlernen.«

Sie blickte weiter auf das Foto, und ich fragte mich, ob sie mir überhaupt zuhörte.

»Er sieht dich aber wirklich direkt an«, sagte ich dann, »als würde er dich erkennen. Er möchte dich gern sehen.«

Lycile lächelte, und ich widmete mich wieder dem Versand der Bilder. Eines zeigte Ray groß und in die Decke gewickelt, es war sehr friedlich. Manche Freunde meldeten sich sofort zurück, und fast alle meinten, Ray sähe mir wahnsinnig ähnlich. Niemand präzisierte das.

»Warum sagt niemand, dass er dir ähnlich sieht?«, fragte ich Lycile. Sie zuckte mit den Schultern.

Am Abend schlief sie mit Ray an der Brust ein. Ich saß in der Küche am Tisch und las einen Roman: *Sara tanzt* von Erwin Koch. Jakob war wieder bei seiner Mutter, Nadja wohnt nur vier Straßen weg, so war die Pendelei für ihn weniger nervig. Das hofften wir zumindest. Für den nächsten Tag war geplant, dass alle drei zu uns kämen, natürlich wollte auch Merle Ray sehen. Ich hatte mit ihr telefoniert und ihr erklärt, dass sie nun einen Halbbruder habe, dass das aber kein halber Bruder sei, sondern ein ganzer und nicht wirklich anders als ihr Bruder. Nur eben kleiner. »Wie klein denn«, hatte sie gefragt, »wie eine Ameise so klein?«, und ich hatte gesagt, nein, so klein auch wieder nicht, sie würde ihn ja morgen auf den Arm nehmen können. Mit Nadja einigte ich mich darauf, das Wort Halbbruder nicht mehr zu benutzen.

ALS Vivian aus New York anrief, blätterte ich gerade um. Ich lief in den Flur, wo der Apparat auf der Station lag. Zuerst hörte ich nur das Rauschen und Knacken des Ferngesprächs, das es trotz aller Technik jetzt wieder gibt. Dann meldete Vivian sich, und ihre Stimme war eindeutig. Sie rief nicht wegen der Fotos von Ray an. Ich wusste gleich, dass Nelly tot war.

»Vor zwei Wochen schon.«

Vivian war gerade aus Paris zurückgekommen, sie hatte ihre Mutter besucht und zuhause nur die Nachricht von Zero, Nellys Freund, vorgefunden: Herzinfarkt, tagelanges Koma, Tod am 23. Dezember. Viel mehr wusste sie nicht. Wo Nellys Leichnam jetzt war, musste sie erst noch herausfinden. Ich bedankte mich für ihren Anruf und wollte auflegen, da schlug sie einen helleren Ton an: »Hey, Glückwunsch zum kleinen Mann!« Sie konnte kaum glauben, dass Ray direkt nach der Geburt die Augen schon so weit aufgehabt haben sollte. Das sei wirklich ganz außergewöhnlich. Ich stimmte zu, bedankte mich wieder. Sie mochte den Namen sehr: Ray, und ich erzählte, dass wir ihn schon ausgesucht hatten, bevor es geklappt hatte. Dass wir keine Minute darüber debattieren mussten und dass manche hier einen englischen Namen komisch fänden.

»Ach was.«

»Seine Mutter hat aber schon eine französischen Vornamen, weil ihre Mutter so frankophil ist: Lycile.«

Sie lachte kurz, weil ihre Mutter ebenfalls Lycile hieß, wir verabschiedeten uns, und ich legte den Hörer wieder auf die Station. Wir würden in den kommenden Tagen öfter telefonieren und mussten uns jetzt nicht zu trösten versuchen. Was soll man sagen, wenn jemand gestorben ist?

Ich setzte mich wieder an den Küchentisch, wo mein Buch noch aufgeschlagen im Lichtkegel der Lampe lag, las aber nicht. Ob Nelly froh war, fragte ich mich. Ich dachte an die weiße Haut ihrer Arme, ihres Bauches und ihrer Schenkel und an ihren Bären, den sie jetzt nicht mehr durch die Lower East Side schaukelte oder im Spiegel ansah. Mit dem sie nicht mehr drohte, den sie nicht mehr anbieten und hüten würde. Dann fiel mir die Mail ein. Ich stand auf und rief Vivian zurück, um zu fragen, an welchem Tag der Herzinfarkt gewesen sei.

Sie rechnete kurz: »Am 17., wenn ich es richtig verstehe. Wieso?«

Ob Nelly ihre Emails regelmäßig gelesen habe.

Das glaubte Vivian schon.

»Das wäre ja normal, oder?«

Vivian fand das auch. »Obwohl Normalität eigentlich keine auf Nelly anwendbare Kategorie ist. Jedenfalls ist mir nicht aufgefallen, dass sie irgendwann keine mehr gelesen hat.«

»Okay.«

Sie fragte: »Wieso?«

»Wollte ich nur wissen.«

»Ach so.«

Ich bedankte mich ein weiteres Mal und sagte, es spiele jetzt eh keine Rolle mehr.

Vivian sagte: »Nein.«

Nachdem ich wieder aufgelegt hatte, ging ich ins Arbeitszimmer und entsperrte den Rechner, um in meinem Ausgangsordner nachzusehen. Meine letzte Zeile an Nelly hatte ich am 17. geschrieben, in Berlin war es Mittag gewesen, in New York also noch dunkel. Ich musste sie nicht lesen, ich kannte die Zeile.

Als ich durch den Flur zur Küche ging, sah ich Lycile im Nachthemd dastehen, ein Glas Wasser in der Hand. Der Lichtkegel der Lampe fiel seitlich über sie. Ihr Bauch und die Innenfläche eines Oberschenkels waren beleuchtet, die Falten ihres Hemdes warfen Schatten und betonten damit den Schritt. Ihre Brüste, ihr Hals, ihr Gesicht, die rechte Hand waren im Halbdunkel. Sie rieb sich die Augen und fragte nach der Uhrzeit. Es war zehn.

»Wer war das?«

»Vivian.«

»Was mit Nelly?«

Ich nickte, sagte: »tot«, setzte mich. Meine Hände legte ich auf den Küchentisch, in den Lichtkreis der Lampe. Lycile stellte sich neben mich und kraulte mir den Nacken, wie sie es an unserem ersten gemeinsam verbrachten Tag getan hatte, im Auto zwischen Mojave und California City. Sechs Jahre ist das her. Ich hielt damals die Augen auf der verstaubten Straße und die Hände am Lenkrad, und sie spürte, wie sehr ich das mochte, ihre Hand an meinem Nacken. Ich spürte einzelne Fingerkuppen auf der Haut fahren, sie nahm ein Ohrläppchen zwischen zwei Finger, rieb es und seufzte. Das erregte mich.

»Ich muss wieder ins Bett«, sagte Lycile. »Stehen geht gar nicht.«

Wir gingen ins Schlafzimmer. Ray hatten wir aus der Schale genommen und aufs Bett gelegt. Lange schauten wir uns seinen kleinen Kopf an. Ich neben ihm mit dem Oberkörper auf dem Bett, die Knie auf dem Boden, Lycile auf der anderen Seite. Gegenseitig zeigten wir uns, wie klein seine Hände waren, die Finger dünn wie Streichhölzer. Dass die Arme nur bis oben zum Kopf reichten, wenn er sie strecken würde. Er hatte ein rundes, gut proportioniertes Gesicht, und der Rand von der Saugglocke war tatsächlich nicht mehr zu sehen. Zu dem geschwungenen Nacken hätte meine Großmutter gesagt: Der wird ein Tänzer, bei dem Hinterkopf! Mit einer Fingerkuppe fuhr ich an dem Schwung entlang, und es sah so aus, als atmete er dabei einmal stärker ein.

»Obwohl man es miterlebt, kann man es nicht glauben, oder?«

Sie wischte sich eine Träne weg. Ich verkniff mir eine Bemerkung darüber, wie irrational der Mensch ist und wie rational die Versicherungen Ray eine Lebenserwartung von hundertdrei Jahren zuschrieben. Ich rechnete: 2110! Mit dem faltigen Gesicht und dem ringförmigen Haaransatz sah er alt aus, etwa wie man sich zurzeit einen Fünfundsechzigjährigen vorstellte. Wie die Welt sein würde, was die Medizin in fünfundsechzig Jahren könnte und was die Ernährungswissenschaft, wusste ich nicht.

»Ich muss jetzt wirklich schlafen«, sagte Lycile.

Über Ray hinweg küsste ich sie und richtete mich dann auf. Die ersten Nächte wollte ich im Arbeitszimmer verbringen, um am Tag möglichst ausgeruht und ausgleichend zu sein: Mein Schlaf ist noch immer sehr leicht. Bevor ich nach hinten ging, machte ich in der Küche die Lichter aus.

Im Büro nahm ich den Katalog von Nellys erster Ausstellung aus dem Regal: *New York Times*. Ich blätterte von hinten hinein und las im begleitenden Text einer Kunsthistorikerin: »In dieser Werkgruppe entwirft Nele Black mit ihren Figuren eine Welt voller Komik und moralischer Komplexität. Sie überschüttet uns mit Gutmütigkeit und Brutalität und badet uns in unserem Mitgefühl. Blacks Fähigkeit, ihrer Personage mit höchster Ökonomie Leben einzuhauchen, macht jedes Bild unvergleichlich klar und zwingend, wobei sie immer unprätentiös und stark bleibt. Das Feld ihrer Zitate reicht vom Holocaust über ausgestorbene Sprachen bis zur Kulturgeschichte des Bagels.«

»Bei Nele Black«, stand da schließlich, »ist jedes Bild eine eindringliche und nach allen Seiten offene Erzählung, jeder Quadratmillimeter ist hoch spannend.«

In der Mitte faltete ich das Blatt mit dem Hauptwerk auf und sah mir seit Jahren zum ersten Mal die fünf jungen Menschen an, die um einen Tisch sitzen, darüber eine nackte Glühbirne, deren Licht sich in den Wimpern der Figuren fängt. Wie sie die lateinischen, kyrillischen und hebräischen Buchstaben in Händen halten und mit ihnen hantieren wie Kartenspieler. Einige der Zeichen sind auf dem Tisch verstreut. Die drei Männer und zwei Frauen rauchen und trinken, einer schiebt eine Linie Koks zurecht. In der Halsschlagader eines Mannes steckt eine Spritze, auf dem Fußboden liegt ein eisernes Hakenkreuz, auf einem Stuhl Geldscheine. Die Gesichter sind gerötet. Alles birst vor freudiger körperlicher Präsenz und Vergeudung. Unten rechts stand der Titel: *Wetten, ich weiß, wie du stirbst?* Mit mal nach links, mal nach rechts gelegtem Kopf formte ich aus den diversen Buchstaben die Worte: Kälte, Unfall, Mikrobe, Überdosis. Nelly hatte es mir einmal gezeigt.

Ich faltete den Bogen zusammen und blätterte im Katalog weiter nach vorne. Da waren die schönen Umarmungen zweier Frauen, *Ilka eins bis sieben*. Und das Bild mit dem muskulösen, nackten, erschrockenen Mann. Sein Schwanz ist halb erigiert, und er steckt eine Pistole in die Muschi einer Frau, die auf dem Sofa liegt, Nelly etwas ähnlich sieht und einen verzückten Ausdruck hat. Titel: *Warum schießt du nicht?*

Im Einband fand ich ihre Handschrift, deren Krakeligkeit mich erschreckte: »Für Marko, der die dunklen Kräfte versteht und doch ein heller Punkt in schwarzen Zeiten ist. Mit Dank für alles und Liebe für dich, Nelly.« Ich musste lächeln, was mir falsch vorkam, stellte den Katalog zurück und tat dann zum ersten Mal seit Vivians Anruf etwas, das ich nicht hätte tun sollen: Ich nahm das Schneeglas, das Nelly mir damals nach Berlin mitgebracht hatte, aus dem Schrank. Anstelle eines Märchenschlosses oder einer Seejungfrau in weißen Styroporkügelchen steht ein Foto von ihr in der Mitte, aufrecht wie ein Gefahrenschild. Ich schüttelte das Glas, Nelly wurde von bunten Metallplättchen umstürmt. Das Bild, das mir so vertraut war, blieb dabei sichtbar: Sie lächelt. Sie neigt den Kopf leicht nach links, die langen roten Haare fallen wie eine Nonnenhaube um ihre Schultern und lassen die Haut noch weißer wirken. Ihre sehnigen Arme hat sie locker vor der Brust verschränkt. Sie trägt einen dunklen Pullover. Man sieht nicht, wie klein ihre Brust tatsächlich war. Ich drehte das Glas um. Auf der Rückseite des

Fotos war ein Ausschnitt des New Yorker Stadtplans mit den Linien der Subway abgebildet, durch den Sturm im Glas las ich: Bleecker Street, Broadway, Lafayette Street, Lower East Side, Second Avenue, Delancey Street. Nellys Revier. Nach Jahren, die das Glas im Schrank verbracht hatte, stellte ich es auf meinen Schreibtisch, neben den Bildschirm. Die bunten Plättchen setzten sich langsam auf dem Boden ab, und ich hatte keine Angst mehr vor ihr. Sie würde mir jetzt bei der Arbeit zusehen, in den kommenden Tagen oder Wochen auch beim Schlafen. Wo habe ich das gelesen, dass man einen Fehler immer machen darf, aber keinen zweiten?

IN der Nacht habe ich nicht geträumt. Um acht wachte ich auf, nichts denkend, dann war es eine Minute nach acht. Wie erwartet hatte Lycile mich nicht geweckt, die erste Nacht schlafen die meisten Neugeborenen durch. Wegen des dämmernden Lichts zog ich die Bettdecke vor die Augen, und mein Körpergeruch erinnerte mich daran, dass ich mich im Halbschlaf befriedigt hatte. Den Geruch des getrockneten Samens mochte ich, diese Vergewisserung, noch da zu sein. Ich mischte nur wenig frische Luft zu. In vier Minuten würde der Wecker zum zweiten Mal klingeln, man stellt ja immer gerade wirkende Zahlen ein. Ruhig liegend, hatte ich zuerst Vivians herbe, angenehm sachliche Stimme mit der Nachricht im Ohr, dann die weibliche von Nelly. Aus ihr sprach immer der ganze Körper, und sie konnte jederzeit ins Zittrige kippen. Ihre unruhigen Hände hatte ich vor Augen und ihre Freude, als ich einmal festgestellt hatte, dass Freundschaft wachsen muss, während man den Krieg nur zu erklären braucht. Sie war mir für das Bonmot quasi um den Hals gefallen, am Telefon.

Vom Bett aus kam ich an den Fenstergriff, wenn ich mich reckte. Ich öffnete es weit. Mit der frischen Luft in meiner Lunge hatte ich auch Streulicht in den Augen, die ich zukniff, bis die

Decke wieder halb über dem Kopf lag. Ich überlegte, wann ich den Kontakt zu Nelly verloren hatte. Als sie sich das letzte Mal bei mir gemeldet hatte, im Winter 2005, brauchte sie Geld. Ich hatte ihr geschrieben, dass ich in der Villa meines Verlegers in Bellegra wohnte, eine Autostunde von Rom. Hottinger wählte sehr penibel aus, wen er dort in den Luxus schickte, damit er ein Buch mit nach Hause brachte. Das wusste Nelly. Eng war unser Kontakt aber schon da nicht mehr gewesen, denn ich erzählte ihr nicht mehr alles, ließ das Wichtige weg, und wenn man das Wichtige weglässt, erzählt man sich gar nichts mehr.

Von meinem Besuch bei dem Neuropsychologen wusste sie zum Beispiel nichts. Sie wusste nichts von den Hirntests, nicht, dass er mich einen zwölfseitigen Fragebogen hatte ausfüllen lassen, und nicht, wie er mir mitgeteilt hatte, dass ich einen Roman natürlich nicht mehr schreiben könne. Auch Hottinger wusste davon nichts, und sogar Lycile gegenüber hatte ich nur Andeutungen gemacht. Nelly hatte jedenfalls gedacht: Marko ist wieder gesund, er arbeitet, er hat Aufträge der Kanzlei, sein Verleger hat ihm sein Haus in Italien zur Verfügung gestellt und wartet auf das Manuskript. Weil ich wollte, dass mein Leben strahlte, hatte ich ihr von allem so berichtet, als ob es das bereits täte.

Wir haben Nelly sogar noch nach Italien eingeladen, wenn auch nicht ohne Diskussion. Im Jahr davor hatte sie ein vom Auswärtigen Amt bereitgestelltes Stipendium platzen lassen und mich damit blamiert. Man hatte ihr das Atelier und eine Wohnung im Gutshaus in Summt zugesprochen, eine halbe Stunde von Berlin, elf Monate lang, dazu Geld zum Ausgeben, genug Geld. Ich saß in der Jury, weil ich mit einem Zeitungsartikel zu der Stiftung angeregt hatte, die jüdische Kultur in Deutschland fördern sollte, nichts weniger. Man machte mich sogar zum Sprecher der Jury, und ich hatte Nelly vorgeschlagen und durchgesetzt. Eine Feier mit siebzig geladenen Gästen war geplant, Journalisten, Galeristen. Es hieß, der Minister käme wahrscheinlich sogar selbst, und wir mussten das Fest vom Gutshaus in das Ministerium verlegen, weil dort weniger Kosten für seine Sicherheitsmaßnahmen anfielen. Aber wer nicht erschien, war Nelly. Nur der Koffer mit ihren Büchern hatte dagestanden: Nelly als New Yorker Absender, Nelly als Berliner Empfängerin. Im Hamburger Hafen befand sich in einem Container noch eine monströse Kiste mit Farbeimern und einem ganz bestimmten Gipskarton, auf dem sie arbeitete. Es sei einfacher, die Sachen zu schicken, als ihn in Deutschland wochenlang zu suchen und am Ende doch nicht zu finden und aus New York nachkommen zu lassen, hatte sie gesagt. So könne sie sofort anfangen zu arbeiten. Aber statt ausgepackt zu werden, wurde die Kiste umständlich identifiziert, aus dem Container geholt und zurückgeschickt, teure Sache. Der Kulturbeauftragte des Außenministers hatte mich einbestellt, Dr. Hein. Ein fünfzigjähriger Mann, so untersetzt, dass er beim Stehen immer aussah, als fiele er gleich nach vorne. Ich war hinter der doppelten, gepolsterten Tür seines Büros von ihm angebrüllt worden, wie ich darauf käme, mich für eine so unzuverlässige Kandidatin starkzumachen. Welche Blamage für den Minister, welchen Schaden das ganze Programm gleich zum Start genommen habe und dass ich aus der Jury ausscheiden würde.

Dass er es mit Künstlern zu tun bekomme, wenn er Kunst haben wolle, hatte ich zwar noch zu erklären versucht, aber er hatte nur mit noch höherem Blutdruck gebrüllt, wir seien hier in der Politik, nicht auf der Kirmes. Auf mein vorsichtiges Angebot, etwas zu schreiben, wie die Dämonen aus ihrem Werk die Künstlerin Nelly Black in der Realität eingeholt hätten, blaffte Dr. Hein, der erst vor Kurzem aus der Sportförderung in die Kultur gewechselt war: »Kunst und Dämonen! Ich sage Ihnen was: Nele Black hatte von Anfang an vor, uns vorzuführen. Die hat Sie verarscht, Mann!«

Ich wollte ihm zwar klarmachen, dass Menschen außerhalb der Politik nicht ständig Intrigen ausklügelten, aber wir einigten uns auf einen Genesungswunsch, den ich schreiben und der Minister herausgeben konnte. Lycile hielt es für besser, Nelly davon nicht zu berichten. Ich hatte die ganze Idee mit der Stiftung verflucht und es als typisch deutschen Fehler bezeichnet, die Welt retten zu wollen, wo ich ja schon genug eigene Probleme hätte, die sich nur langfristig lösen ließen. Wenn überhaupt. Lycile blieb aber ganz ruhig und meinte, ich solle es schlucken und vergessen, das sei das Gesündeste. »Oder dachtest du, es gäbe für den Sprecher dieser Jury nie Ärger?«

»Nein. Aber man muss nicht gleich verantwortlich sein, wenn man etwas angeregt hat.«

»Das hältst du jetzt aus«, meinte Lycile damals, »Nelly zuliebe, dir selbst zuliebe schon tausend Mal und mir zuliebe. Hinschmeißen ist nicht deine Art.«

Einem italienischen Winter zu dritt stimmte sie mit leichtem Herzen und einem Lächeln zu, das sie nicht oft zeigte. Sie mochte Nelly auf eine stille, für mich bis jetzt nicht ganz durchschaubare Weise, seit beide einmal im East Village einen Abend lang erst Drinks zu sich genommen hatten und dann Aspirin.

Wir hatten uns eingebildet, lange Spaziergänge würden Nelly helfen, mit uns Wein zu trinken und lange zu frühstücken würde ihr ein Gefühl von Sicherheit geben, sie zur Ruhe bringen und womöglich zum Arbeiten. Ich hatte mir ausgemalt, wie Nelly nach Rom fliegt und einen Mietwagen nimmt, den sie auf den südlichen Autobahnring steuert und Richtung Neapel. Wie sie nach dem kleinen grünen Schild mit der gelben Schrift »Napoli 180 km« die Autobahn in Valmontone verlässt. Ich sah sie die Gebühren bezahlen, sah die Schranke hochgehen und das kleine Auto die Landstraße nach Südosten über die Ortschaften und die vorgelagerte Hügelkette Richtung Berge fahren. Ihre schmalen, mit Sommersprossen bedeckten Hände auf dem Lenkrad, die Fingernägel hellblau oder blutrot lackiert, eine große Sonnenbrille, ihre blassen Lippen, von denen sie manchmal eine zwischen die Zähne nahm. In meiner Fantasie fuhr sie nach einer Kreuzung öfter rechts ran, um zur Seite gebeugt und mit laufendem Motor die Karte auf dem Beifahrersitz anzusehen. Wie sie wieder den Gang einlegte, vorsichtig kuppelte und darauf wartete, dass das Auto anfuhr, hatte ich vor Augen: eine Amerikanerin in Europa. Ich hörte uns Witze über die italienischen Schlager im Radio machen, wenn wir zusammen nach Rom fuhren, und über die Art, wie italienische Männer an Straßenecken herumstanden. Hier sei niemand erwachsen, hätte ich gesagt, alles Kinder, und sie hätte geantwortet, das sei auch irgendwie schön. Ich hätte sie vor einem Brunnen fotografiert oder im Kolosseum oder an einen Fiat 500 gelehnt, mit ihrem Mädchenlächeln, und hätte gewartet, dass sie es eine gute Idee nannte, sie hergeholt zu haben. An einem besonders warmen Tag wären wir nach Ostia gefahren und am Strand nebeneinander hergelaufen, Schuhe in den Händen, die Hosenbeine hochgekrempelt, mitten im Winter und ohne extra sagen zu müssen, dass das jetzt ein guter Moment im Leben sei.

Aber natürlich kam sie auch nicht nach Italien. Nach ihrer Absage hatte Nelly mir gefehlt. In die Stadt bin ich immer mit Lycile gefahren oder allein, und wenn ich an den Abenden aus dem Fenster sah und die Villen zählte, deren Lichter auf den Bergrücken wie elektrische Kerzen auf den Zweigen eines Weihnachtsbaums glimmten, wenn Lycile las oder im Internet war, überlegte ich manchmal, ob ich versuchen sollte, Nelly zu überreden. Vielleicht hatte unsere Einladung ja zu gönnerhaft geklungen, vor allem, weil ich so tat, als hätte ich alles im Griff. Aber ich wollte ihr nicht erzählen, wie Dr. Neuer, der Neuropsychologe, erklärt hatte, was meinen Hirnschaden ausmache und warum genau ich keinen Roman mehr schreiben könne. Ich wollte ihr nicht erzählen, dass ich angeblich eine paranoide

Neigung hatte, wenn auch nur eine schwache, die er bei der Auswertung seines zwölfseitigen Fragebogens beinahe übersehen hatte. Dass sie aber da war und ich deshalb die Dinge nicht so nahe an mich ranlassen sollte, sie nicht so eng sehen und lieber mit mehr Abstand betrachten.

Nelly hätte das nur dramatisiert, auch wenn Dr. Neuer Verständnis für die Paranoia hatte, weil ich ein paar Jahre ohne richtige Diagnose krank gewesen war und nach der Ursache gesucht und dabei alles Mögliche und Unmögliche hatte erwägen müssen. Dass das eine Anlage zur Paranoia leicht zum Ausbruch bringen konnte, hatte Dr. Neuer gesagt, aber Nelly hätte mich schon am Telefon ständig nach Defekten gefragt, hätte sie davon gewusst. Total mitfühlend hätte sie genau wissen wollen, was ich gerade alles nicht konnte, ob es heute besser gegangen sei oder schlechter. Sie hätte gegrölt, ich solle den Hirnschaden nicht so nah an mich ranlassen, den Arzt aber schon! In der Villa hätte sie mir, wäre sie eingeweiht gewesen, beim Frühstück mitfühlend auf die Stirn geschaut. Sie hätte mich krank gemacht, paranoid, hätte mich mit ihrem Denken wieder angesteckt, sie hätte mich nur noch mal in Dunkelheit getaucht, diese Kraft hatte sie, es fiel ihr ganz leicht. Statt mit ihr darüber zu reden, wie wir einen Sommer und einen Winter und noch einen Sommer lang über alles geredet und dabei zu oft das Elend erkannt hatten, das zwischen den Menschen blühte wie Löwenzahn auf einer Brache, hatte ich lieber geschwiegen. Ich hatte stattdessen eben den Plot eines Romans entwickelt, das war der Unterschied. Ich wollte es Dr. Neuer mit seiner Diagnose zeigen, mit einem Krimi, der in Thailand spielte und Hottinger tatsächlich überzeugt hatte. Mein Leben war wieder in Gang gekommen, das hatte ich geschafft. Und das durfte ich nicht aufs Spiel setzen, deshalb habe ich nicht mehr versucht, Nelly zu überreden, ins Land der Maler zu kommen. Als sie mich im Februar um Geld bat, reagierte ich nicht. Ich hatte keins, und hätte ich welches gehabt, geholfen hätte ihr Geld auch nicht, im Gegenteil, sagte ich mir damals, und jetzt, mit Vivians sachlicher Stimme im Ohr, sagte ich es mir noch mal.

FÜNF nach acht zog ich die Decke weg. Der Boden war kalt, als ich die Füße daraufsetzte. Ich schloss das Fenster und drehte die Heizung auf, zog mich an und lief am Schneeglas vorbei nach vorne, wo ich leise die Tür zum Schlafzimmer öffnete. Ray lag in Lyciles Arm, beide wachten von meinen Geräuschen auf. Eine Weile legte ich mich dazu, Ray bewegte seine Augen und gab Laute von sich. Durch seine Arme und Beine schossen unkontrollierte Impulse, mit denen sein Nervensystem Informationen über die Umgebung sammelte: Hier draußen gab es oben und unten, kalt und warm, Widerstände und Luft. Ich fuhr mit den Handflächen an seinem Körper entlang, das mochte er sehr, und ich hätte das ewig so weitermachen können. Lycile wollte aber frühstücken und ich noch duschen.

Um nicht zu lange zu brauchen, rasierte ich mich nur grob mit dem Bartschneider auf einen Dreitagebart. Danach entfernte ich penibel alle Bartstoppeln aus dem Waschbecken, von der kleinen Ablage vor dem Spiegel, mit einem gebrauchten Handtuch wischte ich noch welche vom Boden. In der Dusche passte ich auf, dass keine Lotion unter die Vorhaut geriet. Weil das Wasser nicht ablief, musste ich unterbrechen, ich zog die Haare der anderen mit einem Stück Klopapier aus dem Sieb. Zu einem Klumpen gedreht, warf ich es ins Klo und wischte mit dem gebrauchten Handtuch hinter meinen Fußstapfen her. Nach der Dusche nahm ich das frische Handtuch zuerst für die Eichel. Unter der Vorhaut löste sich noch zweimal Talg, den ich am Waschbecken mit klarem Wasser abspülte. Die Haut sah gut aus, sie war trotz der Selbstbefriedigung nicht gerötet. Ich nahm Mandelöl in die Handfläche, strich damit um Schaft und Eichel, die Haut mit der anderen Hand zurückhaltend. Dann rollte ich sie wieder vor, ein warmes Gefühl, spülte meine Hände und die Ölflasche mit Seife ab und trocknete alles mit dem Tuch. Anschließend kochte ich in der Küche Eier, schnitt Brot, deckte den Tisch, stellte eine Kerze dazu und zündete sie an. Als Lycile mit Ray auf dem Arm kam, hantierte ich mit Kaffee. Die erste Nacht, meinte sie, sei schon mal gar nicht so schlecht gewesen. Ihre Augen schwammen aber auf dunklen Sümpfen, und ich sagte, dass die erste Nacht die einfachste sei.

Sie fragte: »Wieso?«

»Euphorie und Erschöpfung.«

Sie bat um einen Tee.

»Grün?«

Als sie trank, nahm ich Ray. Er war so weich, dass sich sein Körper überall widerstandslos an meinen legte. Er fiel an mich, wenn nicht in mich hinein, und machte zwischen sich, Lycile und mir noch keinen Unterschied. Ich konnte ihn in aller Ruhe im Bad ausziehen und wieder an. Dann musste er trinken, Lycile biss sich vor Schmerz auf die Lippe, als er zu saugen begann. Ich zog die Brauen hoch, aber sie winkte ab, ich sollte den Schmerz durch meine Gesten nicht noch vergrößern. Sie sagte: »Geht schon.«

Mit dem Kaffee ging ich nach hinten und setzte mich an den Rechner. Es waren neue Antworten auf die Fotos da, die ich verschickt hatte, ich fand viele Ausrufezeichen in der Themenleiste und in den Nachrichten selbst. Auch Vivian hatte geschrieben. Sie hatte versucht, Zero zu erreichen, erfolglos. Zweimal war sie zu Nellys Wohnung hinübergelaufen und hatte geklingelt, aber er hat nicht aufgemacht. Ich sah, dass Vivian noch online war, klickte ihr Bild an und konnte sie sofort sehen.

»Es hat den ganzen Abend kein Licht gebrannt. Aber vielleicht versteckt er sich nur. Er hat ja keine Aufenthaltserlaubnis.«

Ich behauptete, dass Nelly leben würde, wenn er eine hätte.

»Kann sein.«

»Sie hätte hier ein Riesenatelier, eine deutsche Krankenversicherung und würde große Formate malen.«

Dass ich das immer geglaubt hätte, sagte Vivian traurig, Nelly habe aber nie nach Deutschland gewollt.

»Anfangs wollte sie. Sonst hätte ich kaum das halbe Land in Bewegung gesetzt.«

»Meinst du?«

»Solange nichts konkret war, wollte sie. Die Probleme tauchten erst auf, als die Einladung aus Berlin offiziell ausgesprochen wurde.«

»Ja«, sagte sie müde.

»Erst mit dem Einladungsschreiben in der Hand kam ihr Widerwille, mit dem deutschen Adler auf dem Briefbogen, mit dem aufgeprägten schwarz-rot-goldenen Wappen und der Unterschrift des Außenministers. ›Hat er das wirklich unterschrieben, persönlich?‹, hat sie gefragt und sich dabei halb lustig gemacht, halb geschämt.«

»Sie wollte nicht nach Deutschland.«

»Anfangs schon, sie hat Deutschland um das geistige Leben beneidet, um die Theater, die Philosophen, die Bücher. Dann fand sie in ihrem Kopf keinen Platz für ein Bild, das Nelly und Deutschland zeigte.«

»Ihre Scheu vor Deutschland war noch viel größer, als du wissen kannst.«

»Auch nicht größer als die vor allen anderen Dingen.«

»So groß wie ihre Begeisterung eben«, sagte Vivian mild.

»Für Zero zum Beispiel.«

»Das stimmt leider«, sagte sie, »natürlich war sie anfällig für diesen Typ Mann.«

»Es war Zero, der nicht wollte. Sie hätten ihn nicht wieder einreisen lassen. Das mit Deutschland war eine Ausrede.«

»Kann sein«, sagte Vivian.

Ich fragte, was genau in der Mail gestanden habe, die sie von

Zero bekommen hatte, unserer einzigen Informationsquelle. Ich hoffte, sie würde sie mir wörtlich vorlesen, aber das tat sie nicht. Und sie darum zu bitten, brachte ich nicht fertig. Ich musste ihrem Bericht sehr konzentriert zuhören, um zu verstehen, dass Zero diese Nachricht von Nellys Account aus geschrieben hatte. Vivian glaubte von ihr selbst zu hören, als sie die Mail geöffnet hatte.

»Ein Idiot.«

»Er hatte meine Mail-Adresse nicht.«

»Zero?«

»Wir haben nie gemailt.«

»Er hätte sie doch bei Nelly nehmen und von seinem Account aus schreiben können.«

»Wenn er einen hat.«

»Kann sein«, sagte ich ungeduldig.

Vivian war eigentlich schon auf dem Weg ins Bett. Langsam sagte sie: »Ich glaube nicht, dass es was zu bedeuten hat.«

»Was?«

»Von wo er geschrieben hat.«

»Ja, kann sein.«

»Sie wäre sonst vielleicht im Spam gelandet, noch schlimmer.«

»Weiß ich nicht. Es gehört überhaupt in keine Mail, sondern persönlich gesagt.«

Ich glaubte, sie gähnen zu hören, sie meinte, dass es nun egal sei und dass sie morgen wieder probieren würde, ihn zu erreichen.

»Schlaf schön«, brachte ich unter plötzlichem Schlucken gerade so zustande, sie bedankte sich.

Nach dem Trennen der Verbindung brauchte ich eine Weile, bis ich auf die Idee kam, dass Zero meine letzte Zeile an Nelly gelesen haben könnte. Dagegen sprach nichts, denn wieso sollte, wer im Namen einer Toten schreibt, ein Briefgeheimnis achten? Zumal er in der Situation sicher nach Hinweisen gesucht hat, was passiert war. Minutenlang überlegte ich mit angenehm ruhig auf der Tastatur liegenden Fingern, was nun das Vernünftigste sei, was ich tun konnte. Dann tat ich das Unvernünftigste und Überflüssigste: Ich schrieb ihm selbst. Dabei musste ich mich überwinden, in das Formular zu tippen, in dessen Adresszeile automatisch Nellys Name erschien, nachdem ich die ersten beiden Buchstaben getippt hatte. Nach der Anrede, bei der ich mich ärgerte, seinen Klarnamen nicht zu kennen, ging es leichter. Ich suchte nach freundlichen Worten, ohne zu viel Beileid oder persönliche Nähe. Ich hatte Zero ja nie gesehen oder gesprochen, wieso also fragte ich ihn jetzt von meinem Berliner Schreibtisch aus, ob ich helfen könne, egal wie? Das verriet nur ein schlechtes Gewissen, glaube ich. Wo Nelly nun sei, fragte ich auch noch, als wüsste er das, als kümmerte es ihn, als wäre es von Bedeutung oder als könnte ich ihr in Überlichtgeschwindigkeit doch noch rettendes Geld überweisen und mein letztes Wort an sie zurücknehmen, relativieren oder veralbern. Natürlich brachte ich es nicht fertig zu schreiben: ihr Körper. Wo ihr Körper nun sei. Falls Zero auch so wenig schlief wie sie, würde er vielleicht direkt antworten – was ich hoffte. Zuerst blieb ich sitzen, starrte auf den Bildschirm mit der Liste der Posteingänge und lud die Seite alle zwanzig, dreißig Sekunden neu. Dann sah ich nur noch alle paar Minuten nach.

Gegen zehn kam die Hebamme zum zweiten Mal. Ihre Geschäftigkeit war immer auf etwas gerichtet und tat mir gut. Nachdem sie sich die Hände gewaschen hatte, hielt sie sie senkrecht in die Luft und verlangte ein sauberes Handtuch, das ich ihr mit spitzen Fingern reichte. Im Schlafzimmer wollte sie von Lycile wissen, wie es ihr gehe. Sie legte Ray in ein Tuch, dessen Ecken sie an eine Feder mit Skala hängte. Er hatte hundert Gramm abgenommen, wie erwartet. Wir würden hoffen, sagte sie im Plural, dass er ab morgen oder übermorgen zulege. Sie sah aber keinen Grund, warum das nicht so sein sollte, denn auch mit der Vormilch lief alles nach Lehrbuch. Als Nächstes wurde sie ganz ruhig und blickte Ray an. Er spüre, meinte sie, dass er richtig angekommen sei. Und in unser beider berührtes Schweigen hinein korrigierte sie sich mit sanfter Stimme: »Bei den Richtigen angekommen ist.« Lycile sah mich mit ihren müden Augen an und hatte ein sehr schönes Gesicht.

AM Mittag besuchten uns wie verabredet Jakob, Nadja und Merle. Jakob wirkte viel älter und reifer auf mich als noch ein paar Tage zuvor. Ich sprach auch anders mit ihm, und Nelly hätte ihn ganz sicher gern so gesehen. Nadja gab sich erstaunlich ungezwungen, sie hatte immer gesagt, dass ein Bruder das Beste für Jakob sei, und offenbar freute sie sich tatsächlich, dass er jetzt einen hatte. Sie packte Bodys aus, die sie für Ray gekauft hatte, dazu einen Löwen aus schadstofffrei gefärbtem, grobem Stoff. Ich spielte mit Merle hinter den Zimmertüren Verstecken, und einmal kletterte sie in den Kleiderschrank. Nadja ließ das kein zweites Mal zu. Er sei sowieso schon so wackelig, meinte Lycile dann auch. Aus Rücksicht auf Lycile gingen Nadja und Merle bald wieder, nur Jakob blieb.

Dann meldete sich Vivian. Gleich nach dem Aufwachen hatte sie Zero erwischt.

»Er ist einfach ans Telefon gegangen!«

»Tolle Leistung«, sagte ich zu trocken und bedauerte es gleich.

Aber Vivian war nicht irritiert.

»Nach seiner Version hat Nelly am 17. Dezember mittags die Wohnung verlassen, obwohl ausgemacht war, dass sie nicht alleine rausgeht.«

»Und wo war er?«

»Schlief noch.«

Ich vermied eine Antwort.

»Das ist nicht ungewöhnlich. Sie ist in den Supermarkt am Tompkins Square Park gegangen, wo der Infarkt sie bewusstlos zusammensinken ließ. Sie hatte keine Papiere dabei, keine Kreditkarte, keinen Ausweis. Der Wagen war schnell, man hat sie ins Beth Israel gebracht. Zero kam irgendwann in der leeren Wohnung zu sich und wartete ein oder zwei Tage auf sie.«

Vivian konnte nicht sagen, wie lange genau.

»Vielleicht auch länger, wahrscheinlich hat er fast die ganze Woche gewartet. Er ist nicht zur Polizei gegangen, weil er Angst hatte, ausgewiesen zu werden.«

Ich stellte mir vor, wie er in der Wohnung saß, während es zum ersten Mal dunkel wurde.

»Nach ein paar Tagen haben sie im Krankenhaus zwei ihrer Tattoos fotografiert, den Delfin auf dem Schambein und die Tatzen auf der Wirbelsäule. Das haben sie im East Village in den Geschäften verteilt. Der Supermarkt, in dem es passiert ist, hat ein Foto in die Tür geklebt: ›Kennen Sie diese Person?‹ Die Telefonnummer und Adresse der zuständigen Wache, das Polizeilogo und so weiter. Zero erkannte den Delfin schon von Weitem, brauchte aber noch Zeit, bis er sich überwinden konnte, die Nummer zu wählen. Er redete sich wohl ein, sie sei in guten Händen.«

»In besseren als seinen vermutlich.«

»Angerufen hat er am 24.! Sie haben ihm gesagt, dass sie nicht mehr aufgewacht ist.«

»Scheiße.«

»Ich bin froh, so viel herausgefunden zu haben, es ist ja nicht leicht, mit ihm zu sprechen.«

»Ich habe ihn nie gesehen.«

»Ach«, sagte Vivian, »wirklich?«

»Nelly hat es vermieden, uns zusammenzubringen. Ich weiß nicht, wieso, dachte immer, er sei vielleicht eifersüchtig?«

Das glaubte Vivian nicht, und ich fragte, wann sie denn mit Zero gesprochen habe.

»Jetzt gerade, vor, äh, vier Minuten.«

Ich dankte ihr, und sie meinte, es tue ihr gut, mit mir zu reden.

Nach dem Gespräch ging ich nicht allein spazieren, was gut gewesen wäre. Auch mit Lycile zu reden wäre gut gewesen, besser sogar, aber sie hatte keinen Kopf für mich, oder ich wollte nicht, dass sie sich einen um mich machte. Wir hätten Nellys Anwesenheit in der Welt nachspüren können, ihren Bildern, die irgendwo stehen mussten, in ihrem Atelier, ihrer Wohnung, bei Sammlern und Galeristen. Ich hätte überlegen sollen, wie sie mein Leben verändert hatte durch ihre Zuneigung und durch ihre Sätze, ihren Geist, der immer irgendwo in meinem Hirn klempnerte und das weiter tun würde, bei mir und dadurch bei den Menschen, mit denen ich lebte und leben würde. Ich hätte das Schneeglas in die Hand nehmen können oder das Whiskyglas mit dem aufgedruckten Roten Kreuz, das sie auch nach Berlin mitgebracht hatte. Oder hatte sie es mir geschickt? Im Medikamentenschrank hatte ich noch eine Tablettendose mit der Aufschrift: »Placebo, heilt alles – Rhythmusmangel, Witzlosigkeit, anhaltendes Wehweh, Hirnreizung, wachsenden Ekel, Aufregung, kalte Füße, tyrannische Libido, Herzbruch, kreisförmige Gedanken, splissiges Haar, Hypochondrie, Frust und falsch verstandene Identitäten.« An Jakobs Tür hing der handgroße Basketballkorb, den sie an einem Straßenstand von *Sports Illustrated for Women* aus den Werbegeschenken herausgesucht und uns zusammen mit einem flauschigen Ball geschickt hatte, den wir schon seit Jahren nicht mehr in den Korb geworfen hatten. Ich hätte Bilder herausholen und eine Träne vergießen können, wählte aber stattdessen ihre Nummer. Ich kann sie noch auswendig. Während es klingelte, hatte ich ihr Haus vor Augen, eine hohe, nichtssagende, nicht einmal abweisende Betonburg, die geschickt hinter umlaufenden Balkonen verschwand. Wie man das Haus vom Nordosten betrat. Ihre Wohnung ist im obersten Stock, der Balkon mit dem Pflanzenmeer geht nach Südwesten, man betritt ihn von der großen Wohnküche, in der sie auf dem Sofa geschlafen hatte, wenn ich da war. Das Telefon klingelte ins Leere, in die leere Wohnung oder an Zeros leere Ohren und sein leeres Hirn. Es ging nur der Anrufbeantworter dran, ihre Stimme sagte ohne jedes Zittern: »Hi, du hörst Nellys gierige Maschine, bitte hinterlass deine Nachricht nach dem Biep.«

Gierig – das hatte mich schon immer genervt. Als ordentliche New Yorkerin hatte Nelly sowieso nie abgehoben, niemals, und man fühlte sich verarscht, wenn man das »gierig« zum achtzehnten Mal gehört hatte. Wie immer legte ich vor diesem mir so vertrauten Biep auf. Gleichzeitig schaltete mein Rechner mit einem dezenten Geräusch in den Sparmodus, der Bildschirm erlosch, und ich saß da wie auf der Durchreise in einem namenlosen Hotelzimmer, froh, dass bald ein neuer Tag beginnen würde. Aber dann erwischte es mich: dass sie nicht mehr da war. Unsere Freundschaft war nicht mehr ausgesetzt, in einer Pause, von der sie sich erholen könnte. Sie war vorbei. Ich würde Nelly nicht mehr hören, wie sie sich aufregte, dass man ihre Nummer googeln konnte und dann Namen und Adresse mit Stadtplan bekam, auf dem ihr Haus angekreuzt war: »Fehlte bloß noch«, hatte sie gerufen, »dass man dazuschreibt, welche Unterwäsche ich gerade trage!« Ich würde nicht mehr hören, wie mühelos sie Traurigkeit, Freude und Empörung in ihre Stimme zwang. Das war weg. Sie würde nicht mehr grölend über den Geschmack ihrer Möse reden, wenn sie schlecht gegessen oder zu viel gekifft hatte, sie musste nicht mehr daran denken, dass jemand sie missbrauchen, sie sich einfach nehmen und benutzen und verletzen konnte. Wegen der ewigen Blutungen und Operationen würde sie nicht mehr heulen. Ein Kind hatte sie nicht bekommen. Wo die letzten vierzig Jahre ihr Geschlecht gewesen war, würde nur Luft sein. Ich nahm das Schneeglas in die Hand und ließ die Plättchen um ihr Bild fliegen. Die Straßen von der Rückseite des Fotos sah ich vor mir, regennass, von ihr verlassen: Es ist lächerlich, dass alle Gegenstände eines Lebens so aussehen wollen wie ein paar Tage zuvor, als der Mensch, der sie ausgemacht hat, noch da war. Gegen meinen Willen roch ich den Rasen vor ihrem Haus, die Abgase. Ich hatte die schwere, trockene und staubige Abluft über den Schächten der Subway im Gesicht: Unmengen Staubsaugerluft. Wo von ihrem Haus aus der nächste Schacht war, wusste ich gar nicht. Vielleicht fror es auch in New York, dann würden die Obdachlosen mit ihren Decken auf den Gittern sitzen und sich an der Abluft wärmen. Oder lag Schnee? Wie hatte Nelly ausgesehen, fragte ich mich, als sie aus dem Haus und um die Straßenecke gegangen war, durch die Kälte, dann in den kleinen Supermarkt, der ein schmaler Schlauch ist und nichts für Klaustrophobiker? Wie hat sie an der Kasse gestanden, als sie bezahlen wollte? Haben die anderen ihre durchsichtige Haut wahrgenommen, nicht nur an der Hand, auch im Gesicht? Sie muss jedem aufgefallen sein, der Augen hat. Wie sie gezittert hat und den Kassierer fragend ansah, wie der Geldschein zwischen Daumen und Zeigefinger klemmte und an seinen Enden das Zittern ihrer Hand in ein großes Wippen übersetzte? Die anderen Kunden und der Mann an der Kasse werden auf ihre Hand mit dem Dollarschein gestarrt haben, im Blick etwas Mitgefühl und viel Abgrenzung.

Ich stand vom Schreibtisch auf und stellte mich ans Fenster. Genau eine Woche vorher hatte ich meinen Krimi beim Verlag abgegeben, ein paar Tage vor dem vertraglichen Termin. Ich lebte gern im Guthaben. Ich hätte alles so lassen sollen und spazieren gehen, mich besaufen, zum Sport, Pornos kucken, irgendwas. Mir sagen, dass der Zufall seinen eigenen Willen hat, dass man nicht für alles in einem Leben verantwortlich ist, nicht mal im eigenen und also schon gar nicht in dem der anderen. Aber das konnte ich nicht. Ich fragte mich, wo man von ihr und mir zu erzählen anfangen müsste. Vorne?

VORNE war der Sommer 1999. Ich war noch mit Nadja zusammen, oder sagen wir lieber, dass ich es glaubte. So werde ich es dem Psychologen erklären, falls er noch kommen sollte und sie mich nicht kalkuliert hier stundenlang sitzen lassen und beobachten, um sich dann zu entschuldigen, die Befragung, wie sie sie nennen, finde erst morgen statt. Oder nächste Woche oder vor Gericht.

Falls er kommt, werde ich ihm sagen, dass Jakob im Sommer 1999 mit dem halben Kindergarten seinen dritten Geburtstag gefeiert hat. Ein paar Monate vorher war ich durch Hottinger zum Schriftsteller geworden. Wobei man Schriftsteller natürlich nicht sein kann. Man kann sich nicht daran gewöhnen, einer zu sein, denn sobald man das tut, ist man keiner mehr. Der Satz hätte Nelly gefallen! Sie mochte diese Art Pathos und meinte sogar, es sei meine Aufgabe, die Wahrheit zu sagen, in diesen Zeiten der Lüge. Ich fand das schon rührend: Als ob es eine Wahrheit gäbe! Und in diesem Fall, darauf muss ich mich zu konzentrieren versuchen, ist die Wahrheit eh bloß, dass es zu mir passte, auch diese Zeit noch als eine Unbequemlichkeit zu empfinden, das Auftreten in der Öffentlichkeit als unangemessen und die Frage, wie ich mich darin zurechtfinden sollte, als Rätsel.

Im Frühsommer interviewte mich ein Kulturmagazin aus der Schweiz. Ich traf die Redakteurin in Berlin, nachdem ich gerade von einer Lesung am Deutschen Haus in Manhattan zurück war. Halb spaßhaft, halb weil man immer erst mal etwas vorgeblich Belangloses redet, um sich zu lockern oder Eindruck zu machen, kam ich auf die Idee, ein zweites Mal hinzufliegen. »Man müsste mal herausfinden«, plapperte ich, »was die New

Yorker jetzt beschäftigt, zehn Jahre nach dem Kalten Krieg. Wie sie leben. Ob das Gerede vom Ende der Geschichte für sie eine Rolle spielt.«

Die Redakteurin lachte nur.

»Komischer Gedanke«, sagte ich, »an einem Ende zu leben. Oder?«

Das fand sie auch, einen Notizblock in der einen Hand und einen Kugelschreiber in der anderen.

»Man hätte nichts mehr zu erzählen ...«

»Das ist natürlich Todessehnsucht«, sagte sie, »wenn man nichts mehr erreichen will.«

»Genau!«

Sie würde den Chefredakteur fragen, was ich für so dahingesagt hielt, eine Höflichkeit, mit der sie zum eigentlichen Gespräch überleiten wollte, das sich um meinen Krimi und dessen überraschenden Erfolg drehte. Als der Chefredakteur ein paar Tage später tatsächlich anrief, hatte ich dieses Geplänkel schon vergessen. Ich zögerte, als er mir den Auftrag für ein Sonderheft *New Yorker Künstler 2000* gab. Meine Prosa sei so bildstark, hörte ich ihn in meine Überraschung hineinsprechen, da traue er mir eine Herausgabe ohne Weiteres zu. »Den Blick haben Sie!« Außerdem fand er das Marketing meines Romans als Krimi genial, auf solche Kunstgriffe wie eine falsche Gattungsbezeichnung komme es an, das sei wie eine geschickte Ausleuchtung oder eine spektakuläre Hängung ansonsten möglicherweise unscheinbarer Bilder, die ein Werk kleiner oder größer, bunter oder düsterer machen könne. »Das Kunstwerk bringt man durch diese Tricks erst zur Geltung, meistens macht man es so überhaupt erst zu einem!« Kunst, meinte er in mein Schweigen und Räuspern hinein, sei Kontext. »Kunst allein gibt es gar nicht«, tönte seine Stimme aus dem Hörer, aber um das Spiel so zu spielen, müsse man natürlich erst einmal so uneitel sein wie ich, davor habe er den allergrößten Respekt, wenn sich jemand so vollständig in den Dienst seiner Kunst stellte, in den Dienst der Kunst. Ich spiele diese Rolle grandios, meinte er, aber ich muss weiter gezögert haben, denn er erklärte gleich, dass sie sich natürlich alles noch einmal anschauten, in der Redaktion, bevor irgendwas in den Druck ginge. »Machen Sie sich da keine Sorgen. Fahren Sie einfach, reden Sie mit den Leuten in der Szene und passen Sie auf, dass Sie genug Spaß haben.« Das Heft sei für Sammler und Archivare gedacht, aufwendig im Druck. »Meine New Yorker Korrespondentin freut sich schon wie irre auf Sie!«

Lust auf New York hatte ich. Also ließ ich mir erklären, wo die Maler und Fotografen typischerweise ihre Ängste hatten, was ich an Auflösung, Papier und Farbsättigung zusichern konnte. Damit flog ich ein zweites Mal binnen Wochen nach New York, und wie zur Lesung flog ich wieder allein.

Nadja wollte auf keinen Fall mit. Ich hatte sie mindestens viermal gefragt. Sie war zwar nie da gewesen, mochte Amerika aber nicht. Und obwohl es anders ausgemacht war, musste ich auch ohne sie zum Flughafen fahren, was bedeutete: ohne Jakob. Am Abend vorher waren wir in einen Streit geraten, in eine kleine Verstimmung, wie ich mir einredete, die einem langen Tag ein dummes Ende gesetzt hatte. Wegen eines Termins mit einer Fotografin, einer Frau Kummer, war ich zu spät im Kindergarten erschienen. Sie hatte mich in einem Café vor ihrer Linse einen Cappuccino sechzehnmal an den Mund heben und wieder absetzen lassen, als wäre das mein neuer Beruf. Während Frau Kummer nicht fertig wurde, sich nicht beeilte und nicht erklären konnte, für wen sie mich überhaupt fotografierte, hatten die Kinder im Kindergarten alle paar Minuten bei Erscheinen eines Vaters oder einer Mutter deren Kind angebrüllt: »Du bist abgeholt!« Von dem lauten, stetig dünner werdenden und schließlich sterbenden Kinderchor war nur Jakob übrig geblieben. Allein mit der Erzieherin sah er sich ein Buch an, als ich entnervt und unter Entschuldigungen auftauchte und die Erzieherin wortlos auf die Uhr sah. Auf dem Heimweg hatte ich beschlossen, keine Termine mit Fotografen mehr anzunehmen, und das erzählte ich beim Essen. Beiläufig erzählte ich das, ganz nebenbei, was wahrscheinlich entschuldigend wirkte und dadurch kokett. Nadja hatte mich angezischt, dass sie kein Wort verstehe.

»Zeitverschwendung«, hatte ich in meiner Orientierungslosigkeit erklärt, »sich dauernd mit Fotografen zu treffen, die man nicht kennt, die nicht wissen, wofür sie überhaupt Fotos brauchen, einem die Bilder nicht zeigen, sondern ins Netz stellen, wo man dann wie in einem Zoo angeguckt und angeklickt wird wie eine Nutte.«

Woher ich denn das wüsste, hatte Nadja spitz gefragt und den Rücken durchgedrückt.

»Was weiß?«

»Na, das von den Nutten, wie du sie nennst.«

»Vom Recherchieren.«

»Woher denn?«

»Von der *Wolfsfrau*«, sagte ich, ein übles Buch, das ich übersetzt hatte, weil ich das Geld brauchte, weshalb jetzt mein Name drinsteht.

Aber Nadja war nur entrüstet: »Was du dir immer einbildest!«

Danach hatte sie Jakob ins Bett gebracht und war in ihrem Zimmer verschwunden. Sie hatte mich mit dieser Ohrfeige allein gelassen und kam erst am Morgen wieder heraus. Statt mich, wie verabredet, nach Tegel zu fahren, und darauf hatte sich vor allem Jakob glühend gefreut, rief sie mir ein Taxi.

In New York angekommen, legte ich mich im Hotelzimmer aufs Bett und telefonierte mit der Korrespondentin des Magazins, die in ihrem Büro am Bryant Park saß und gut vorbereitet war. Wir gingen die Namen der Künstler durch, die es lohnen könnte zu treffen, das Fenster stand offen, es war sehr heiß.

Mir ging es schon nicht mehr gut in diesem Sommer, aber es war nur eine lästige Sache mit der Schilddrüse, die sich bald geben würde: So hatte man es mir gesagt. Die frische Luft half mir, ohne Hemd lag ich auf dem Bett. Die Korrespondentin nannte Nelly Black. Das klang wie aus einem Comic, dachte ich amüsiert.

»Nelly Black? Nie gehört.«

»Ihre erste Einzelausstellung war vor einem halben Jahr, krasse Bilder, eine sehr harte Abrechnung mit der Stadt!«

Ich glaube, dass ich darauf gar nichts sagte, denn diese Anpreisung fiel mir zu fett aus, obwohl sie durch das Schweizerdeutsch in meinem Ohr an Schärfe verlor.

»Abrechnung«, fragte ich, »weshalb?«

»Drogen, Geld, an jeder Ecke lauert eine Abhängigkeit, überall große Lust an Ausbeutung.«

Mein Schweigen bemerkte die Korrespondentin nicht, oder sie ignorierte es und erzählte, dass der *New Yorker* ein vierseitiges Porträt über Nele Black gebracht hatte. Man hatte sie dort schon Nelly genannt und zum Teil sogar den Nachnamen weggelassen. So zeichne sie jetzt auch ihre Bilder.

Ich erfuhr, dass die Lehrer an der Akademie die junge Malerin für das größte Talent hielten, seit man Kunst studieren konnte. Es habe Tumulte in der Klasse gegeben, irrsinnige Eifersuchtsszenen und Abgänge von heulenden Kommilitonen, die es nicht aushielten, sich neben ihr auf eine künstlerische Laufbahn vorzubereiten. Ich brummte irgendetwas Sinnloses ins Telefon, weil ich bei der Vorstellung von Menschen, die sich auf eine künstlerische Laufbahn vorbereiten wollten, ängstliche Passagiere vor mir sah, die penibel die Anweisungen der Stewardessen für den Flugzeugabsturz verfolgten. Aber ich konnte kaum behaupten, dass Nelly Black uninteressant war, wenn alle über sie sprachen.

»Warte«, sagte die Korrespondentin, als wären wir seit Jahren eng befreundet, »ich hab es hier.«

Sie nahm den Hörer in die andere Hand, klemmte ihn dann zwischen Schulter und Kopf, und offenbar schob sie auf dem Schreibtisch Papiere herum. Dann hatte sie den Hörer wieder in der richtigen Hand, ihre Finger griffen um das Plastikgehäuse, ich hörte, wie sie darauf abrollten.

»Hier«, sagte sie entschlossen, »es gibt die Epiker unter den Malertalenten, die immer den großen Raum öffnen, es gibt die Techniker unter ihnen, die am Detail kleben, bis eine filigrane, zerbrechliche Brillanz entsteht. Es gibt die wahnwitzig Intelligenten und die Rückhaltlosen und die Weisen. Nele Black hat alles auf einmal und vor allem die seltene Gabe, ihr historisches Bewusstsein und ihr enzyklopädisches Wissen mit dem ehrlichen, echten Interesse am Menschen zu inszenieren, und zwar mit dem Auge des Malers für Farbe. Ihre Kunst ist getrieben von unstillbarer Neugier und frappierender Angstfreiheit. Was sie malt, ist immer ein Gang auf dem Hochseil.«

Ich sagte nichts.

»Bist du noch da?«

Ich war noch da. Fragte: »Wer sagt das?«

»Der Leiter des Studiengangs an der NYU, Bonk.«

Kannte ich nicht.

»Er stellt grad bei Gagosian aus, komisches Zeug allerdings. Als Katalogschreiber ist er aber eine dicke Nummer. Du musst Nele Black dabeihaben, zumal sie eben New York neu zeigt.«

»Als?«

»Sumpf der Teilnahmslosigkeit. In dem jeder bloß nach Zuneigung sucht, aber keine zu geben hat.«

»Ach so«, sagte ich, von ihrem Schweizerdeutsch so amüsiert, dass ich es fast imitiert hätte.

»Ich lasse dir das Material vom Fahrradboten ins Hotel bringen«, sagte sie ungestört. »In welchem Hotel bist du?«

Ich musste auf dem kleinen Tisch das Faltblatt holen, auf dem der Name stand, und lauschte danach eine halbe Stunde lang meinem Herzschlag und dem Verkehr zwölf Stockwerke unter mir. Neben mir saß Jakobs Affe, ein vierzig Zentimeter großes Kuscheltier, das er eigentlich nicht aus den Augen ließ. Ich legte mich auf den Bauch und fasste das Tier dabei an der Hand. Dass er es mir mitgegeben hatte, damit es auf mich aufpasste, war eine Riesensache. Wir hatten ausgemacht, dass ich mit dem Affen noch aus dem Flugzeugfenster winkte oder wenigstens, wenn ich mich am Gate verabschiedete. Was ein Gate sei, hatte er gefragt, und ich hatte gesagt, so ungefähr der Eingang zum Flugzeug, beziehungsweise der Eingang zum Eingang zum Flugzeug, das verstand er. Wir hatten auch ein Bilderbuch, in dem das erklärt wurde. Weil beim vorzeitigen Abschied morgens an der Wohnungstür der Taxifahrer dann aber Sturm geklingelt hatte, war der Affe in der Tasche geblieben, ich war die Treppe hinuntergerannt, obwohl wir noch jede Menge Zeit hatten, wie ich dann im Wagen feststellte. Jakobs nur mit großer Kraft unterdrückte Tränen und die vorgeschobene Unterlippe, die ich als Letztes gesehen hatte, verdrängten die Stadtgeräusche in meinem Kopf. Meine Arme kamen mir überflüssig vor in meinem Hotelzimmer, weil ich Jakob nicht darin einschloss. Mein Körper war sinnlos, weil ich seinen Kopf nicht an meiner Brust, meine Nase nicht in seinen Haaren hatte. Und als man mich mit dem Zimmertelefon in die Hotellobby rief, wo der Fahrradbote wartete, fand ich, dass mein Mund, mit dem ich redete, nicht zu mir gehörte.

Der Bote sah aus wie gerade aus einem Papageienkäfig entkommen, er hatte Nellys Katalog in der Hand. Auf dem Deckel prangte ein Zitat aus einem Artikel des *San Francisco Chronicle*: »Brillant, elektrisch, einzigartig. Nele Black zeigt uns, warum wir ohne Kunst nichts sind.« Ich stöhnte und dachte, es sei idiotisch gewesen, in diesem Land nach Wahrheiten zu suchen, denn alles, was es gab, waren Werbesprüche. Zu meinem Glück vergaß ich das aber, als ich, auf dem Hotelbett liegend, durch die Seiten blätterte: Bei jedem Bild wollte ich wegsehen und tat es nicht. Jedes prägte sich ein, ohne dass ich es begriff. Nelly spielte auf meinen Sehnerven Klavier, dachte ich, und wie kitschig diese Formulierung war. Die Korrespondentin hatte noch Zeitungsausschnitte dazugelegt, Interviews und Kritiken, in denen von Hopper und überraschenderweise auch von Dix die Rede war: »Harmlosigkeiten«, las ich, »verglichen mit Black!«

Ob sie eine Gesellschaftskritikerin sei, fragte ein Journalist sie, und Nelly antwortete, das müsse die Gesellschaft entscheiden. Wie sie sich zu ihr stelle, fragte er, und sie sagte, in einem System, das einen ausbeute, sei es die am häufigsten angewendete Technik, so nah ranzugehen, dass man es nicht mehr sehe. Joseph Goebbels habe Stalingrad ein Gemälde genannt, dem man nicht gerecht würde, wenn man es aus der Nähe betrachte. Man müsse davor zurücktreten. Ob das nicht ein bisschen negativ sei, fragte er weiter, und sie sagte, ja, das sei total negativ, wenn man denken würde wie er, aber tatsächlich sei nicht von Belang, ob etwas negativ oder positiv sei. Was denn von Belang sei, fragte er, und sie sagte, ob etwas überhaupt da sei oder eben nicht. Die meisten Dinge, die uns wichtig seien, gebe es ja überhaupt nicht. Zum Beispiel, fragte der Journalist, und Nelly sagte: »Intelligenz.«

»Aha«, sagte der Journalist, das stand da wirklich so schlicht, und Nelly sagte, alles was es gebe, seien Interessen und Müdigkeit.

»Es gewinnt nie, wer recht hat, immer verliert, wer zuerst müde wird. Wer zuerst nicht mehr kann: der Schwächste.«

Der Journalist fand auch das düster.

»Ja«, sagte sie, »man nennt das Hetzjagd.«

Inwieweit ihr Werk auch szenisch autobiografisch sei, wollte ein anderer Journalist wissen, und Nelly schoss zurück, ob er das auch Autoren von Kriminalromanen frage.

Der Journalist: »Nein.«

Nelly: »Dann mangelt es Ihnen an Fantasie.«

Ich wollte den Katalog weglegen, dabei fiel ein Zettel mit der gut lesbaren Blockschrift der Korrespondentin heraus: Der Termin mit Nele Black sei für den kommenden Nachmittag ausgemacht.

Ziellos lief ich durch die Nachbarschaft und trank noch ein paar Biere und ging meine eigenen Antworten auf Fragen nach dem autobiografischen Hintergrund meines Buches durch: Ich hatte mich gewunden wie ein Politiker bei Steuererhöhungen. Im Hotel ergab ich mich der Schlaflosigkeit, die ich nicht auf den Alkohol oder die Schilddrüse, sondern auf die Hitze und das Klappern der Klimaanlage schob. Es braucht wirklich wenig, um einen Verstand zu rauben.

AM nächsten Morgen frühstückte ich gegenüber dem Hotel in einem Stehcafé mit dieser Langsamkeit im Kopf, die einen friedlich macht, solange man nicht gefordert wird. Ich nahm die *Village Voice*, die in Stapeln auf den niedrigen Fensterbänken lag, entsprechend erwartungslos in die Hand, und das änderte sich auch nicht, als ich auf das nächste Interview mit dem Shootingstar stieß. Es war mein fünftes oder sechstes, und das meiste davon überflog ich nur. Es ging um Nellys Erfolg, wie er sich anfühlte und so fort. Sie wich dem hohlen Gerede gut aus, ohne dabei Interessantes zu sagen. Ich stand vor der großen Scheibe und beobachtete eher die Passanten, die am Café vorbeiliefen, als ernsthaft das Interview zu lesen. Dann muss das Thema gewechselt haben, denn es kam ein Satz, der mich traf. »Ein Mann«, meinte Black, »der eine Frau sieht, stellt sich immer zwei Fragen. Erstens: Will ich sie ficken? Und zweitens: Falls ja, habe ich eine Chance? In dieser Reihenfolge.«

Ich las das dreimal, erst verwundert und beeindruckt, wie erwischt, dann irritiert und am Ende erbost, bis ich überlegte, wie ich den Termin absagen könnte. Noch lieber hätte ich sie einfach versetzt. Sollte sie sich doch von jemand anderem prüfend ansehen lassen, den sie zuvor selbst kritisch beäugt hatte. Bei dem sie sich selbst fragte, ob das der deutsche Kriminalautor sei, im Hauptberuf Jurist, im ersten Nebenberuf Übersetzer und sechstausend Kilometer durch die Höhenstrahlung geflogen, um mit ihr zu reden. Oder ob er nur so tat und sich eigentlich fragte, ob er sein Glied in sie stopfen wolle und gegebenenfalls auch dürfe.

Ich überquerte nach dem Frühstück mit leerem Kopf die Straße, fuhr in den zwölften Stock und sah mich im Spiegel über dem Waschbecken in meinem Zimmer an. Ich wünschte mir eine verblüffende Ausrede, etwas so Einfaches wie Überraschendes, etwas, worauf niemand leicht käme, bei dem jeder trotzdem sofort nickte. Aber negativ. Die Spannung, die Ausreden erzeugen, konnte ich damals noch nicht ertragen, nie brachte ich eine über die Lippen. Ich konnte nicht einfach sagen, ich hätte mir den Magen verdorben, hinge über der Kloschüssel und müsse den Termin leider verschieben, um dann tagelang dummerweise keine Zeit mehr zu haben und mit gemurmelten Entschuldigungen abzureisen, mit Ausflüchten, die jeder verstehen konnte, ohne offen brüskiert sein zu müssen.

Mit diesem Mangel an Diplomatie, den ich später als Mangel an Respekt zu verstehen gelernt habe, putzte ich mir die Zähne und sah mir dabei im Spiegel zu. Beinahe sofort färbte sich die Zahnpasta rot: Zahnfleischbluten. Das war nichts Neues und gehörte zu den kleineren und größeren Merkwürdigkeiten, die mich neben der Schilddrüse einschränkten. Obwohl ich längst auf weiche Bürsten umgestiegen war und kaum noch drückte, blutete ich fast täglich. Ich putzte wie ein Siebzigjähriger, eigentlich streichelte ich das Zahnfleisch nur noch, aber es riss, als schrubbte ich die Haut eines alten Pfirsichs mit einer Drahtbürste. Oft löste sich eine Ecke Fleisch oder eine Verletzung entzündete sich, und unter der langsamen Heilung zog sich das Fleisch zurück. Von da an blieb der Zahnschmelz nackt. Die Zahnhälse wurden dunkel, man sah das Zahnbein, und mein letzter Zahnarzt hatte seine Helferinnen zusammengerufen, sie sollten sich das mal ansehen!

Ich hörte mit dem Putzen auf, spülte den Mund aus und wartete. Mir war schwindelig. Auch das keine Seltenheit, ich war daran gewöhnt und hielt mich am Waschbecken fest: Das Stehen und Festhalten am Becken waren eine Kleinigkeit verglichen mit dem Aufrichten, das man nach dem Schuhebinden zu bewerkstelligen hat und bei dem ich mir damals oft den Kopf an allem stieß, was in der Nähe sein konnte: Türrahmen, Wände, Garderoben oder Ellbogen. Ich wartete einfach am Waschbecken und ließ dabei die Zungenspitze über die goldene Brücke auf dem Implantat unten rechts gleiten, sie war schön glatt. Nachdem die Blutung zur Ruhe gekommen war, verließ ich mein zu preiswertes Hotel am Union Square. Das tat ich nicht etwa, um nach Hause zu fliegen und einen Arzt zu suchen, der des Lesens mächtig und des Menschen kundig war, dessen Gehirn arbeitete und seinen Ohren traute, damit er mir zuhören und dann sagen konnte, woher das alles kam. Oder dass ich mir alles nur einbildete. Dass ich über einen Tick zu viel Einbildungskraft verfügte, wie Dr. Neuer es festgestellt, wenn auch fast übersehen hatte. Lieber wollte ich mich durch bloßes Weitermachen kurieren, so war das. Wollte ich Held sein oder krank bleiben und hoffte auf Zuwendung statt auf Kopfschütteln? Termine hatte ich jedenfalls nicht mit Ärzten, die Schwindel und Schlaflosigkeit mit Zahnfleischbluten behandelten, sondern mit zwei Autoren, einem Maler und einer Fotografin. Zuletzt stand in meinem Kalender Nelly Black, die jeden Mann auf seinen Schwanz reduzierte, wie ich sie in meiner Reizbarkeit bereits sagen hörte: »His dick.« Dass er eine Frau sah und dachte, sie ist froh, sie ist traurig, gesund oder empfindlich, sie hat gute Haut oder unnötig gefärbte Haare, sie tut mir gut, ist interessant oder langweilig, ein verletztes Wesen oder könnte gefährlich werden, das glaubte Miss Superpinsel nicht. Die Augen einer Frau erzählten einem Mann ihrer ganz persönlichen Meinung nach keine Geschichte, sie machten keine Versprechungen und keine Vorwürfe, die Gestik einer Frau ließ ihn nicht auf ihr Wesen schließen und ihre Haltung zur Welt. Der Mann sah keine Freude und keine Traurigkeit, keine Person und keinen Körper, weil das zu filigran für ihn war, viel zu filigran.

Dass der Tag noch heißer und schwüler war als der davor, passte dazu. Bald hatte ich, obwohl mir Kaffee nicht guttat, sehr viel davon getrunken. Ich hatte zwei mühsame Gespräche aufgezeichnet. Der Maler wollte nicht einfach einem Fremden seine Ideen preisgeben, einer der beiden Autoren hatte sich an der indirekten Rede gestört, in der seine Worte möglicherweise in einem Editorial zusammengefasst wiedergegeben würden. Es war ihm gerade anderswo so passiert, weshalb er es vertraglich ausgeschlossen sehen wollte. Außerdem hatte er sich auf unklare Weise geziert und gesagt, er habe keine Zeit und müsse gleich los, sodass ich sein Problem überhaupt erst erraten musste. Immer musste ich mich auch begeistert zeigen, kaum dass ich ein ungenau umrissenes Thema ahnungsweise verstanden hatte. Ich musste alle in Milch und Honig baden, was ich, voreilig, wie ich in solchen Situationen gerne war, versuchte zu tun. Wenn Menschen von mir etwas wollten, fand ich mich nicht etwa wichtig, wie andere das tun und in dem Gefühl gerne zuhause sind. Ich fühlte mich nur bedrängt. Ich glaubte, ihnen eh nicht gerecht werden zu können, weil sie nie satt würden. Ich wollte vor allem das Gefühl der Bedrängung abstellen, egal wie.

Die Stadt wringe jeden aus, hatte mir eine Agentin danach gesagt. Sie war zum Termin ihres Autors, eines jungen Romanciers, mitgekommen. Er hatte für sein Debüt ganz gute Rezensionen bekommen, sogenannte wohlmeinende. Da schlummere etwas in ihm, stand in einer Zeitung. Ich war nicht sicher, ob das ein Kompliment sein sollte oder eine Verhöhnung, und hatte eher den Eindruck, er schlummere selbst. Vielleicht fuhr die Agentin ihm deshalb über den Mund, als er sagte, es komme auf den Grad des Scheiterns an. Sie pries dann weitere ihrer Schäfchen an, wie sie die Künstler in seinem Beisein nannte.

»Warum wollen trotzdem alle hier leben?«, fragte ich nach meiner Erklärung, dass wir selbst recherchierten.

»Die anderen Städte sind langweilig.«

»Ach so.«

»Eben eine Niederlage«, ergänzte sie bissig und hielt sich an ihrer Handtasche fest. »Höchstens San Francisco noch, wenn man keine Kälte verträgt.«

»Oder surfen wichtig findet«, meinte der Autor.

Während sie ihm zuzwinkerte und sagte, für Ernsthaftigkeit sei San Francisco mit zu mildem Klima ausgestattet, tat ich so, als ob ich das notierte, und ließ das Gespräch dann mit angespannten Nackenmuskeln, aber erfolgreich ausklingen.

Mit der Korrespondentin war ich am Nachmittag in einem kleinen Restaurant am Tompkins Square Park verabredet, Nelly würde eine halbe Stunde später dorthin kommen. Ich war früh in der Nähe und legte mich noch auf den Rasen des Platzes. Zwischen den Eichhörnchen schloss ich die Augen und tauchte in die Akustik der Stadt: Dass die Erde durchs Weltall rast, hört man nicht. Als ich nach einer Weile aufstand und widerwillig zum Treffpunkt an der Ecke des Platzes ging, glaubte ich, die heiße Luft über dem Asphalt flimmern zu sehen. Schön strich sie beim Überqueren der Straße an den Außenseiten meiner Oberarme, meiner Stirn, an Ohren und Hals entlang. Vor mir gingen zwei Frauen in Sommerröcken, die ihnen beim Gehen Luft zwischen die Beine fächelten. Ich schwitzte im Schritt und befühlte meinen Hosenboden, versuchte möglichst unauffällig zu sehen, ob die helle Hose auf dem Rasen vielleicht Flecken bekommen hatte, konnte das aber nicht klären.

Die Korrespondentin war schon da. Ich erkannte sie von Weitem an ihrer Reaktion auf mich, beim Näherkommen sah ich eine junge, dralle Person, die gern in ihrem Körper war. Menschen machten ihr Spaß, und vielleicht nahm ich ihr das ein bisschen übel oder hielt es für oberflächlich. Das Gefühl, nicht geliebt zu werden, war ihr unbekannt, und obwohl sie rauchte, war ich sicher, sie röche nach einem angenehmen Duschbad und einer guten Creme, die sie am Morgen überall auf ihrer Haut verteilt hatte. Um das genau zu wissen, saß ich eigentlich zu weit von ihr weg, wahrscheinlich hatte ich den Geruch der Creme bemerkt, als wir uns wie gute Europäer trotz der Hitze die Hände gegeben hatten. Wir redeten entspannt erst über die wechselnden Eindrücke, die die Hochhäuser machten, wenn man viele Jahre mit ihnen lebt, und dann über den Konkurrenzkampf. Wie hart er in New York war und wie hoch die Lebenshaltungskosten.

»Mörderisch«, sagte sie und blies Rauch mit nach hinten kippendem Kopf aus.

Dass ich am Vortag zum zweiten Mal am World Trade Center gewesen war, erzählte ich: Das erste Mal war 1991.

»Aber hochfahren will ich immer noch nicht.«

»Wieso nicht?«

»Nur so ein Gefühl.«

»Echt?«

»Beim Hochschauen.«

»Sieht irre aus, oder?«

»Ist irre.«

»Vor allem natürlich von oben.«

Sie drehte die Zigarette am Innenrand des Aschenbechers, bis die Spitze ein regelrechter Kegel war, eine Angewohnheit, die ich früher auch einmal gehabt hatte. Je länger wir warteten, desto mehr verdrängte das Interview der *Village Voice* in meinem Hirn wieder den hinter mir liegenden Tag. Was ich gesprochen, gesehen und gehört hatte und welche Gedanken und Gefühle in mir gewesen waren. Sogar, dass ich in der Nähe der Eichhörnchen und der Freiheitsstatue saß und meinem Wunsch nachging, über das Ende des Kalten Krieges weg Menschen oder wenigstens ihre Erfahrungen und Gedanken zusammenzuführen, vergaß ich. Ich panzerte mich gegen die bevorstehende Begegnung oder versuchte das und wusste doch, dass es mir nicht gelingen würde. Mein Unwille übertrug sich auf die Korrespondentin, sie sah nervös auf ihre Uhr, was wieder meine ablehnende Haltung verstärkte: Nellys Sätze arbeiteten mit dem Ziel in mir, diesen Termin in einen Verlust zu verwandeln. Die Korrespondentin las mindestens einen Teil meiner Gedanken, wählte zur Ablenkung aber das falsche Thema: Ob meine Frau jetzt weiter als Übersetzerin arbeiten werde, fragte sie. Ich stutzte, und sie sagte: »Wo du mit dem ersten Buch gleich so viel Geld verdient hast.«

Ich betrat endgültig die Abwärtsspirale dieses Tages, indem ich um eine Zigarette bat. Sie öffnete die Schachtel, zog eine halb heraus. Wir bliesen den Rauch aus dem großen, offenen Fenster des Cafés. Mir tat das noch weniger gut als der Kaffee, und direkt vor uns, eine Stufe tiefer, war eine Reihe runder Tische auf dem Gehweg, an denen die Autos nah vorbeifuhren, um ihre Abgase in der heißen Luft stehen zu lassen. Zum Glück redete die Korrespondentin weiter. Das Thema wechselte sie aber nicht.

»Woher kennst du denn Nadja?«

»Natürlich nicht persönlich. Ich stelle mir das aber nicht einfach vor, wenn der Mann plötzlich in aller Munde ist.«

Ich ließ Zeit vergehen, blies Rauch aus, trank und spulte zurück, um mir lautlos »in aller Munde« anzuhören, was zu der Vorstellung führte, bespeichelt und zerkaut zu werden. Als ob es sie etwas anginge, erklärte ich, dass wir getrennte Kassen hätten.

»Geld«, sagte ich, statt selbst das Thema zu wechseln, »steht nicht im Vordergrund.«

»Aber das ist sicher keine leichte Situation für Nadja.«

Auf meinem Gesicht klebte Schweiß, in dem sich der Straßenstaub fing, und ich wusste nicht, was genau für Nadja nicht leicht sein sollte.

Die Korrespondentin: »Na ja.«

Statt zu fragen, was sie meinte, sagte ich, dass Nadja nie hatte schreiben wollen. Ich bemühte mich, freundlich zu bleiben: »Sie wollte immer übersetzen. Das ist ihr Beruf.«

Die Korrespondentin nickte und wartete.

»Die Büros haben wir zwar gleichzeitig und in einer Wohnung aufgemacht, aber nicht zusammen. Jeder hat sein Konto und seinen Briefkopf, jeder trifft seine Entscheidungen für sich selbst und macht seine Steuer. Wir rechnen getrennt, keiner würde dem anderen in die Entscheidung funken, welche Projekte er annimmt und welche er ablehnt.«

»Aber ihr habt doch ein Kind!«

Ich verneinte mit dem Kopf: »Nadja hat sich mit der Übersetzung von Lyrik etabliert, es gab fast immer Stipendien, für die sie die Anträge selbst geschrieben hat. Da kamen viele Kontakte zustande, aus denen sich Moderationen von literarischen Veranstaltungen ergeben haben, sie konnte davon leben. Der Literaturbetrieb ist eine kleine Familie. Du bist drin oder draußen. Sie war immer drin, und ich habe neben meinen Gutachten für die Kanzlei bekanntlich billige Krimis und sentimentale Historienschinken übersetzt, dummerweise unter meinem richtigen Namen. Das sind gut gehende Bücher, aber wir bekommen ja keine Beteiligung am Gewinn.«

»Noch nicht. Die Verhandlungen darüber laufen doch.«

»Rückwirkend wird da sicher nichts verrechnet. Falls es überhaupt je dazu kommt. Was es gibt, ist Konkurrenz. Die Übersetzer unterbieten sich, als wäre Übersetzen nicht etwa anonyme Knochenarbeit, sondern ein Fahrstuhl zum Himmel. Wahrscheinlich halten die meisten Geistesarbeit für eine besondere Auszeichnung und sich selbst für halbe Genies.«

Sie war erstaunt und wich etwas zurück, deshalb versuchte ich, freundlicher zu werden.

»Jedenfalls habe ich immer viel zu langsam gearbeitet. Wenn ich mit einem Buch fertig war, habe ich vorne wieder angefangen, damit das sprachlich homogener wird. Als Jurist liest du ja jeden Satz auf jede mögliche und unmögliche Bedeutung hin und versuchst ihn ganz genau zu konstruieren. Das macht sie in erster Fassung manchmal steif, und man muss noch mal schneller drübergehen und darf nicht so viel dabei denken.«

Sie nickte.

»Bei den historischen Stoffen habe ich mich dann auf der Suche nach deutschen Fachbegriffen oft in anderen Büchern zum Thema festgelesen. In der *Entdeckung des Genies* und der *Königin der Tränen* habe ich ein paar kleine sachliche Fehler korrigiert, etwas mit den Zeitzonen, einmal stand ein Kompass falsch rum, das hatte niemand gemerkt.«

»Echt?«

»Es war ja auch nicht wichtig. Ich habe aber sogar mal das Geschlecht einer Randfigur ausgetauscht.«

»Nein!«

Ich lachte. »Kleine Rache des Missachteten. Aber Nadja fährt jede Woche auf eine Veranstaltung, und seit sie Kritiken schreibt, rufen Ressortleiter an und Pressechefs, im Literarischen Colloquium am Wannsee oder der Akademie der Künste wird sie von den Autoren umgarnt, während ich oft hinter den Belegexemplaren meiner eigenen Übersetzungen hertelefonieren musste. *Die Karikatur der Welt* habe ich mir irgendwo im Westen von Berlin gekauft, wo mich niemand kannte.«

Sie sah mich ratsuchend an, und ich sagte langsam, sie solle mich nicht falsch verstehen, ich sei gern allein.

Sie nickte höflich. Tatsächlich hatte Nadja mich in den Menschentrauben, die sich auf den Veranstaltungen meist um sie bildeten, auch jahrelang vorstellen müssen. Mich kannte niemand. Ich habe dann immer und überall freundlich Hallo gesagt, die Hand gegeben und genickt und meinen Namen wiederholt, wenn man ihn nicht gleich verstanden hatte: Marko. Nadja hatte diese Situationen immer genossen und lächelte auf eine Weise, in der ich manchmal einen Triumph zu entdecken meinte, den ich ihr gern ließ. Sie ergänzte, obwohl wir nie über Heirat sprachen, immer: »Mein Mann!« Irgendwann, noch bevor ich selbst Autor war, hatte das allerdings aufgehört, wie mir erst mit dem Blick in die Augen der Korrespondentin und meiner eigenen Stimme im Ohr richtig bewusst wurde. Nadja sagte gar nicht mehr »mein Mann« und stellte mich auch kaum noch vor. Ein paar Tage vor einer Lesung hatte sie gefragt, ob ich wirklich mitkommen wolle oder nicht lieber bei Jakob bleiben. Es sei doch eh jeden Abend dasselbe und koste nur das Kindermädchen, zusätzliche Gläser Wein und einigen Schlaf.

Während sich die Zigarette im Magen und im Hals bemerkbar machte und die Korrespondentin ihre dreifache Halskette sortierte, wobei sie mit Zeigefinger und Daumen über ihren Kehlkopf strich, hatte ich überlegt, wie lange das schon so ging. Da waren Kleinigkeiten gewesen, die man im Tagesverlauf zwischen Kita und Einkaufen, den Nachrichten und den Telefonaten schnell vergessen konnte, wenn man das wollte: eine lieblose Bemerkung über meine Kleidung, ein abwertender Blick auf meine Hände beim Essen, einmal auch auf den Mund. Dazu häufigeres Schwärmen von manchem Autor, mit dem sie zu tun hatte. Bis Fuentes kam.

Nadja hatte Fuentes übersetzt und auf seiner Lesereise durch Deutschland begleitet. In Bochum, Hannover, Nürnberg und Freiburg war sie mit ihm auf dem Podium gewesen, hatte die Texte auf Deutsch gelesen und sich in ihn verliebt. Ich war ruhig geblieben, hatte seine Gedichte und Erzählungen gelesen und ihr gesagt, dass ich ihn schätzte, seine Ambition aber störte. Ich hielt ihn für unreif. Woraufhin sie barsch meinte, dass auch ich eine Perspektive bräuchte. Ich nannte grinsend ein zweites Kind. Ihre Antwort: »Das kommt für mich nicht infrage!« Der Korrespondentin erzählte ich, wie mein Geld, ein kleines Erbe, schmolz wie Butter im Mai.

»Neben einer langwierigen und langweiligen Übersetzung habe ich angefangen, abends, wenn Jakob im Bett war, an dem Krimi zu schreiben.«

»Einfach so?«

»Wenn man dauernd welche übersetzt, arbeitet das Hirn ja weiter. Wahrscheinlich ist das viel besser, als wenn man es irgendwo lernen will und sich dann verbockt. Und Hottinger hatte mal mit besoffenem Kopf gemeint, ich schmisse mein Talent in die Wertstofftonne.«

Sie fand das amüsant, und ich spielte nach, wie Hottinger gebrüllt hatte: »Marko Kindler, wann wirst du erwachsen?«

Für das neue Thema war sie dankbar, beide waren wir das. Wie alle gegrölt hatten, erzählte ich daher, wie ich selbst am lautesten gegrölt hatte, denn meine Haltung dazu war bekannt, und Hottinger profitierte schließlich am meisten von einem Expertisenschreiber, der zwar ein Prädikatsexamen hatte, sich aber weigerte, ins Gericht zu gehen, um sich mit Leuten über Sachen zu streiten, die ihn nichts angingen. So was war nichts für mich. Mit einem tröstenden Unterton, der mir nicht gefiel, sagte sie: »Das verstehe ich gut.«

Dass Hottinger eben so was Väterliches habe, erzählte ich ihr trotzdem, denn ich hatte eine Flucht nach vorne angetreten und erzählte, dass Hottinger der Meinung war, ich solle Krimis schreiben, wenn ich unbedingt den ganzen Tag zuhause sein wollte und mich nicht auf die Straße traute. Er würde sie schon verlegen.

»Guter Mann«, sagte die Korrespondentin anerkennend, »so muss ein Verleger sein.«

»Er ist Jurist. Den Verlag betreibt er nebenher, angeblich aus innerem Antrieb, und manche sagen, zur Imagepflege. Aber eigentlich ist es ein Steuersparmodell.«

»Und?«

»Er muss jedes Jahr etwas Geld verbrennen.«

»Das könnte er aber leichter haben.«

»Jedenfalls habe ich es am Anfang gar nicht ernst gemeint«, sagte ich, als müsste ich mich für meinen Erfolg entschuldigen.

Sie zog die Brauen zusammen und überlegte, was ich ihr habe sagen wollen, denn Erfolg fand sie zweifellos sexy. Weil mir das in dem Moment auch ganz normal vorkam, wurde mir umso klarer, dass Nadjas Befremden mit meiner Idee zum ersten eigenen Buch gewachsen war. Sie suchte sich immer etwas Neues, das ihr missfiel. Zum Beispiel war es ihr Wunsch gewesen, dass ich weniger trank, nicht jeden Tag Wein oder Whisky, und wenn ich es tat, nicht mehr als ein Glas. Sie meinte, ich tränke zu viel. Ich fand das albern, aber dann kränkte es sie, dass ich es einfach sein lassen konnte, weil ich nachts noch arbeiten wollte, und dass ich dadurch nicht etwa zugänglicher geworden war, sondern noch verschlossener oder abgelenkter. Als ich an den letzten Kapiteln saß, halbe Nächte schrieb, morgens deshalb länger schlief und erst gegen elf in die Küche kam, sprach Nadja, die Jakob schon zur Kita gebracht und zwei Stunden gearbeitet hatte, kaum noch ein Wort mit mir. Wenn sie mich sah, trug sie ihre Teetasse wie eine Monstranz vor sich her in ihr Arbeitszimmer. Sie war, das verstand ich, in der Aura der Korrespondentin sitzend, ein von mir driftender Kontinent.

»Na, wenn du wirklich den Deutschen Krimipreis bekommst«, meinte die Korrespondentin, »geht der Trubel ja erst richtig los.«

Was sollte ich anderes sagen als: »Den kriege ich sicher nicht.« Das muss kokett gewirkt haben, aber, ehrlich, was dieser

Preis war, wie er vergeben wurde und wer dafür infrage kam, ich wusste es nicht. Ich konnte ihn auch wirklich nicht gebrauchen, denn wenn Nadja mein Problem mit den Fotografen schon affig fand, würde ich kaum wissen, wie ich mich auf einer Preisverleihung richtig verhalten konnte.

Der Blick der Korrespondentin, die Haltung ihres Kopfes oder beides zusammen spiegelten meine Abwesenheit und ihr Unverständnis. Ich überlegte, wie ich das Gespräch endlich beenden konnte, um dann gleich sehr unfreundlich zu Nele Black zu sein und zum Schluss zu kommen, dass sie nicht die Richtige für mein Heft war. Aber einen Wimpernschlag später, noch bevor ich ein weiteres Wort hätte sagen können, sah die Korrespondentin plötzlich auf, strahlte und erhob sich. Ich drehte den Kopf: Nelly stand direkt hinter mir. Ich musste meinen Stuhl ein kleines Stück wegschieben, seine Füße kratzten über den Boden und blieben irgendwo hängen, ich fasste die Lehne und richtete mich in der Enge umständlich auf, darauf bedacht, den Stuhl nicht umzuwerfen oder ihn Nelly auf den Fuß zu stellen oder gar darüber zu fallen. Sie schüttelte der Korrespondentin die Hand.

WIE immer, wenn man einen Menschen zuerst auf Fotos gesehen hat, wirkte auch Nelly im Dreidimensionalen für einen Moment unecht. Schneller als ich denken konnte, tasteten meine Augen sie ab, um die Differenzen zum gespeicherten Bild zu korrigieren und ein neues, besseres herzustellen: den Umriss ihres Kopfes, seine Haltung, Details ihres Gesichts, wie die Arme sich zum Rumpf verhielten. Sie war vor allem klein, kleiner, als meine unbewusste Erwartung sie gemacht hatte, und ich fühlte mich mit meiner vollkommen durchschnittlichen Körpergröße ihr gegenüber sofort unwohl. Das lag natürlich an ihrer Fragilität, die jeder wahrnahm, ohne sie gleich benennen zu können.

Sie war erschütternd weißhäutig. Als Kind hatte ich nicht verstehen können, dass man von weißer Haut redete und von roter, schwarzer und gelber. Ein Kind nimmt die Welt ja wörtlich und die Worte noch einzeln ernst, und weder ich noch sonst jemand in meiner Umgebung war weiß. Was ich gefunden hatte, war beige mit rosa Flecken und unschönen hellroten Stellen an Ellenbogen, Fingerknöcheln und Nasen. Weiß gab es nicht, das war im Kindergarten das Ergebnis meiner Untersuchung der Hautfarbe meiner Mitmenschen gewesen. Jetzt traf weiß auf Nelly zu. Ihre langen, drahtigen roten Haare, die ihr um die Schultern fielen, sahen brüchig aus oder gefärbt, oder vielleicht hatten sie nur eine ungewohnte Konsistenz. Vielleicht waren sie nur besonders fest? Ich hätte sie gern angefasst.

Zum Händegeben bewegte sich Nelly einen Schritt auf mich zu. Ich spürte einen Luftstrom, ihre Mundwinkel hoben sich kaum sichtbar an, unsere Handflächen berührten sich, ihre Hand zitterte leicht oder vibrierte, vor allem aber war sie eiskalt, ich meine: wirklich kalt. Sie wog vielleicht fünfzig Kilo, vielleicht war es aber damals schon weniger. Ihr schmales, fremdes Gesicht zeigte eine seltsame Feinheit. Eine lange Nase, in der Mitte eine leichte Verdickung.

»Hallo.«

»Hi, Marko Kindler.«

»Ich weiß.«

Ihre Stimme hatte das vielstimmige Reiben, das ich damals noch für erotisch hielt, weil es den Meeresgrund wiedergibt, ich wusste noch nicht, dass das der Grundton des misshandelten Kindes ist. Mit gekrümmten Fingern nahm sie, als unsere Hände einander wieder verlassen hatten, eine Haarsträhne zur Seite. Daran erinnere ich mich jetzt an diesem quadratischen Tisch, an dem ich ohne Uhr warte, noch genau, wenn nicht übergenau, als wären wir uns hier begegnet, in diesem Verhörzimmer: wie sie mit gekrümmten Fingern die Haarsträhne zur Seite nimmt, dabei den Kopf auf die Seite legt. Ich fühlte mich damals schon zur Rede gestellt. Abwartend hatte sie mich angesehen, während sie sich vorsichtig auf den Stuhl rechts neben mir setzte, ein billiger Kneipenstuhl aus Aluminium, wie es sie überall auf der Welt gibt. Sein eines Bein geriet auf den Fuß eines zum Nachbartisch gewandten Stuhles und kippelte, als er ihr kleines Gewicht aufnehmen sollte, bevor er abrutschte und die Lehne nach hinten ruckte. Nelly zuckte hoch, stieß einen spitzen Laut aus, rückte den Stuhl zurecht und sagte allen Ernstes »mein Gott«.

Selbstverständlich lachten wir. Fragend, als wäre sie am Ende der Welt und ihr Wunsch möglicherweise unangebracht, bestellte sie dann bei der neben ihr aus dem Nichts auftauchenden Bedienung Kaffee. Dabei sendete sie Misstrauen aus, in das sich eine ängstlich tastende Hoffnung mischte, wahrscheinlich auf Freundlichkeit. Das strengte mich an, und ich wollte ihr mit schneller Zuneigung begegnen, mit zu schneller, um dabei ehrlich sein zu können. Ich war ja auf der Hut vor ihr. Das bemerkte sie.

Etwas bemerkte sie, irgendeine Kleinigkeit sagte ihr, dass ich vorschnell war, rastlos. Später erzählte sie gern, sie habe an mir gleich eine große Ernsthaftigkeit wahrgenommen und gewusst, dass man auf mich zählen könne. Dass ich diese seltene Ehrlichkeit besitze. Natürlich meinte sie Schutzlosigkeit: Sie hatte die Tür schon gefunden, durch die sie in mich gehen musste. Ihre Blicke fertigten eine Landkarte meiner Regungen an, egal, wie sparsam meine Gestik und meine Mimik waren und wie oft Nadja diese Sparsamkeit kritisiert hatte. Nicht nur in meiner voreiligen Zuneigung, von der ich gar nicht wusste, wie ich sie mitgeteilt hatte, suchte sie nach etwas mir Unbekanntem, das mir jetzt selbst keine Ruhe mehr lassen würde. Ich hatte jemanden wie Nelly noch nicht getroffen und konnte mir kaum vorstellen, dass diese junge, so unter Spannung stehende Frau

Monate und Jahre damit verbracht haben sollte, diese Bilder zu malen, die ich mir am Vortag, als ich im Hotel auf dem Bett unter dem offenen Fenster gelegen und ein Pulver mit Selen auf der Zunge hatte zergehen lassen, spielend ein Teil meines Erfahrungsschatzes geworden waren. Vielleicht warf sie ihre Bilder ja in wenigen Stunden hin, überlegte ich kurz, im Rausch? Vielleicht wusste sie, wie man einen Mann anfasste, nicht ausgeschlossen. Vorsichtig erwähnte sie, ganz außer sich zu sein, dass jemand aus Deutschland gekommen sei und sich für ihre Arbeit interessiere.

Ich sagte: »Ach so?«

Deutschland, meinte sie, das sei doch die Hochkultur, in Deutschland erscheine kein sinnloses, flaches Buch.

Ich musste lachen: »Schön wär's!«

Sie grinste unsicher, als hätte ich bloß eine höfliche Antwort gegeben, und nach einer Sekunde überlegte sie, ob ich es nicht doch ernst meinte. Sie rührte Zucker in den Kaffee und zitterte dabei so stark, dass das Zittern auf mich übergegangen wäre, hätte ich mich nicht bewusst dagegen gewehrt und alle Muskeln im Oberkörper angespannt, wie man es bei Kälte macht.

»Ich möchte auf jeden Fall zu diesem Katalog beitragen«, sagte sie beinahe ängstlich in die entstandene Pause: »Es wäre eine große Ehre für mich, in Deutschland gesehen zu werden.«

Die Korrespondentin lächelte streng, sodass Nelly verlegen nachschob: »Und in der Schweiz.«

Jetzt lächelte die Korrespondentin freundlich.

Vielleicht weil ich nicht gleich antwortete, begann Nelly mir den Entwurf zu erklären, den sie für ihre nächste Ausstellung gemacht hatte.

»Ich male vertikale Schnitte von Manhattan, oben der Himmel, unten das harte, besonders tragfähige Erdreich: mit den Friedhöfen, die unter den Wolkenkratzern New Yorks begraben sind. Diese Stadt ist ja auf Knochen gebaut.«

Ich sah davon ab zu fragen, welche das nicht sei, und beobachtete, wie sie ihren Kopf merkwürdig kreisen ließ, als sie bemerkte, dass mir der Vorschlag gefiel. Bis dahin war kein anderer Künstler so offensiv gewesen, aber Nelly, weil sie wie ich war, ging in die Offensive. In einer blinden Hoffnung, es könne genügen, zeigte sie bedenkenlos vor, was sie hatte. Sie verschenkte sich in jeder Minute, ihr Grundzustand war Verausgabung, der Wunsch, alles loszuwerden, die Ahnung, eh nie richtig da zu sein oder ankommen zu können, und ich glaubte sie als meine Wesensverwandte zu erkennen. Als meine eigentliche Schwester: eine Person, die ich an meiner Seite wähnte, wann immer ich es für nötig hielt. Die mich niemals auslachen würde.

Strahlend berichtete sie, über die Stille New Yorks zu arbeiten.

»Ich zeige eine Archäologie Manhattans als Knochentablett. Was wir hier sehen, ist ja ein Tanz auf dem Friedhof.«

Schon seit Jahren recherchierte sie dafür, und da weder ich noch die Korrespondentin unterbrach, redete sie weiter: »Wusstet ihr, dass es ein Postamt für tote Briefe gibt?«

Ich sah die Korrespondentin an und sie mich. Dann wir beide wieder Nelly.

»Für Briefe und Pakete mit ausreichend Porto, aber falscher Adresse und falschem Absender. Oder ohne Absender. Alle paar Wochen versteigern sie die verlorenen Pakete, nach neunzig Tagen verliert der Absender das Eigentum. Es gibt auch Hunderttausende Briefe von Kindern an den Weihnachtsmann und den Osterhasen und den lieben Gott. Aber die sind natürlich nicht der Punkt.«

Sie hatte im Postamt angerufen und imitierte den Mann, wie er ihr mit tiefer, entschiedener Stimme erzählte, dass er acht Urnen im Regal stehen habe: »Die Asche von acht Amerikanern, Mann. Leute, nach denen niemand sucht! Die stehen hier bis in die Ewigkeit bei mir im Regal.«

»Bis in die Ewigkeit?«, hatte sie ihn hell klingelnd gefragt und kam bei der Imitation seiner Antwort mit dem Ton beeindruckend tief runter: »Naaaaahh, ungefähr vier Jahre.«

Dann hatte er von der neunten Urne erzählt. Nelly sprach wieder normal: »Ein Kind! Sie haben im Postamt Geld zusammengelegt, um ein Grab zu kaufen und das Kind auf Hart Island zu bestatten.«

Das war der Friedhof für Unbekannte. Ob ich davon gehört hätte.

Hatte ich nicht.

Sie schluckte jetzt offenbar eine Träne weg: »Gehört zur Bronx. Etwa zwei bis drei Wochen vergehen normalerweise in der Leichenhalle, bis ein gefundener Körper als unbeansprucht gilt. Dann kommt er nach Hart Island, eine schöne Insel. Leider darf niemand sie besuchen.«

Auch Nelly war nicht dort gewesen. Sie hatte aber einen Angestellten der Leichenhalle gesprochen, der die Insel kannte, sie hatte alles gelesen, was gedruckt worden war, hatte mit ungezählten Leuten gesprochen, die ihre Erfahrungen mit der Insel machen konnten oder Geschichten über sie vom Hörensagen kannten und blumig oder trocken oder aufgeregt wiedergaben. Nelly erzählte: »Nach dem Bürgerkrieg wurde sie als Gefangenenlager genutzt und zur Quarantäne bei Gelbfieber. Dann wurde ein Irrenhaus aufgemacht, ein karitatives gynäkologisches Krankenhaus und schließlich wieder ein Gefängnis, in das jeder Häftling der Stadt verlegt werden wollte. Anschließend kam ein Altersheim, ein Frauenkrankenhaus, auf Tuberkulose spezialisiert, und wieder ein Gefängnis. Im Zweiten Weltkrieg war die Insel eine Disziplinaranstalt der Marine. In den Vierzigerjahren regten Häftlinge ein Denkmal für die unbekannten Toten an und bekamen es genehmigt. Sie haben es selber gebaut. Schließlich Obdachlose, Raketen für den Kalten Krieg, Junkies auf Entzug.«

Während ihrer Rede, in der sie mühelos die verschiedensten Erzählerstimmen wiedergab, hellte sich ihre Stimmung weiter auf. Mir war anfangs gar nicht aufgefallen, wie sich das Zittern erst verloren hatte und dann Begeisterung ihren Körper erfasste, die schließlich ihren Höhepunkt erreichte, als sie fröhlich sagte: »Drogenentzug!«

Ich glaube, ich nickte eifrig.

Liebevoll erklärte sie uns den Transportmodus der unbekannten New Yorker Leichen, die dienstags aus der Bronx, mittwochs aus Brooklyn und Staten Island, donnerstags aus Manhattan und freitags von der Leichenhalle in Queens kamen. Weil ich nichts zum Gespräch beitragen musste, entspannte ich mich weiter. Die Korrespondentin wurde allerdings unruhig.

»Manhattan«, sagte Nelly mit leuchtenden Augen, »Manhattan liefert donnerstags ziemlich stabil um die zwanzig Leichen! Die Zahlen aus Brooklyn …«

»Wir finden das Thema gut«, sagte die Korrespondentin kalt.

Mit weniger Druck und dann zärtlich werdend schloss Nelly ihren Vortrag mit ihrer warmen Stimme, die ich da zum ersten Mal hörte: »Früher hätte man gesagt, das sei doch schlimm, dass ausgerechnet jene, die im Leben offenbar kein Zuhause hatten, die letzte Ruhe auf so einer schönen Insel finden. Heute stellen wir mit leichtem, postmodernem Herzen fest, welch feine Ironie das ist!«

Dass ihre Arbeit wirklich interessant sei, versuchte ich mit möglichst viel Nachdruck zu sagen, woraufhin sie gleich wieder ansprang und lächelnd erklärte, dass das New Yorker Leichenschauhaus im Keller des Bellevue Hospital eine Boutique betrieb, wo man T-Shirts verkaufte mit der Aufschrift: »*You Kill 'Em, We Chill 'Em!*«

Dabei hatte sie noch breiter gelächelt als ich, in purer Freude allerdings, wo bei mir Verlegenheit war, und ihre Stimme erboste sich gleichzeitig: ein Widerspruch, der mir zum ersten

Mal auffiel. Meine Entspannung war jetzt in Müdigkeit übergegangen, und ich war froh, dass die Korrespondentin fragte, wie sie das für uns umsetzen wolle: »Große Bilder willst du uns sicher nicht vor einer Ausstellung zum Abdruck geben, egal, wie hoch unsere Farbqualität ist.«

»Ich habe jede Menge Zeichnungen, aus denen man auch schnell aquarellierte Papiere machen kann. Das Ganze bewegt sich schon fast zum Comic hin. Der Comic interessiert mich sowieso. Vielleicht spinne ich mich in eine Geschichte meiner Familie: Oben wandert Nele Black mit Geld in der einen Hand und Leben in der anderen durch Betonschluchten, unten lachen sich die gequälten Geister der Ahnen tot.«

Ich hatte noch mal einen wachen Moment, fragte: »Worüber?«

»Über die Last der Geschichte, die sich in jedem Moment wichtig nimmt, aber überhaupt keinen Sinn ergibt. Die da unten«, sie richtete den Zeigefinger senkrecht zwischen ihren Beinen auf den Boden des Cafés und grinste, »tragen wacklige Hochhäuser und sind doch frei. Freier als jeder Raumfahrer, den man mit fünf Strichen an den Himmel malen kann und mit einem wieder streicht.«

Ich sagte: »Großartig.«

So meinte ich es auch. Ich entschuldigte mich und ging mir die klebrigen Hände waschen. Als ich zurückkam, nahmen wir das Thema nicht wieder auf. Nelly betonte erneut, wie ermunternd sie es fand, dass ich aus Deutschland gekommen sei, um nach ihr zu fragen. Es bedeute doch, dass ihre Arbeit da draußen ein Leben führe.

»Sie lebt«, meinte sie mit kindlicher Freude, »das ist doch toll!«

Ich suchte nach einer Geste.

Ob ich das verstünde?

»Ich dachte, du bist grad der Superstar.«

»Wenn es nach dem *New Yorker* geht«, sagte sie in einer weiteren Stimme, nämlich ausnehmend trocken: »Ja. Und bestimmt nicht, weil ich so schöne große Brüste habe und die perfekte Nase.«

Vielleicht habe ich weiter gelächelt, vielleicht habe ich instinktiv nach der Bedienung gewinkt, aber die Korrespondentin beeilte sich: »Das zahlt natürlich der Verlag.«

Während sie mit dem Geld und der Quittung beschäftigt war, erwähnte Nelly eine Lesung, die am Abend stattfinden würde.

»Interessierst du dich für Poesie?«

»Geht so.«

Sie nahm ihre unbenutzte Serviette und hatte plötzlich einen Kugelschreiber in der Hand, um die Adresse zu notieren. Ich sah zu, wie sie in das weiche Papier schrieb, und wartete darauf, dass es riss. Der Kugelkopf zog die blaue Linie aber sauber in die aufquellenden Fasern, als flösse der Amazonas neuerdings durch die Antarktis. Mit schräg gehaltenem Kopf schob sie die Serviette langsam über die in der einfallenden Sonne leuchtende silberne Oberfläche des Tisches: ein stolzes Schiff, das ein Meer aus Licht durchquerte und dann selbstsicher an meinem Platz anlegte.

Sie zitterte nicht mehr, als sie freundlich sagte: »Vielleicht kommst du?«

»Wer weiß.«

»Es würde mir gefallen«, sagte sie mädchenhaft.

So gut es ging, faltete ich die Serviette zusammen und schob sie in die Tasche meiner Sommerhose. Erschöpfung überfiel mich, auch das nichts Neues.

Wo ich denn wohne, fragte sie aus reiner Höflichkeit, wie sie in solchen Momenten des Aufstehens und Verabschiedens ganz normal ist. Ich nannte das Hotel. Sie kannte es nicht, und ich sagte, das sei mir ganz recht, was sie sofort mit einem alarmierten Blick beantwortete und mit einem Befehl: »Schlaf bitte nicht in Dreckslöchern!«

Sie starrte mir in die Augen, abwechselnd rechts und links, blieb links stehen.

»New York ist voll davon, du kannst immer bei mir übernachten.«

Ich bedankte mich für die Freundlichkeit, die mir vor der Korrespondentin unangenehm war. Aber Nelly beharrte: »Im Ernst, es gibt nicht viel Gutes in meinem Leben, aber ich habe eine wirklich hübsche Wohnung hier um die Ecke. Das einzig Brauchbare, das meine Eltern mir hinterlassen haben.«

»Das ist furchtbar freundlich«, fand ich, aber sie ließ nicht locker: »Es ist wirklich schön bei mir. Du bist immer willkommen.«

Ich wollte darauf zurückkommen, bei Bedarf.

»Schlaf einfach nicht in so einem New Yorker Drecksloch. Okay?«

Um das Thema zu beenden, versprach ich es. Die Korrespondentin lächelte, und ich sagte, das Zimmer habe immerhin ein Fenster. So war es auch. Nelly sah aus wie eine Mutter, die das verwahrloste Kind des Nachbarn ein letztes Mal um Vernunft bittet.

Wir standen mittlerweile an der südöstlichen Straßenecke des Tompkins Square Park und gaben uns unter dem blauen Himmel durch die heiße Luft hindurch die Hände, irgendwoher war ihr diese Unart mehr als bekannt. Ihre Hand war jetzt feucht und kühl und zitterte doch noch. In dem Moment, in dem ich sie losließ, rollte ein Wagen auf die Kreuzung und blieb stehen. Es war eins von diesen zu großen amerikanischen Autos mit aggressiv blubberndem Motor, rosa lackiert, alberne Weißwandreifen, man sah automatisch hin.

Wir mussten mit reden aufhören, der Fahrer, ein Mann, der nicht mehr jung, aber weit davon entfernt war, alt zu sein, vielleicht war er dreißig, hatte beide Hände oben auf dem Lenkrad und stand ohne erkennbaren Grund an der Kreuzung. Oder mit dem klar erkennbaren Grund, hundert Blicke zu sammeln. Auch an den Tischen im Restaurant hinter uns warteten alle darauf, dass er weiterfuhr, aber das tat er nicht. Er hörte seinem Motor zu und genoss die Aufmerksamkeit, bis er plötzlich beschleunigte und mit quietschenden Reifen abbog. Den halben Tompkins Square runter malte das kurveninnere Hinterrad einen schwarzen Strich auf den Asphalt. Wir atmeten Gummi. Nelly schickte ihm einen Mittelfinger hinterher, zuckte mit den Schultern und sagte: »Kleiner Schwanz.«

Das Thema hatte ich ganz vergessen gehabt. Ich drehte mich um und sah dem Auto nach, als ob ich die Vermutung so überprüfen könnte. Die Korrespondentin steckte sich eine neue Zigarette an, ich roch ihre Lotion.

Nelly hatte gelächelt: »Bis nachher.«

Zum zweiten Mal gab sie mir ihre kleine Hand, die ein aus den Tiefen ihres unverständlich leichten Körpers kommendes Zittern auf mich übertrug. Ich lächelte wieder, ließ die Hand los, das Zittern behaltend, und ging dann schnell weg, diagonal über den Tompkins Square, Richtung Norden.

ICH hatte einen lauen Wind im Rücken und versuchte mich auf die Lotion der Korrespondentin zu konzentrieren, die in meinen Lungen war oder im Riechnerv, von dem ich damals nicht wusste, dass er eine von Chemikalien gern benutzte Autobahn ins Gehirn ist. Abwechselnd traten meine Schuhe ins Blickfeld und verschwanden wieder. Auf den asphaltierten Wegen des Tompkin Square bog ich zweimal ab. Allein zu sein tat gut. In meinem Hals war der Druck gewachsen, er fühlte sich an, wie ein Gewichtheber beim Stemmen aussieht, die Schilddrüse drückte auf den Kehlkopf, ich wusste nicht genau, wie lange schon. Der Versuchung, Thyroxin nachzuwerfen, wollte ich widerstehen, ich riss mich zusammen, weil das manuelle Eingreifen in den Regelkreis immer zu Turbulenzen führte, die ich später teuer bezahlen würde. Ich hatte das oft genug ausprobiert. Drei Jahre war es her, dass ich die Kinderärztin von Jakob gefragt hatte: »Schilddrüse, was macht denn die Schilddrüse?« Hunger, Schlaf, Herzrhythmus: Das war eine einfache Antwort gewesen, nach der ich die Laborwerte gar nicht abwarten musste.

Den Sex erwähnte die Ärztin damals nicht, und erstaunlich fand ich, wie lange man eine Krankheit ignorieren konnte. Seit Monaten hatte ich schon schlecht gegessen, ich war reizbar geworden, das Herz stolperte. Seit ich das Hormon morgens einnahm, war es besser, aber gut war es nicht, und auf Reisen gab es immer genau nach zweieinhalb Tagen Probleme. Das aufrechte Gehen, das Alleinsein waren nach dem langen Sitzen immerhin angenehm. Ich beschloss, die Dosis am nächsten Morgen zu erhöhen, dazu musste ich den Tag irgendwie durchstehen, den Rest des Tages.

Den Park verließ ich bei St. Mark's Place, wo im Rinnstein ein Eichhörnchen an der von einem Auto überfahrenen Leiche eines Artgenossen hockte. Es fraß die aus dem aufgeplatzten Körper quellenden Eingeweide und sah nervös um sich, mit ruckhaften Bewegungen, wie ich sie von Vögeln oder Echsen kannte. Dabei kaute es extrem schnell. Wahrscheinlich hatten Eichhörnchen einen irrsinnig hohen Puls, dachte ich und war erstaunt darüber, dass sie keine Vegetarier sind.

Ich wollte zu Fuß zum Union Square laufen. Nach ein paar Blocks hatte ich Lust, von einem der Apparate in der Straße Nadja anzurufen. Vielleicht wartete sie ja auf einen Anruf? Vielleicht war sie gar nicht so verstimmt, wie ich mir das einbildete? Die Verstimmung konnte auch abgeklungen sein, oder es konnte alles noch schlimmer werden, wenn ich nicht anrief. Ich warf die Münzen in den Apparat, hielt mir das freie Ohr zu, las die Notrufnummern für Feuerwehr und Notarzt auf einem Aufkleber und hörte das Klingeln auf der anderen Seite des Atlantiks. Es war ein heiseres und fahles Tuten, wie der Atem eines Sterbenden, bis Nadja dranging. Sie klang normal, nicht erfreut oder erwartungsfroh oder abwehrend. Vielleicht war sie beschäftigt, dachte ich, aber als ich meinen Namen genannt hatte, hörte ich ihre Stimme in den Keller fallen, noch bevor sie überhaupt etwas gesagt hatte.

Dann kam: »Hallo.«

Ich konnte mich nicht erinnern, in siebzehn Jahren einmal so trocken von ihr begrüßt worden zu sein. Eine Frau, der man gestern gestanden hatte, mit einer anderen ein Kind gezeugt zu haben, hätte nicht kühler sein können.

»Ich steh hier auf der Straße, wollte dich mal hören.«

Sie sagte nichts, und ich verlor den Boden unter den Füßen und hörte mich sagen, es sei ein bisschen anstrengend, »so allein«. Ich hörte irgendetwas, das mir verriet, sie war noch dran. Nein, sie hatte nicht mitkommen wollen oder mich zum Flughafen bringen, dachte ich ein weiteres, überflüssiges Mal.

»Hallo?«

»Ja, was denn?«

»Ich treff mich täglich mit Künstlern.«

»Hm.«

Ich ließ alle meine Leinen los, sagte: »Alles natürlich so Eigenbrödler.«

Es war gut, dass niemand zuhörte, denn in ihr Schweigen hinein hörte ich mich sogar sagen: »Schlimmer als ich noch.«

Vielleicht war ein weiteres Räuspern in der Leitung gewesen, aber vielleicht war auch nur ein Blauwal irgendwo über das Atlantikkabel geschwommen und hatte eine kaum messbare Induktionswelle verursacht, die ich überinterpretierte. Vielleicht hatte der Schatten eines Vogels mein Ohr berührt, während New Yorker Taxis und Kleintransporter an mir vorbeifuhren.

Oder hatte ein verchromter Spiegel, eine Stoßstangenecke, die Scheibe eines Wagens das Sonnenlicht für den Bruchteil eines Moments in mein Gesicht geworfen? Mein Hals begann wieder zu drücken, was mich nicht wunderte. Die Schilddrüse ist das Stressorgan, und man sagt nicht aus Zufall, man habe so einen Hals.

Nadja fragte ich: »Wie geht's dir?«

Ich meinte die Sauerstoffatome in ihrem Blut vor Kälte knacken zu hören, als sie sagte, alles in Ordnung, und ich ignorierte das, indem ich fragte: »Was macht Jab?«

Ich konnte ja nicht einfach auflegen. Dachte ich jedenfalls. Falls ich was dachte. Ich brüllte sie nicht an und belog sie nicht, indem ich behauptete, tatsächlich ein Kind mit einer anderen gezeugt zu haben oder es wenigstens noch heute Abend zu versuchen, und ihr auch gleich meine aktuellen Lieblingsnamen mitteilte, für Jungen und Mädchen.

»Nichts Besonderes«, ließ Nadja mich wissen, meine große, einzige, helle Liebe, von der niemand mich jemals getrennt gedacht hatte, ich selbst am wenigsten. Ich hörte ihre Stimme den Satz formulieren: »Wieso kümmerst du dich nicht einfach um deine Arbeit, und wir reden, wenn du zurück bist?«

»Reden? Natürlich. Was Bestimmtes?«

»Marko«, sagte sie, »Jakob ruft.«

Ich hatte ihn nicht rufen hören, wollte aber nur, dass Nadja unseren Sohn von mir küsst.

»Ich rufe noch mal an.«

»Wenn du meinst.«

Nach dem Einhängen und dem abermaligen Lesen der Notrufnummern war die Stadt wie ein frisch angeschaltetes Fernsehbild wieder um mich herum. Da stand ein Taxi am Straßenrand, der Fahrer sah mich an. Er hatte auf diesen Moment gewartet, und obwohl wir Auge in Auge standen, hupte er. Ich zuckte zusammen, mein Puls jagte hoch, und ich überquerte die Straße vor seinem Wagen, spuckte auf den Asphalt, wobei mich eine Müdigkeit überfiel, die ausgereicht hätte, um den Rest des Jahres mit Nichtstun zu verbringen. Wieso hatte ich Jakob nicht an den Apparat geholt und ein paar Worte mit ihm geredet? Das bohrte in mir, und ich wollte mich auf einem Bett ausstrecken, die Jalousien runtergelassen, ein Tuch über den Augen, in den Ohren Wachs. Wie der perfekte Verlierer lief ich Richtung Hotel. Nach ein oder zwei Blöcken kam ich an einem eingezäunten Spielplatz vorbei. Man hatte ein Erdloch ausgehoben, es mit einer Plastikfolie ausgelegt und mit Wasser aus einem Hydranten gefüllt. Kinder waren keine da, auf der schmutzigen Brühe schwamm ein aufblasbarer Schwimmring mit Entenkopf, ohne Luft lag er platt auf dem Wasser. Obwohl es dafür wirklich keinen Anlass gab, war mir kalt. In die Subway wollte ich wegen des Staubs nicht, diese Luft konnte ich nicht einatmen. Ich nahm den Fußweg zum Hotel in Angriff, das würde dauern.

Unterwegs kaufte ich einen schlechten Kaffee in einem Pappbecher mit Deckel. Eine dünne Serviette schützte kaum vor seiner blödsinnigen Hitze, und ich hatte Mühe, ihn durch die Menschen zu balancieren. Dabei achtete jeder New Yorker darauf, keinen Passanten zu berühren. Wie Fische im engen Aquarium schwammen alle aneinander vorbei, und als ich doch einmal an einer Hausecke leicht mit einem Mann zusammenstieß, blieb er stehen und entschuldigte sich mit aufgerissenen Augen, als hätte er mir an einem Buffet die Brille von der Nase geschlagen. Mit ausgebreiteten Armen stand er da, in sein offenes Hemd fuhr der Wind, er wartete auf die Annahme seiner Entschuldigung, als wäre er allein für die Berührung verantwortlich.

Zweimal ging ich in eine Buchhandlung und wurde etwas Zeit los. Einmal fand ich einen Band mit Aktfotos der jungen Madonna, die mich rührten. Ich kaufte ihn aber aus lauter Prüderie nicht und könnte mich jetzt noch darüber ärgern, an diesem Tisch, auf dem nichts liegt und der offenbar genau in der Mitte des Raumes steht, zwischen zwei Stühlen, meinem und dem leeren des Psychologen, der mich befragen wird. Der Raum ist selbst so quadratisch wie der Tisch, wenn nicht sogar ein perfekter Würfel. Ich komme mir in diesem Raum vor wie eine Störung, eine irreguläre Figur, zu lang, zu dünn, mit abstehenden Extremitäten, die sich zu keiner Harmonie fügen, zu keiner Normalität oder Selbstverständlichkeit und Ruhe, zu keinem simplen Dasein, wie sie es bei der jungen Madonna im Buch taten. Ich habe damals nur durchgeblättert, scheu, weil es sich um eine nackte Frau handelte, beeindruckt von ihrem Selbstbewusstsein, das eine große Kunstlosigkeit hatte, von ihrem Selbstvertrauen: Irre, dass man so bei sich sein konnte, unverständlich. Dann hatte ich das Buch weggelegt, um eine Stunde in einem Plattenladen zu verbringen. Ich nahm die Aftershow-Konzerte von Prince mit, meine vielleicht sechste Pressung, lila war diese, die ich noch nie gesehen hatte. In meinem Kopf dabei: wie Nadja mich am Anfang wegen des Altersunterschieds erst nur heimlich geküsst und vor unseren Freunden verleugnet hatte. Ich verstand das natürlich, drei Jahre waren viel, wenn die Frau achtzehn ist. Einmal sagte sie mir, es sei Schluss, dann küsste sie mich wieder und betonte, das sei »nur so«. Monate waren in Ungewissheit verstrichen, ich hatte schlecht geschlafen und Gewicht verloren, war immer auf der Hut vor dem nächsten Tag gewesen. Erst, als schon alle unsere Liebe bemerkt hatten, gestattete sie vorsichtige Zärtlichkeiten auch vor den anderen. Dann haben wir drei Jahre ihre Großmutter gepflegt, die mich sehr mochte, die Freunde fuhren samstagabends immer ohne uns los. Wir verloren sie aus den Augen, nach der Beerdigung verflog das Studium, die Gründung des Büros, ihre angestrengten, ins Giftige gehenden Betonungen, niemals von einem Mann abhängig sein zu wollen: Ich hatte sie überhört.

Über Jakob, er war ungeplant, habe ich mich gefreut, als wäre ich selbst ein Kind und bekäme endlich Gesellschaft. Aber obwohl ich ihn täglich von der Kita abholte, hatte ich viel zu wenig Kontakt zu ihm. Wir zelebrierten unsere Albernheiten, spielten Löwenkinder, die sich jagten und bissen und übereinander herfielen, vor allem, wenn Nadja nicht dabei war. Beim Einkaufen bildeten wir Sätze mit möglichst vielen Kombinationen von Pupsente und Knickohr, Knickente und Pupsohr und warfen uns vor Lachen weg, vollkommen egal, wie viel Befremden wir bei den anderen auslösten. Zuhause stundenlang in Bilderbüchern zu blättern und Geschichten zu erzählen machte mich aber nervös. Ich glaube heute, mich bedrängte dabei das Gefühl, meine Zeit für ein bisschen Spaß zu verplempern, und so werde ich das nachher dem Psychologen sagen müssen, an diesem Quadrat von einem Tisch, an dem ich seit mindestens zwei, drei Stunden warte: Ich konnte es nicht genießen. Ich ließ mich in der Vaterschaft nicht nieder. Jakob merkte das. Er merkte natürlich, dass Nadja anders war, ihr genügte das Zusammensein mit ihm, wenn sie mit ihm zusammen war. Man konnte sehen, wie sie alle Arbeit vergaß und alle Sorgen. Sie spielte einen ganzen Nachmittag lang Memory und schlug ihm nie einen Wunsch ab. Er durfte im Auto vorne sitzen, wenn ich nicht dabei war, ohne Kindersitz. Er durfte die Mikrowelle anmachen und wieder aus, als er das noch gar nicht konnte. Ein paarmal kochte die Milch über. Nudeln verschmorten, Tomatensoße spritzte mit Knallgeräuschen an die Innenwände, weil Jakob, auf Nadjas Arm sitzend, die Tür nicht aufbekam. Ich schrubbte das Ding ein paarmal sauber. Wollte ich den Unsinn unterbinden, dann tobte er, und Nadja fand mich herzlos.

»Jetzt lass ihn doch mal!«

Er durfte auch, über dem Kochtopf auf ihrem Arm herumhampelnd, Nudeln ins kochende Wasser werfen. Es spritzte dabei über den Rand, einmal zuckte Nadja, und vermutlich war ihm noch mehr erlaubt, wenn sie alleine waren. Nadja erkannte seine Wünsche als die ihren an, sie konnte zwischen ihren und seinen nicht unterscheiden. Er verstand ihre Liebe als Befreiung, natürlich, nicht als Sackgasse. Meine Proteste nützten nichts, und ich hatte wegzusehen gelernt. Ließ ich ihn, wenn ich mit ihm allein war, nicht an die Mikrowelle, dann schlug er mich und war wirklich sauer. Einmal ging er, ohne zu essen, ins Bett: Hungerstreik!

In der ersten Zeit hatte ich nur zusehen können und mir gesagt, dass bald alles anders würde und ich mehr Nähe aufbauen könnte. Darüber vergingen Monate und Jahre, und tat er sich weh, dann heulte er nach Mama. Nadja widersprach, wenn ich ihr Bequemlichkeit vorwarf, falsche Bequemlichkeit. Sie wandte sich einfach ab in der Gewissheit, seine rückhaltlose Zuneigung zu haben, wie sich Jakob von mir in der derselben Gewissheit ihrer rückhaltlosen Zuneigung abwandte, wenn sie da war. Das Singen von Kinderliedern hätte mir wahrscheinlich geholfen, das wäre seine Welt gewesen, dessen Aufsuchen er sich vielleicht wünschte und bei Nadja honorierte, aber ihre Vorwürfe, ich hätte keinen Lebensplan und vertue meine Tage, waren schon Vergangenheit. Es war nur logisch, dass ich in kurzer Zeit ein zweites Mal allein nach New York geflogen war und Jakob nicht hatte ans Telefon kommen lassen, als ich anrief. Wahrscheinlich hatte ich gefürchtet, dass er nicht kommen wollte. Ich fragte mich, ob sie meinen Gruß ausgerichtet hatte, und falls ja, wie, in welchem Tonfall. Ob er verstanden hatte, was ich meinte. Wahrscheinlich war das nicht.

Als ich am Union Square ankam, war es dunkel. Der Verkehr floss ruhig um den Platz, auf dem die Händler ihre Marktstände abbauten und in ihre verbeulten Kleintransporter verluden. Der Schmutz der Straße hatte aus dem übergelaufenen Diesel an den Tankstutzen schmierige schwarze Fahnen gemacht. Beim Überqueren der Fahrbahn hatte ich vor Augen, wie der Umschlag meines Debüts in einem Kuvert angekommen war, wie ich ihn in Nadjas Beisein geöffnet hatte. Wie sie ihn mir sofort aus der Hand genommen, kurz betrachtet, auf den Tisch gelegt und gesagt hatte: »Ganz gut.«

Den Rest des Abends war sie dann in ihrem Zimmer verschwunden, wie so oft. Sie telefonierte und sah fern und schlief schließlich auf ihrer Couch. Ihr Zigarettenqualm zog unter der Tür durch. Sie sei überm Lesen eingeschlafen, hatte sie am Morgen desinteressiert auf meine Frage geantwortet, ob alles in Ordnung sei.

Ich betrat die Hotelhalle, und der Portier sah auf mehr als professionelle Weise weg, nachdem er meinen Schlüssel auf den Tresen gelegt hatte. Mit dem Fahrstuhl fuhr ich hoch in den zwölften Stock. Die Duschen waren gegenüber meinem Zimmer auf dem Flur, und weil sie keine direkte Belüftung hatten, stand dort eine feuchte und faulige Luft. Ich nahm die Faust vor den Mund und atmete mit hängender Zunge, beim Aufschließen hielt ich den Atem an. Im Zimmer suchte ich den Lichtschalter, und als ich ihn gefunden hatte, sah ich gerade noch, wie Hunderte der verschiedensten kleinen Viecher vor der Helligkeit in die Ecken und Ritzen flüchteten, als würden sie sonst auf der Stelle getötet. Sie verschwanden im Spalt zwischen Waschbecken und Wand, unter den Teppich und ins Bett. Manche waren klein wie Mücken, andere sahen aus wie Grashüpfer oder Motten, soweit ich das hatte sehen können. Ich knipste das Licht wieder aus, setzte mich an den Tisch und lauschte den gedämpften Geräuschen der Autos und den rauschenden Leitungen im Haus, die laut rückschlugen, wenn jemand einen Wasserhahn schloss. Schon am Morgen hatte ich das Ungeziefer bemerkt, aber es musste sich verzehnfacht haben. Wie ein Kind hoffte ich, es würde verschwinden, wenn ich nur lange genug im Dunkeln säße. Als ich das Licht wieder anknipste, wiederholte sich das Schauspiel.

Ich rief den Empfang an. Der Mann sagte, er schicke jemanden hoch. Was dieser Jemand dann machen wollte, war mir ein Rätsel, aber nach kurzer Zeit kam ein großer schwarzer Kerl mit einem Plastiktank, den er auf dem Rücken trug wie einen Rucksack und an dem ein Schlauch mit einer sechzig oder siebzig Zentimeter langen Spritze befestigt war. Er hielt sie in der rechten Hand und setzte sich gleich nach Betreten meines Zimmers einen Atemschutz auf Nase und Mund und begann an einem Hebel Druck in den Behälter zu pumpen. Damit ging er auf das Bett zu, aber ich hinderte ihn an weiteren Schritten und nahm den Fahrstuhl nach unten.

Am Empfang entschuldigte sich der Portier gelangweilt. Er stützte seinen schweren Kopf auf eine Hand, leckte den Daumen der anderen an und blätterte damit in einem Magazin für Bodybuilder: »Was soll ich Ihrer Ansicht nach tun?«

Natürlich riet ich diesem Sterbeengel des Tourismus nicht, sein Heftchen eine Sekunde zur Seite zu legen, weil er eh nie so aussehen würde wie einer von denen, wenn er weiter bloß Cola trinkend rumsäße und kaum einen Finger oder ein Augenlid bewegte. Ich hätte ihm ganz ruhig sagen können, dass ich nicht irgendeine verwanzte Spelunke in Indien oder der Karibik zum Zweiundsiebzigfachen des üblichen Preises gebucht hätte, jetzt in das nächste zivilisierte Hotel im Block ginge und er mir das Gepäck rübertragen sollte, sobald man ihn anriefe, weil den Rest meine Kreditkartenfirma erledigte. Statt in ihn und seine zur Schau getragene Trägheit bohrte ich mich lieber in den Gedanken, von Berlin aus schon für die ganze Woche bezahlt zu haben und jetzt nicht gerade einen Fruchtshake in der Wüste zu verlangen. Überraschend fest sagte ich immerhin: »Wie wär ein anderes Zimmer?«

Er seufzte, erhob sich und ging zwei Schritte zur Seite, wo er auf einen Bildschirm sah. Mit der rechten Hand bewegte er eine Maus, die linke Taste gedrückt. Ein Zimmer habe er. Allerdings weiter unten.

»Wenn es frei von Ungeziefer ist.«

»Probieren Sie's!«

Wie ein Schuljunge, dem der Lehrer nicht den gewünschten Platz in der Klasse gab, sondern einen ganz vorne, an der Tür und an der Tafel, nahm ich den Schlüssel, den der Portier vor mich auf den Tresen hatte fallen lassen, und fuhr mit dem Fahrstuhl wieder hoch. Das neue Zimmer war im vierten Stock, man hörte sofort den Straßenlärm, und beim Anschalten des Lichtes waren, genau wie beim ersten Betreten des anderen Zimmers, keine Tiere zu sehen. In den Ecken standen kleine Plastikdosen auf dem Teppich, der wie im zwölften Stock auch hier auf einer Schicht Schaumstoff lag. Irgendwas Hygienisches, bildete ich mir ein und glaubte, wenigstens einen Teilerfolg errungen zu haben: Wird schon seine Ordnung haben. Ich rief beim Empfang an, dass ich das Zimmer nähme. Dann holte ich mein Gepäck von oben, warf es auf den Hocker neben dem Schrank, schloss die Tür, legte mich angezogen und mit Schuhen aufs Bett, machte das Licht aus und beobachtete, wie sich die zersprengten Lichter der vorbeifahrenden Autos über Decke und Wand bewegten.

Eine halbe Stunde verging. Abgesehen vom Straßenverkehr und den Wasserleitungen war es still. Das Haus wirkte merkwürdig leer. Ich stand auf, machte das Zimmerlicht an, eine nackte Glühbirne, wie sie auf Nellys Bild über den Spielern hing. Am Becken wusch ich mir das Gesicht. Beim Abtrocknen sah ich zufällig nach unten und entdeckte die Ameisen. Sie hatten ihre Straßen an den Wänden entlang, zumeist unter dem Teppich. Viele von ihnen liefen aber auch gut sichtbar über ihn, und auf ihren Kreuzungen standen die Plastikdosen: Ameisengift. Wahrscheinlich atmete ich Ausdünstungen davon ein.

Ich sah auf die Uhr: neun. Mit der flachen Hand ertastete ich die Serviette mit der blauen Handschrift in der hinteren Tasche meiner Hose, das dünnste Polster der Welt. Vorsichtig genug, dass sie sich dabei nicht aufrollte oder zerriss, zog ich sie heraus. Die Lesung war im East Village und hatte schon angefangen, aber sicher nicht pünktlich. Wenn ich gleich losging, würde ich ein bisschen zu spät kommen. Das passte gut. Ich zog mir Schuhe an, rasierte mich. Dabei zitterte ich, schnitt mich aber zum Glück nicht.

ZWEI Minuten später winkte ich ein Taxi von der Straße. Lautlos bremste es so vor mir, dass ich nur die Hand ausstrecken musste, um in den Griff der hinteren Tür zu fassen. Sie ging mit einem klackenden Geräusch auf, ich nahm einen Fuß vom Asphalt und bewegte ihn über das Einstiegsblech ins Innere des Wagens. Eine Hand auf der Rücklehne, die andere an einer Schlaufe, zog ich meinen Schwerpunkt über den Einstieg, nahm den zweiten Fuß von der Straße, um, leicht wie ein Mann auf dem Mond, in den Bauch dieses gelben Wals zu gelangen. Hinter mir fiel die Tür zu. Als der Fahrer schon seinen Fuß von der Bremse genommen hatte und der Wagen mit uns vom Straßenrand glitt, reichte ich die Serviette mit Nellys Handschrift durch das Schiebefenster nach vorne. Der kleine Mann, ein Inder oder Pakistani, nahm sie mit einer nach hinten abgeknickten Hand an und las dann mit dem halb ausgestreckten Arm des Weitsichtigen.

»*You sure?*«, fragte er mit herber Stimme und gab mir die Serviette durch das Fenster zurück. Über seinen Rückspiegel blickte er mir prüfend in die Augen, dann wieder auf die Straße. Ich zog einen Geldschein aus meiner Hosentasche, hielt ihn gut sichtbar ins Licht, nickte, und am Weiß seiner Augäpfel sah ich, dass er die Geste verfolgt hatte, ohne den Kopf zu bewegen. Er stellte die Uhr an, blinkte und bog auf den Broadway, der im Straßennetz Manhattans der notwendige Regelbruch ist, der das Leben aushaltbar macht.

Zahlender Fahrgast im Wagen zu sein war schön. Ewig hätte ich so fahren wollen, nirgendwohin. Zu allen Seiten schossen die Häuser um uns hoch, wie es früher, wenn ich an der Hand meiner Mutter Einkaufen war, Menschenbeine getan hatten. An Kreuzungen konnte ich in die Querstraßen sehen, an deren Ende einen Moment lang der Nachthimmel auftauchte, der einen Teil des matten gelben Leuchtens der Stadt wiedergab. Sonst fuhren die Häuser, vom Auto angetrieben, wie ein Filmstreifen an mir und dem Fahrer entlang. Dunkle und helle Fenster ergaben kein Muster, und ich stellte mir vor, wie bei Neonlicht noch gearbeitet oder der Tag zusammengerechnet wurde, bei schwachem Licht vermutete ich Geschlechtsverkehr und unter Glühbirnen saßen Familien oder Paare beim Abendessen. Manche Fenster flackerten bläulich vom Fernseher, der Nachrichten brachte. Ich träumte mich in die Zimmer hinter diesen Fenstern, wie ich mich als Kind an andere Hände als die meiner Mutter geträumt hatte, wenn ich meinen Kopf durch die vielen Beine balancierte und nach Himmelsfetzen schielte.

Damals hatten Menschen aus Hosenbeinen, Jackenzipfeln, Ärmeln und Gerüchen bestanden und aus Händen. Man konnte sie greifen, hätte man nur genug Mut gehabt. Ab und zu war ich gestolpert, weil ich nie aufpasste, wohin ich meine Füße setzte. Meine Mutter hatte mich dann immer ermahnt. Aber ich hörte nicht und sah mir Hände an, sie hatten locker hängende kleine Uhren an den Gelenken oder stramm festgebundene silberne, goldene oder schwarze Uhren und Haare. Auch Hände ohne Uhren gab es und Hände mit Ringen, schöne Hände, junge fleischige Hände oder alte Hände mit Flecken, die einem kleinen Jungen wie mir ein ganzes Leben hätten erzählen können, hätte ich mir Zeit genommen. Je mehr Hände ich sah, desto besser ging es mir an der Hand meiner Mutter, denn der Augenblick, in dem ich unüberlegt und getrieben vom Wissen, das Richtige zu tun, eine greifen und weg sein würde, kam näher. Dachte ich. Wahrscheinlich erwartete ich, dass meine Mutter mich doch finden würde und an sich drücken, bebend vor Glück, mich wiederzuhaben. Ich wäre nicht so distanziert durch mein Leben gelaufen, wenn das geschehen wäre, ich hätte die Welt und meinen Körper als Freunde sehen können, hätte mehr zu geben gehabt. Wenn sie mich einmal so gehalten hätte, hätte ich das weitergeben können, statt nur unsicher nach der nächsten Falle im Leben zu schielen und mich immer dafür zu entschuldigen, dass ich da war. Was andere nervt. Aber ich ließ ihre Hand nicht los und wartete nur auf den richtigen Moment, bis sie es war, die zuerst meine Hand losließ, indem sie starb. Statt die richtige Hand zu finden, hatte ich die falsche verloren.

Der Fahrer fluchte und hupte. Ich fragte mich, wie sein Vater wohl aussah, was er gemacht hatte oder machte und ob er, wie meiner, auch nie Zeit für seinen Sohn gehabt hatte. Um irgendwen zu überholen, scherte der Fahrer aus und beschleunigte. Als hätte ich laut gesprochen, sah er mich über den Spiegel kurz an, bog vom Broadway in eine kleine Straße, das Lenkrad lief unter seinen Händen, als die Vorderräder sich wieder gerade stellten. Links und rechts lag viel Müll, zwischen gestapelten Holzpaletten lungerten Penner, und die Hells Angels hatten in einem Ölfass ein Feuer gemacht, trotz der Hitze. Das Taxi trug eine mir unbekannte kleine Kühlerfigur, die seit etlichen Jahren in einem eingefrorenen Sprung durch New York schaukelte, oft im Schritttempo, wenn sie nicht mit dem Wagen am Straßenrand stand und wartete. Ihr Chrom war teils von Wind und Wetter abgewetzt, teils blätterte er und gab weißes Plastik frei: eine Motorhaube als Heimat, ein blätterndes Plastiktier als Statussymbol. Unvermittelt stoppten wir, die Karosse schaukelte nach, der Fahrer drückte auf den Knopf der Uhr.

Ich zahlte mit Trinkgeld passend. Als ich ausstieg und den Kopf in die schwüle Nachtluft hob, wurde ich von ein paar Jugendlichen beobachtet. Sie grinsten siegessicher und warfen mit den Händen in den weiten Hosentaschen einander Blicke zu. Zum Glück konnte ich gleich in die Bar gehen, nachdem der Fahrer mich zum Zuschlagen der Tür gedrängt hatte.

Im Vorraum saß ein kleiner, älterer Mann mit einem bunten Hut und machte mit zwei Fingern ein V. Ich legte zwei Dollar auf einen Teller und stand dann im Zigarettenqualm. Das Publikum starrte zur Bühne, verständlicherweise. Eine sehr große schwarze Frau trug ein Gedicht vor. Sie hielt das Mikrofon wie Mick Jagger, und das Gedicht besang, soviel ich verstehen konnte, den Oralverkehr zweier Frauen unter Verwendung eines Latextuches. Zweier Tücher. Nach dem frenetischen Applaus, der aus den schon während des Vortrags anfeuernden Rufen des Publikums aufstieg, kämpfte ich mich durch die Luft und den Schweiß an die Bar und bestellte mit zum Trichter an den Mund gelegten Händen schreiend ein Bier. Lippen konnte der Barkeeper offenbar nicht lesen, zumindest nicht meine.

An den Wänden lief Kondenswasser herab, wie früher im Winter an den Scheiben unseres Schulbusses. Das Bier war trotz der Hitze viel zu kalt. Es tat an den Zähnen weh, selbst wenn ich verhinderte, dass es überhaupt an sie herankam. Schmecken konnte man es sowieso nicht. Als kalte Flüssigkeit war es im Hals aber angenehm, und als ich absetzte, kam Nelly aus dem Qualm und Dunst auf mich zu. Sie freute sich und sagte etwas, das ich nicht verstand. Auf mein Kopfschütteln und das Deuten auf mein Ohr hin lotste sie mich in eine Ecke zu einer Freundin, deren Namen sie offenbar nannte. Ich verstand auch ihn nicht, weil ein nicht ganz so junger Mann mit ebenfalls buntem Hut auf der Bühne rumsprang, die nächsten Auftritte ankündigte und »Respect for the poets« forderte, das Publikum applaudierte, jemand pfiff und ein anderer einen kreischenden Ton von sich gab. Nelly lachte, streifte sich den linken Ärmel hoch und zeigte auf die Innenseite ihres Unterarms, auf die in liebevollen Buchstaben tätowiert war: »Vivian«. Dazu grinste sie und nickte in die Richtung ihrer Freundin, die strahlte und überhaupt wie ein zufriedener Mensch aussah. Der zweite, den ich an diesem Tag traf. Nelly und Vivian: Das ergab sofort Sinn. Ich hob die Hand zu einem tonlosen Gruß und lächelte.

Der folgende weiße Rap konnte mit dem zuvor gezeigten nicht konkurrieren. Bevor er zu Ende war, nahm ich die Zigarette, die Vivian mir anbot: Schlechter Luft mit Zigaretten begegnen zu wollen ist auch ein Beispiel für den Versuch, ein System dadurch zu überwinden, dass man in ihm aufgeht. Nach dem vierten Zug drückte die Schilddrüse so stark, dass ich ein kommendes Würgen im Hals mit einem gespielten Hustenanfall kaschierte. Ich brauchte frische, kühle Luft, klares Wasser oder eine Zuneigung. Rauch und der Aufenthalt unter Fremden machte die Arbeit des Stoffwechsels nur mühsamer. Auf meine Bitte holte Nelly eine neue Flasche Bier, die ich zur Kühlung abwechselnd auf meine Schilddrüsenhälften rechts und links des Kehlkopfes legte. Das half, der Auftritt war mir aber jetzt stressig genug. Ich wollte mich verabschieden und machte entsprechende Zeichen.

Nelly stimmte ein: »Lasst uns gehen!«

Draußen stand wie aus dem Nichts ein Taxi vor uns, in das sie mich schob, während ich noch immer die Flasche an die Gurgel hielt. Nicht mal eine halbe Stunde war ich in der Bar gewesen, und jetzt sagte Nelly, einen Geldschein sichtbar in der Hand, freundlich und selbstsicher zum Fahrer: »Dritte Ecke B.« Mich fragte sie, mit dem Kinn auf meinen Hals weisend, den Blick auf die Bierflasche gerichtet und mütterlich wie beim Angebot, in ihrer Wohnung zu schlafen: »Was ist das für eine Geschichte?«

»Hashimoto«, sagte ich wie abwesend, auch abwehrend, weil es sie nichts anging. Ich tat so, als hätte sie mich nach der Marke meines Jacketts gefragt, die mich selbst nicht mehr interessierte als mein Hotel, und nicht nach den offensichtlichen Fehlfunktionen meines Körpers.

»Nicht dein Ernst.«

»Wieso?«

»Das habe ich auch.«

Ich starrte zurück, wortlos.

Sie fragte: »Wie viel nimmst du?«

Und weil ich wartete: »Thyroxin. Wie viel?«

Ich nahm damals schon zu viel, sagte: »Hundert Mikrogramm«, zog den Kopf ein, weil fünfundsiebzig reichen mussten und ich manchmal, wie für den kommenden Morgen geplant, hundertfünfundzwanzig nahm.

»Hundertfünfzig!«, rief sie aber vergnügt. Das wunderte mich, weil das bei ihrem Körpergewicht nicht einfach nur viel zu viel war. Es war krass überdosiert, und welchen Grund zur Freude es da gab, wusste ich nicht. Weil es ihr nicht gut damit ging, nahm sie nachmittags seit Neuestem noch T3 dazu. »Thybon«, sagte sie genau so fröhlich.

Davon hatte ich gehört: die sofort wirksame Variante des Hormons, das der Körper ansonsten selbst aus dem Ursprungsmolekül T4, Thyroxin, herstellen musste. Meine Ärztin hatte es mir für Situationen wie jene angeboten, in der ich gerade war. Sie hatte mich aber auch gewarnt, man konnte sein Herz damit überlasten.

Nelly fragte ich: »Hilft es?«

Das Taxi hielt. Mit flacher Hand bedeutete ich ihr, dass sie nicht bezahlen müsse, und sagte zum Fahrer: »Zum Union Square, bitte.«

Aber Nelly ließ sich nicht beirren: »Einen Drink gönnt uns der deutsche Dichter doch noch, oder?«

Ich sah ihre Freundin an, dann Nelly und dachte an die Ameisenstraßen im Hotel und das Ungeziefer, das jetzt vermutlich in meinem Gepäck und dem Bett nach Unterhalt suchte. Das Missverständnis mit dem Dichter klärte ich nicht auf, einen Augenblick später stand ich auf der Straße und sah um mich, bis Nelly mit dem Daumen über die Schulter nach oben zeigte:

»Fünfzehnter Stock! Ich habe, wie gesagt, eine sehr süße Wohnung.« Vorher wollte sie nur noch ein Sixpack an der Ecke holen. Sie gab Vivian den Schlüssel und sagte: »Er ist kein Nazi, er sieht nur so aus.«

Mit der Hand fuhr ich mir über die Haare, die ich, seit sie so schnell ausfielen, ganz kurz trug. Wie alle das machen und damit jeden, der sie nicht kurz trägt, noch älter aussehen lassen. Dabei lächelte ich, ärgerte mich und entdeckte Vivians milden Zug um die Augen, der sie vermutlich reifer wirken ließ, als sie war. Mit der rechten Hand nahm sie den Schlüssel, schob mit der linken einen Zehndollarschein in Nellys Hosentasche, und statt auch mit Bargeld zu reagieren, ging ich schon neben dieser Frau auf einem asphaltierten Weg, der quer durch ein Rasenstück auf ein nichtssagendes Hochhaus führte. Ich hatte immer noch mein Bier in der Hand, aus dem ich den letzten, mittlerweile handwarmen Schluck nahm. Es schmeckte wie Brot mit viel Speichel, ich spuckte es aber wegen Vivian nicht aus. Beim Runterschlucken blieb es an den Wänden der Speiseröhre hängen und erreichte kaum den Mageneingang, wo es nach Wasser verlangte, das ich nicht hatte.

Vivian schloss eine gläserne Eingangstür auf, wir gingen durch eine zweite und standen vor dem Fahrstuhl, wo ich die Bierflasche in einen Eimer warf, in dem sie laut polternd auf den Boden fiel. Das Geräusch hallte in dem großen Vorraum nach und auch in meinem Schädel. Diese zwei kleinen Flaschen Bier hatten zu viel Wirkung, mit Mühe verhinderte ich einen Rülpser.

Vivian drückte den Knopf rechts neben dem Fahrstuhl, und ich beobachtete, wie sie ihren Oberkörper dazu leicht nach vorne lehnte. Sie war nicht so zierlich wie Nelly. Ihr Körper hätte, von den Brüsten abgesehen, auch einem zur Korpulenz neigenden sechzehnjährigen Jungen gehören können, kurz vor dem letzten großen Wachstumsschub. Sie trug eine weiße Bluse über einem weißen T-Shirt, unter dem sich ein BH abzeichnete, ebenfalls weiß. Jeans und Sandalen. Ihre Fußnägel waren farblos lackiert. Alles an ihr war Möglichkeit, und wie die Luft um sie strömte, war sie sich ihres Körpers entweder vollkommen bewusst oder gar nicht, das konnte ich nicht entscheiden. Die Bluse rieb und rutschte auf dem T-Shirt und an manchen Stellen auf ihrer Haut. Ich glaubte, die Geräusche davon zu hören, während über der Tür des Aufzugs der Abwärtspfeil aufleuchtete und im Inneren ein Relais klackend Elektromotor und Seile in Gang setzte.

Ich habe das Surren noch genau im Ohr, in dem wir gemeinsam standen. Vivian lächelte mich freundlich an, unsicher vielleicht oder aufmunternd oder tröstend? Ich hatte zu wenig gegessen, ich war außer mir, und am liebsten hätte ich mich hingelegt. Ich überlegte, ob ich nicht doch besser ins Hotel zu den Ameisen fahren und versuchen sollte zu schlafen: auf dem Rücken und vollständig angezogen, so wie ich jetzt war, mit Hose und Schuhen und einem weiteren kleinen Bier. Aber nein. Wollte ich nicht. Ich wollte da sein, bei den beiden Frauen, und beim Betreten des Fahrstuhls entfuhr mir ein mich selbst überraschender lauter Seufzer. Vivian lächelte weiter auf eine Weise, die ich nicht einordnen konnte. Auf der Fahrt nach oben sprachen wir so wenig wie zuvor. Mir fiel auf: Wir hatten noch kein Wort gewechselt.

Oben mussten wir den langen Gang hinter uns bringen, von dem links und rechts Türen abgingen, Wohnungseingangstüren, immer um einige Meter versetzt und in den Farben wechselnd: blasses Gelb, blasses Blau, blasses Braun. Die Decke war von Aluminiumleisten in Kästchen eingeteilt, links und rechts versetzt hatte man Leuchtelemente eingelassen, deren Glas in den Ecken gelb war. Gelb wie die Haut von Raucherfingern. In den meisten dieser Vierecke lagen tote Insekten. Wir liefen über das alte, wellige, gebohnerte Linoleum, und am Ende des Ganges schloss ich zu Vivian auf, ich war ihr ganz nah. Sie steckte den Schlüssel ins Schloss, es klackte, und sie sagte ihr erstes Wort zu mir: »Bitte.« Ihre Stimme war dunkel. Sie lächelte wieder, diesmal vielleicht scheu. Oder verschwörerisch.

Nelly hatte nicht übertrieben. Der große, nicht zu große Raum empfing uns. Südwestbalkon. Am Tage würde es sehr hell sein. Vivian machte überall Licht. Auf dem Balkon ein botanischer Garten, der zeigte, zu welcher Liebe Nelly fähig war. Kann sein, dass ich das schon geahnt hatte oder wusste, aber die Selbstverständlichkeit, mit der ihre Hingabe hier ausgestellt war, überwältigte mich. Im Wohnzimmer war die ganze rechte Wand von einem Bücherregal ausgefüllt, von rechts bis links und an die Decke, kein Quadratzentimeter war frei. Es dominierten nicht die Kunstkataloge, sondern Romane, Geschichte und Psychologie, soweit ich sehen konnte. Ungewöhnlich für eine Malerin. Davor das Sofa, auf dem ich sofort Ferien hätte verbringen wollen, um in Nellys Welt zu sein. Links hinter einer frei im Raum stehenden Wand nahm Vivian Gläser aus einem hoch hängenden Schrank: Nellys Küche.

Zwischen den beiden Raumteilen gab es einen langen Durchbruch der Wand auf Tischhöhe, ein Fenster mitten in der Wohnung. Ich konnte Vivian deshalb gut sehen. Beim Griff in den Hängeschrank legte der Stoff ihrer kurzärmeligen Bluse einen weiteren Weg auf T-Shirt und Rücken zurück als bei den Bewegungen, denen ich bisher beigewohnt hatte. Unter ihrem runden Arm sah ich den Ansatz ihrer Brust. Ich schätzte sie groß genug, um entblößt eine Falte zu bilden und in ihrer oberen Hälfte dennoch nach außen gewölbt zu sein. Vivians Haar fiel in Wellen, es war beinahe so schwarz, wie Nellys rot war, aber nicht so drahtig und glänzend. Das waren schöne Haare, wie ich sie zwei Jahre davor selbst noch besessen hatte. Einige einzelne waren Vivian auf die Schultern gefallen, und als ich auf dem Flur halb versetzt hinter ihr gegangen war, hätte ich sie zählen können.

Ohne Gefahr zu laufen, dabei erwischt zu werde, beobachtete ich Vivian aus der Distanz. Ich mochte diesen burschikosen Körper, den runden, nicht zu muskulösen Po, ihre Arme, ihre Hände beim Füllen der Gläser und wie sie dem farblosen Wasser nachsah, das aus der Plastikflasche floss. Vivian wohnte nicht in der Wohnung, denn sie hatte sich den Schlüssel von Nelly geben lassen, sie fühlte sich aber zuhause. Jetzt kam sie zu mir herüber. Dass ich sie beobachtet hatte, störte sie kein bisschen. Entweder hatte sie es nicht bemerkt, oder sie ignorierte das. Dass sie es mochte, konnte ich mir damals nicht vorstellen. Sie gab mir das Glas Wasser in die Hand und setzte sich neben mich, das rechte Bein zog sie dabei an und setzte sich drauf.

»Cheers.«

Lange sah sie mich an. Weil ich nicht aufdringlich sein wollte, nahm ich ein Buch, das auf dem Tisch lag, in die Hand. Es war ein Comic von Art Spiegelman, den ich damals nicht kannte: *Maus*. Vivian stand auf, die Jeans schob sich dabei auf ihren Oberschenkeln, Muskeln streckten und verkürzten sich in ihrem Körper, Sehnen spannten sich unter ihrer Haut, Flüssigkeiten strömten vor und zurück, während sie Luft in ihre Lungen sog. Ihr T-Shirt verschob sich auf ihrem Rumpf und dem Büstenhalter. Die Bluse verschob sich auf dem T-Shirt, die von ihr in Bewegung gebrachte Luft strich an mir entlang und über mich weg. Ich bildete mir ein, einzuatmen, was eben noch an ihrem Körper oder darin gewesen war, und plötzlich stand sie an der Klimaanlage, die an einem Fenster hing und nach dem Anschalten klang wie ein weit entfernter alter elektrischer Rasenmäher. Ich roch frisch geschnittenes Gras. Vivian hantierte an der Stereoanlage: Chill-out.

»Hat ein Freund von mir gemacht«, sagte sie, das Kinn hebend.

Es klingelte. Vivian ging zur Tür, und wir konnten Nelly auf einem schwarz-weißen Bildschirm sehen, der sie glubschäugig verzog. Hätte ich hier gewohnt, ich hätte das Gerät wahrscheinlich mit Pappe zugeklebt, weil ich keinen Freund so hätte sehen wollen, schon gar nicht, kurz bevor er zu mir kam.

Per Knopfdruck ließ Vivian Nelly ein, dann zündete sie sich eine Zigarette an. Eigentlich passte das nicht zu ihr. Hätte ich nicht schon gesehen, dass sie rauchte, ich hätte eher angenommen, sie tränke kaum Kaffee, weil ihr das schon zu viel Droge war. Sie rauchte auf eine für mich unbekannte Art, stand vor dem flachen Tisch, der uns trennte, und lächelte auf mich herunter, während sie mit der freien Hand den rechten Ellbogen stützte. Längst musste ihr aufgefallen sein, dass ich sie beobachtete wie ein auf der Lauer liegendes Tier. Ich war erschöpft und benahm mich unmöglich, wusste aber nichts dagegen zu unternehmen. Zur Ablenkung nahm ich das Buch in die Hand: ein Comic über Auschwitz, den ich sofort wieder weglegte.

Zum Glück kam dann Nelly. Sie hatte Bier dabei, und es war kalt. Ich nahm eins und zog auch am Joint, den Nelly gedreht hatte, obwohl ich wusste, dass ich nur mit Dingen weitermachte, die mir nicht bekamen. Vivian zog ihre Bluse aus und zupfte sich das T-Shirt zurecht. Dabei sah sie mich an. Das bedeutete aber nichts, denn ich hatte sie zuerst angesehen. Nelly stand auf und meinte, es sei so heiß. Im Vorbeigehen strichen ihre Finger an Vivians bloßem Arm hoch, ihre Knospen reagierten und verschwanden wieder in der weißen Baumwolle. Nelly drehte die Klimaanlage am Fenster höher, und Vivian forderte mich auf, es mir auf der Couch bequem zu machen: »Du kannst ruhig deine Schuhe ausziehen und dich entspannen.«

Sie stand wieder auf und ging zur Küchenzeile. Ich hörte Eiswürfel in ein Glas fallen, während ich die Schuhe und die durchgeschwitzten Socken auszog, unter das Sofa schob, Luft fächerte und mich hinlegte. Nachdem sie durch den Raum auf mich zugekommen war, setzte sie sich auf die Lehne. Nelly ließ sich mir gegenüber nieder.

»Nun erzähl.«

Zur Erklärung blickte sie auf meinen Hals.

Dass wir beide eine Diagnose auf Hashimoto bekommen hatten, hielt ich für einen Zufall. Ich traf ja neuerdings auch überall Schilddrüsenkranke. Das war nichts anderes als die Sache mit dem silbernen Scirocco: Seit Nadja einen fuhr, sah ich täglich welche auf der Straße.

Unwillig fragte ich: »Was?«

»Wieso hast du diese Probleme?«

Ich glotzte nur.

»Ist doch nicht gut so.«

Das stimmte. Nelly war ganz entspannt, ihren Tremor sah ich jetzt nicht mehr, ich spürte nur, wie selbstsicher er in meiner Bauchmuskulatur arbeitete. Vivian begann, mir einen Fuß ebenso beiläufig zu massieren, wie sie davor von Nelly am Arm gestreift worden war: Die Finger auf dem Spann, fuhr sie mit dem Daumen im Fußbogen auf und ab. Wie viel die erste Berührung ausmacht, die zwei einander fremde Menschen eingehen, spürte ich, als Vivian meinen Fuß wieder losließ, denn ich wusste nicht, wann mir das zum letzten Mal passiert war. Sie trank das Wasser aus und nahm einen Eiswürfel in die Hand, um damit auf meinem Fuß auf- und abzufahren. Wasser tropfte auf das Sofa, und ich wollte deswegen etwas sagen. Vivian lächelte aber und meinte, Wasser verdunste. Ihre Hand tat so, als handelte es sich um unseren gemeinsamen Fuß, den sie kühlte. Ich nahm ihr den Eiswürfel ab und fuhr, der Berührung unserer Finger und dem gleichzeitigen Treffen unserer Blicke nachhängend, damit auf meinem Kehlkopf herum.

»Ich würde das nicht so lassen«, sagte Nelly und hatte recht. »Wie hat es denn angefangen?«

»Mit Gedächtnisausfällen.«

Das kannte sie nicht.

»Schlafentzug, Übelkeit«, sagte ich lässig dahin, um das

Thema möglichst bald wieder wechseln zu können. »Das Übliche. Dauernd Infektionen.«

Die Gedächtnisausfälle interessierten sie, und ich hatte ihrem Interesse wenig entgegenzusetzen. Fand ich es angenehm, darüber reden zu können? Ich erzählte, wie ich beim Abendessen Nadja einmal berichtet hatte, in meinem Arbeitszimmer um drei auf die Uhr gesehen und dann wieder um sechs und nicht gewusst zu haben, was dazwischen passiert war. Nelly nickte verständnisvoll, und ich erzählte, wie Nadja, ohne mich anzusehen, gefragt hatte: Wie, was dazwischenlag? Sie hatte Jakob dabei die Nase geputzt und gesagt, ich müsse doch wohl wissen, was ich gemacht hätte. Weil ich Nein sagte, dass ich das eben nicht wisse, hatte Jakob zu weinen angefangen, glaube ich, er muss gemerkt haben, dass etwas nicht stimmte. Nadja nahm ihn jedenfalls aus dem Hochstuhl und ging mit ihm ins Bad, und wir kamen danach nicht mehr auf die Sache zurück.

Eigentlich hatte ich das vergessen gehabt wie einen Streit, den man auf der Straße um eine Vorfahrt führt und für den man sich eine Stunde später geniert, weil man sich fragt, welcher Fremde man in dem Moment gewesen ist. Aber jetzt berichtete ich Nelly von dem Ausfall. Zum Glück massierte Vivian weiter meinen Fuß.

Was ich jetzt vorhätte, wollte Nelly wissen.

»Womit?«

»Mit der Schilddrüse.«

»Ich warte darauf, dass sie ausbrennt.«

»Und wie lange schon?«

»Zwei Jahre.«

Das war ihr zu lang. Ob ich mir keine zweite Meinung geholt hätte.

Also erzählte ich ihr von den Ärzten: wie mir einer empfahl, mehr zu trinken und mehr Jodsalz zu verwenden, wegen der

Elektrolyte. Eine Ärztin gab mir wegen des stolpernden Herzens einen Betablocker, von dem ich traurig wurde, bis ich am Schreibtisch saß und heulte. Der nächste Arzt teilte mir mit, der Betablocker mache depressiv.

»Und impotent«, vervollständigte Nelly belustigt, noch bevor ich es selbst konnte.

Ich äffte den Arzt nach: »Wussten Sie das nicht?«

Nelly lachte schön.

Ich erzählte, wie der Arzt mehr Aggressionsabfuhr empfahl, gerne auch im Straßenverkehr, wo schon Summen helfe. Seit er täglich summend mit dem Fahrrad zur Arbeit fahre, sei er nicht mehr krank gewesen.

Zum ersten Mal hörte ich Nellys Grölen, ihr großes Verlachen der Welt.

»Ich habe ihm offenbar wenig überzeugt zugestimmt. Wahrscheinlich stellte ich mir vor, summend zum Kindergarten zu fahren und wieder zurück. Bei überraschenden Gedankengängen bin ich manchmal etwas langsam.«

Nelly lachte wieder sehr schön, sagte: »Langsam, du, na klar!«

Ich machte den Arzt nach, hielt mich an meinem imaginären langen Bart fest: »Ich fahre sowieso nur noch Fahrrad.«

Wir lachten zu dritt.

Nelly, wieder ernst: »Und dann?«

»Die vierte Ärztin war Dr. Berg, eine Koryphäe der Endokrinologie.«

Nelly setzte sich auf, und ich erzählte, welcher Ruf Dr. Berg vorauseilte: dass sie keine Patienten annahm. Tausende wollten zu ihr, hatte Nadjas Hausärztin vorausgeschickt, Frau Senke. Sie war mit Dr. Berg befreundet, worauf sie sehr stolz war, und hat ein Wort für mich eingelegt, Nadja zuliebe. Denn Nadja klagte längst lauter über mich als ich selbst, und dafür hatten alle Verständnis, auch ich. Dr. Berg sprach entschieden genug, dass jeder sie Wort für Wort verstehen konnte. Und sie wusste tatsächlich mehr als alle anderen.

»Von ihr hörte ich das erste Mal: Hashimoto. Und dass man es auch ohne Antikörper haben konnte.«

Nelly, kopfschüttelnd: »Nein.«

»Die Antikörper zeigen sich halt nicht immer. Laut Dr. Berg.«

Jede Zustimmung war aus ihrem Gesicht verschwunden.

»Bei meinem zweiten Besuch hat sie das mit dem Blick auf den Zettel des Labors gesagt, auf dem stand: Antikörper – negativ.«

Nelly: »Quatsch!«

»Man muss immer zweimal nachdenken, gute Gedanken müsse man auch rückwärts denken können.«

Das sei von Novalis, meinte Nelly. »Das ist hier unbrauchbar.«

Ich kannte das Zitat nicht und überging schon deshalb ihre Bemerkung. Erzählte, dass Dr. Berg ein Beispiel aus einem Buch anführte, ich hatte es selbst übersetzt und ihr beim ersten Besuch geschenkt, zum Dank für die Aufnahme als Patient: »Wie bei Einstein und dem Licht. Alle dachten, es sei kein Teilchen, sondern eine Welle, aber das war nur die halbe Wahrheit.«

Ich wartete auf Nellys Lachen, das nicht kam. Todernst beobachtete sie mich.

»Aber ich sei ja kein halber Mensch.«

»Meinte sie Platon?«

»Hä?«

»Die glücklichen Menschen aus Platons Gastmahl!«

Kannte ich auch nicht.

»Mit vier Armen, vier Beinen, zwei Köpfen, sie entbehrten niemanden, wie wir es tun. Aber dann wurden sie in zwei Hälften getrennt. Eros, der Menschenfreund unter den Göttern, möchte sie wiederherstellen.«

»Ich rede von einer Ärztin.«

»Aus Deutschland.«

»Das überschätzt du etwas.«

»Vielleicht steht sie auf dich?«

Ich räusperte mich: »Sie meinte ihre Erfahrung aus ungefähr vierundvierzig Jahren Praxis. Dass man nie alles weiß. Das ist ihre Regel Nummer eins.«

Nelly saß kerzengerade vor mir: »Und Nummer zwei?«

»Dass immer erst Menschen kommen mussten, die wieder aufs Neue gesagt haben: Wieso und wieso nicht.«

Und weil Nelly nichts mehr sagte, nicht mehr lachte, erklärte ich nicht, dass sie wirklich davon gesprochen hatte, dass man die Frage *sagen* musste, statt sie zu fragen. Das hatte mich damals beeindruckt.

»So hatte noch niemand mit mir gesprochen.«

Nelly, ganz langsam: »Ach so.«

»Endlich hörte mir mal jemand zu.«

Vivian hatte einen zweiten Eiswürfel in der Hand, meiner war sehr klein geworden, das Wasser lief an meinem Hals runter, ich steckte den Rest in den Mund und zerbiss ihn.

»Sie meinte, ohne zweites Nachdenken wäre man nie zum Mond geflogen. Einfaches Beispiel, oder?«

»Vielleicht zu einfach?«

»Nicht laut Dr. Berg«, antwortete ich und klang dabei wie Dr. Berg selbst, spitz und laut. »Jeder, der vernünftig klingen wollte, hat gesagt: Zum Mond? Das ist unmöglich.«

Sie verschränkte die Arme.

»Dagegen sagt man nichts, und ich schon gar nicht in der Situation. Laut Berg können Antikörper temporär abgeschaltet sein, im Test nicht sichtbar und dennoch anwesend und einen Tag später wieder an der Arbeit. Das wisse halt kaum jemand.«

Nelly sah Vivian an. Dann wieder mich. »Klingt idiotisch. Wie soll das niemand wissen, wenn es so ist?«

»Jedenfalls hat sie gemeint: Entscheidend ist sowieso ganz allein, wie es mir geht.«

»Na, das stimmt mal.«

»Sie erhöhte die Dosis von fünfundsiebzig auf hundert und verbot Jod. Das war im ersten Jahr, und es half sofort. Ich konnte die Ration Schlaftabletten fast auf die erlaubte Höchstmenge senken, und die Infekte machten ab und zu Pause.«

Ich wandte mich an Vivian: »Die Frau hat mir geholfen.«

Vivian beobachtete das Glas in meiner Hand, das ich aus Verlegenheit wieder vom Tisch genommen hatte. Auf dem Wasser bildeten sich konzentrische Kreise, die von außen nach innen und, sich durchdringend, von innen wieder nach außen liefen. Ich atmete mit offenem Mund, wie ich an Nellys Blick bemerkte. Möglichst unauffällig hob ich den Kopf und setzte das Glas klappernd auf dem Tisch ab. Nelly gähnte, und aus den in meinem Kopf übereinander herfallenden Gedanken pickte ich, ohne zu wissen, wie, einen heraus. Jedenfalls hörte ich meine Stimme: »Wie geht das mit dem Thybon?«

Und Nellys Stimme: »Besser, solltest du auch nehmen. Vor allem, wenn deine Ärztin das meint.«

Meine Skepsis war mir anzumerken.

»Du vertraust ihr doch?«

»Schon.«

»Willst du eine?«

Ich winkte ab, sie lachte, stand auf und ging ins Badezimmer. Ich schloss die Augen, atmete aus, und Vivian ließ meinen Fuß los. Dann hörte ich, wie sie ihre Jeans auszog. Ich ließ Minuten vergehen, bis ich unaufgeregt die Augen öffnete und sie in einem Sessel sitzen sah, bekleidet noch mit dem T-Shirt und einem großen weißen Baumwollschlüpfer. Eine Tischecke war zwischen uns, und der Schlüpfer reichte weit hoch Richtung Bauchnabel. An der Seite war er breit wie eine Männerhand. Die Füße hatte sie auf die Tischkante gestellt. Ich konnte ihr bedecktes Geschlecht sehen, das sich in Harmonie mit ihrem Körper wie ein kleines Polster unter dem dicken Stoff erhob, unter dem sich keine Details abzeichneten. Wie die Lippen sich berührten, ließ sich nur ahnen, und an einem Berliner Badesee hätte das keine Folgen gehabt. Aber wir waren nicht an einem Berliner Badesee. Ich bewegte mich, um meiner Erektion aus der Klemme zu helfen. Vivian lächelte freundlich teilnehmend.

In plötzlich gelöster Stimmung kam Nelly wieder herein. Sie setzte sich zu mir, und nach ein paar Sätzen, die ich vergessen habe, schlug sie vor, ins Bett zu gehen.

»Zum Glück ist es groß genug für uns alle!«

Das nahm mir die restliche Luft, die Schilddrüse blähte sich wie eine Froschbacke und rang mir einen Würgelaut ab, den zu unterdrücken ich keine Chance hatte.

Sie sei eine sehr gute kleine Arbeiterin, hatte Nelly mich mit einer wieder neuen, nämlich leisen, werbenden, protestierenden und gekränkten Stimme wissen lassen, als ich vom Balkon zurück war, auf dem ich ein, zwei, vielleicht auch vier Minuten hyperventiliert hatte, um in den grünen Stoffwechselbereich zu kommen. Ich konnte sie aber nur ansehen und denken: Arbeit? Das Letzte, was ich mit Liebe verband, war Arbeit. Dass sich eine Arbeiterin an meinem Körper zu schaffen machen sollte, konnte ich mir nicht vorstellen. Ich dachte: Wie amerikanisch, das Leben ist eine Erledigung, und Jahre später erzählte ich in der kalifornischen Wüste ausführlich und übermütig Lycile von dem Abend.

Nelly zeigte mir dann das Schlafzimmer, das ich für mich haben konnte. Sie erklärte mir das Bad, in der Küche gab sie mir ein Glas und setzte sich dann zu Vivian. Vor mir begannen sie zu tun, was ich ums Leben gern getan hätte: Sie umarmten und küssten sich, während ich mit der Zahnbürste, mit der sie mich ausgerüstet hatte, abdrehte. Nach dem kurzen, kaum vernünftig ausgeführten Putzen, dem Ausspucken und Wegspülen des blutigen Wassers sah ich auf dem Rückweg, dass ihre Zärtlichkeiten fortgeschritten waren. Vivians T-Shirt hatte den Nabel freigegeben, Nellys Hände waren weiter nördlich. Aus dem Kuss heraus winkte Nelly mir noch mit der freien Hand zu einer guten Nacht zu, und nachdem ich Sekunden später die Tür angelehnt und das überraschend hohe Bett erklommen hatte, überlegte ich es mir anders und schloss die Tür. Ich war froh, allein zu sein. Das Bett war wirklich sehr hoch und dazu hart, und es hatte einen Himmel. Das war schön: Beim Liegen auf dem Rücken fühlte sich mein Körper an wie aufgebahrt.

Schlafen konnte ich kaum. Im Morgengrauen hatte ich in den Papierkorb gekotzt, der zum Glück neben dem Kleiderschrank stand und zu noch mehr Glück mit einer Plastiktüte ausgekleidet war. Ich knotete sie zu und nahm sie mit, als ich an den beiden schlafenden Frauen vorbeischlich. Die Sonne schien in geraden Strahlen und selbstverständlich wie nichts anderes auf der Welt quer durchs Arbeitszimmer und den Flur bis ins Wohnzimmer. An der Bücherwand spielten die Strahlen Licht und Schatten. Beide Frauen hatten sich auf die Seite gedreht, Nelly hinten, Vivian vorn. Nelly hatte einen Arm um Vivian gelegt, das dünne Tuch war halb herabgerutscht und gab Vivians obere Brust frei, die sich auch in dieser Seitenlage mir noch entgegenwölbte, als wollte sie mich begrüßen.

Mit der Plastiktüte in der Hand und der Stimme meiner Mutter im Ohr wurde mir klar, dass ich mir wünschte, in jemandes Leben die Hauptperson zu sein. Besonders vorsichtig öffnete ich die Wohnungstür. Auf das Klacken des Schlosses hin bewegte Vivian sich. Aus ihrem Traum heraus oder nur aus dem Schlaf gab sie einen Laut von sich, der nah am Seufzer war. Sie würde gleich aufwachen. Ich schlich aus der Wohnung und zog die Tür von außen zu, sicher, dass davon mindestens Vivian wach würde, vielleicht auch Nelly. Zügig lief ich über das wellige Linoleum im Flur zurück, wie ich am Abend zuvor mit Vivian gekommen war, und zählte die Vierecke mit dem gelben Licht und den toten Insekten über mir. Ungeduldig wartete ich auf den Fahrstuhl. Das Surren des Elektromotors und der Seile in ihren Führungen habe ich auch noch im Ohr, das Klappern der Schiebetürhälften. Unten warf ich die Tüte mit der Kotze in den Abfalleimer, in den ich abends die Bierflasche geworfen hatte. Sie war noch da. Den Weg, der über die Rasenfläche führte, lief ich wie jemand entlang, dessen schon lange leer stehendes Elternhaus man gerade abgebrannt hatte, und das würde ich mir für den Psychologen aufschreiben, gäbe es in diesem Raum neben dem Hall der von mir verursachten Geräusche bloß Papier und Stift.

Ich winkte ein Taxi von der Straße, das mich zu den Ameisen am Union Square fuhr. Vom Zimmer rief ich die Korrespondentin an und sagte die Termine des Vormittags ab. Sie wünschte mir gute Besserung. Ich bedankte mich und strich eine Ameise vom Fuß. Mit einer Schlaftablette, zwei kleinen, eiskalten Bieren aus der Minibar, etwas Selenpulver, das ich auf der Zunge zergehen ließ, und einer am Vortag in einer Drogerie besorgten Packung Melatonin, die ich mit zitternder Hand öffnete, fand ich etwas Ruhe.

Ich wachte von zwei Kopfschmerzen auf. Der eine dumpf wie eine böse Faust im Hinterkopf, direkt über der Bluthirnschranke zugreifend, der andere eine heiße Klinge, vom rechten Auge zum Atlas ziehend. Er pulsierte über einem Grundton und schnitt, wenn ich auf dem rechten Bein stand. Beide Schmerzen ließen sich von den Pillen, die ich dabeihatte, beeindrucken. Ich trank so viel Wasser, wie die Leitung hergab. Am Nachmittag, als meine Gespräche fortgesetzt werden mussten, wenn ich nicht kränklich wirken wollte, und das wollte ich auf keinen Fall, war ich wieder unter den Lebenden. Das heißt: unter den Gefickten, wie das im Sound von Nelly Black hieß, als sie mich nach dem 11. September in Berlin besuchte.

ALS Mohammed Atta und Hani Hanjour in Boston das Flugzeug bestiegen, saß ich im Arbeitszimmer meines Lofts an der Spree. Ich hatte es mit Geld angezahlt, das mit dem Krimi hereingekommen war. Zwischen meinem Zwerchfell und dem Beckenboden saß die Unruhe und versorgte Rumpf und Extremitäten mit Energie. Trank ich Kaffee, dann wurde aus dem nur für mich spürbaren Tremor eine, so glaubte ich, sichtbare Erregung. Sie bewegte Finger und Kopf schneller als bei Parkinson, und waren die Füße am Boden, dann bewegte sie auch das Becken. Keine Stille hatte in mir mehr Platz. Zwischen Hirn, Augen und Zunge hampelten immer schlechte Witze auf den Nerven herum, oft erkannte ich mich nicht wieder. Wie ich das Loft bewohnte, das lang gestreckt im ersten Stock einer alten Kofferfabrik lag, so bewohnte die Unruhe mich. Ich ließ sie gewähren wie eine Fremdherrschaft. Immerhin war ich dadurch nicht allein, nicht mal wenn Nadjas kalter Blick auf mir ruhte.

Am Ostende des Lofts lag mein Arbeitszimmer, am Westende das von Nadja, beide hatten Blick auf das Wasser. Dazwischen war eine große Wohnküche mit Licht von zwei Seiten und zum Hof hin mit einer luxuriösen Spielfläche für Jakob. Darin die Sensation: ein kleiner, in den Boden gelassener Sandkasten. Seinen Freunden gegenüber nannte er ihn *indoor*, ein Wort, das von einer der Mütter, die ihre Kinder gerne bei uns ablieferten, mitgebracht worden war. Es hatte sich schnell verselbstständigt. Indoor brachte uns viel Besuch ein und machte eine Putzfrau nötig, die jeden Morgen um acht kam, wenn ich Jakob in den Kindergarten brachte. Mit Nadja hatte ich den Dienst getauscht, weil der größere Teil unserer Ausgaben von meinem Einkommen beglichen wurde und wir damit von der Länge meiner Arbeitszeit abhingen. Es war besser, dachten wir, wenn ich am Stück arbeitete und mit offenem Ende, statt zweimal ein paar Stunden, in denen ich meist zu nichts kam. Deshalb stand ich jetzt früh auf, ging vom Kindergarten zum Frühstücken und Zeitunglesen, und die Putzfrau arbeitete, bis ich nach anderthalb Stunden zurück war.

An der Tür des Kinderzimmers hing außen ein auf einem Briefbogen ausgedrucktes Foto: Jakobs Kuschelaffe saß auf meiner Schulter, seine Beine hingen mir vor der Brust, im Hintergrund das World Trade Center. Vivian hatte es auf dem Dach des Hauses gemacht, nachdem Nelly mich über die Korrespondentin erreicht und dann überredet hatte, statt im Hotel noch zwei Tage bei ihr zu wohnen. Sie gaben mir das Schlafzimmer. Am Tag saß Jakobs Affe im Bett, die langen Beine unter der Decke, abends empfing er mich, und ich musste den beiden grinsenden Frauen erklären, wieso ich mit einem vierzig Zentimeter großen Plüschtier reiste. Sie lachten schön. Vivian, weil sie Fotografin war, bestand auf einem Bild von mir und dem Tier. Sie wollte es gleich nach Berlin mailen, was damals etwas ganz Neues war, und ich hatte dann die Idee, aufs Dach zu gehen. Am Telefon versuchte ich einer genervten Nadja zu erklären, wie man das Foto auf meinem Rechner ansehen konnte. Das klappte zwar nicht, aber schließlich setzte sich der Drucker in Gang und schob eine schwarz-weiße, grobkörnige Kopie von mir, dem Affen und den zwei Türmen auf die Plastikgabel, die das Papier hielt. Ich hörte Jakob freudig »Papa« rufen, dann »und mein Affe!«. Nadja bestätigte ihm das ungeduldig und überdrüssig, als wäre das Senden des Fotos eine Unverschämtheit. Ich hatte allen Ernstes überlegt, ob ich ein Angeber war.

Zu dem Gespräch, das Nadja mir in Aussicht gestellt hatte, als ich mit meiner Sehnsucht im Rinnstein in Manhattan stand, war es nie gekommen. Wenn sie mit mir schlief, dann mit einer kaum verhohlenen Wut, die ich nicht ernst nahm. Das werfe ich mir vor: Wie bei meiner Krankheit machte ich den Fehler zu glauben, dass die Wut, wenn ich sie nur in die Arme schlösse, eines Tages verschwinden würde. Ich wollte sie wohl erdrücken. Aber stattdessen kam Merle zur Welt, was die Wut nur verstärkte. Ich schrieb an einem Krimi, über den wir nie sprachen und der nur zäh vorankam. Auch über die Kinder sprachen wir kaum. Unser tägliches Spiel war etwas anderes geworden: das Allergietheater, das sich zum Schwindel und den ewigen Zahnwurzelentzündungen gesellt hatte, die zum Zahnfleischbluten dazugekommen waren, zu den Muskelkrämpfen und der Schlaflosigkeit, dem Zittern und Zaudern und Verschwinden aller Freude.

Im Umgang mit den Allergien waren wir eigentlich geübt, denn in unseren ersten Jahren, am Ende der Jugend, war ich gegen alles Mögliche allergisch gewesen. Am schlimmsten waren Hausstaub und Gräser: Ich war ein Fisch, der keine Algen abkonnte. Äpfel waren gefährlich, vor allem zusammen mit Nüssen. Ich habe als Jugendlicher trotzdem Äpfel gegessen, und manchmal ging es gut. Dann wurde gesagt, ich bildete mir die Allergien vielleicht ein. Ob ich gegen Fruchtbarkeit sei, fragte mal ich weiß nicht mehr wer. Dass ich nie herausfinden konnte, wann ein Apfel essbar war und wann nicht, war nicht hilfreich. Auch der Lungenarzt, der mich in seine Unterdruckkammer steckte, wusste das nicht. Er wollte über Sauerstoffmangel eine Öffnung der Bronchien bewirken, die zu einer Überreaktion führen und bleibende Wirkung entfalten sollte. Ob das logisch oder unlogisch war, konnte ich damals nicht beurteilen, und heute kann ich es immer noch nicht. Aber wenn ich zwei bis drei Zentimeter neben anderen röchelnden Patienten in der eisernen Kugel saß, mit eingezogenem Kopf, wenn mich ihre Ellenbogen stießen, weil sie husteten oder sich aufrichteten, um den Brustkorb zu dehnen und den Kragen zu weiten, brachte das nur meine schwelende Klaustrophobie zum Ausbruch. Das Asthma hat es jedenfalls nicht beeindruckt, und in der Schule schaffte ich es an manchen Tagen nicht ohne Pausen in den dritten Stock. Japsend und rasselnd ruhte ich mit dem Kopf auf dem Geländer aus, und Mitschüler, die Hilfe anboten oder fragten, ob es ginge, wehrte ich mit lebensverachtenden Witzen ab, meinen Großvater imitierend, der einst verletzt im Kugelhagel über ein Feld bei Stalingrad gekrochen war und auf die Frage eines Kameraden, ob es ginge, gesagt hatte: »Ich übe nur fürs Alter.« Bei einem Anfall auf einer Klassenfahrt konnte ich den Rettungswagen gerade noch abbestellen, den der Lehrer gerufen hatte. Mit einer mir rätselhaften Anstrengung des Willens hatte ich den Hustenkreislauf unterbrechen und Luft holen und die Atmung beruhigen können: Bloß kein Alarm wegen mir!

Als die Probleme dann mit dem Auszug aus dem Haus meiner Eltern plötzlich vorbei waren, hatte ich es mit Nadja im Studentenwohnheim begossen: Nie mehr Cortison! Sie hatte billigen Sekt dafür mitgebracht, und es war ein umso größerer Rückschritt, als in unserem Loft, fünfzehn Jahre nach dem Triumph, alles wieder anfing. Und es fing nicht nur an. Wenn im Mai endlich mit einer aus Südwesten kommenden Strömung die erste Wärme in die Berliner Straßen floss, Gesichter aufhellte und Cafés füllte, dann verhängte ich die großen Fenster mit nassen Handtüchern und Bettlaken. Benommen vom Druck hinter der Stirn und dem Zug zwischen Augenhöhlen und Nasenbein, wartete ich auf Regen. Alle paar Minuten hielt ich meinen Kopf unter kaltes Wasser. Ich stöhnte und maulte und jammerte. Mit nassen Haaren legte ich mich ins Bett, feuchte Waschlappen auf den Augen. Rückschritt ist zersetzend, und wir spielten Allergie nicht mehr mit denselben Rollen wie beim ersten Mal.

Nadja stahl es diesmal den letzten Nerv. Befremdet sah sie zu, wie ich mich mit Unmengen Antihistaminika und Bronchialsprays betäubte. Wie früher waren Hausstaubmilben der Hauptfeind. Sie sind immer da, überall, und begrenzten mir die Luft wie die sanfte, genießende Hand des Mörders im Dunkeln: Das Ausatmen ging zu langsam, und das Einatmen gegen die verbrauchte Restluft fühlte sich an, als wüchse in meiner Lunge scharfkantiges Schilf, in dem sich Sand und eckige Steinchen gefangen hatten, die beim Husten nur hochsprangen, um dann in neue Verstecke zu fallen.

So klang es auch. Die Medikamente machten mich müde und reizbar. Sie förderten nicht den Schlaf, für den ich Tabletten hatte, die Dr. Berg mir auf Privatrezepten verschrieb. Weil ein Eiweißmolekül in den Exkrementen der Milben die Allergie auslöst, weil zur Nahrung den Milben Hautschuppen dienen, wusch ich täglich, was mir in die Hände fiel: Handtücher, Bettzeug, Unterwäsche. Ich kochte alles so oft aus, bis die Baumwolle in ihre übrig gebliebenen Teile zerfiel. Es waren Erbstücke von Nadjas Großmutter dabei, große weiße Laken mit schönen dezenten Stickereien und Initialen der Familie, die vor dem Krieg reich gewesen war. Achselzuckend kaufte ich dies und das neu. Die Matratze steckte ich in einen Bezug aus Mikrofaser, der keine Milben durchließ. Er war abwaschbar und kostete das Honorar eines Übersetzers für einen Band südamerikanischer Lyrik. Nadja sah mir beim täglichen Abwischen des Bezuges zu. Ich benutzte einen feuchten Lappen, und sie verzog das Gesicht und behauptete, der Matratze sei es in dem Bezug zu stickig.

»Das atmet«, erklärte ich, »lässt aber die Milben nicht durch. Das ist ja grad der Witz.«

»Die Milbe«, meinte sie mit verzogenem Gesicht, »fühlt sich da drin richtig wohl.«

Ich bestellte eine neue Matratze und kochte den Bezug, bevor ich ihn über sie zog.

»Keine Milben mehr drin«, konstatierte ich fröhlich, um gegen Nadjas Ablehnung anzukommen.

Aber sobald ich neben ihr lag, keuchte ich, statt zu schlafen. Deshalb ging ich tagsüber auf Jagd. Herumliegende Kleidungsstücke duldete ich nicht. Alles musste zum Lüften aufgehängt werden. Ich ließ dazu über einen Teil der Terrasse ein kleines Dach bauen, das laut Nadja den Blick auf den Himmel einschränkte. Noch die kleinsten Brutstätten der Milben, die es warm und feucht mögen, versuchte ich zu finden, als wäre das mein Lebensinhalt. Es war auch mein Lebensinhalt. Im Winter stellte ich Sessel und Betten stundenlang auf die Terrasse. Bei Temperaturen unter fünfzehn Grad sterben die Milben, nur wusste niemand, wie schnell. Ein teurer, laut Nadja zu teurer Ledersessel ging im Regen kaputt. Ich hängte Mäntel ins Freie und brachte Jacken in die Reinigung, bis ich einen Anfall bekam, den ich auf eine Chemikalie zurückführte. Ab da war die Reinigung ein weiterer roter Fleck auf meiner Kartierung: Das Feindesland wuchs stetig.

Einmal bekam Nadja von einem Veranstalter einen Strauß weißer Lilien geschenkt und stellte ihn auf den Esstisch. Nach drei Tagen sich stetig verschärfenden Hechelns, Hustens und Tränens identifizierte ich die Blüten als Verursacher. Ich stellte den Strauß nach draußen auf den Terrassentisch. Man konnte ihn von drinnen gut anschauen, ich fand: fast so gut wie vorher. Wenn nicht noch besser. War er jetzt nicht wie ein Kunstobjekt ausgestellt? Würde er nicht länger halten? Das hätte ich nicht fragen sollen, denn Nadja riss wütend die Terrassentür auf und den Strauß aus der Vase, bevor sie ihn, obwohl er noch tadellos aussah, in den Müll warf. Auf dem Weg dahin flog der Blütenstaub wie von der Natur vorgesehen in alle Richtungen. Mit einem nassen Tuch auf den Augen bettelte ich die Putzfrau japsend und rotzend um zwei Extrastunden an und ging den Rest des Tages spazieren. Unter synthetischen Bettdecken zu schlafen, die man auskochen konnte, weigerte Nadja sich.

Sie sagte: »Das ist Plastik.«

Ich sagte: »Das ist Allergie.«

Sie kaufte biologische Daunenbetten, die nach Stall rochen und einen zusätzlichen Grundton in meinem Atem erzeugten, der wie die Rassel klang, die Jakob von seinem fußballverliebten Onkel geschenkt bekommen hatte. Zumindest in meinem Ohr. Deshalb verschenkte ich die Betten an Nachbarn, als Nadja verreist war. Sie nahm das persönlich, als sie zurückkam, und das war es auch. Unsere Konversationsdichte nahm weiter ab, qualitativ wie quantitativ. Gegen Cortison waren wir beide.

»Diese Niederlage«, sagte ich langsam zu ihr, als sie einmal zuhörte, »wieder Cortison zu spritzen. Das will ich nicht erleben.«

Wortlos nickte sie, aber ihr Gesicht sah aus, als hätte ich sie beleidigt.

Im Frühjahr 2001 verwandelten sich meine Augen, sobald nur jemand von draußen hereinkam, in Niagarafälle und meine Stirnhöhle in das gefühlte Delta des Nils zurzeit des äthiopischen Monsuns. Wollte ich einen Gedanken fassen, war er schon weggespült. Ich wünschte längst, selbst ganz weggespült zu werden, am besten rückstandslos. Tagelang überlegte ich, ob ich im Keller schlafen sollte. Der war zwar staubig, hatte aber den geringsten Menschenverkehr. »Mach doch«, sagte Nadja, und vielleicht ging ich deswegen nicht so weit und entschied mich für mein Arbeitszimmer, in dem ich ein Bett aufstellte. Jakob und seinen Freunden verbot ich, in Straßenkleidung zum Toben in dieses Bett zu springen. Sie mussten zuerst Hosen und Pullover ausziehen, und nach mehreren schlechten Tagen scheiterte das Spiel an meiner Bedingung, vorher die Pollen aus den Haaren zu waschen.

Nadja: »Das ist Terror.«

Ich: »Das ist Allergie.«

Sie beriet sich mit ihrer Ärztin, Frau Senke, die sich telefonisch mit Dr. Berg besprach. Dr. Berg war nicht für Allergien zuständig, nahm aber meinen hysterischen Zustand zur Kenntnis. Mir empfahl sie Psychotherapie.

»Ich soll mal in der Psychiatrie vorsprechen«, berichtete ich langsam beim Abendessen, wischte schniefend eine Träne weg, kniff mir mit zwei Fingern in die Nasenwurzel, als ob das hülfe, während ich mit Eisbeuteln die Schilddrüse kühlte.

»Gute Idee«, meinte Nadja.

Sie hatte dabei nicht mich, sondern Merle angesehen, die abgestillt werden sollte, wozu Nadja ihr einen Löffel mit klein geschnittenen Nudeln in Tomatensoße vor den Mund hielt. Jakob war im Kinderzimmer, wir hörten seine Eisenbahn fahren. Er rief erst nach Nadja, dann nach Mama.

»Das würde ich an deiner Stelle auch so machen«, meinte sie zu mir und fragte, ob ich mal nach Jakob sehen könne.

ALS Atta und Hanjour in Boston an Bord der United Airlines gingen, arbeitete ich an dem Krimi. Hauptfigur war ein Sportjournalist, Ressortleiter der *Berliner Neuesten Nachrichten*. In seinem Schreibtisch findet eine Kollegin alte Hochglanzpornos, als sie an seinem freien Tag auf der Suche nach einem Dossier ist. Der Journalist beteuert, die Magazine dort nicht hineingelegt zu haben, er behauptet, sie nicht zu kennen, Pornos langweilig zu finden, was man mit Befremden zur Kenntnis nimmt. Dann: Versetzung nach Cottbus, die Kollegin, die in seinem Schreibtisch gesucht hat, übernimmt seinen Posten. Seine Lebensgefährtin ist plötzlich der Meinung, eine Pause zu benötigen. Sie trennt sich von ihm, vorläufig, sodass sein Leben, dessen größte Aufregung zugegebenermaßen seine Konstanz war, innerhalb von zehn Tagen wie ein aufgegebenes Auto auf einem Autobahnparkplatz steht: Die Reifen platt gestochen, schrieb ich, die Scheiben eingeschmissen, das Polster nass vom Regen.

Ich erzählte, wie der Journalist über viele Jahre versucht, sich zurückzukämpfen. Er arrangiert sich mit der neuen Ressortleiterin, arbeitet ihr zu und bekommt dafür viel Lob. Schließlich gehen sie auf Dienstreise, nach Argentinien, auf der sie tödlich verunglückt.

Dass ich das alles erzählte, ist allerdings eine kühne Behauptung. Ich versuchte zu erzählen. Zum Beispiel wie der Unfall nach und nach als minutiös geplanter Mord erscheint. Dabei hatte ich Schwierigkeiten, die Namen der Personen und der Orte zu behalten, an denen sie sich aufhielten. Mühselig übertrug ich Einzelheiten aus meinem Skizzenbuch in den Text, ohne in einen richtigen Fluss zu kommen. Nach einer halben Stunde wusste ich kaum noch, was ich vor dieser halben Stunde geschrieben hatte oder was von den Skizzen schon verarbeitet war und was noch nicht. Maximal drei Seiten konnte ich überschauen. Zwei Jahre schrieb ich schon so: Für das erste Buch hatte ich nicht die Hälfte dieser Zeit gebraucht. Wegen mangelnder Disziplin schimpfte ich mit mir, trat gegen das Tischbein, sprang vom Schreibtischstuhl auf und schrie die Wand an: »Jetzt reiß dich zusammen, Mann!«

Hottinger hielt es für das übliche Problem mit dem zweiten Buch.

»Das hat jeder Autor«, sagte er, eine Zigarre paffend. »Du musst einfach vergessen, dass es je ein Kritiker lesen wird. Die schreiben sowieso nicht, was du denkst.«

Ich dächte eh nicht an Kritiker, sagte ich.

Er glaubte mir nicht, sagte: »Werd halt mal fertig.«

Mein Konsum von Schlaftabletten war auf das Doppelte der erlaubten Dosis gestiegen. Die Nacht war statt Nacht nur Anästhesie. Morgens kam ich nicht langsam zu mir, um die Gedanken zu sortieren, die nach der Arbeit der dunklen Erdseite geblieben wären. Ich wachte auf wie ein an den Strand einer einsamen Insel gespülter Schiffbrüchiger, der erschöpft und überwältigt ins Licht blinzelt, nichts wissend lag ich in der Brandung der am Tage zu erledigenden Dinge und konnte nicht mehr als ein Augenlid bewegen. Dann Kaffee in Litern und die Unwucht aus der Mitte meines mir immer fremder werdenden Körpers. Mit dem Thyroxin ging ich auf hundertfünfzig, hundertfünfundsiebzig, zweihundertfünfzig, um mich in der Balance zu halten. Es war viel zu viel und half immer für einige Zeit.

Dr. Berg brummte irgendeine Bemerkung. Sie schrieb mir die nötigen Rezepte und mahnte in einem Ton zur Reduktion der Dosis, der mich an meine Mutter erinnerte, wenn sie meine Schwester mahnte, sie solle beim Baden nicht kichernd auf meinen Schwanz zeigen: Es war ein gleichgültiger Ton, fand ich, ohne Ernst. Wenn ich reduzierte, um fünfundzwanzig oder zwölf Komma fünf oder sechs Komma zwei fünf, benötigten die Erreger in meinen Adern maximal anderthalb Tage, um Revolution, Anarchie und Oktoberfest zu feiern, alles auf einmal. Was als Erkältung begann, endete nach sechs Wochen Bettruhe mit einem ratlos injizierten Antibiotikum. Was als Zahnschmerz begann, endete nach sechs Wochen mit Zahnwurzelresektionen. Was als Kratzen im Hals begann, endete nach sechs Wochen mit schmerzstillenden Tampons, die schmerzhafter waren als die Pilzinfektionen, die sie bekämpfen sollten. Ich reduzierte die Schlaftablettenmenge und erntete Nächte mit zehn Minuten Schlaf, mit fünfzehn oder zwanzig. Telefonate lernte ich abzubrechen: Dazu muss man nur die Wohnungstür öffnen, den Klingelknopf drücken und sagen, man rufe gleich noch zurück. Dann kann man eine Tablette nehmen, ein Glas Wasser trinken, ein Glas Rotwein oder ein Glas Whisky, in den Spiegel sehen und sich selbst eine Ohrfeige verpassen oder irgendwie anders wehtun. Beim Rückruf entschuldigt man sich dann.

»Die Wut steht mir immer im Rücken«, bestätigte ich Dr. Berg auf ihre gezielte Frage, ob ich leicht reizbar sei. »Und zwar vollkommen grundlos.«

»Jawoll«, sagte sie merkwürdig zufrieden. »Das ganze Bild!« Dazu lächelte sie, als säßen wir nicht hilflos in ihrem Sprechzimmer, sondern stünden barfuß in der Brandung eines Strandes auf den Kanaren und besprächen das Wetter mit Sonnenbrillen auf den Nasen, Sonnenhüten auf den Köpfen, Sonnenmilch überall und Sektgläsern in den Händen. Als wären wir beide gleich dankbar für den immensen Grad ihrer Fachkompetenz.

Ich gab mir Mühe, entspannt zu wirken, als ich wissen wollte, wie es weitergehe.

»Das geht vorbei.«

»Echt?«

»Klar, es gibt so langsame Hashimotos.«

Aber es ging nicht vorbei. Wochen später glaubte ich daher etwas ganz anderes. Ich hatte kein Hashimoto.

»Aber was dann?«, fragte Dr. Berg mit einer Belustigung, in die sich nur eine schwache Neugier mischte.

»Wir müssen«, sagte ich, erschöpft die Hand aus der Menge der gefühlten Bedrohungen hebend, die mich umgaben, »es suchen.«

Dr. Berg, kurz angebunden: »Aber wie?«

Ich hatte keine Ahnung. Was sie beim Unterzeichnen des neuen Rezepts vermutete, war eine Depression. Ihre Kollegen in der Psychiatrie experimentierten bei Depression mit hoch dosiertem Thyroxin, und sie habe, meinte sie schon wieder mit der ihr eigenen Zufriedenheit, dann jetzt wohl auch so einen Patienten. Ob ich nicht einen Bericht über mich schreiben wollte.

»Ich könnte«, sagte sie langsam, »das publizieren.«

Das wollte ich nicht.

Berg verblüffte das.

»Jedes Wort, das ich nicht über mich rede, hilft mir.«

Sie glaubte mir nicht, rein gar nicht.

»Die Reizbarkeit kann ich mir aber so wenig leisten wie all den Arbeitsausfall.«

»Ja«, sagte sie sehr langsam, »wissen Sie, für alles bin ich nicht verantwortlich.«

Ich verstand sie, aber sie fing trotzdem von einem anderen Patienten zu reden an, einem Professor, der immer anrief und sagte, er müsse morgen nach Rio oder Bangkok oder New York, einen Vortrag halten.

»Der hat immer gemeint, er sei nicht fit!«

Sie sah mich lange an, und ich wartete.

»Herr Professor, habe ich dem gesagt: Das ist doch nicht mein Problem!«

Sie senkte den Kopf, blickte mich das eine Mal über den Brillenrand an, und ich nickte brav.

»Dass der seinen Vortrag schafft in New York oder Rio!«

Ich freute mich über das Vertrauen, in dem Dr. Berg mich badete. Sie habe noch nie einen derart verständigen Patienten gehabt, wie ich es sei, erklärte sie mir wie zur Belohnung, einen, der so gut Auskunft geben könne wie ich, der sich selbst so genau beobachte. Sie lächelte, und es ist schwer vorstellbar, aber mir fiel nichts auf. Zusammen mit all dem Thyroxin, das in meinem Blut schwamm, trug ich dieses Lob nach Hause, als heilte es mich.

Dort hatte ich die Unruhe auch in Nadjas Leben gebracht, mit zu vielen Monaten, in denen ich zu viele Stunden neben ihr wach gelegen hatte. Neben der Unruhe von Merle und der von Jakob war es eine zu viel für sie, und ich wechselte für die Nächte ganz in mein Arbeitszimmer, in dem ich jetzt zwei Drittel des Tages verbrachte. Weil alles vorübergehend ist, dachte ich, auch das ginge vorbei, und während ich darauf wartete, wurde ich meinem Romanhelden immer ähnlicher: Durch einen Hinweis am Rand des Bildschirms animiert, hatte ich mir die Fotostrecke einer Werbung für Unterwäsche angesehen. Etwas länger als nötig, zugegeben, ich hatte mir die Retuschen angeschaut, die unwirklichen Übergänge von BH-Trägern und Unterhosen zur Haut, wo nie weiches Fleisch herausdrängte. In den Tagen danach tauchten dann Angebote von Partneragenturen auf meinem Bildschirm auf. Zweimal wurde ich beim Wegklicken gefragt, wieso ich das machte. In der Hoffnung, in Ruhe gelassen zu werden, beantwortete ich das beim zweiten Mal, und zwar ehrlich: Ich brauche niemanden. Einen Tag danach erschien auf einem Videoportal, auf das ich wegen eines angeblich lustigen Fußballvideos gelenkt worden war, ein Hinweis auf sich küssende Frauen. Das interessierte mich, und es dauerte nur ein paar Wochen, bis ich Experte in asiatischen Kusstechniken war. Wobei Technik nicht ganz das richtige Wort ist. Eher waren es die Vorlieben der Asiaten beim Küssen, in denen ich mich auskannte. Oder sagen wir, die Neigungen der Asiatinnen. Mein Lieblingsfilmchen zeigte das Rendezvous zweier Frauen unterschiedlichen Alters auf einer Frühlingswiese. Die ältere, sie war vielleicht vierzig, weihte die jüngere, die keine zwanzig war, ins Küssen ein. Es begann normal, steigerte sich, wurde heftig, und wenn ich genug Zeit hatte, die knapp achtzehneinhalb Minuten dabeizubleiben, floss viel Speichel. Die Spucke rann erst der jüngeren vom Kinn, dann der älteren, zog Fäden, tropfte auf die Blusen, man sah die Knospen. War ich anfangs überrascht, das zu mögen, wurde mir doch bald klar, etwas Freies zu sehen, etwas Losgelassenes, das es in meinem Leben nicht gab. Im letzten Zehntel des Videos wurden die Brüste eine nach der anderen entblößt, die beiden Frauen fassten sich auf schöne Art an, nicht grob und nicht kindlich. Natürlich handelte es sich um Profis vor der Kamera, aber das störte mich nicht, im Gegenteil: Sie machten das schließlich für mich. Um mir zu dienen. Als die Hand der älteren in die Hose der jüngeren fuhr, war ich meistens schon gekommen und stellte das Filmchen mit der sauberen Hand ab, bevor es ins leere Schwarz blendete und mich allein ließ. So viel Souveränität, fand ich, musste sein.

Wahrscheinlich weil das neu für mich war, hielt sich der Film bei mir, erst nach ein paar Wochen suchte ich auch nach anderen oder klickte sie an, wenn sie mir angeboten wurden. Warum nicht? Gleichaltrige junge Frauen machten mich weniger an als Frauen, die älter waren als ich. Ich weiß jetzt nicht mehr, wie viele Monate vergingen, bis ich in eine Phase kam, in der ich Striptease bevorzugte. Sie dauerte nicht so lange wie die der nassen Knutscherei, aber zumeist suchte ich weiter Asiatinnen und manchmal Schwarze. Das machte es künstlicher, glaube ich. Es bewies nicht so direkt meinen persönlichen Mangel, als wenn ich Frauen angesehen hätte, die aus meiner Nachbarschaft hätten sein können, Mütter aus dem Kindergarten, die Bedienung in meinem Café oder Freundinnen von Nadja. Doch wenn sich bei bestimmten Lichtverhältnissen mein Gesicht im Glas des Bildschirms spiegelte, während ich die Frauen um das Küssen, Ausziehen, Lecken und Spielen mit den Dildos beneidete, dann fragte ich mich, woher ich die Liebe nahm, die in meinem Blick war.

In dieser Zeit traf ich die Friseurin: Vor einer der selten gewordenen Lesungen aus meinem ersten und einzigen Buch hatte der Motor meines Rasierers mit einem Schnarren sein Ende angekündigt und vollzogen. Mit Rollkoffer an der Hand und halbem Bart im Gesicht ging ich zum Friseur in unserer Straße. Ich war noch nie in dem Laden gewesen, und jetzt hatten wir nur zehn Minuten, bis die Straßenbahn fuhr, mit der ich meinen Zug gerade noch erreichen konnte. Die viel zu junge Frau lächelte sicher, stand dann hinter mir und legte, nachdem sie mich eingeschäumt hatte, zwei Fingerkuppen sanft auf meine Wangenknochen und den Daumen auf meine Hörknochen hinter dem Ohr. Dann setzte sie das Messer an.

Ich hörte die Luft durch ihre Nase strömen und spürte ihren Atem über mein Gesicht streichen. Es war Sommer, ein warmer Tag, bestimmt bemerkte sie meine Unruhe. Ich stellte mir ihren Oberkörper vor, wie er entkleidet aussah. Die blassen Schultern und dünnen Oberarme. Ob ihr Schweiß von der Achsel am Rumpf herablief? Welchen Weg nahm er? Sie musste diese glatte Haut um den Nabel herum haben, so jung war sie, eine nichts wissende Haut. Ob ihre Schamhaare, wie sie geringelt in der Wäsche lagen und auf die Haut gepresst wurden, Abdrücke hinterließen? Ich hätte gerne nachgesehen und bei Gelegenheit mein Gesicht dort verborgen, während sich ihre Gesäßmuskeln in der Anspannung abwechselten, wenn sie das Gewicht auf den anderen Fuß verlagerte. Die Bewegung lief von dort in den Rücken, in die Schulter, in den Arm und die Hand, die meine Wange berührte. Rechnerisch hätte sie meine Tochter sein können. Trotzdem hätte ich mich gerne so gegeben, wie ich eigentlich war, wäre gerne nackt gewesen und so ungezwungen wie sie oder hätte bloß den Arm um ihre Hüfte gelegt, während sie an mir arbeitete, den Arm des Ersaufenden, der sich an ein Stück Treibholz hängt: So hätte ich es vor der Polizei darstellen müssen, vor die ich mich gezerrt sah, sollte ich meinem Wunsch nicht widerstehen können und sie irgendwie berühren. Während die Friseurin in meinem Gesicht schabte, hörte ich die Polizisten lachen, mich auslachen, ich sah einen Richter mich mustern und als jemand Fremdes erkennen, einen Kranken, während die junge Frau sich mühte, mir nicht wehzutun. Dass ich in die Psychiatrie gehörte, hörte ich den Richter sagen, Monate nach der Entgleisung, und während die Finger der Friseurin beiläufig meinen Kopf berührten und ein paar Grad drehten, schämte ich mich für mich. Ich schämte mich nicht nur wegen der Unwucht oder wegen des Krankseins und der Unfähigkeit, gesund zu werden, sondern auch weil ich Hilfe benötigte. Und weil ich keine bekam. Dann empörte ich mich maßlos: Hatte ich nicht etwa noch so viel zu geben?

»Hoppla«, sagte sie und hielt das Messer einen halben Meter weit weg, denn ich hatte mich plötzlich aufgesetzt. »Nicht so nervös, bitte!«

Zum Schluss stand sie vor mir, alles an ihrem Körper war am richtigen Platz, nichts hatte ich verrückt, sie rieb mit dem Handtuch mein Gesicht ab und sah mich freundlich an, als hätte ich ihr, so dachte ich, nichts getan. Ich gab übertriebenes Trinkgeld, was mich sicher verriet. Sie bedankte sich mit einem übertriebenen Knicks, aus dem ich meine Schuld las. Es hatte etwas Folgerichtiges, dass sich das Schauspiel ab da jede Woche wiederholte. Sie lächelte, ich zahlte und machte mir mit den Scheinen in der Hand klar, dass ich alterte.

Wenn ich mir in den Wochen vor Rays Geburt Fotos aus dieser Zeit angesehen habe, war der Schreck wieder im Herzen, den ich empfand, als ich mich eines Morgens am Waschbecken als einen Mann erkannte, dessen Haare so schnell ausfielen, wie die Zahl der im Leben noch zu treffenden Entscheidungen abnahm. Der Witz: Ich war sechsunddreißig.

JE fremder mir mein Körper wurde, desto lustiger kam mir die Welt vor, zu der ich Kontakt hielt, indem ich mich mehrmals am Tag ein paar Minuten vor den Fernseher setzte. Je wahlloser ich mir etwas ansah, desto besser fand ich es. In einer Kuh, der wir die größtmögliche Gleichgültigkeit unterstellen und deshalb auch entgegenbringen, wohnten zum Beispiel Hunderte indische Götter, weshalb die Gläubigen sie am Hintern berührten. Was gut aussah, respektvoll. Bei der Behausung wäre ich selbst gern ein Gott gewesen.

Sportarten, die ich interessant gefunden hatte, kamen mir dagegen immer mehr wie Verrenkungen vor: Man erfand irgendwelche Regeln zur Einschränkung von Bewegungen und wie man ein Spielgerät traktieren durfte, um damit dann möglichst gut zurechtzukommen. Wer gewann, war vollkommen bedeutungslos. Ich blieb nur auf dem Kanal, wenn Sieger und Verlierer vorformulierte Satzteile von sich gaben und immer neu kombinierten.

Menschlich fand ich die Mormonen in Utah, die neben der Polygamie auch das Pferd sehr hoch schätzten. Aus Respekt ritten diese Menschen es nicht, und wenn sie es töten mussten, um es zu essen, dann sprachen sie vorsichtig mit ihm und entschuldigten sich, während sie alles Blut auffingen.

Eines Nachmittags stritten sich zwei Ärzte, die Bücher über Kaffee geschrieben hatten, in einer Talkshow. Der eine war der

Meinung, Kaffee sei ein furchtbares Gift, der andere nannte ihn ein Lebensmittel. Ein anderes Mal gerieten zwei Physiker aneinander. Der eine hielt Kernenergie für ein Geschenk des Himmels, zu billig, um sie noch genau abrechnen zu müssen. Der andere meinte, die Atomkraft sei der letzte Teufel, der der Menschheit das Licht ausknipsen werde. Ich schaltete um und erfuhr, dass man in Bayern auf dem Land Kuhlotto spielt: Eine Weide wird in Karrees eingeteilt, und jeder setzt auf eines davon. Lässt die Kuh ihren nächsten Fladen auf das Feld fallen, klingelt die Kasse.

Eines Nachts, als alle anderen Loftbewohner schliefen, sah ich in meinem Arbeitszimmer etwas Bewegendes: Ein Hund, der einen ihm gegenüberstehenden, zur rechten Seite wedelnden anderen Hund betrachtet, sieht das Wedeln vor allem mit seinem linken Auge. Wegen der Kreuzung der Sehnerven wird es dann seiner rechten Hirnhälfte übermittelt, in der entschieden wird, ob das andere Tier als freundlich oder gefährlich einzuschätzen ist. Weil ein Hund, der rechts wedelt, positive Gefühle anzeigt, ein links wedelnder negative, kann der beobachtende Hund entspannt bleiben, wenn er den Schwanz seines Gegenübers sieht. Wedelt sein Gegenüber aber nach links, dann landet die Information vor allem über das rechte Auge in der linken Hälfte seines Hirns, die damit laut der Forscher nichts anfangen kann. Das löst eine Stressreaktion aus. Der Hund reagiert ängstlich und misstrauisch, sein Puls steigt. Aggressionen werden dann wahrscheinlicher, und das passiert auch beim Betrachten eines nicht wedelnden Hundes, beziehungsweise immer, wenn der Schwanz nicht zu sehen ist. Die Forscher glaubten komischerweise aber wieder mal nicht, dass ein Hund mit dem Schwanz kommuniziert. Die Sache sei nur ein Zufallsprodukt der Asymmetrie im Hirn, sodass es zu einem großen Teil auch Zufall sein muss, ob zwei Hunde glücklich ihre Pheromone ausschnüffeln oder sich gegenseitig Fleischwunden zufügen.

Als ich den Fernseher am 11. September 2001 anschaltete, war die zweite Maschine gerade in den zweiten Turm eingeschlagen. Die Bilder lieferte ein Helikopter. Ich war neugierig, wer es getan hatte und mit welcher Begründung, setzte mich in den Sessel und nahm zur Kenntnis, dass die Erde sich noch immer um sich selbst drehte. Wie kurios war es, dass ich das sah, mich auf demselben Planeten, demselben Grund und Boden befand wie diese Häuser? Nicht mal ein richtiger Graben trennte uns voneinander, das tat nur eine Menge Wasser und, wenn man so wollte, der mittelatlantische Rücken. Die Drehung der Erde dürfte nur wenig gestört worden sein durch den Aufprall der Maschinen, sie waren leicht und würden keine so großen Änderungen der Rotation verursachen, wie es Erdbeben können oder der Bruch eines chinesischen Staudamms. Ich hielt es aber für möglich, dass man die Störung aufgezeichnet hatte, vielleicht im Observatorium, das in den chilenischen Anden die Fixsterne beobachtet. Um die beiden brennenden Türme kreisten die Helikopter, und nach einer Viertelstunde stand ich auf, um mir mit zitternder Hand einen Kaffee zu machen und Milch zu schäumen, dann setzte ich mich wieder in den Sessel. Was man in der Übertragung sehen konnte, waren die aus den geborstenen Fenstern lodernden Flammen und die Menschen, die winkten, als sähen die Augen dieser Welt an ihnen vorbei. In die Flammen hinein klingelte mein Telefon. Ich war sicher, dass es Nelly war und wir darüber reden würden, was wir da sahen, ich im Fernseher, sie von ihrem subtropischen Balkon aus.

Es war die Lektorin eines Verlages. Man hatte mich um eine Erzählung für einen Sammelband mit dem Titel *Mein erstes Verbrechen* gebeten. Der Held der Geschichte sollte vierzehn oder fünfzehn Jahre alt sein, und obwohl die Namen der eingeladenen Autoren illuster waren, wollte ich nicht beitragen. In einem Brief hatte ich umständlich abgesagt, weil ich mir einen Jungen in dem Alter, ob nun kriminell, intelligent oder harmlos, beim besten Willen nicht vorstellen konnte. Die Lektorin war jetzt in der Stadt, weil es schon ein erstes Buch mit Autorinnen zum selben Thema gab, es wurde am Abend vorgestellt. Die Kolleginnen hatten über kriminelle Mädchen geschrieben, ein großes Tabu, sagte die Lektorin, »meistens sind es ja Männer, die die Gesetze übertreten«. Dass das rückläufig sei, behauptete ich und wunderte mich im selben Augenblick darüber. Ich hatte keine Ahnung, woher ich diese Information nahm, aber die Lektorin stimmte mir eilig zu. Ob ich nicht am Abend kommen wolle, fragte sie jetzt besonders charmant, fast schon bittend: Mir das anhören?

»Das hatte ich eigentlich vor«, behauptete ich, »aber haben Sie in der letzten Stunde Nachrichten gehört?«

Hatte sie nicht. Sie war in ihrer Pension, hatte keinen Fernseher auf dem Zimmer. »Da sparen wir gerne mal!«

»Es gab einen Anschlag in New York«, sagte ich und korrigierte, »offenbar.«

Sie kickte die Bemerkung weg, als nähme ich sie auf den Arm. »Die Lesung ist um acht in der Kulturbrauerei.«

Ich musste irgendetwas antworten. Deshalb erklärte ich ihr, dass die Brauerei bei Kriegsende das letzte von Nazis gehaltene Gebäude gewesen sei.

»Ach so?«

»Drei Tage nach der Kapitulation schossen Soldaten der Wehrmacht immer noch aus dem Innenhof mit ihrer Flak blindlings nach draußen, wo sie bis kurz vor der Kapitulation Deserteure an Straßenlampen aufgehängt hatten. Mit Schildern um den Hals: Ich bin Fahnenflüchtling. Die rote Fahne wehte auf dem Reichstag, die Russen haben gewartet, bis sie aufgeben. Es gab viele Tote.«

»Das wusste ich gar nicht.«

»Das wusste bisher noch niemand, dem ich es erzählt habe.

Aber deshalb eignet sich die Brauerei ja so gut für Lesungen. Ein Sieg der Kultur.«

»Das haben Sie schön gesagt.«

»Sollte ja mein Beruf sein.«

»Jorinde Meyerling liest heute Abend auch.«

»Oh«, sagte ich, während Menschen aus den Stockwerken, die über dem Feuer lagen, sprangen, »tatsächlich? Ich muss gestehen, dass ich sie noch nie getroffen habe.«

»Heute Abend die große Chance. Sie hat ein wirklich besonderes erstes Verbrechen ausgesucht, das werden Sie bestimmt nicht vergessen.«

»Dann sehe ich zu, dass ich es schaffe.«

Sie bedankte sich, und ich stand wieder vor meinem Apparat, die Fernbedienung in der einen Hand, das Telefon in der anderen. Die Flammen warfen ihr Licht auf mein Gesicht, um das die Schallwellen von Schreien brandeten, die von Passanten in den Straßen stammten, zusammen mit den Schallwellen der Motoren und Rotoren der Helikopter und denen der beiden Moderatoren, einer weiblichen Stimme und einer männlichen. Sie suchten Eingang in meine Gehörgänge und fanden ihn. Jakob und Merle waren im Hort, keine schöne, aber eine treffende Bezeichnung. Nadja moderierte am Abend eine Lesung litauischer Lyrik in Regensburg, und ich setzte mich wieder, den Cappuccino in der einen Hand, die Fernbedienung in der anderen. Zwischen amerikanischen, englischen und deutschen Sendern schaltete ich hin und her und entschied dann, die Kinder früher abzuholen.

Wir gingen auf den Spielplatz. Über uns kreisten Hubschrauber des Bundesgrenzschutzes. Alle drei Hand in Hand liefen wir in ihrem Lärm und gewöhnten uns in den folgenden Tagen an ihn: beinahe. Wir sahen im Fernsehen, wie in einem Fußballstadion in Kabul Frauen, die man auf Pick-ups herantransportiert hatte, am Querbalken eines Tores gehenkt wurden. Jakob fragte am dritten oder vierten Tag, als wir noch immer vor den Bildern saßen, was das sei. Nadja war wieder da.

»Krieg«, gab ich zurück, nachdem ich eine Weile überlegt hatte. Dann, weil ich das selbst nicht überzeugend fand, sagte ich: »Krank.«

Er überlegte. Ein Bild von Mohammed Atta wurde gezeigt. Er hatte auffallend schmale Lippen, kaum einen Mund.

Ich sagte: »Es geht um Jungfrauen, die im Himmel warten.«

Nadja warf mir einen missbilligenden Blick zu.

»Na ja«, sagte ich, »das Problem hat mit dem lieben Gott zu tun.«

Jakob horchte auf, wartete.

»Der eine«, erklärte ich ihm, »meint, das mit dem lieben Gott sei so und so.«

Jakob sah mich an, als sagte er: Ja?

»Und der andere meint: Nein, das mit dem lieben Gott ist ganz anders.«

Jakob war unverändert gespannt.

»Und dann«, ich machte mit meinem rechten Daumen und Zeigefinger die Pistole, »macht einer Peng.«

Jakob: »Ach so.«

Ich zeigte mir selbst einen Vogel: »Das ist eine Krankheit. Im Kopf.«

Er nickte.

»Denn eigentlich müsste man sagen: Denk du, was du willst. Ich denk was anderes. Wenn du glaubst, Gott hat rote Haare und eine Mütze auf, von mir aus, ich weiß ja, er hat graue, eine Brille und keinen Bart. Jeder darf seinen eigenen Gott haben, und kein anderer Mensch kann sagen, dass er falsch ist.«

»Ach so«, sagte Jakob wieder und drehte sich zu Nadja um. »Das ist eine Krankheit im Kopf! Wegen dem lieben Gott.«

Sie stöhnte, ich weiß bis heute nicht, wieso. Aber Jakob war sichtlich zufrieden, und wahrscheinlich atmete ich aus.

In unserer kleinen Halle standen alle Stühle, die wir hatten, im Halbkreis um den Fernseher herum, als lebten wir in einem Kino. Seit Tagen kamen Nachbarn und blieben stundenlang, die Kinder spielten im Indoor und stritten nicht. Am längsten blieben die Alleinlebenden. Wir sahen die Sondersendungen, die leerdrehenden Analysen und Hintergrundberichte aus Afghanistan, die alles noch klarer und sinnloser machten: Der Krieg war nie kalt gewesen. Das Bild des amerikanischen Präsidenten, der die Nachricht erhält und sich duckt, als wäre er beim Klauen von Kaugummis erwischt worden.

Tagsüber stand ich oft am Fenster und sah zu den Hubschraubern hoch. Wenn wir auf dem Spielplatz waren und ich nach Hause wollte, fragte Jakob: »Willst du wieder die Häuser kucken?« Noch hing das Foto an seiner Tür, unverändert saß da der Affe auf meiner Schulter vor den Türmen. Die Sender arbeiteten an den wenigen Bildern, die es gab, um sie immer neu zu inszenieren, immer anders aussehen zu lassen. Die aus dem World Trade Center Springenden wurden in Bildausschnitten gezeigt, in denen die Körper immer größer wurden. Was anfangs die Pietät verbat, war nach einer Woche möglich: Die Körper wurden so groß, dass man erkennen konnte, welche Kleidung sie trugen und wie Beine und Arme mal ruderten, als wäre was zu retten, wie manche Körper rotierend fielen, andere ohne Drehung um sich selbst. Mit Tränen in den Augen stellte ich den Apparat ab.

Wochenlang blieb er aus. Ich schrieb nicht mehr an meinem Krimi. Das Foto nahm ich von Jakobs Tür, faltete es zusammen und legte es in die Schublade vom Esstisch. Er fragte nie danach. Täglich ging ich an der Spree spazieren. Jetzt lebte ich mit dem Bild der Zwillingstürme, die sich in meiner Imagination notorisch wieder aufrichteten. Anfangs musste ich nur die Augen schließen, um das zu sehen. Beim Gehen, beim oft stundenlangen Versuch einzuschlafen, die zitternde Hand auf der vibrierenden Bauchdecke, wenn ich einfach ohne jede Ambition wach lag, dann richteten sich die Türme langsam und stetig aus dem Staub zu voller Höhe auf, in rückwärts laufenden Fernsehbildern, als wären sie wichtig. Der Staub verzog sich dabei, der blaue Himmel über New York war wieder einfarbig und sauber wie die Oberfläche eines stillen Sees, so fern, dass kein Irdischer je einen Kiesel hineinwerfen konnte. War das Bild fertig und bewegten sich meine Augenlider, um die Hornhaut zu befeuchten, dann ging es von vorne los – die Türme unten, oben Staub, dazu eine stumme Instanz, die befiehlt: Richte sie auf!

Mit Schlaftabletten und viel Thyroxin erwachte ich um fünf. Bis Jakob zu wecken war, sah ich mit leerem Kopf auf die Spree. Auf dem Rückweg von Merles Kita ging ich zur Oberbaumbrücke, Hände in den Manteltaschen, Taschentücher umklammernd, eine Kappe wegen des Regens auf meinem mittlerweile kahlen Kopf. Hinter dem letzten Stück der Mauer führte ein Weg über brachliegende und zum Teil besetzte Grundstücke am Fluss entlang. Vor der Mauer ging ich am fließenden Verkehr der Hauptstraße zurück. Ich hatte immer das Unfertige geliebt an Berlin, die Möglichkeiten, das Offene. Deswegen war ich geblieben. Aber jetzt hefteten sich meine Augen ausgerechnet an alles Unregelmäßige, um es zu tilgen. Ich hätte die Kreuzberger Rasenflächen, an denen ich vorbeischlenderte, rechen wollen und das Unkraut zwischen den Gehwegplatten entfernen. Ich hätte Häuser in frischen Farben anstreichen wollen, bis die Stadt so lieblich wirkte wie San Francisco im Frühling. Ich hätte Brachen, von denen es noch so viele gab, begrünen und meinetwegen Bänke mit Schildern aufstellen wollen, die zeigten, wer sie gestiftet hatte. Gerne hätte ich mich auf den Bänken mit Rentnerinnen über ihre Hunde unterhalten. An vorbeifahrenden Autos sah ich Beulen im Blech, das ich im Geiste glättete und neu lackierte. Meine Augen säuberten den Rinnstein, entfernten Laub und Einwegflaschen, Dosen und Zigarettenpackungen, die im Regenwasser geschwommen waren und jetzt mit Sand am Stein klebten.

Meine Vorstellung machte nicht mal vor den Löchern halt, die von glücklichen Menschen in die Mauer gehauen worden waren. Ich wollte diese Löcher mit den verbogenen Eisengittern, in denen Reste des bröselnden Betons klebten, verputzen. Ich hätte gern die Farben der Bilder auf den intakten Betonflächen erneuert, sie von Graffiti befreit. Der runde Abschlussstein, der oben auf die Mauer gesetzt war, um die Republikflucht zu verhindern, weil man nicht über ihn klettern konnte, war zu Teilen abgeschlagen worden oder herabgefallen, rostiges Eisen stach in die Luft, und obwohl jede gebrochene Stelle im Beton ein Symbol der Freiheit war, wollten meine Hände sich an ihn legen, Stahl zurechtbiegen, Füllmasse anrühren und alles glatt streichen, damit die Linie wieder vollständig war, unverletzt, eine Idylle: Ich verstand das Lebensgefühl meiner Eltern.

Wenn ich Nelly anrief, kam ich meistens nicht durch. Klappte es doch einmal, dann hörte ich nach den heiseren Klingeltönen ihre gierige Maschine und dann den Biep und legte auf. Auf meine Mails antwortete sie nicht. Am dritten Tag sprach ich nach dem Biep eine Nachricht auf die Maschine, die nicht in ihrer Wohnung stand, sondern beim Anbieter: Sie hatte einmal erzählt, nicht zu wissen, wo das war. Andere Künstler aus New York, die zu meinem Magazin beigetragen hatten, meldeten sich mit fassungslosen oder rationalen Kommentaren. Die Korrespondentin war auf das Dach ihres Bürogebäudes gestiegen und schrieb: Ich habe die Türme fallen gesehen. Der Vater einer Kindergartenfreundin von Jakob, ein Ostdeutscher, war am Tag zuvor noch oben gewesen.

»Stell dir vor«, sagte einer unserer Gäste beim Rauchen auf der Terrasse, »du fährst nach einem Leben hinter der Mauer zum ersten Mal nach New York, nimmst einen Fahrstuhl in den Himmel und kommst um!«

Oder der deutsche Manager, der den ersten Einschlag in einem hohen Stockwerk vom Nachbarturm aus sah, das Telefon fallen ließ, die Jacke mit Schlüsseln und Papieren im Vorbeigehen vom Haken nahm und den Fahrstuhl nach unten. Er hatte Glück, denn es kam sofort einer. Er fuhr einige Minuten. Im Keller hatte er abermals Glück: Es kam gerade eine U-Bahn. Beim Einschlag des zweiten Flugzeugs hatte er Manhattan unterirdisch verlassen, den Rest der Katastrophe sah er im Fernsehen, zusammen mit seiner Frau, einen Whisky trinkend.

Wir sahen Feuerwehrmänner, die im brennenden Turm die Treppen nach oben liefen, gegen den Strom der gefangenen Menschen.

»Glaube kaum«, sagte Jonathan, der seit Stunden mit seiner Schwester Lilith bei uns war, »dass die was ausrichten konnten.«

Nadja nickte: »Neee ...«

Lilith winkte ab: »Das ist bei denen Berufsehre.«

Auf dem Bildschirm erschien der Leiter einer Feuerwehrwache, der die Hälfte seiner Leute verloren hatte. Er sprach gefasst darüber und war auf diese Gefasstheit stolz. Ich ging aufs Klo, nahm danach kommentarlos meinen Mantel und ließ die Tür ins Schloss fallen.

Draußen ging es mir gut. Niemand, den ich kannte, war verletzt worden. Niemand, den ich kannte, kannte wen, der verletzt worden war. Luft, die kaum von den Straßenlampen oder dem Nachthimmel durchleuchtet war, strich über mein Gesicht. Nach langer Reise hatte sie Berlin von Westen erreicht, Wasser, Staub und Abgase transportierend. Sie hatte die Havel eingedeckt, Spandau und den Wannsee, war vom Fernsehturm geteilt worden und hinter ihm ohne Eile wieder zusammengeströmt. Jetzt betastete sie mich von Kopf bis Fuß und war schon weiter, vielleicht strömte sie über die Erdkugel, Russland und Asien und gelangte an die amerikanische Westküste? Ich lief an der Spree hoch, überquerte sie auf der Oberbaumbrücke und ging links Richtung Alexanderplatz an der Mauer entlang. An einer Stelle, an der sie heil war, blieb ich stehen und berührte sie mit den Fingerspitzen. Ein paar Schritte machte ich, ließ dabei die Finger über den Beton fahren, blieb stehen und lehnte meinen unruhigen Rücken an die Mauer, den Kopf auch. Der Verkehr rauschte vierspurig an mir vorbei, niemand achtete auf mich, und meine Handflächen fanden, nach hinten gedreht, Halt, sodass sie weniger zitterten. Und dann, mit dem innigen Kontakt zum Beton, bemerkte ich, dass mir nichts egal war. Mir doch nicht! Nicht mehr. Mit einer entschlossenen Bewegung, wie sie mir schon ganz fremd geworden war, stieß ich meinen Oberkörper von der Wand ab und ging weiter, bis zur Jannowitzbrücke und an ihr vorbei, am Rolandufer hoch. Die Mühlendammschleuse lag ruhig im Dunkel, auf der anderen Seite lief ich über die Fischerinsel und das Märkische Ufer zurück Richtung Kofferfabrik. Der Wind der Welt wehte mir dabei freundlich in den Rücken und wollte mich ganz in sich haben, zuerst spürte ich es an den Ohren, dann überall.

Am vierten Tag hörte ich endlich von Nelly, abends.

»Hallo«, sagte sie ohne die übliche Vorsicht und ohne eine Unsicherheit, die erst hätte erfahren wollen, in welcher Stimmung sie mich antraf. »Ich bin's.« Und sehr fest schob sie nach: »Nelly.«

Dass sie in der Staubwolke gewesen war, überraschte mich nur eine Sekunde oder nicht mal so lange, ich malte es mir schnell aus. Wer, wenn nicht sie?

Ich fragte: »Wie lange?«

»Eine Dreiviertelstunde, vielleicht länger.«

Mit drängender, abgehackter Stimme erzählte sie: »In der Nacht davor hatte Joyce angerufen, ihr Geliebter war in Los Angeles erschossen worden.«

»Äh, wer ist Joyce?«

»Eine Freundin«, hastete sie, »kennst du nicht.«

»Wieso erschossen?«

»Wohl Zufall.«

»Zufall?«

Auf Fragen einzugehen oder etwas zu teilen, zum Beispiel ein Lebensgefühl, hatte sie keine Lust. Der Freund sei zum falschen Zeitpunkt am falschen Ort gewesen, erfuhr ich. Sie habe Joyce gefragt, ob sie die Nacht über allein klarkäme und sie sich zum Frühstück sehen könnten.

»Wieso konnte sie nicht gleich zu dir?«

Nelly, genervt: »Sie war am anderen Ende der Stadt, Darling.«

»Und?«

Wie man einem Kind antwortet, für das man gerade keine Zeit hat, so antwortete sie mir, streng und dabei lachend über meine Tölpelei: »Quer durch die Stadt, in der Nacht? Viel zu gefährlich.«

Sagte ich etwas? Ich glaube nicht. Fragte ich mich, ob das stimmte? Ich kam kaum dazu.

»Ich habe mich mit Joyce zum Frühstück getroffen, ein paar Ecken von hier. Wir haben geredet, ich wollte sie trösten, was man eben versucht, wenn man keine Aussicht auf Erfolg hat.«

Das verstand ich, und Nelly wurde etwas zugänglicher.

»Es wurde sehr unruhig, während wir redeten, und irgendwann rannten vor dem Café Hunderte Menschen die Straße entlang.«

»Wieso ist er denn erschossen worden?«

»Wohl eine Verwechslung.«

»Scheiße.«

»Dann gab es eine Erschütterung, das kannst du dir nicht vorstellen. Wir fragten uns, was das gewesen sein könnte, und dann rannten Tausende mit diesen panischen Gesichtern vorbei.« Sie machte keine Pause. »Dann kam die Wolke, und wir wurden aufgefordert zu gehen.«

»Was soll ich dazu sagen?«

»Nichts«, meinte sie ungehalten, »am besten gar nichts! Was willst du denn dazu sagen?«

»Sie haben euch rausgeschickt in die Staubwolke?«

»Niemand wusste, was als Nächstes passiert. Jeder wollte weg. Du hast ja die Erschütterung nicht erlebt.«

Mit einem Pullover vor dem Gesicht war sie bis zu ihrem Haus gerannt und keuchend in den fünfzehnten Stock gefahren.

»Nach oben?«

Sie atmete.

Ich stellte mir vor, panisch im Fahrstuhl zu stehen und nach oben zu fahren, in eine Sackgasse. »Na ja«, überlegte ich laut, »wahrscheinlich weiß man nicht, wohin man rennen soll, oder?«

Plötzlich sagte sie: »Lass uns aufhören.«

Ich konnte ihr gerade noch eine Bestätigung abringen, dass sie im November nach Berlin kommen würde, wie geplant. Wir hatten eine Galerie gefunden, ihre erste Einzelausstellung im Ausland, es gab einen Termin, zu dem der Kunsttransporteur die Bilder abholen sollte, die in ihrem Atelier in Brooklyn gut verpackt warteten. Es war eine besonders hohe Versicherung abgeschlossen worden, unter Annahme eines besonders hohen Preisanstiegs in den kommenden zehn Jahren.

Für die Vernissage hatte ich einen Essay geschrieben: *Rheinfall*. Er erzählte von der Generation Tinnitus, wie Nelly ein Bild genannt hatte, das den *Schrei* von Munch zitierte, leidende Hochhäuser bildeten ihn nach, Häuser in denen zu wohnen man sich nicht vorstellen konnte. Jede Höhle wäre angenehmer, schützender, ruhiger, menschlicher gewesen. Ich hatte in meinem Essay dafür eine Linie zu den Menschen gezogen, die vor der Industrialisierung zum Rheinfall in Schaffhausen gepilgert sind, um Krach überhaupt einmal erleben zu dürfen, eine Sensation damals. *Rheinfall* erzählte vom Erlebnishunger, vom Wunsch, sich zu spüren, und sei es durch Lärm, vom Wunsch, dass die Erde einen verschlucke und ganz in sich berge, und von der Stille New Yorks, über die ich viel mit Nelly gesprochen hatte. Diese Stille gab es zum Beispiel bei den Nonnen von Crown Heights, die immer schwiegen und nie das Kloster verließen. Über einige Seiten zitierte ich Nelly wörtlich, streute Erzählungen von der Begegnung mit ihr ein und zeigte, wie viel Einfühlung, Hingabe und Zärtlichkeit in ihrer zur Schau gestellten Todessehnsucht enthalten war. *Rheinfall* endete allerdings mit einer abfälligen Bemerkung, die Nelly über heterosexuelle weiße Männer und ihre lüsternen Gesichter machte. Sie störte mich, denn ich war selbst ein heterosexueller weißer Mann und ab und zu lüstern. Ich glaubte aber, besonders souverän zu sein, wenn ich die Abfälligkeit nicht aussparte, sondern wiedergab und quasi als Sollbruchstelle einer Freundschaft markierte.

»Ich lese nicht lange«, sagte ich beteuernd, »keine zwanzig Minuten.«

Keine Antwort.

»Möchtest du selbst sprechen, vorher, nachher?«

»Auf keinen Fall«, sagte sie barsch. »Ich komme übrigens nicht als Zeugin des Attentats.«

»Keine Angst, der Termin steht schon so lange, dass ...«

»Mark, das ist eine beschissene Scheißwelt, und ich muss aufhören.«

Ich habe nicht darüber nachgedacht, warum ich Nadja am selben Abend davon berichtete, beim Essen. Schon nach den ersten paar Worten wandte sie ihre Augen von mir ab.

Sie fragte: »Wer ist Joyce jetzt schon wieder?«

»Eine Freundin. Kenne ich auch nicht.«

Ich holte das Asthmaspray aus der Tasche und nahm einen Hub, hielt die Luft an und atmete aus. Die Bronchien entspannten sich. Dann schnäuzte ich mich, und sie beobachtete angeekelt, wie ich das Taschentuch wegsteckte. Ich nehme an, dass ich deshalb sagte, was ich eigentlich in einem besseren Moment hatte anbringen wollen. Ich hatte auf den perfekten Moment warten wollen, bis wir einmal gelöster waren, mit einem Glas Wein dasaßen oder nach einem gerade gerissenen Witz. Unfähig, darauf zu warten, wahrscheinlich ahnend, dass dieser Moment sehr lange nicht kommen würde, und unter Druck gesetzt von ihrem Unwillen, sich anzuhören, was meine Freundin in New York während des Attentats erlebt hatte, wechselte ich das Thema. Ich zählte ihr geplante Maßnahmen auf, mit denen ich meine Allergie besser bekämpfen wollte: zum Beispiel den Teppich im Schlafzimmer gegen Parkett zu tauschen.

Sie fand Holz im Schlafzimmer nicht gut.

»Das kann man wischen.«

»Wir hätten dann keine Abgrenzung mehr zu den großen Flächen: Jetzt betritt man mit dem Schlafzimmer einen anderen Wohnbereich, das ist gut. Holz ist im Winter kalt, man müsste dann Schuhe am Bett haben. Und der Lackgeruch stört.«

»Es gibt biologische Farben, die nicht riechen«, sagte ich, als ob wir das nicht schon ein Dutzend Mal besprochen hätten, »schon gar nicht auf Dauer. Teppich ist für Milben wie Thailand für Deutsche. Man kann das Holz auch ölen.«

Wir waren mittlerweile aufgestanden, räumten den Tisch ab. Nadja sortierte Besteck in die Spülmaschine und wischte dann den Esstisch ab. Ich kratzte mit einem Holzschieber die Reste vom Fisch aus der Pfanne, und dann ging alles sehr schnell. Ich wollte zeigen, dass ich nicht nur von ihr Opfer forderte, sondern auch selbst welche brachte: »Ich habe beschlossen, mir wieder Cortison spritzen zu lassen.«

Sie sah mich augenblicklich an.

»Damit ich mal eine Pause habe. Das entspannt. Alle.«

Sie sagte es abfällig: »Das ist alles, was du kannst.«

»Was?«

»Medikamente nehmen.«

Es war der Satz zu viel. Der eine Satz, der die Wände meines Hauses, das längst ein Lügengebäude war, eine Burg der Täuschungen, endlich sprengte. Ich nahm die Hand an die Stirn und hörte mich erschöpft und kapitulierend sagen, was ich insgeheim schon lange gedacht haben muss und mich, als ich es aussprach, erschreckte: »Bist du dumm!«

Nadja, die mit dem Lappen in der Hand vor mir stand, schlug mir augenblicklich ins Gesicht. Ihre linke, freie Handfläche traf auf meine rechte Gesichtshälfte. Es war eine eigenartig seitenverkehrte Bewegung, und der Schlag war nicht stark, es tat nicht an der Stelle weh, wo sie traf. Aber es war eine wirkungsvolle Geste: die Geste einer Mutter, die in den Fünfzigerjahren ihren kleinen Sohn ohrfeigt, weil der unbeobachtet vom Kuchen gegessen hat oder, ohne anzuklopfen, ins Badezimmer gekommen ist, wo sie gerade mit einem Fuß auf dem Badewannenrand den Strumpf hochrollt. Ich wusste gar nicht, wann ich je im Leben gesehen hatte, wie jemand eine Ohrfeige einsteckte, konnte in dem Moment aber darüber nachdenken. Und Nadja, die mich behandelte wie ihren ungezogenen Bengel, war noch nicht fertig. Als Nächstes sah ich ihren Zeigefinger vor meiner Nase, zwischen meinen Augen. Sie drohte mir. Ich hörte ihre scharfe, wutentbrannte Stimme aus einer Welt kommen, die wir nicht mehr teilten: »Glaub bloß nicht, dass du die Kinder kriegst.«

Vor meinen Augen klaffte ihr Gesicht. Ihre Worte hatten ihr Ziel erreicht und waren verrauscht, aber ich hörte sie noch, als ich ein mir komplett fremdes Wesen sah, aus dem Missgunst und Abscheu schlugen. Weil ich mit dem Rücken zur Spüle stand, schubste ich Nadja von mir weg. Ich hatte alle Finger dazu auf ihre Schultern gesetzt, auf das Trapez von Schultermuskeln und Armansatz, oberhalb ihrer Brüste. Ich hatte sie nicht mit den Handflächen berührt, sondern mit den Fingern schnell weggestoßen. Sie mühte sich, das Gleichgewicht zu halten, fing sich.

Ich trat hinter ihr her, ein Tritt in die Luft, und drehte mich um, nahm die Pfanne aus der Spüle und schlug sie auf die Kante des Spültisches. Der Griff knickte, und irgendetwas ging zu Bruch. Glas und Porzellansplitter flogen. Eine Kachel an der Wand zerbrach, eine Hälfte fiel herunter. Man sah die Kringel des Klebers an der Wand und in den Leerräumen dazwischen den Putz. Auf dem Putz waren mit Bleistift geschriebene Zahlen und Pfeile, eine Zeichnung, die auf die Wasserleitungen darunter hinwies. Ich erinnerte mich an die Diskussion, die der Architekt mit dem Handwerker dazu geführt hatte, ich hatte danebengestanden, als er mit dem Bleistift die Skizze an der Wand machte. Ich warf den Griff der Pfanne in die Spüle und nahm das Küchenmesser, das vor mir lag. Das rammte ich ins Holz der Arbeitsplatte, wo es federnd stecken blieb und die verstreichende Zeit in Stücke hackte. Was in den Sekunden davor passiert war, spulte sich vor meinem Auge jetzt rückwärts ab: das Messer mit seinem Geräusch. Die Kachel. Die fliegenden Splitter und Scherben. Die Pfanne. Mein Fuß in der Luft. Meine gespreizten Finger, Nadjas Schultern und ihr Taumeln. Ihr Atem und meiner, die Enge zwischen meinem Körper und Nadjas Körper, der mit dem Wort über die Kinder endgültig ein Feind geworden war. Die Notwendigkeit, sofort Distanz herzustellen, weil eine Angst einflößende Hitze in meine Arme strömen wollte. Um uns herum das einstürzende Gebäude der Abmachungen, die unser Leben waren: fliegende, wirbelnde Papiere, die eben noch Wert gehabt hatten. Ich sah aus einem großen, lebenslangen Irrtum heraus geschriebene Briefe, ihre Handschrift, die sich über die Jahre verändert hatte, Urlaubsfotos, die jetzt Lügen waren, Einkaufszettel, Flugtickets, Ultraschallbilder, Grundrisszeichnungen, ihr erstes Auto, ein roter Käfer. Ich hörte die Stimme unseres Architekten auf dem Anrufbeantworter, den sie immer als meinen Architekten bezeichnet hatte. Ein fröhliches Lachen, das sehr weit weg war, wie in einem vergilbten Fotoalbum oder in den Wind gelacht an der Nordsee bei Sturm, ein glückliches Lachen, hätte ich eine Minute zuvor noch gesagt, wenn ich eine Minute zuvor aus irgendeinem Grund an das Lachen gedacht hätte, beim Abendessen. Jetzt war es höhnisch, wo alles durcheinanderflog wie beim Aufprall eines Koffers, den man bei voller Fahrt aus einem Auto geworfen hatte, wie bei einem von einer Abrissbirne getroffenen Kleiderschrank, wie beim Aufprall eines Flugzeuges auf einem Acker oder bei einem Gebäude eben, das einstürzt und alles freigibt, was es hatte schützen und beherbergen sollen. Wie bei einem Erdbeben. Diese Frau hatte ich geküsst? Ich hatte sie begehrt? Unsere Münder waren ein Mund gewesen, Spielkameraden, Geschwister? Ich ekelte mich vor ihrem Speichel, der auf ihrer Zunge vorne links eine winzige Blase warf, als wir wieder still voreinander standen und das Messer in der Arbeitsplatte nicht mehr federte. Ich sah unsere Liebesstellungen in schneller Abfolge, roch Schleim und Samen und fühlte beides zwischen den Fingerkuppen, dachte daran, wie gern sie sich am Anfang die Rosette hatte lecken lassen, ich hörte uns lachen, weil eine Stellung nicht funktionierte, weil ich einen Krampf im Bein bekam oder in der Bauchmuskulatur, hörte das Furzgeräusch, das einmal aus ihrer Scheide gekommen war, als wir auf einem Föhrer Campingplatz zwei Stunden Nichtkommen gespielt hatten. Sie war achtzehn gewesen oder neunzehn oder zwanzig. Und ich? Sechzehn, siebzehn. Wir hatten einen Lachanfall gekriegt bei der Vorstellung, die Nachbarn im Zelt daneben hörten uns vielleicht schon die ganze Zeit zu. Ich war prustend auf die Seite gefallen, und sie hatte sich nach oben gerollt und gleich weitergemacht. Unsere Eltern wussten nicht mal, dass wir zusammen unterwegs waren.

Ich sah sie auf der Fähre nach Sardinien glücklich in den Wind winken und im Krankenhaus mit gebrochenem Bein. Nach der Entfernung des Blinddarms. Ihr Gesicht, als man zur Konisation des Muttermundes geraten hatte, rein aus Vorsicht. Ich stand mit ihr am offenen Grab ihrer Großmutter und am offenen Grab meiner Großmutter, sah meinen Vater weinen, warf Erde hinein, deren Klumpen auf dem Holz des Sarges lustlos zerbrachen. Ich saß in einer Abtreibungsklinik in Rotterdam, ich war siebzehn und durfte nicht mit hinein und nicht Auto fahren. Sie musste mit dem Käfer alles allein fahren, einen Tag hin und einen zurück, und darüber hat sie nie wieder mit mir, sondern nur mit ihren Freundinnen gesprochen. Und dann zum Glück Jakob und dann Merle, und dann, wahrscheinlich weil sie mir noch immer gegenüberstand und mich voller Hass anstarrte, sah ich wieder ihren drohenden Finger zwischen meinen Augen, ihren sich in Extremzeitlupe öffnenden Mund. Den Speichel in einem Mundwinkel. Den Augenaufschlag, die verklebte Wimperntusche, das Weiß ihrer Augäpfel, die arbeitenden Pupillen, vibrierende Nasenflügel. Ihre Schneidezähne mit dem welligen Rand und die Zunge, die Luft, die sie ausstößt, und den Mund, der sich zum Rund formt, um ein Du herzustellen, ja, sie hatte gesagt: die Kinder. Dass ich die Kinder nicht kriegte. Ihre Hand kommt durch die Luft auf mich zu, ohrfeigt mich. Die Hitze in meinem Körper ist zurück, sie will in meine Arme, damit die verdammt noch mal reagieren, ich reiße mich zusammen in der Hoffnung, dass meine Arme mir gehorchen, dass sie bleiben, wo sie sind, und das ist gleich wichtig, wenn der Psychologe endlich kommt. Die Tür des Lofts schlug zu. Nadja war weg.

Totenstill lag das Loft da wie ein Raumschiff im Nichts. Ich sah auf den Boden mit seiner dunklen Holzmaserung, dann hinaus. Das Wasser der Spree floss ohne sichtbare Bewegung Richtung Mitte, seine Oberfläche war dunkel, fast schwarz. Ein paar Lichtreflexionen zogen Streifen und schaukelten. Ich ging näher ans Fenster. Totenstill lag die Stadt im Abend, auf der europäischen Platte, auf dem trudelnden, eiernden Erdball, der die Luft in seiner Rotation um sich mitriss, sodass manchmal etwas so Unwahrscheinliches wie Windstille möglich war. Der Planet zog seine Bahn durch ein Universum, das sich still ausdehnte, wenn ich das richtig verstanden hatte, um eines Tages, in ein paar Milliarden Jahren, den Rückweg anzutreten und sich still zusammenzuziehen. Es würde erst spät dabei Geräusche erzeugen, nach und nach lauter werden und heißer, um alles, was wir kennen, in einem Tumult zu verbrennen und ins Nichts, in die Null zu verschlucken, aus der wir gekommen sind: Theorie. Was wissen wir schon darüber? Aus meinem Wunsch, beim Vögeln die Rollen zu tauschen, Nadja an meiner Stelle und ich an ihrer, hatte ja eh nie etwas werden können: Wie denn?

Ich nahm mir eine Zigarette aus der Schachtel, die Nadja auf dem Tisch hatte liegen lassen, setzte mich in den Sessel, den ich von meinem Großvater geerbt habe, und rauchte. Wenn ich zog, war das Brutzeln des Tabaks zu hören, und die Glut leuchtete auf. Die Zigarette war das Letzte, was von Nadja noch da war. Es war gut, gleich diese schnelle Bilderflut erlebt zu haben, so gab es jetzt Platz für langsamere: dass wir einmal ein Körper gewesen waren, wenn wir uns nach den Orgasmen eine Ewigkeit lang nicht losließen, die Finger verschränkt, Fußsohlen mit Füßen berührend, Hände an Hinterköpfen und Arschbacken. Man konnte mit den Schließmuskeln Blut in die Schwellkörper pumpen und so ein Gespräch führen – Hallo? – Hallo! – und lachen. Das würde nicht wieder kommen. Wie der erste Sex, als ich dünn und schüchtern in ihr gewesen war und nicht glauben konnte, dass nichts als eine Flüssigkeit von mir zurückblieb. Trauer spürte ich nicht, und das überraschte mich: Da war nur Erleichterung.

Erst nach einer Stunde oder zweien ging ich ins Zimmer der Kinder. Der Affe lag am Fußende von Jakobs Bett und war so wenig zugedeckt wie Jakob selbst. Er lag auf dem Rücken. Den Kopf hatte er auf die Seite gedreht. Eine Weile beobachtete ich ihn, legte dann den Affen in seinen Arm. Schlafend nahm er ihn an. Ich deckte beide zu. Bei Merle richtete ich die Decke und bemerkte, dass das eine Übersprungshandlung war. Es gab nichts zu tun. Ich ging wieder nach vorne. Setzte mich an den Esstisch, wo ich den Rotwein trank, der vom Abendessen übrig geblieben war, und den Frieden genoss. Die Nacht war, als hätte ich nie Schlafstörungen gehabt.

ICH traf Nadja nach ein paar Tagen auf dem Jugendamt. Den Kindern hatte ich erklärt, Nadja sei erschöpft. Sie müsse sich ausruhen. Sei krank. Dass ihre Mutter mit mir reden wollte und ich die Teilung des Sorgerechtes zur Bedingung gemacht hatte, habe ich ihnen nicht gesagt. Zu meinem Glück waren Jonathan und Lilith, bei denen Nadja auf der Couch schlief, der Meinung, ihre Drohung sei zu weit gegangen.

Wir saßen im Vorraum, wie meine Mutter früher in Vorräumen gesessen haben muss, als sie meine Schwester adoptieren wollte: gespannt. Schließlich kamen wir dran. Wie früher meiner Mutter Fragen gestellt worden waren, stellte die Sachbearbeiterin jetzt Nadja Fragen, ob sie Nadja Mindel heiße, geboren 1959, Mutter von Jakob und Merle Mindel. Die Sachbearbeiterin beugte sich dabei vor, bis ihre alte Brust auf dem Schreibtisch aufsetzte. Die Bluse warf sich darüber auf wie eine Eisenbahnschiene bei extremer Hitze. Ich konnte noch mehr von der welken, gelben Haut sehen als zuvor schon. Die Frau hatte fettige, dünne Haare und roch nicht gut. Sie hatte Raucherfinger, fragte, ob Nadja das Sorgerecht mit »dem Vater« teilen wolle, und sah ihr tief in die Augen.

»Haben Sie sich das genau überlegt?«

Nadja nickte und presste die Hände zu Fäusten zusammen, wie es damals meine Mutter getan haben mochte, wenn man ihre Aussagen ein zweites und drittes Mal hören wollte und dann sehen, ob ihr Blick standhielt.

»Wenn Sie jetzt unterschreiben«, sagte die Sachbearbeiterin mit dem Tempo des Stundenzeigers auf der Uhr über ihr, »dann können Sie das nie wieder rückgängig machen.«

Ich spürte Nadjas angespannte Rückenstrecker, verhielt mich so still, wie der Tremor in meinem Bauch es erlaubte, musste aber niesen. Niemand reagierte. Ich holte ein Taschentuch heraus und schnäuzte mich.

Die Sachbearbeiterin: »Nie.«

Jedes Wort, eine auffällige Regung, eine ins Auge fallende Wimper, ein klingelndes Telefon oder ein beliebiger ungeordneter Gedanke konnte dazu führen, dass Nadja stutzte und überlegte, sich vielleicht anders entschied. Sie räusperte sich.

Die Sachbearbeiterin: »Das ist eine Entscheidung für immer.«

Gähnende Leere vor und hinter den Augen, saß ich neben Nadja. Ihr Gesicht war verdeckt. Es hatte Handgreiflichkeiten gegeben? Würde jemand davon zu reden anfangen? Wie standen dann meine Chancen, von denen ich glaubte, sie nutzen zu können? Ich bemerkte, wie Nadja sich vorbeugen wollte.

»Das können Sie nie wieder rückgängig machen«, sagte die Frau, als redete sie mit einer Blöden.

Nadja sah sie an, wollte sich vorbeugen, und dann tat sie es auch, nahm den Kugelschreiber und unterschrieb. Als auch ich krampfhaft und zweimal die zitternde Hand absetzend unterschrieben hatte, als wir die Kopien in Händen hielten und alle aufgestanden waren, war nichts besser. Die Sachbearbeiterin hatte eine fleischige, feuchte und kalte Hand, die ich lieber nicht genommen hätte. Die Tür quietschte, und ich sagte zu der Frau: »Mal ölen?« Das verstand sie nicht.

Vor dem Gebäude traten Nadja und ich auf eine Reihe Stufen. Viele waren es nicht, vielleicht vier, sie waren breit, acht oder zwölf Meter breit, ich glaube, eher zwölf. Ich bin mir ziemlich sicher, dass die Sonne schien. Es war ein warmer, schöner Tag.

Nadja wollte noch einen Kaffee trinken gehen, aber ich hatte keine Zeit.

»Ich muss die Zeit nutzen, bis ich die Kinder aus dem Kindergarten hole.«

Wenn ich mich richtig erinnere, rief Nadja mir noch etwas nach, als ich mich wortlos umdrehte, den Zettel zweimal gefaltet in der linken Innentasche meines leichten Mantels, die Hände in den Außentaschen, die Knöpfe offen. Ich hatte sie aber nicht verstanden und ging im Glauben weg, voranzukommen, wahrscheinlich war das die süßeste aller Täuschungen.

Jakob und Merle waren für den Nachmittag bei Freunden versorgt, und bis zu meinem Termin in der Psychiatrie der Freien Universität hatte ich drei Stunden. Ich wollte zu Fuß gehen, bis nach Lichterfelde. Eine gute Entscheidung. Unterwegs habe ich nichts gedacht, ich bin nur gelaufen, wie meine Mutter einst von Amt zu Amt gelaufen ist, von Schreibtisch zu Schreibtisch, um in die Gesichter wildfremder, von Berufs wegen misstrauischer Leute zu blicken, die sie nach allem gefragt haben, was eigentlich nur sie selbst etwas anging: nach dem Einkommen meines Vaters, dem ehelichen Liebesleben und dem familiären Konsum von Genussmitteln über drei Generationen.

Laufen tat gut, stellte ich auf dem Weg nach Lichterfelde fest, wo ich ein leeres Wartezimmer vorfand. Eine Weile saß ich auf einem der Stühle, dann stand ich auf und las auf den an der Wand hängenden Schautafeln, dass die Psychiatrische Klinik schon 1887, lange vor der Gründung der Westberliner Freien Universität, als private Irrenanstalt im vornehmen Charlottenburg eröffnet worden war. Ein Jahr vor der Geburt meiner Großmutter also.

Als der Arzt kam, Dr. Honda, hatte ich mich gerade wieder hingesetzt und den *Spiegel* vom Tisch genommen. Es war sogar das aktuelle Heft, das man den Irren, die hier warteten, zutraute. Dr. Honda war nicht älter als ich und behandelte mich wie einen ganz normalen Menschen. Wie einen Menschen, der keine besondere Zuwendung nötig hat. Natürlich hatte ich ihn vorher ausgekundschaftet. Er gehörte nicht nur zur Forschergruppe, die mit Thyroxin hantierte, er war auch Abteilungsleiter für Depression im Kompetenznetzwerk der Bundesregierung. Das genügte mir für ein Grundvertrauen, und als er mich in sein kleines Büro bat, folgte ich gern. An den Wänden hingen Plakate der letzten Konferenzen, die man in Lissabon, Rio und Schladming abgehalten hatte, um die neuesten Forschungen zur Depression zu besprechen. Auf dem Tisch lagen dicke Bücher mit den zugehörigen Berichten, aber ich konnte nicht lange darauf schielen. Dr. Honda stellte mir schnell einige Fragen, Rechenaufgaben, machte dann einen kleinen Test der räumlichen Orientierung. Die Frage, ob ich das Gefühl hätte, von einer fremden Macht beherrscht zu sein, verstand ich nicht.

»Von etwas, das außerhalb von Ihnen ist«, sagte er, als ginge es um die Bremsbacken meines Autos.

Dass ich so ein Gefühl nicht hätte, sagte ich. »Abgesehen davon, dass man merkwürdig wenig Unterstützung bekommt für die Bewältigung der täglichen Anforderungen. Keinen Zuspruch oder so.«

Er winkte ab, denn das hatte er nicht gemeint, und notierte meine Antwort. Dann spielte er ein Merkspiel mit mir. Ich musste Begriffe wiederholen, in einer gegebenen Reihenfolge oder nach einer Regel neu kombiniert, genau weiß ich es nicht mehr. Das ging bis zu einem gewissen Punkt, bevor ich die Sachen vergaß, die er mir vorsagte.

Dr. Honda schaute auf die Uhr und sagte: »Zwanzig Minuten.«

»Und?«

»Was wollen Sie denn von mir?«

Ich muss ihn fragend angesehen haben.

»Sie haben ja keine Depression.«

Das konnte eine Falle sein, und ich schwieg.

Er sagte ganz ruhig: »Das wissen Sie auch.«

Vorsichtig gab ich zu, dass das meinem Eindruck entsprach.

»Und wieso sind Sie hier?«

»Meine Internistin glaubt das.«

»Was?«

Ich sagte: »Wie, was?«

»Was glaubt Ihre Internistin?«

»Dass ich eine Depression habe.«

»Wieso?«

»Wegen dem Thyroxin.«

»Und wieso?«

»Ich nehme dreihundertfünfzig Mikrogramm am Tag, wir wissen nicht, wieso. Ich kann nicht runtergehen, dann bin ich sofort krank.«

»Wie denn krank, wie äußert sich das?«

»Entzündungen, Infekte, Schlaflosigkeit. Reizbar. Das dauert keine zwei Tage, wenn ich minimal weniger nehme.«

Ich sagte nicht: Energiemangel, denn Schlaflosigkeit ordnete ich noch nicht darunter.

Er sagte: »Bestimmt nicht wegen Depression. Wer ist Ihre Internistin?«

Ich nannte ihren Namen und erntete einen erstaunten Gesichtsausdruck. Natürlich kannte er die große Frau Dr. Barbara Berg. Ich fragte ihn, ob er sie anrufen könne, und das wollte er nicht nur tun, er hat es auch getan. Er schrieb einen zwölfseitigen Bericht über mich, der allerhand psychische Defekte von Depression bis Phobie ausschloss und nur die Merkschwäche feststellte, zudem eine Notiz aufwies: Dr. Berg halte nach telefonischer Rücksprache die Übersendung des Berichtes nicht für nötig.

Dr. Honda wünschte mir Glück, er hatte einen Händedruck, der ehrlich war und kein Zittern annahm, und das ist jetzt eine Überlegung, ob er es vielleicht war, dem ich von mir hätte erzählen sollen. Von meiner Mutter. Vielleicht wäre er meine Chance gewesen, vielleicht hätte er erfahren sollen, welch verträumten Blick meine Mutter bekam, wenn wir allein waren und sie von der Adoption zu reden anfing, von meiner Schwester. Dass sie immer sagte, sie habe »ihr Kind« zuerst immer sehen wollen, und dass es mich tröstete, wenigstens ins Vertrauen gezogen worden zu sein: in ihr Vertrauen, wo ich schon nicht als »ihr Kind« bezeichnet wurde. Dass meine Schwester nach ein paar Wochen in der neuen, nasskalten Heimat schon ein paar Worte Deutsch konnte, wie alle begeistert berichteten, nicht nur meine Mutter. Dass nur meine Großmutter sich da als Einzige raushielt und offenbar alles gewusst und gesehen hat. Jedenfalls mehr, als ich sah oder ahnte. Still und klein und leise saß sie immer an der Seite, in ihrer immer gleichen weißen Bluse und der schwarzen Strickjacke, die zitternden Hände auf ihrem Stock. Sie hatte einen mitleidigen Blick für mich, wenn ich meine ausdrucksvollen Zeichnungen oder die Zensuren im Rechnen, später in Mathematik, zeigte. Wenn man mir immer nur kurz zulächelte, ganz verlegen von meinem sinnlosen Ehrgeiz.

Dr. Honda hätte ich erzählen können, dass meine Oma offenbar nichts gegen mich gehabt hatte, vielleicht mochte sie mich sogar, sie schwieg jedenfalls, wenn die anderen mal wieder meine Schwester lobten und kein Ende dabei fanden: »Mit dem Geschirrtablett zwischen Esszimmer und Küche balancierend, habe ich mich damals nach einer Hand gesehnt, Dr. Honda«, hätte ich sagen können. »Nach einer Hand, die ihre Rückseite an meine Wange legte, wie es die Assistentin des Zahnarztes einmal wegen einer Träne gemacht hatte und deshalb die Sonne meiner Kindheit war. Es kam aber keine Hand, Herr Dr. Honda«, hätte ich sagen können oder sollen oder müssen, »und wenn ich am Nordseestrand juchzend durchs Wasser rannte, das unter meinen Füßen spritzte, wenn der Fredel, wie meine Mutter ihn nannte, rechts und links an die Beine schlug, wurde ich mit bedeckter

Stimme zum Handtuch gerufen, wo ich eine Badehose anziehen sollte. Meine Schwester lag, schon halb entwickelt, stolz und nackt in der Sonne und fing alle Blicke.« Dabei fand meine Mutter nichts.

»Fredel, Herr Dr. Honda«, hätte ich sagen können, »klingt das nicht wie ein zugelaufener Hund? Dem man eine Schüssel mit Wasser hinter die Garage stellt?«

Dann hätte er mich überwiesen und ich säße jetzt nicht hier. Es war aber ein bewundernswert klarer, entschieden gebender und genauso entschieden sich abgrenzender Händedruck nach zwanzig oder zweiundzwanzig Minuten, den ich von Dr. Honda bekam, zu kurz, um ihn festzuhalten wie eine Türklinke oder jene Hand, auf die ich als Kind im Gedränge beim Einkaufen immer gewartet hatte. Ich trug den Händedruck stattdessen mit mir herum wie ein Vorbild, lange, nicht nur auf dem Rückweg zu meinem leeren Loft, bevor ich ihn wie so vieles andere vergaß. Erst hier, in der Untersuchungshaft, kommt meine Erinnerung wieder darauf, beim Versuch herauszufinden, warum ich mein Kind entführt habe und ob es zu verhindern war, wie und wann es zu verhindern war.

Von der Psychiatrie hatte ich immerhin noch mal drei Stunden zu gehen, in denen ich hätte umdrehen können. Drei Stunden an Hauptstraßen, an rauschendem, nervösem Verkehr, der mir erzählte, dass die Menschen es miteinander nicht aushalten und lieber herumfahren, im Strom mit anderen, aber allein im Auto, Abgase produzierend, als wären diese das Tagwerk. »Wer keine Abgase produziert, existiert nicht«, rief ich in den Lärm der Autos. »Wer Abgase produziert«, schrie ich, »wer anhält, wartet und auf die Ampel starrt, wer kuppelt und wieder anfährt und hupt, wenn der Vordermann schläft, der verschafft sich Ruhe. Bis er den Parkplatz erreicht hat«, schrie ich, »und wieder in menschlichem Tempo leben muss.« Oder ich dachte es. Oder träumte es in der Nacht, wer weiß.

Unterwegs wurde mir getextet, dass Jakob und Merle bei den Freunden übernachten wollten. Ich brachte Schlafanzüge und Zahnbürsten dort vorbei, die Kinder sagten kaum Hallo, tollten in den Zimmern herum. Auf dem Rückweg trank ich zwei Whisky in einer Bar, die ich nicht kannte, dann noch zwei weitere in einer anderen Bar, die ich auch nicht kannte. Auf der Straße sprach mich eine Nutte an. Ich reagierte nicht, wunderte mich aber über ihre angenehme Stimme, diese Frauen hatte ich mir immer als grob vorgestellt und nicht so zugewandt. Vielleicht dreißig Minuten Schlaf schaffte ich in der Nacht, vielleicht war es eine Stunde. Ich erhöhte am Morgen auf vierhundert und fand noch mal fast zwei Stunden Ruhe.

NELLY flog über London nach Berlin. Ich glaubte damals, sie habe sich gefangen. Ihr Sarkasmus, der kraftstrotzend über allem stand, schien mir der Beweis zu sein, aber tatsächlich hatte sie loszulassen begonnen. Weil ich auf die Frage, was sie mir mitbringen sollte nach Berlin, keine Antwort wusste, schlug sie vor, Exkremente der Geier zu besorgen.

Ich fragte extra dumm: »Der Geier?«

»Von den Geiern.«

»Was für Geier?«

»Die sind aus Kanada gekommen.«

»Geier«, hatte ich festzustellen versucht, »kanadische.«

»Sie hopsen in aller Ruhe zwischen den Trümmern herum und ziehen hier und da raus, was ihnen schmeckt. Gedärme, Geldbörsen, ab und zu nehmen sie eine alte Kassette auseinander, weil offenbar immer noch Leute mit Walkman durch Vorhallen, Treppenhäuser und in Lifte laufen. Dass manche Dinge eindeutig in andere Jahrhunderte gehören, interessiert diese Vögel nicht, darüber sind sie erhaben. Genauso erhaben wie über unsere zuckersüßen Ängsteleien, Darling.«

»Ach so.«

»Wirklich, die strahlen eine große Ruhe aus. Schon wegen ihrer Farbe, weißt du. Mich beruhigen sie. Sie werden uns überdauern, Mark. Da sind ein paar Exkremente auch Reliquien.«

»Für?«

»Unsere Leichenhaufen stinken bis nach Kanada, Mark. Oder meinst du, Geier haben eine stille Post? Dazu brauchte es doch eine Sprache, und die hat nur der Mensch, oder? Dieses reinste Genie auf Erden.«

»Ich meine die Reliquien, für was denn zum Beispiel?«

»Für Zeitlosigkeit, für Transzendenz, weißt du, ewige Existenz eben. Schau mal, diese Viecher machen nicht so ein rührseliges Theater um Selbstverständlichkeiten wie wir. Sie zappeln mit was Totem im Schnabel durch Manhattan, der coolste Hotspot, auf den sie je geschissen haben, und sind selbst in ein paar Tagen, Monaten oder Jahren nur noch Scheiße von jemand anderem. Von irgendwelchen Maden. Madenscheiße. Aber meinst du, die gehen vor Gericht wegen so was Unausweichlichem? Verstehst du? Die genießen lieber, was jetzt grad da ist. Deswegen ist das eine Berührungsreliquie, wenn ich was mitbringe. Berühr die Geierscheiße vom Ground Zero und sei frei!«

Ich wollte nicht lachen, musste es aber. Weil ich eigentlich schon alles hatte, was ich brauchte, riet ich ihr, irgendwas Schönes für Jakob mitzubringen: »Ich habe ihm so von dir vorgeschwärmt, jetzt fragt er jeden Tag, wann du denn kommst.«

»Na schön«, sagte sie fröhlich, »ich werde in meiner weiblichen Höhle am Himmel etwas suchen, was einen kleinen Jungen glücklich macht. Und, Mark, ich werde etwas finden. Spielt er gern Basketball?«

»Du warst noch nie in Europa, oder?«

»Wo liegt das?«

»Kurz vor Russland. Wir spielen Fußball.«

»Schade, ich habe einen Korb, den man an die Tür kleben kann, und einen weichen Ball, der niemandem wehtut.«

»Super Mitbringsel. Perfekt.«

»Und keine Geierscheiße? Letzte Chance. Das ist historisch.«

»Die ist durch mein Ohr schon hier angekommen und erzeugt ihren Dampfdruck. Berührung ist nicht nur, was man fotografieren kann, Nelly.«

»Sag bloß.«

»Den Stress beim Zoll würde ich mir jedenfalls sparen, wenn ich du wäre. Und ich wäre gern du.«

»Du bist ein Dummkopf«, sagte sie, und wir einigten uns auf eine Großfamilienpackung Melatonin, mit der ich ein Jahr hinkäme.

VIER Tage später freute ich mich darauf mindestens so wie auf Nelly. Leider war ich gute zehn Minuten zu spät am Flughafen, sie war nicht am Gate. Ich ließ sie ausrufen, aber niemand kam, und nach einer halben Stunde Rumgerenne sah ich sie draußen stehen, sie rauchte einen Joint, und ihre roten Haare leuchteten.

»Ich dachte, du findest mich hier besser, wenn du mit dem Wagen kommst.«

Ich warf ihre Tasche in den Kofferraum. »Ich habe dich ausrufen lassen.« Wir stiegen ein, ich fuhr los. »Bist du schon mal ausgerufen worden?«

»Ja, vorhin in London. Zwischen den Flügen bin ich eingeschlafen, was auf den Sitzen in der Wartehalle eigentlich unmöglich ist. Sonst noch nie. Irgendjemand rammte mir seinen Ellbogen in die Seite, er meinte, ich sähe aus wie Nelly Black, die man eben ausgerufen habe.«

»Weltstar halt.«

»Quatsch, nur weil ich so düster wirke und eben auch Black heiße. Das sieht man sogar durch den tiefsten Schlaf noch von der Seite.«

»Vierzig Minuten England, und du brichst alle Rekorde im Understatement.«

»Adaptionsweltmeister vielmehr. Was willst du machen, wenn du keinen eigenen Charakter hast?«

»Noch mehr Understatement. Man kommt dir nicht bei, merkst du das?«

Sie lachte nicht einmal. Erst zuhause angekommen, fragte sie nach Kaffee und wie es mir gehe. Ich war auf vierhundertfünfzig, eine Dosis, die für eine halbe Fußballmannschaft ausgereicht hätte oder für einen Herzinfarkt pro Stunde. Das behauptete der Arzt von Jonathan und Lilith, sie hatten ihn nach seiner Meinung zu meinem Fall gefragt, den sie mehr aus Nadjas Berichten kannten als von mir. Dieser Arzt ließ mir mitteilen, ich bekäme binnen zwei Jahren einen Herzinfarkt, wenn ich nicht damit aufhörte. Jonathan hatte sehr ernst gesagt, ich solle lieber ein Antidepressivum nehmen.

»Das hat der Depressionsspezialist der Bundesregierung mir aber nicht verschrieben.«

Jonathan: »Komisch.«

Ich: »Sehr.«

Nelly, der ich das erzählte, lachte und warf eine T3 ein. Sie wohnte in Nadjas Zimmer, das seit Wochen niemand betreten hatte.

Am ersten Tag schlief Nelly bis sechs Uhr abends, weshalb ich ihr nicht wie geplant die Stadt zeigen konnte, ab vier hatte ich die Kinder. Eines von beiden saß meistens auf meinem Schoß, und manchmal schliefen wir alle in einem Bett. Ich hatte festgestellt, dass mir das guttat, es förderte meinen Schlaf. Alles, was ich zu Nadjas Abwesenheit sagte, nahmen sie ganz wörtlich: dass sie müde sei und deshalb Urlaub mache, dass sie wiederkomme und alles gut sei, wie es war. In der ganzen Woche, die Nelly in Berlin blieb, hat sie von der Stadt fast nichts gesehen, von diesem Vater und seinen Kindern umso mehr.

Ihre Ausstellung wurde von allen Zeitungen und den beiden Stadtmagazinen groß angekündigt, aber schlecht besucht. Niemand hätte ahnen können, so der Galerist, dass an dem Abend Bayern gegen Manchester spielte.

Als sie zurück in New York war, schrieb sie: »Ich habe euch sofort vermisst, aber dann überlegt, ob ich dazu das Recht habe. Als ob es eine Mindestzeit gäbe, die man mit jemandem verbracht haben muss, bevor man ihn vermissen darf! Hab ich eigentlich erzählt, dass ich in einem Frauengefängnis unterrichte? Laut einer meiner Schülerinnen gibt es ein mathematisches Gesetz, nach dem jeder, an den man denkt, mindestens halb so oft auch an einen schon gedacht hat. Ich bin wirklich in Versuchung, ihr diesen Satz zu klauen.«

Später, aber nicht viel später ging es am Telefon um Missverständnisse. Sie entschuldigte sich dafür, sich in mich verliebt zu haben: »Wie ihr immer auf dem Stuhl gesessen habt! Du normal herum und Jakob oder Merle mit den Beinen zur Stuhllehne auf deinem Schoß. Diese Umarmungen. Einmal saßen beide Kinder auf dir. So etwas habe ich noch nie bei einem Mann gesehen.«

»Das ist traurig.«

»Ja.«

»Ehrlich gesagt, sie tun mir ziemlich gut.«

Nelly schnappte fast über vor Freude: »Mein Lieber, man hätte schon sehr tot sein müssen, um nicht zu sehen, wie gut dir das tut. Ihr ward ein Mensch. Und das hat mich so für dich eingenommen.«

»Was?«

»Es gibt nicht viele, die das überhaupt können.«

»Was können?«

»Einssein mit anderen.«

Sie überspielte nicht etwa eine Verletzung, die eine einseitige Verliebtheit Menschen leicht zufügt. Sie empfand keine und versuchte nicht, zurückzunehmen, was sie gesagt hatte, und mit dem Blick in den stärker werdenden Schneefall wurde mir klar, welche Kraft darin lag. Aus ihrer Zuneigung konnte sich für sie kein Mangel ergeben, denn Nelly war nur froh, sie zu erleben. Natürlich erkannte sie auch nicht, was in dem Einswerdenwollen mit den Kindern an Vermessenheit und Verlorensein zu entdecken gewesen war. Dass ich mich mehr an ihnen festhielt, als ich sie festhalten konnte, dass ich mich schon da nicht grundsätzlich anders benahm als Nellys Vater: Unsere Kinder, werde ich dem Psychologen gleich sagen, dürfen wir nicht begehren.

LYCILE kam mit Ray auf dem Arm nach hinten und legte ihn mir in die Arme: »Einmal wickeln, bitte!«

Dazu küsste sie mich.

»Hast du den Schnee gesehen?«

»Er bleibt schon liegen.«

Sie küsste mich ein zweites Mal.

»Ich lege mich mal hin. Du kannst ihn am kleinen Finger saugen lassen, hat die Hebamme gesagt, wenn er einigermaßen sauber ist.«

Eine Horde alarmierter Krähen flog vom Dach über mir weg, auf das Dachfenster rieselte zusätzlicher Schnee. Ich sah auf Ray, hatte Lycile nicht verstanden.

»Der kleine Finger!«

»Was ist damit?«

»Wenn er sauber ist, kannst du ihn daran saugen lassen, du Held.«

Ich nickte.

»Gib mir eine halbe Stunde«, sagte sie ungewohnt scharf.

Im Badezimmer hatte sie einen Wärmestrahler installiert, darunter ließ sich Ray gerne ausziehen. Mit großen Augen sah er alles um sich herum an. Er schob eine Hand halb in den Mund, als er sie in dessen Nähe bemerkte, was trotz der Zufälligkeit vollkommen natürlich aussah. Die Mundhöhle war das Zuhause der Hand, und er konnte sich auf anderes konzentrieren: Das

Geräusch des aus dem Hahn laufenden Wassers kannte er schon, denn als ich mit dem Handrücken fühlte, ob es warm genug war, wurde er ganz still. Sein auf unendliche Weite gestellter Blick, der nicht mehr suchend war, verriet mir, dass er jetzt zuhörte. Sein Horizont wuchs. Ich nahm ihn hoch, sein Brustkorb lag in meiner Handfläche, mit dem Daumen griff ich um seinen linken Oberarm. Ich badete mit der anderen Hand seinen winzigen Hintern im Waschbecken. Danach schlug ich ihn in das weiche Tuch ein und drückte ihn mit Bauch und Händen in der embryonalen Stellung zusammen. Das mochte er sehr. Ich redete die ganze Zeit mit ihm, und er verfolgte mit den Augen, was sich in meinem Gesicht bewegte. Beim Auseinanderschlagen des Tuches war er schon fast trocken. Den Rest Feuchtigkeit tupfte ich mit einem zweiten Tuch ab. Ich ölte ihn ein, massierte dabei seine Füße und fuhr mit meinem kleinen Finger zwischen jedem Zehenpaar durch. Seine Augen wurden dabei groß, wie bei jedem Menschen, der einer Sensation ausgesetzt ist. Auf dem Rücken hatte er noch den Flaum, dem nichts glich, was ich kannte. Ich erinnerte mich auch nicht daran, dass Merle und Jakob ihn gehabt hätten. Rays Haut war hell und weich und verletzlich. Unter ihr zeichneten sich die Knochen ab, die Wirbel und Schulterblätter. Nachdem ich ihm frische Sachen angezogen hatte, nahm ich ihn auf den Arm und trug ihn an meiner Schulter ins Wohnzimmer. Vielleicht bin ich nie glücklicher gewesen. In einem der Sessel konnte ich uns durch eine einfache Fußbewegung in das Wippen bringen, das Säuglinge so mögen. Er machte ein zufriedenes Geräusch, und weil er nach kurzer Zeit das ganze Gewicht seines kleinen Körpers an meinen legte, wusste ich, dass er eingeschlafen war. Ich konnte seinen Atem hören, der viel schneller ging als meiner. In ein paar Wochen, dachte ich, würden Lycile und ich die ersten Bilder ansehen müssen, um uns daran zu erinnern, wie klein er einmal gewesen war.

Ich legte ihn in den Rollwagen aus Bast, in dem auch Jakob schon gelegen hatte. Dann holte ich mein altes Notebook aus dem Arbeitszimmer, ich hatte es zwei oder drei Jahre nicht benutzt. Der Akku war schon kaputt gewesen, aber das Kabel fehlte auch. Nach einer halben Stunde fand ich es ordentlich aufgerollt im Schuhschrank. Das Ding ließ sich starten. Die Abfolge der Geräusche, die das Anlaufen der Festplatte und des Gebläses verursachte, waren mir gleich vertraut, jahrelang hatte ich sie täglich gehört und dann sofort vergessen. Dass ich, statt das Passwort einzugeben, nur auf »abbrechen« klicken musste, fand ich nach vielen Fehlversuchen heraus. Ich öffnete das Postprogramm, blätterte in Nellys Briefen. Ihr Name damals: Ichmussjetztgehen-wirsehnuns.

Nach ihrem Besuch in Berlin und dem offenen Gespräch über Verliebtheiten hatten wir oft telefoniert, und mehrmals am Tag schrieb sie, was ihr in den Kopf kam. Zum Beispiel erzählte sie von Jimmy Two-times, einem Jugendfreund, der alles zweimal sagte: »Hey, wie geht's dir, wie geht's dir? Super, super. Echt gut, echt gut.« Sie erzählte von ihrer Agentin, die immer sagte, Nelly sei ihr bestes Pferd im Stall, und am Ende eines jeden Gesprächs rief: »Love ya, mean it!« In Nellys Ohr erzeugte das immer ein weiteres Wort, das die Agentin nie sagte, das Nelly aber immer hörte und mir jedes Mal ins Ohr brüllte: »NEXT!« Wie die Ansage beim Arzt. Sie gewöhnte sich an, ihrerseits Telefonate mit mir so zu beenden: »Love ya, mean it«, sodass jeder nach dem Auflegen noch lachte und dem anderen in einer Mail sofort das fett getippte NEXT! schickte.

Über Wochen ging sie zum reinen, zärtlich in mein Ohr gesprochenen »mean it« über, dann zum »love ya«. Einmal hätte ich etwas merken können, denn sie fragte mich, weshalb ich so gut zu ihr sei. Sie schrieb: »Ich bin so froh, dass du auf diesem Planeten bist.« Sie zitierte Brecht: »Was sind das für Zeiten, wo ein Gespräch über Bäume fast ein Verbrechen ist, weil es ein Schweigen über so viele Untaten einschließt?« Sie tippte Gedichte von Joyce Carol Oates ab und berichtete über ihren Konsum von T4 und T3 und das Schwitzen des Nachts. Sie entwarf Theorien: Ein Liebhaber müsse ein Fan sein, ein Liebhaber müsse ein Krankenpfleger sein, ein Liebhaber müsse ein Cheerleader sein. Ich stimmte in keinem Fall zu. Alles, was ich erwartete, war Fairness. Sie fand das zu wenig, viel zu wenig und eigentlich, wenn sie es überlegte, vollkommen falsch.

»Ein Liebhaber«, schrieb sie, »Darling, der muss unfair sein, er muss Ungerechtigkeit üben, zugunsten seines Geliebten, zu jeder denkbaren Tat in der Lage, um ihm einen Vorteil zu verschaffen, dem Geliebten.«

Ich sagte beim nächsten Telefonat: »Vielleicht.«

»Lieben heißt morden, Darling. Nur, wer für dich zu töten bereit ist, liebt und verdient dich.«

Ich lachte.

Sie sah mein deutsches Buch im Schaufenster eines New Yorker Buchladens.

»Mann, du bist hier die dicke Nummer aus Deutschland.«

»Wahrscheinlich wurde es deshalb nicht übersetzt.«

»Amerika«, sang sie mit einer Stimme, die jeden Mörder und seinen Richter wehrlos gemacht hätte, »wird wegen dir Deutsch lernen.«

Sie hatte das Buch gekauft und sich in Teilen laut vorgelesen.

»Nackt in der Wohnung umhergehend.«

»Nee, oder?«

»Ich hoffe, das stört dich nicht, Darling.«

»Wieso sollte es?«

»Ich werde dir keine weiteren Details erzählen, wenn du nicht willst.«

Sie machte sich über die Deutschen lustig, die immer sagten, sie könnten ein ganz klein wenig Englisch. »A LITTLE«, brüllte sie, »natürlich sagt ihr das in besserem Englisch, als ich es selbst spreche.« Sie schloss Briefe mit: »Ich liebe dich, Mark.« Ins Telefon brüllte sie: »Oh my god, I'm so intense!« Sie erzählte von ihrem Bruder, dem Computer, und ahmte seine Stimme nach: »Hallo. Hier. Ist. Thomas.« Vor Lachen vergaß ich, dass ich krank war.

»Er hat«, sagte sie, »keinerlei Gefühle. Stell dir das vor, Markomann Deutschkopf, einfach keine!«

»Irre«, sagte ich.

»Nein, gar keine, kannst du dir das vorstellen, jemand ohne jedes Gefühl, einfach ganz ohne? Ich meine nullkommanull-keine Gefühle? Das musst du dir vorstellen, Professor Kriminalgenie.«

Konnte ich nicht.

»Und genau so«, sagte sie begeistert, »ist er: Ohne jedes Gefühl, stell dir vor! Wo andere Gefühle haben, ist bei ihm nichts. Du kannst an die Stelle die geilsten Bücher stellen oder einen Ordner voll Steuerpapiere, ein Bild von Turner oder Picasso oder Nelly Swortzenbeck-Totenkopf mit Möse oder eine Toccata von Bach so laut, dass jedem der Hörnerv zerreißt und die Pupille platzt und der Darm kocht. Oder das Lachen von Marko Kindler aus Deutschland, das jeden anderen Menschen berührt. Es ist einfach komplett scheißegal.«

»Irre.«

»Total egal, kannst du dir das vorstellen, Mark?«

»Null«, sagte ich, »aber wieso sagst du nicht konsequent Marko zu mir? Oder soll ich dich Dollar nennen?«

Sie grölte: »Dollar wär geil, Schatzi, ach, hieße ich Dollar, mein Vorname wäre Dolly, und wir zwei wären reich. Alles könnte so sexy sein und kein bisschen flacher, weil wir immer noch wir selbst sind. Aber das wird nicht passieren.«

»Wieso eigentlich nicht? Muss man nicht nur dran glauben?«

Sie seufzte: »Wir sind nicht so, Baby. Leider.«

Sie schloss Telefonate auf Deutsch mit: »Ich liebe dich.«

Sie berichtete von ihrer Hämophilie, ein genetischer Defekt. Ihre Regel hörte nie auf, sie blutete und blutete. Manchmal musste sie ins Krankenhaus, um die Blutung bis zur nächsten Periode operativ stoppen zu lassen, sie erklärte, dass sie schon deswegen immer eine bezahlte Arbeit haben müsse: »Sonst bin ich nicht krankenversichert.«

Ich erzählte ihr, dass Künstler in Deutschland versichert seien. »Der Staat zahlt die Hälfte, als wäre er der Arbeitgeber.«

»Mann, verarsch mich.«

»Tu ich nicht, musst du selbst tun.«

»Ich glaub dir kein Wort, Professor Preusz.«

Ich erzählte von Stipendien, bei denen man nicht nur eine Wohnung bekam, sondern monatlich Geld.

»Wie krank ist das denn?«

»Du kannst dich bewerben. Das klappt sicher irgendwo.«

Ich wollte klären, ob sie mit so einem Stipendium auch versichert sei.

Man hatte ihr mehrfach geraten, die Gebärmutter entfernen zu lassen, aber sie heulte: »Ich will die Möglichkeit doch nicht aufgeben, ein Kind zu bekommen! Irgendwann …«

Das verstand ich, wie es jeder verstanden hätte. Ich schickte ihr die Unterlagen der Künstlersozialkasse. Sie lernte schneller Deutsch und erzählte von der zweiten genetischen Komplikation, die fast alle Frauen in ihrer Familie hatten: Glasknochen. Mit den Jahren wurden die Knochen immer leichter und spröder, bis sie brachen. Ihrer Mutter zerbröselten eines Tages die Wirbel, und alle wunderten sich, dass sie noch lebte: Mit frischer Dauerwelle und aufrechtem, an ein Gestell gebundenem Oberkörper saß sie im Bett und gab ihrem Mann Befehle. Nelly ging deshalb boxen. »Ich muss«, erklärte sie mir, »meine Knochen trainieren wie andere ihre Muskeln und das Herz. Belastung ist das Einzige, was die Krankheit aufhält.« Ihr Boxlehrer war in seinem Leben selbst viel krank gewesen. Von ihm stammte der Satz, dass man es dem Körper, der einen betrogen habe, heimzahlen solle.

Ich sagte nichts dazu, leider.

Nelly brüllte vor Begeisterung, wenn sie ihn wiederholte: »Das kriegt der wieder, das kriegt der zurück!«

In meinem Ohr war das eine tief in den Gegner gehende rechte Gerade, die Nelly in ihren eigenen Körper schlug. Weil er ihr nicht gehörte, war er ihr Gegner.

Traurig sagte sie am Telefon: »Ich liebe dich, Mark.«

Ich sagte: »Ich dich auch.«

Sie erzählte von Jake, mit dem sie zusammengelebt hatte, als sie den New-York-City-Zyklus gemalt hatte. Sie konnte nicht an ihn anschließen.

»Jake kam am Abend nach Hause, nahm mich in den Arm, hob mich hoch, fragte, ob ich gut gemalt habe. Bevor ich antwortete, sagte er: Du riechst gut, also hast du gut gemalt.«

»Wo ist er jetzt?«

»Ach, Jake«, sagte sie traurig. »Er trank den ganzen Tag ayurvedische Tees und hatte die Angewohnheit, seine Teebeutel überall hinzusetzen. Ohne Untertasse, nass, wie sie waren.«

Ich sagte: »Schlecht.«

»Auf den Tisch, auf die Sessellehnen, auf das Parkett, auf das Bücherregal, auf CD-Hüllen, auf meine Bücher.

»Nein.«

»Überall hinterließen sie Flecken. Ich hab es ihm tausend Mal gesagt, Mark, tausend Mal!«

»Und?«

»Er hat sich entschuldigt, er hat gesagt, er würde sich bemühen, er würde sich das abgewöhnen, aber er hat es nicht gelassen.«

Die Wut, die mich hilflos machte, geriet in ihre Stimme: »Mark, eines Tages kam ich vom Unterrichten nach Hause, aus dem Gefängnis, ich war sehr müde und fand einen Teebeutel auf dem Klavier. Das Klavier ist von meiner Mutter, die es ihrerseits von ihrer Mutter hat. Das Klavier, kein besonderes Klavier, aber das Klavier der Frauen unserer Familie, das von Generation zu Generation weitergegeben wird.«

»Und der Fleck ist im Holz.«

»Kann man so leben, Marko?«

»Nein«, sagte ich.

»So kann man nicht leben.«

»Nein«, sagte ich noch mal, »das geht nicht.«

»Danke, Mark.«

Sie schrieb mir, dass sie noch immer Probleme habe mit den neuen Bildern, der ganze Zyklus stehe auf der Kippe. »Ich weiß nicht mehr«, schrieb sie, »ob ich malen kann, ob ich je malen konnte oder je werde malen können.« Ich schrieb zurück, dass ich das auch hoffte, und sie dankte mir voller Hingabe für die kluge Antwort und ließ mich wissen, dass ihr klar geworden sei, »dass es schon verdammte-Scheiße-noch-mal-verdammt-gut war, was sie bislang gemalt habe! Ich bin dann eine halbe Stunde lang in der Wohnung herumgehopst, habe alles von mir geworfen und mein Ich-bin-ein-kleines-nacktes-Genie-Ding durchgezogen, bevor ich wieder mit der Realität auf Ist-ja-gut-du-Arschloch-ist-ja-gut ging und eine Unterhose angezogen habe! Ich habe noch eine zweite Unterhose angezogen und eine dritte und vierte schließlich, damit mir das nicht noch mal passiert.«

Ich fragte: »Was?«

»Dass ich glaube, ein Genie zu sein.«

»Ach so.«

»Verstehst du das, Marko Germanum est?«

»Noch viel mehr«, sagte ich, »Pussycat.«

»Genau«, johlte sie ein paar Minuten später ins Telefon, »du Arschloch verstehst das, verficktes. Das hab ich mir schon so gedacht! Ist doch kein Wunder, dass es niemand mit dir aushält!« Sie warf den Hörer auf die Gabel und mailte: »Ich liebe dich.«

Irgendwas von meinem argentinischen Krimi, der nicht vorankam, verstand sie falsch, oder sie übertrieb es mit Tipps und Kommentaren. Ob ich mich übernommen hätte, fragte sie, ob ich noch mal überlegen müsse, was ich sagen wolle? Vielleicht sei das Buch ja nichts und ich müsse ein anderes schreiben.

Ich protestierte. Sie auch. Ich schrieb zurück, es sei auch egal. Sie solle es vergessen.

Sie wollte wissen, was egal sei, und ich war der Meinung, auch das sei im Moment egal.

Sie schrieb: »Dann leck mich doch, Stinker. Tut mir eh leid, wenn ich mich für dich interessiert habe, wenn ich mir Gedanken gemacht habe, wenn es mir nicht einfach nur total dreckscheißegal ist, was mit deinem blödsinnig deutschen Dumpfkopfroman und deinem Scheißleben und dir selbst und deinem Scheißdeutschland los ist. Diesem Kackland. Nee, ehrlich, tut mir echt leid, wenn ich nicht wie jede andere bin auf dieser Scheißwelt und irgendwas zurückschreibe, Hauptsache nichts Eigenes, was ich selbst gedacht und gefühlt und imaginiert habe bei dem Versuch, DICH ZU VERSTEHEN!!«

Es dauerte ein paar Tage, bis wir uns versöhnten und begannen, alles als *stupid* zu bezeichnen. Unser Missverständnis: *stupid*. Agenten, Journalisten, Erkältungen: *stupid*. Nachbarn, Drogen, Gäste im Allgemeinen: so *stupid*. Kontinente, Inkontinente und vor allem Jahrhunderte, allen voran das zwanzigste: fucking *stupid*. Sie schrieb: »Mark, ist das dumm, Mark, das ist dumm.«

Ich antwortete: »Du hast recht, du hast recht.«

Am Telefon bescheinigte sie mir, der intelligenteste Mensch zu sein, den sie je getroffen habe, und der erste, der schneller denken konnte als sie selbst.

Ich sagte: »Es ist die Dummheit, wie dumm!«

»Ich meine es«, sagte sie ganz langsam, »ernst.«

Ich lachte und bat, das niemandem zu verraten. Sie wollte sich bemühen, schrieb sie in einer von tausend schlaflosen Nächten.

DIE großen Mengen Thyroxin verdeckten immer weniger, wie schlecht es mir ging. Meine Versuche, davon wegzukommen, endeten in Desastern. Dann war kein Hunger, kein Immunsystem, keine Geduld, nichts zum Aushalten. Ich gab den Roman auf, obwohl ein zwölfseitiger Vorabdruck im Jahrbuch der besten Erzähler auf viel Interesse gestoßen war, nicht nur Hottinger ihn drucken wollte und mein Geld alle war. Anfang 2003 sagte ich der Koryphäe Dr. Berg, dass ich nicht mehr versuchen würde, mit weniger Thyroxin auszukommen.

Sie sagte: »Ach so. Und nun?«

»Wir müssen den Grund finden, wieso ich mit der Dosis noch am Leben bin.«

Sie fragte: »Und mit vierhundertfünfzig geht es Ihnen normal?«

»Vierhundertfünfundsiebzig.«

Dr. Berg: »Hm.«

Ich schlief damit einigermaßen, ich war sogar von Schlafmitteln herunter, ich konnte essen, nahm nicht mehr zu, war nicht durchgängig krank, sondern nur häufiger als normal.

Dr. Berg: »Hm.«

»Nur, wenn ich die kleinste Menge runtergehe, bin ich binnen sechsunddreißig Stunden krank.«

Dr. Berg: »Hm.«

»Und irgendwann kommt ein Infekt, der nicht harmlos ist.«

Dr. Berg: »Hm.«

»Eigentlich müsste ich sogar mehr nehmen.«

Dr. Berg erschrak. »Das würde ich nicht machen!«

»Und da ist noch was anderes.«

»Ja?«

»Die Männlichkeit.«

Sie räusperte sich.

»Also früher, ich hab die anderen nie verstanden.«

Dr. Berg sah mich aufmerksam und kühl an.

»Das Gerede. Wie die reden. Aber jetzt ist es sehr anstrengend.«

»So.«

»Ja. Dreimal am Tag. Mindestens. Ich kann keinen klaren Gedanken fassen, bis es erledigt ist.«

Sie setzte sich auf und nahm ihre Bluse mit Daumen und Zeigefinger zusammen, woran ich bemerkte, dass ich in ihren siebzigjährigen Ausschnitt gestarrt hatte. Ich wendete meinen Blick ab.

Trocken, wie ein Arzt sein muss, sagte sie: »Dann ist das jetzt bei Ihnen normal.«

Ich war entsetzt: »Das ist normal?«

»Schließlich macht das die Schilddrüse. Vorher war es bei Ihnen vermindert.«

Thema beendet. Sie trug mir auf, die Dosis zu reduzieren, und ich lehnte ab, ohne zur Begründung die eben festgestellte Normalität anzuführen oder schlicht zu sagen, dass ihr eben ein logischer Fehler unterlaufen sei, einer der einfachsten Sorte. Sie hörte mir überhaupt nicht zu und hätte genauso gut mit ihrer linken Hand reden können oder die Zeitung lesen oder das *Ärzteblatt*, in dem ein Bericht über Fehlbehandlungen stand. Aber statt das in all seiner Einfachheit zu formulieren, weil es um meine Gesundheit ging, die auf ein Ende steuerte, blieb ich lieber höflich. Ich wollte sie nicht verletzen und nicht verlieren und sagte ein zweites Mal binnen vier Minuten, dass ich eben sofort krank würde, wenn ich reduzierte. In ihrer Akte, die meine Akte war, las ich Jahre später: »Pat. will nicht reduzieren, warum????«

Sehr gute Frage! Ich hatte zwei Jahre damit verbracht. Jetzt wollte ich den Grund finden, aber Dr. Berg brachte nur ein weiteres »Hm« heraus, was ich für eine Ärztin auch dann für zu wenig hielt, wenn es sich um eine Ausnahmekönnerin handelte. Dabei hatte ich untertrieben. In der Nacht davor hatte ich mich sechsmal befriedigt, nachdem ich die dicke Nachbarin beobachtet hatte, in deren Fenster ich vom Kinderzimmer aus sehen konnte. An dem Abend rauchte sie mit einem außerordentlich dünnen Mann Zigaretten, weshalb ich das Fenster schließen musste, wobei ich sah, wie sie ihn küsste. Ich sah, wie sie sich aufs Bett legte und den Mann auf die Bettkante zog, er hatte sie auf den Mund und den Hals geküsst, seine Hand war unter ihr Hemd gewandert. Sie hatte ihre Hose aufgeknöpft, in die er seine Hand geschoben hatte, hinten, vorne, während ich Jakob fragte, ob ich die Geschichte noch ein zweites Mal lesen sollte. Begeisterung bei Jakob. Als ich das nächste Mal aus dem Fenster sehen konnte, weil ich besonders langsam umblätterte, hatte die Nachbarin ihre Hose ausgezogen, der Mann fuhr mit der Hand in ihrer Vulva auf und ab. Ich blätterte um und sprach ein paar Worte mit Jakob, der vom Bett aus das Fenster nicht sehen konnte, als sie die Vorhänge zuzogen und mich in die Nacht schickten.

Wundheit war ein Problem: wunde Haut. Der sich abrollende Teil der Vorhaut wurde zuerst rot, er juckte, wenn ich ihn in Ruhe ließ, sodass ich den ganzen Tag hinfasste und mich kniff, um vom Jucken abzulenken. Es britzelte, wenn ich ihn erneut abrollte, hin und her. Das konnte einige Sekunden ein zusätzlicher Reiz sein. Dann ging das Britzeln in Brennen über, die Haut war rot und rissig. Spucke half nur kurz und verschärfte das Problem. Ich musste aufhören, was den Schlaf nicht verbesserte und die Träume befeuerte: Brüste, Münder, die Dunkelheit der rettenden Schöße, Landungsbrücken im Jenseits, das Lachen ihrer Besitzerinnen. Am Morgen kaufte ich, nachdem Jakob zur Schule gebracht und Merle im Kindergarten war, Kondome. Wegen der Beschichtung mit Pflegemitteln und um nicht immer ins Leere zu wichsen.

Auf der Fahrt zu Dr. Berg hatte ich in meinem Stammcafé haltgemacht und Zeitung gelesen, ohne mir etwas vom Gelesenen merken zu können, und vier Cappuccino getrunken. Zum Glück bedienten Männer. Aber in der Straßenbahn waren um mich herum Frauen. Ich wollte meine Stirn in eine junge, vielleicht zwanzigjährige Lendenwirbelsäule schmiegen, sie hatte einen schönen Schwung, der nahe am Hohlkreuz war. Ich wollte mit dem Ohr die Geräusche im Knochenbau hören, wenn sie die Hand wechselte, mit der sie sich an der Stange festhielt. Ich wollte mit der Hand in die Arschfalte fahren, den Zeigefinger vom Loch über den Damm zum Eingang gehen lassen und zur schön verpackten Klitoris, den anderen Arm um den Bauch gelegt, ich wollte Handgelenke und Fußsohlen küssen. Ohren ansehen. Wollte eine Umarmung mit maximalen Kontaktflächen haben. Die Haut einer Frau war doch groß genug, um mich darin einzuschlagen, einzunähen, wegzupacken und zum Mond zu schicken oder wenigstens nach Sibirien? Eine mütterlich wirkende Frau stand mir gegenüber, während ich das durchrechnete, vielleicht fünfundvierzig, vielleicht fünfzig Jahre alt. Mit den Pausbacken wirkte sie gütig, wer weiß schon, wieso ich auf Pausbacken stand, und sicher hätte sie ihre Beine und Arme um mich gelegt, hätte sie nur geahnt, wie nötig ich es hatte oder was ich dafür zu tun bereit war. Aber ich fand keine Worte, obwohl sie mich einen Augenblick lang ansah, wie zum Verständnis bereit: Ich dachte eben, das könnte nicht sein. An den Haltestellen balancierten die Frauen, denen ich mich nie zumuten würde, ihr Gewicht abwechselnd auf das linke, dann das rechte Bein, als wäre nicht jeder Schritt eine Auslenkung aus dem Gleichgewicht, der eine Reaktion erforderte, die Scham beim Gehen vorwärts treibend, behaart oder nicht: eine Zumutung. Ihre Oberkörper brachten die Luft in Bewegung. Brüste wölbten sich unter der Kleidung. Eine Zumutung, die Stoffe zu zählen, die mich bei nur wenigen Zentimetern Entfernung auf galaktischem Abstand hielten: Jacke, Pullover, Unterhemd, BH, in den sich die Knospen rieben. Spürten diese Frauen das gar nicht? Ich beobachtete die Bewegungen, die das Atmen einer Frau über den Hals auf ihre Gesichtszüge spielte, mittels Sehnen und Sehnenscheiden, ihrer Faszien, Knochenhäute, Kapseln, Lymphbahnen, Knochen und Knorpel und Muskeln. Überall Flüssigkeiten. Ihr Brustkorb benahm sich unter dem Atmen, als wäre er das Leben selbst. Ich wollte meinen Kopf in die Grube zwischen Schulter und Ohr legen, nackt, mit angezogenen Beinen, ich wollte, sie würde Fred verstehen mit ihren Händen, mich, wollte, sie würde mit mir reden. Fred oder Fredel, der alte innerste Hund. In der U-Bahn versuchte ich, Frauen über spiegelnde Gläser in Türen oder Trennwänden zu beobachten. Wie sie standen, ihr Körpergewicht abfingen beim Anfahren, wie sie es losließen, wenn die Bahn mit konstanter Geschwindigkeit fuhr und die Motoren leiser waren, wie die Frauen ihr Körpergewicht beim Abbremsen in die andere Richtung abfingen. Ich setzte mich. Meine Nachbarin wurde beim Anfahren leicht gegen mich gedrückt, ihr Oberarm an meinem Oberarm. Sie las ein Buch und merkte es nicht, die Spannung ließ nach, solange wir uns berührten.

Ich hätte noch vor dem Gespräch mit Dr. Berg aufs Klo gehen sollen. Ihr wie ein Blumenladen aussehendes Besprechungszimmer war Teil einer Gemeinschaftspraxis, deren Toiletten vom Absatz des Treppenhauses aus zu erreichen waren. Mehrere Pissoirs und Kabinen standen zur Auswahl, von denen ich die am Fenster wählte. Ich schloss ab, fummelte die Kondome aus der Hosentasche, hielt eines am gezackten Rand zwischen den Zähnen und riss es von der Dreierleiste, deren Rest ich wieder wegsteckte. Die Hose aufmachen, während ich meinen gepressten Atem durch wenige Griffe der anderen Hand, bei denen ich zwischen Umgriff und normalem Griff wechselte, löste. Fred stand da wie eine Moralpredigt. Im Mund sammelte ich Spucke, die ich mit der Zunge auf die kleineren rechten Finger verteilte und ans Perineum brachte, ohne mich einzusauen oder das Kondom fallen zu lassen. Lange musste ich den Damm nicht reiben, um mit einem, zwei, drei Fingern den Schließmuskel zu lockern. Obwohl ich es nicht gern machte und wie immer zögerte, roch ich doch an den Fingern. Das Ergebnis war wie immer überraschend: Das war ich! Die Alupackung des Kondoms riss ich mit dem Eckzahn auf, ich spuckte den Müll in die Kloschüssel, deren Deckel schon offen gestanden hatte, als ich reinkam. Ich ließ viel blasige Spucke auf die Eichel fallen und verteilte sie vor allem um das Frenulum herum, aber auch am Schaft runter, bis über den Hoden, wo ich an den schon feuchten Damm anschließen konnte. Am liebsten hätte ich noch mehr genommen und den Hoden klatschnass gemacht. Eng und klein saß er am Schwellkörper, wie ein ängstlicher Affensäugling an seiner Mutter. Ich musste mich beeilen. Nicht weil jemand den Raum betreten hatte und sich ausgerechnet in der Nachbarkabine zu entkleiden begann: Jacke, Gürtelschnalle, Reißverschluss, das Abstreifen der Hose auf den Beinen. Ich roch die Substanzen, die die Spermien töten würden, und wusste nicht, dass meine Kondome innen auch mit einem Betäubungsmittel beschichtet waren und mich stressten, nach dem Überstreifen so schnell wie möglich zu machen. Weil ich jetzt beide Hände brauchte, musste ich mich breitbeiniger hinstellen, damit die Hosenbeine nicht den Boden berührten, das hätte mich geekelt und abgelenkt. Beim Nachbarn war eben der Deckel an den Spülkasten gestoßen, und jetzt hörte ich die Gummis der Brille unter seinem Gewicht auf dem Porzellan quietschen. Der Mann atmete durch die Nase aus, und ich machte schnell und kam, nachdem ich das Reservoir festgehalten und mit links die Plastiktüte über den Eichelrand abgerollt hatte mit angehaltener Luft nach höchstens vier Hin- und Rückwegen der Faust, meine Augen geschlossen, ein haariges, warmes und glitschiges Geschlecht im Sinn, das einem Mund nicht unähnlich war. Die Aufregung schluckte ich runter, der Nachbar räusperte sich, und das milchig in die Folie quellende Sperma erinnerte mich wegen des Schleims und der Luftblase an die Katzen, die meine Großmutter in einer Plastiktüte mehrmals im Jahr in die Regenwassertonne tauchte: Auch sie boten alle ihre mickrige Kraft auf der Suche nach der Freiheit auf, als hätten sie ein Recht auf Leben. Vorsichtig zog ich das Kondom ab, es lief kein Sperma aus. Dann warf ich es ins Klo. Ich riss mir Papier ab, das ich an die Eichel hielt, während ich den Samenleiter ausstrich. Wie immer musste ich danach pinkeln. Das war die Spülung, wahrscheinlich gegen ein Verkleben von der Natur so eingerichtet, sie schloss den Vorgang ab, wie die grüne Wiese den Segelflug. Das Kondom und seine Packung herunterzuspülen gab ich mir keine Mühe, es blieb mit der Luftblase oben, als der gurgelnde Wasserfall im Klo versiegt war. Sollte es andere Männer und die Putzfrau grüßen! Ohne mit den Fingern, mit denen ich im Arsch gewesen war, meine Kleidung mehr als nötig zu berühren, zog ich mich an, Puls und Atem waren angenehm. Die Oberschenkel fühlten sich gut an. In den Waden, auf der Kopfhaut und den Innenseiten der Unterarme war dieses leichte elektrische Wohlbefinden, im Kopf ein angenehmer Ruhestrom, genannt Frieden. Als ich die Kabinentür öffnete, atmete der Nachbar gerade wieder durch seine Nase aus, als behinderten ihn dicke schwarze Haare in den Nasenlöchern am Glücklichsein. Er furzte, und ich hörte seinen Abfall ins flache Wasser platschen. Die Hände wusch ich mir mit viel Seife. Ich nahm ein Papiertuch zum Abtrocknen und danach noch ein zweites, mit dem ich die Türklinke anfasste. Mit ihr zusammen ließ ich das Tuch los, als ich hinausging.

Von Dr. Berg hatte ich mich ohne Ergebnis verabschiedet. Nur ihr Dekolleté war mir noch vor Augen, ein mit Steinchen, Algen und zerbrochenen Muscheln gespickter Sandstrand bei ablaufendem Wasser. Beim Verlassen des Klinikgeländes dachte ich an einen Bekannten, der mir einmal auf meine interessierte Nachfrage bestätigt hatte, an manchen Tagen einen solchen Druck zu haben, dass es vollkommen egal sei, mit wem er schlafe. Druck. Auch wenn ich so weit noch lange nicht war: Als ich auf der Straße einige Frauen passieren konnte, ohne sie mit den Augen zu fressen, fragte ich mich, was normal war.

VON meinem Termin bei einem anderen Endokrinologen informierte ich Dr. Berg nicht. Er bemerkte während meines Vortrags, dass wir schon zwanzig Minuten redeten, schaute dabei auf die Uhr, um sich auf fünfzehn Minuten zu korrigieren und zu fragen, was ich denn von ihm wolle.

»Die zweite Meinung. Schließlich ist die Situation nicht haltbar.«

Er fragte, wer mich behandelte, und schimpfte, ich solle froh sein, dass Dr. Berg das für mich tat. »Sie haben Probleme mit Ihrer Arbeit?«

»Nicht nur damit.«

Er ließ seinem Ärger freien Lauf: »Hören Sie auf, sich zu dopen. Thyroxin macht aus Ihnen kein Rennpferd, sondern ein Wrack.«

Dann zeigte er mir mit einem über die Schulter weisenden Daumen, wo die Tür war. Diese Geste unterstützte er mit einer Kopfbewegung, in der eine Art Schlenker eingebaut war. Die Bahn, die sein Kinn in der Luft nahm, erinnerte an den Arm eines Torwarts, der einen Ball weit und elegant abwirft. Am Ende wiesen auch seine Stirn und sein Ohr schwungvoll zur Tür in seinem Rücken, seine Augen hatten sich kopfüber verdreht. Perplex blieb ich sitzen, weshalb er aufstand, an seinen Schrank ging, mir einige Packungen Thyroxin auf den Tisch warf und vorschlug, jetzt zu verschwinden.

Dr. Berg, bei meinem nächsten Protest: »Vielleicht sollten Sie mit einem anderen Arzt sprechen.«

»Hab ich natürlich getan.«

»Mit wem?«

»Man warf mich raus.«

»Ich will gar nicht wissen, bei wem Sie waren!«

Sie schickte mich zum Kardiologen in ihrer Praxisgemeinschaft. Der erklärte mir, dass mein Herz durch das viele Thyroxin mit Sauerstoff überversorgt sei. Aber an irgendwas müsse man schließlich sterben. Krebs und Herz-Kreislauf seien die häufigsten Ursachen. Er grinste. Im EKG war alles in Ordnung. Was ihm nicht das Grinsen nahm.

»WENN ich über Nelly schreiben will«, überlegte ich laut, nachdem Lycile wieder aufgestanden war und sich den nächsten Fencheltee gemacht hatte, »muss ich natürlich die ganze Geschichte erzählen.«

Es schneite noch immer, die Krähen hüpften jetzt im weißen Puder herum und hinterließen flügelschlagend, halb abhebend und gleich wieder landend, ihre Fußabdrücke und Schleifspuren.

»Das bleibt wirklich alles liegen«, meinte Lycile. Sie saß auf dem Sofa, wie sie vorgestern auf dem Sofa gesessen und sich an die Leiste gefasst hatte, Ray jetzt im Arm. Ihre freie Hand lag auf der Brust, aus der er trank. Um sich abzulenken, hatte sie nach Neuigkeiten von Nelly gefragt, die es nicht gab. Um die Aufgabe, Nellys Freunde zu informieren, beneidete Lycile mich nicht.

»Das Schwierige ist ihre dunkle Seite.«

»Die habe ich ja so stark, wie du sie immer beschreibst, gar nicht empfunden.«

»Weil ich sie gebeten habe, sie dir nicht zu zeigen.«

»Ach so?«

»Das wäre sonst nicht gut gegangen mit euch, auch nicht den einen Abend. Ich habe sie aber zum Beispiel mal auf das Interview angesprochen, wo man sie danach gefragt hat, ob sie den Masochismus selbst lebe. Statt auf das Lob zu hören, das ich für ihre Antwort hatte und das Bewunderung war, hat sie nur eine wegwerfende Bewegung mit der Hand gemacht und gesagt: Journalisten! Dann hat sie erzählt, dass sie auf ihrer Lesetour in den Südstaaten einen traf, der während des Interviews auch die Frage nach der Autobiografie gestellt und dabei seine Hand auf ihr Knie gelegt hat, unterm Tisch.«

»Nö, oder?«

»Warte. Nelly war nicht alleine, ein Kollege, mit dem sie gereist ist, war dabei, aber sie hat mir erzählt, sie habe sich nicht wehren können. Ich hab gefragt: Wieso? Sie ist in ihre Empörtenstimme verfallen. Zitterte und so weiter.«

»Du meinst die Opferstimme.«

Ray ließ die Brust los und gab einen Ton von sich. Lycile drehte ihn um, und als Ray wieder zog, hatte sie starke Schmerzen, die sie wegzulächeln versuchte.

»Geht's?«

Sie stöhnte und fabrizierte mit Kopf und Augen eine zum Weiterreden auffordernde Geste.

»Als Nelly geantwortet hatte, war er nicht zufrieden. Er meinte, ein Krimi sei kein hyperrealistisches Gemälde einer sadomasochistischen Szenerie. Dabei wanderte seine Hand auf die Innenseite ihres Schenkels.«

Auf Lyciles Gesicht war Ablehnung zu sehen.

»Ich habe mich instinktiv ein Stück von ihr weggesetzt, als sie das erzählte, um ihr die körperliche Nähe eines Mannes zu ersparen. Dabei hätte ich sie besser in den Arm genommen, aber das hat es ja nie gegeben zwischen uns.«

»Wirklich nicht? Das habe ich dir nie geglaubt.«

»Nein, sie hat von Anfang an zu schlecht über Männer geredet, darüber konnte ich mich nicht wegsetzen. Aber hör lieber mal zu. Sie hat ihm dann wohl erzählt, dass ihr Leben sehr viel weniger interessant sei als das der Figuren auf ihren Bildern.

Dass sie aber die Eigenart habe, wenn sie zum Beispiel einen Hund auf der Straße laufen sehe, für eine Weile zu diesem Hund zu werden, und das auch bleibe, wenn er schon aus ihren Augen sei. Aber der Typ hat währenddessen mit der Hand bei ihr rumgemacht und an ihrer Unterhose herumgefingert. Sie hat mir das dramatisch erzählt, langsam, Schritt für Schritt, bis er mit dem Finger drin war.«

»Nein.«

»Und nicht in der Hose.«

Lycile stöhnte. Ray ließ die Brust los und jammerte. Sie nahm ihn hoch, legte ihn über die Schulter, klopfte auf den Hintern. Wie die Hebamme es gezeigt hatte. Ray jammerte aber weiter.

»Das kann nicht sein, oder?«

»Erzählt hat sie es so. Ich wollte wissen, was der Kollege gemacht hat, der mit am Tisch saß.«

»Genau!«

»Er hat nichts gemerkt.«

Lycile stand auf und klopfte Ray weiter auf den Po. Dazu deutete sie Kniebeugen an. Ray weinte. Sie setzte sich wieder hin und legte ihn an, er begann wieder zu saugen, und sie verzog vor Schmerzen das Gesicht.

»Soll ich ihn nehmen?«

»Das geht weg, hat die Hebamme gesagt. Der Journalist hat normal weitergeredet? Man hat das nicht an seinem Reden gehört?«

»Der hat absolut normal weitergeredet, und der Kollege saß mit am Tisch und hat das nicht gemerkt und war hinterher sauer, dass sie nichts gesagt hat und er nicht eingreifen konnte.«

»Das glaubt man nicht, oder?«

»Sie sei gelähmt gewesen.«

»Nelly?«

»Hat sie gesagt.«

»Klingt plausibel.«

»Das hat sie doch nicht komplett erfunden, oder?«

»Glaubst du das?«

»Ich habe ihre Stimme im Ohr, an der mich was stört. Und ich weiß nicht, wie man davon erzählen soll. Lustig will man das nicht machen«, sagte ich.

»Wieso denn lustig?«

»Weil unlustig gar nicht geht.«

»Weiß ich nicht, geht es nicht ums Verstehen?«

»Witz ist doch Erkenntnis.«

»Das kann man auch übertreiben.«

»Wie alles. Übertreibung hat ihre Stärken.«

»Nelly hat jedenfalls nicht gewusst«, belehrte Lycile mich, »wie sie darüber lachen soll. Aber reden wollte sie. Und das ist auch gut. Man muss irgendwann reden.«

»Aber es war nicht gut für die Wünsche, die sie dann an mich hatte. Sie war schon vermintes Gebiet für mich, und die Minen lagen, obwohl sie mir von ihrem Vater bis dahin nicht mal erzählt hatte, immer dichter.«

Lycile nickte, als hörte sie nichts Neues. Als wäre der Teufelskreis eben so, als müsste ich mich stigmatisiert fühlen, wenn Nelly von diesem Journalisten berichtete, und dadurch Nelly auch weiter stigmatisierte, weil ich von ihr wegrückte.

ZU Hause bekam ich zur selben Zeit durch das stündliche Anklicken von Frauenbildern, das überraschend mildernd auf meinen Hormonhaushalt wirkte oder auf meinen Geist, immer mehr Angebote von Seitensprungagenturen auf den Bildschirm.

Ich ging ihnen so lange nach, bis der ständig blinkende Hinweis, das Angebot sei kostenlos, zum Formular führte, das meine Kreditkartennummer haben wollte. Man musste dann den Verlauf im Browser löschen, um zu den Gratisbildern zurückzukehren, aber auf einem dieser Ausflüge hatte ich meine Email-Adresse angegeben und meinen Vornamen mit Max. Das reichte für einen täglichen Tsunami an Nachrichten mit den Themen: passende Flirtnews, neue Nachrichten für dich, Max, Dildospiele mit Amateurinnen in deiner Nachbarschaft, und nach ein paar Wochen: Ficken vor der Kamera ist für Amateurinnen das Geilste.

Das ärgerte mich, und ich schrieb zurück, sie sollten ihrem Hund einen blasen. Daraufhin kamen Themen wie: geile Fickspalten in deiner Nähe, Max, Lesbenspiele unzensiert, geile Luder in deiner Stadt, Blowjob für Monika, oder: wenn deine Frau mal wieder nicht will. Das war wenigstens nicht so ernst, und am lustigsten fand ich den täglichen Versuch einer Heiratsbörse, mich zum Kunden zu machen, indem sie ein Siegel des TÜV vorwies. Er hatte ihr die Bestnote in dem Fach gegeben, dem die Kunden entkommen wollten: Anonymität.

Ein einziges Mal sah ich mir einen echten Pornoclip an. Ein Mann spritzte der Frau nach drei Minuten ins Gesicht, obwohl das anders vereinbart worden war, wenn ich ihren Gesichtsausdruck richtig gedeutet habe und das nicht etwa zur Inszenierung gehörte. Gut schauspielern konnte sie nicht. Um zu sehen, ob alle Pornos so idiotisch sind, und genervt von den Assoziationen, die mir die letzte Konzentration raubten, klickte ich auf einen weiteren Gratisfilm. Ich betrachtete mich noch als zukünftigen Schriftsteller und fand, dass ich mich mit so was auskennen sollte. Das analoge Modem legte daraufhin auf, wählte eigenständig neu, und der Zähler, der unter meinem Schreibtisch an der Wand saß, ratterte in wenigen Sekunden so viele Einheiten durch wie sonst nicht in einer Woche. Weil sich das Programm nicht ausstellen ließ, zog ich das Kabel aus dem Modem. Danach war mein Rechner nicht mehr zu gebrauchen. Er hatte sich einen Virus gefangen, von dem man bei der Firma, die das Gegenprogramm verkaufte, offenbar genau wusste, wo man ihn bekommt. Vielleicht kam mir das auch nur so vor, während ich einer älteren Dame am Telefon das Problem erklärte.

Nachdem ich vierundvierzig vierzig für das Programm auf die Kreditkarte genommen hatte, lud ich den Reiniger herunter. Er entfernte den Schädling, installierte aber über die folgenden Tage so viele eigene Werkzeuge, dass der Effekt derselbe war wie zuvor mit dem Defekt. Für das Einlesen einer Email brauchte meine Schnittstelle zur Welt über zwei Minuten. Deinstallation half nicht, sodass ich den Rechner in einen Computerladen trug, wo ein junger, kaum im Leben stehender Mann mit Oberlippenflaum meine Programme und Dateien sicherte, die Festplatte neu formatierte und dabei alles löschte, was mich gelehrt hatte, dass ich noch lange nicht so geil und verloren war, wie sehr viele andere Männer da draußen, die diese Geschäfte zu einem der größten Märkte der Welt machten.

Von ihnen wusste ich so wenig wie von mir. Dass ich mit Schwermetallen vergiftet war, habe ich erst Ende 2003 zu glauben angefangen, kurz vor Weihnachten. Schwermetalle machen der Schilddrüse das Selen streitig, das benötigt wird, um aus Thyroxin das wirksame Thybon herzustellen, T3. In meinen Blutproben war es nicht erhöht, während Thyroxin durch die Wolken schoss. Es dauerte noch mal ein halbes Jahr, bis Dr. Engel, meine neue Ärztin, mich auf die Nitrate hinwies. Sie nehmen der Schilddrüse das Jod weg, das Dr. Berg mir zusätzlich verboten hatte. Mein Körper badete in Nitraten, laut Dr. Engel, die ich auf der Suche nach einer Akupunktur fand, mit der ich die Schilddrüse anregen wollte.

»Das können Sie bei Ihrer Dosis vergessen«, hatte sie schon am Telefon gesagt, »dazu ist Akupunktur viel zu schwach. Sie haben ein viel größeres Problem.«

Nitrate, die wir essen, trinken und atmen, bilden Nitrite, die unter anderem den Sauerstofftransport stören. Das Thyroxin hinderten sie so lange nicht an seiner Wirkung, solange ich nur so viel davon nahm, dass nach den Schwermetallen, Nitraten und Nitriten immer genug übrig blieb, um T3 herzustellen, und als mein Rechner wieder funktionierte, suchte ich mir andere Filme aus. Zwei Menschen bei der Liebe zu beobachten konnte süchtig machen. Ehrlich gesagt, wusste ich bald nicht, wieso ich meine teure Lebenszeit noch mit etwas anderem verbringen sollte. Bald hatte ich Vorlieben, zum Beispiel für Situationen beim Ballett. Die trainierten Körper und deren Beherrschung imponierten, die Übergänge zum Anfassen und Ausziehen waren logisch, die Beteiligten hatten sich selbst gut angenommen und blieben auch in den Höhepunkten dabei, die ja oft Konrollverlust bedeuten. Das machte sie schön. Männer sah ich nicht gern an, ich konnte mich nicht in sie versetzen. Mit einer weiblichen Hand, einem Mund, einer weiblichen Zunge fiel mir das leichter, eine Frau konnte ich an meiner Stelle agieren lassen. Wenn sich zwei Frauen küssten, streichelten, öffneten, rieben, empfand ich mit. Wenn ein Mann das machte, war ich in der Konkurrenz. Die vom unechten Schmerz verzerrten Gesichter der Japanerinnen mochte ich so wenig wie zu tiefe Einblicke in eine Scheide. Besser waren Bilder auf die Landschaften weiblicher Körper, die aus flachen Winkeln aufgenommen worden waren, losgelassene Stimmen, lange Anlaufszenen bekleideter Akteurinnen und immer neue Arrangements zweier menschlicher Körper im energetischen Austausch. Es entstanden Resonanzen, wenn Unterarme an Waden anlagen und Oberschenkel an Hüften. Man muss nur die richtigen Kreise schließen. Die Qualität der Filme entschied sich daran, ob ich sie nach meinem Orgasmus zu Ende ansah.

Es dauerte nicht lange, bis ich mich auch auf den Seiten der Berliner Bordelle auskannte. Virtuell lebte ich mit einigen der Frauen, wenn ich die Kinder ins Bett gebracht hatte und allein in der Halle saß. Wieso nicht diese Dienstleistung in Anspruch nehmen, fragte ich mich, wieso sich mit diesem Zwang durch die Tage kämpfen? Meist war ich auf einer Seite, die ein Logo für fair pay sex trug, Untertitel: »Statt Zwang und Zwielicht.«

Es wurde von Lustbegleitung gesprochen, die Persönlichkeiten der Frauen wurden vorgestellt. Es gab rezeptive Charaktere und tonangebende. Eine, sie nannte sich Paula, hatte einen Text gegen eine feministische Studie geschrieben, vertrat das Recht auf Sexarbeit und wartete mit eigenen Zahlen auf: Nur vier Prozent der Huren arbeiteten gegen ihren Willen. Zu überlegen, welche der Frauen mir gefallen würde, unterhielt mich nicht nur. Vor allem lernte ich mich dabei kennen. Ich begriff meine Passivität: Nie hatte ich anfangen können, immer hatte ich darauf gewartet, dass die Frau anfing, was ja nie geschah. Nur Nadja hatte das gewagt, durch den Altersunterschied ergab es sich automatisch. Sie hatte schon Erfahrung und mich damit in der Hand.

Als Erste suchte ich mir eine aus, die im Liebesspiel gerne dominant war. Sie nannte sich Toinette, ließ sich nicht anal nehmen und bot den Umschnalldildo an, was ich nicht interessant, aber lustig fand, das klang nach Zirkus. Ein paar Tage oder Wochen lebte ich mit Toinette und entwickelte allerhand Bilder, bis ich die Lust verlor. Sie hatte in der Zeit ja mit Dutzenden Männern geschlafen, vielleicht auch mit hundert oder zweihundert, was wusste ich schon. Ich stellte mir zweihundert Männer am Eingang des Olympiastadions vor, dann, weil zweihundert zu viele waren, nur noch hundert. Sie hatten ihre Tickets in der Hand. Sie trugen farblose Jacken zu ihren farblosen Gesichtern und bemühten sich sehr, dazu farblose Blicke aufzusetzen. Es waren Männer mit Bäuchen dabei, ungebildete Männer, Männer mit den typischen schlechten Manieren. Männer mit unpassenden Brillen, auf deren Gläsern Wimpern und Haarschuppen hafteten, Männer mit Haaren auf der Nase und fettigen Poren. Sie tranken Bier, und manche spuckten auf den Boden. Sie redeten über Fußball und bliesen Rauch in die Luft, mein Vater hätte unter ihnen sein können. Sicher hatte Toinette auch welche in Momenten bedient oder immerhin das Geschlecht hingehalten, in denen ich mir ihre Fotos zum x-ten Mal ansah und überlegte, wie ich mit ihr zurechtkommen würde, wie ihre Stimme klang, welche Stellung mir gefallen würde und wie ich das sagen würde. Ein paar Tage hatte ich deshalb schlechte Laune.

Dann fixierte ich mich auf eine andere, die eine schwappende Kurzhaarfrisur und ein schönes Lächeln hatte. Sie war neu, hatte schon lange überlegt, ob sie ihre drängende Lust nicht auch professionell ausleben sollte, und küsste, so stand es da, den gepflegten Gentleman gerne: Wenn es sich im Liebesspiel aus Sympathie und Übereinstimmung ergab. Sie brachte ihre sexy Accessoires von zuhause mit, machte nach ein paar Tagen ihr Gesicht unkenntlich und verschwand dann ganz aus dem Angebot.

Jetzt nahm ich eine passive. Vielleicht hatte ich ja eigentlich Gefallen daran, endlich einmal offensiv zu sein, ohne mir einen Kopf zu machen? Aber weit kam ich dabei nicht. Das erste Gespräch würde ich kaum aushalten, ein Gespräch über den gleich auszuführenden Sex, über die Stellungen, die Kondome, meine Idee, wie oft wir es in der bezahlten Zeit machen wollten. Und selbst wenn ich mit wenigen Worten durchkommen sollte, bedeuteten spätestens die gespreizten Beine der Frau ein unüberwindliches Hindernis. War sie rasiert oder behaart, und was hatte das mit mir zu tun? Würde sie wirklich ihr Anderssein mit mir teilen und meines annehmen, wäre es einzigartig, würde sie spüren wollen, wie mein Körper in ihrem Platz fand, würde sie ihre Beine um mich schlingen, die Hand auf mein Kreuzbein legen und genussvoll atmen, weil ich in ihr verschwand und sie ausgefüllt war? Wie viel Zeit war seit dem letzten Kunden vergangen? Das Kondom schützte vor dem Unappetitlichsten, aber die Außenflächen meiner Schenkel würden ihre inneren berühren, wie es auch der letzte und vorletzte Kunde getan hatte, vermutlich eben erst, auf jeden Fall am selben Tag. Unwahrscheinlich, dass sie sich jedes Mal wusch. Und selbst wenn. Dabei war es nicht so, dass ich diese Fragen nicht als kleinlich entlarvte. Es kamen aber sofort neue: Würde sie auf eine Uhr sehen, während ich mich an ihr betätigte? Würde sie insgeheim die Macht genießen, die sie mit ihrer scheinbar dienstbaren Haltung über mich erlangte? Ich konnte *a tergo* gehen, das mochte ich eh am liebsten, wegen des langen Weges und des freien Blicks auf die Vereinigung. Vor allem wäre hier der Vorteil, was sonst ein Nachteil war: Ich wäre mit mir in gewisser Weise allein.

Wieder vergingen ein paar Tage, dann fiel mir auf, dass ich ja gerade nicht allein sein wollte, jedenfalls nicht für Geld. Ich wollte auch nicht auf den Rand des Kondoms sehen müssen und klickte weiter. Immer wieder fragte ich mich, wieso ich für die Liebe bezahlen sollte. Täglich hielt ich mir zwar vor Augen, dass ich auch sonst für alles im Leben zahlte, abgesehen vielleicht vom Atmen, solange ich nicht besonders gute Luft haben wollte. Doch sobald ich mir den Moment vorstellte, in dem ich das Geld herausnahm und hinlegte, versagte sich etwas in mir. Vielleicht, dachte ich, nahm ich lieber gleich zwei von den Lustbegleiterinnen und würde mich erst mal zurückhalten. Ich könnte sie beobachten, wie sie sich küssten und berührten. Warum sich das nicht einmal leisten, zumal wenn sich die beiden als Freundinnen bezeichneten, die das gern machten? Aber zwei Frauen auf einmal war auch teuer, ich verdiente ja nichts mehr. Vielleicht, auf die Idee kam ich nach Wochen, könnte ich wie beim Surfen eine Schwarze oder Japanerin aussuchen, das erhöhte die Künstlichkeit. Sprachprobleme kaschierten dann jede Verlegenheit. Es gab auch Clubs, in denen man abwarten konnte, aber würde ich an der Bar eine Frau zu ihrer Kollegin sagen hören, sie habe heute nur zwei, drei, sieben oder acht Freier gehabt, also einen schlechten Tag? Ich könnte es mir, dachte ich, nur oral machen lassen und die Vereinigung stolz verweigern. Aber das war dann eine halbe Sache.

Je mehr ich über meinen Puffbesuch nachdachte, desto klarer wurde mir, dass die kleinste Geste vor oder nach dem Akt reichte, um mit der Eisblume im Herzen nach Hause zu gehen: ein abwertender Blick, eine hingeworfene Bemerkung, ein spitzes Lachen, das diese Frauen mit Sicherheit beherrschten, um sich selbst vor der Erniedrigung zu schützen. Es ist doch eine Illusion zu glauben, das Verhältnis zweier Menschen sei mit Geld regelbar. Wie gut würde sie zum Beispiel ihr Stöhnen spielen, wie ich es in einem Kundenbericht gelesen hatte? Das war ja gemeint, wenn in der Beschreibung stand, Toinette oder Mira oder Laura sei immer authentisch. Man konnte sich auch die Frauen vorführen lassen und eine aussuchen, die dann schlicht Erleichterung empfinden würde, wenn sie sich nach getaner Arbeit abwandte. Das würde ich spüren. Meine Angst war, nicht geliebt zu werden, wie vermessen! Aber schlimmer noch: Es wäre jeder Frau dort leichtgefallen, mir zu zeigen, dass sie mich nicht einmal mochte. Und wieso sollte ich für das Wertvollste, das ich hatte, bezahlen? Was hatte ich mit dem Knastzimmer zu tun, das es fast überall gab, samt Handschellen, Peitschen und Folterbock? Dann fiel mir eine Anzeige ins Auge: Erotische Massagen, auch für Behinderte.

ICH war schon Stammkunde bei Lina, als ich Nelly das letzte Mal besucht habe. Lina war Holländerin und hatte mir Verbindungen vom Herzen zum Beckenboden gelegt, die weichen Stellen zwischen den Zehen ins Leben geholt, Ohren und Prostata massiert, außen und innen. Sie hatte mich gelehrt, dass mein ganzer Körper erogene Zone war und ich selbst nichts als Sex. Sie war mit Fred Skilanglauf gefahren, hatte Feuer gemacht und immer gelächelt, wenn mein Samen über ihre rot lackierten Fingernägel lief. Sie war eine gute Arbeiterin, wusste, dass der Schaft so erregbar ist wie die Eichel, wenn sie ihn nur lange genug vorbereitete und dann fest genug zupackte. Dann reichte die Reizung dort unten für einen Orgasmus, und Lina war meistens auch gut gelaunt. Unser Verhältnis beruhte auf einer Ehrlichkeit, die bei der Friseurin nicht denkbar gewesen war. Nie habe ich mich überflüssig oder gar lästig gefühlt, sie hatte nichts gegen meinen Schweiß oder meine Schwielen, dafür bezahlte ich sie, und manchmal redeten wir miteinander, bevor wir uns zum Abschied in den Arm nahmen, was leicht war.

Nelly holte mich vom Flughafen ab, John F. Kennedy. Ihre zweite Einzelausstellung wurde am Abend eröffnet, und ich sollte *Rheinfall* lesen, man hatte den Essay übersetzt. Der Titel lautete jetzt *Rhine Falls,* und Nelly hatte selbst auch etwas geschrieben, übers Fallen und über die Unart der englischen Sprache, die vom Verliebten sagte: »He falls in love.« Ich glaubte, dass fallen sehr angenehm sein könnte, ich wusste es von Lina, aber Nelly fand diese Assoziation seit dem 11. September nicht naheliegend.

Nach meiner Versicherung, einen guten Flug gehabt zu haben, nahmen wir den Bus, der uns zur Endstation der Subway brachte. In der spätherbstlichen Sonne saßen wir auf einer Holzbank und warteten in einer eigenartigen Ruhe, Manhattan auf der einen Seite, auf der anderen die Betonpisten und abgeranzten Hallen des Flughafens, in denen Kondenswasser von den Decken tropfte und Kaugummi kauende Geldwechsler ihre gierigen Blicke für eine Heimat hielten. Es waren nicht mal andere Fahrgäste da. Nelly war nervös, ihr neuer Katalog war gedruckt, und sie sagte, sie müsse mir etwas beichten.

»Ach so?«

Sie habe abgeschrieben.

Ich verstand sie nicht.

»Na, von dir.«

Ich fühlte mich geehrt, fragte: »Was denn?«

»Deinen Satz über die Freundschaft.«

»Freundschaft? Was denn über Freundschaft?«

»Dass Freundschaft Zeit braucht, weil sie wachsen muss, während man den Krieg einfach erklärt.«

Ach ja, ich erinnerte mich gut an ihre Begeisterung.

»Es ist der Titel der Ausstellung.«

»Wie?«

»Krieg und Freundschaft.«

»Das ist der Titel?«

»Genau.« Sie biss sich auf die Lippe. »Dein Satz kommt in der Einleitung vor.«

»Okay«, sagte ich langsam und ahnte, dass ich einerseits darüber noch nachdenken musste und es andererseits nicht für einen guten Titel hielt. Überhaupt nicht.

Sie sah mich mit vorsichtiger Freude an: »Du bekommst das erste Exemplar, das meine Hand verlässt. Von mir. Mit einer Widmung.«

Ich habe nichts gesagt, weil ich nicht wusste, ob ich sagen sollte, dass sie schlecht beraten war. Schließlich war es zu spät.

»Der Satz war zu gut, Marko, in dem steht alles drin. Man kann mit dem Schreiben aufhören nach einem solchen Satz. Ich musste ihn klauen, das verstehst du doch?«

»Mit dem Schreiben hört man sowieso nicht auf«, sagte ich, um die Situation zu beenden. »Jedenfalls nicht nach so einem Satz. Wer aufhört, tut es davor.«

Nelly leuchtete mich an, aber ich wollte lieber die Sonne im Gesicht spüren und die Beine nach dem langen Flug ausstrecken. Durch die Jeans wärmte die Strahlung meine Oberschenkel, und ich dachte, dass ich mit Lina einen Freundschaftsvertrag hatte, dass jede Ehe nichts anderes war und dass ein Freundschaftsvertrag allemal leichter durchzuhalten war als ein Krieg. Dann kam die Bahn, und eine Stunde später gab Nelly mir in ihrem tadellos aufgeräumten Wohnzimmer den Katalog, nachdem sie ihn vor meinen Augen signiert hatte. Ich hatte kaum den Koffer abgestellt und die Hand frei und ärgerte mich: Meinen Satz als

Geschenk mit ihrer Unterschrift. Hätte sie mich vorher gefragt oder hätte sie ihn wenigstens nicht noch zu solcher Größe aufgeblasen und es mir damit noch schwerer gemacht. Sie hätte mich auch einfach als Autor nennen können, sie war Malerin und musste nicht mit solchen Sätzen auftrumpfen. Es hätte charmant gewirkt, ihn zu zitieren. Aber jetzt sollte der Satz im Raum stehen. Er war ein Schnitt, den sie mir zugefügt hatte und den sie ab jetzt immer berühren würde.

Am Abend standen Menschen vor der Galerie in einer langen Reihe den Gehweg hinunter. Es wurde getuschelt, während wir an ihnen vorbeigingen, man hatte Nelly erkannt. Ich las meinen Text, nachdem der Galerist und der Kunsthistoriker gesprochen und Nelly häufig die Augen verdrehte hatte. Mich strahlte sie an. Bevor ich *Rhine Falls* vortrug, erzählte ich von meinem neuen Gefühl, New Yorker zu sein. Dass es mich im Moment der brennenden Türme überrascht hatte. Dafür bekam ich warmen Applaus. Zwei ihrer Bilder wurden reserviert, bei zwei weiteren tat der Galerist so, niemand kaufte etwas. Und nach vier Tagen wurden die Reservierungen gelöscht.

Vier Nächte schlief ich auf dem hohen Bett, Nelly auf dem Sofa. Ich hatte jetzt die Kondome mit dem Ring, ohne Betäubungsmittel und mit einer Pflegelinie, die meiner Haut sehr guttat. Wir gingen ins Kino, betranken uns mit einer Flasche Whisky und trafen Vivian, die in einer festen Beziehung mit einer Koreanerin lebte. Am letzten Tag sind wir nach Coney Island gefahren, Nelly und ich. Es war eigentlich zu kühl dafür, aber wir saßen im Sand, und jeder blickte für sich aufs Wasser und in den Himmel. Ich fand es erstaunlich, wie viel Abgas man noch hier am Wasser atmete. Mit dem Finger malte ich Kreise in den Sand, die ich anschließend mit der flachen Hand glatt strich. Den anderen Arm nahm ich als Stütze.

Ein kleines Mädchen lief mit seinen Eltern an uns vorüber. Es hatte uns beobachtet und im Vorübergehen lustige Schritte gemacht, ich tauschte mit Nelly einen Blick, mit dem wir unsere Sympathie für das Mädchen feststellten. Da war es schon zurück, stand vor Nelly, hatte einen Finger im Mund und fragte unverwandt: »Was bist du?«

Der Vater rief das Mädchen zu sich, aber Nelly nahm seine kleine Hand und sagte: »Ich bin wie du, mein kleines Herz. Wie heißt du?«

Schnell rannte es weg.

Danach Nelly, grölend vor Lust: »Sie hat nicht gefragt, wer bist du oder woher kommst du, sondern WAS bist du!«

Wir sahen ihr noch nach, ich malte weiter Kreise und Kreuze, denen ich nicht viel Aufmerksamkeit widmete und die ich weiter mit der flachen Hand wieder löschte, um neue malen zu können. Als das Mädchen aus unserem Blick verschwunden war, packte Nelly ihr Leben in ein paar Worte: »Ist dir meine Nase aufgefallen?«

Ich, perplex, weil ein Deutscher so nicht redet: »Äh, ja.«

»Oder mein Haar?«

»Dein Haar? Nein.«

Ob ich in Amerika schon mal so rotes Haar gesehen hätte, fragte sie mich, und ich sagte, das hätte ich nicht. Aber genauso gut hätte ich das Gegenteil behaupten können oder dass auch sonst solches Haar nicht vorkomme.

»Ich sehe niemandem in meiner Familie ähnlich, am wenigsten meinen Brüdern.«

Nelly machte bei den nächsten paar Worten Pausen, ließ den Unterkiefer hängen, hatte Tränen in der Stimme, fing sich wieder, war kurz vor überschäumender Wut und bettelte um Zuspruch, wie damals in dem Café, in dem ich sie kennengelernt hatte: »Eigentlich ist mein Haar schwarz. Pechschwarz.«

»Ja?«

»Ich färbe es.«

Ein schwarzer Haaransatz war am Scheitel nicht zu sehen. Ich sah auf ihre Arme, die durch hochgeschobene Ärmel frei lagen, auf einem Vivians Name.

»Ich färbe alle meine Haare.«

Schnell suchten meine Augen nach Beweisen ihrer Behauptung, an Brauen oder Flaum, eine Unstimmigkeit zwischen Haaren und Haut. Ich sah auf die Härchen ihres Handrückens. Fand aber nichts.

»Keine Angst«, sagte sie, »was ich mache, mache ich perfekt.«

Ob das nicht ungesund sei, fragte ich.

Sie strich sich mit der Hand über den Arm und schob die Ärmel herunter: »Wie sehe ich aus, was meinst du?«

Ich wusste nicht, worauf sie hinauswollte.

Ihr Vorschlag: »Türkisch?«

»Was, türkisch?«

»Findest du, ich sehe türkisch aus?«

Ich musste überlegen.

»Findest du nicht, ich sehe türkisch aus?«

»Keine Ahnung.«

»In Berlin gibt es wahrlich genug Türken, um davon eine Ahnung zu haben. Ich habe vor nicht allzu langer Zeit eine Woche unter Türken gelebt. Zufällig bei dir.«

Ich sah sie an.

»Türkisch? Sag schon.«

»Könnte sein.«

»Vielleicht!«

»Wenn du das so sagst, kann man es nicht leugnen.«

»Dass es so ist?«

»Sein könnte.«

Jetzt malte sie Figuren in den Sand, zerstörte sie plötzlich, setzte sich auf und wischte die Hände mit groben Bewegungen aneinander ab.

»Zu der Zeit, als mein Vater kein drittes Kind wollte, hatte meine Mutter eine Affäre mit einem Türken. In Brooklyn damals. Meine Mutter wollte noch ein Mädchen haben. Unbedingt ein Mädchen, nach den beiden Jungs. Und sie hat ihm gesagt: Gut, wenn du nicht willst, hol ich es mir woanders.«

Ich werde mein Gesicht verzogen haben, vielleicht habe ich gestöhnt.

»Türkisch, oder?«

Jemanden, der vor mir saß, nach solchen Merkmalen zu beurteilen lag mir doch, so dachte ich, fern. Vor allem Nelly selbst, meine amerikanisch-jüdische Freundin, die sich ein schlechtes Bild von Männern machte. Aber sie wollte es so, und das verstand ich. Also sagte ich: »Ja, die Nase, die Haare, wenn du sagst, dass sie schwarz sind.«

Das freute sie. Die Wut war in den Hintergrund ihrer Stimme gewandert, als sie sagte: »Die weiße Haut, die weißer ist als alles Weiß der weißesten Häute dieser scheißweißen Scheißwelt.«

»Ehrlich gesagt, habe ich früher mal gerätselt.«

»Wann?«

»Am Anfang damals, ganz am Anfang nur. In den ersten Minuten. Aber ob das gerade so türkisch ist?«

Sie tat das mit einer Kopfbewegung als unwichtig ab, und den nächsten Satz hat sie trockener in die Welt gesetzt als je einen: »Mein Vater hat es mir heimgezahlt.«

ICH glaube nicht, dass sie mir die anderen Details noch dort am Strand erzählt hat. Vermutlich war das später am Abend, aber die Rückfahrt von Coney Island war auch ohne Details eine stumme gewesen. Weil ich auch ohne Details verstanden hatte, was sie mir noch sagen wollte und musste und würde, was sie mir schon gesagt hatte, ohne dass ich etwas Sinnvolles hätte entgegnen oder dagegen tun können. Oder für sie. Wir liefen am verrosteten Riesenrad, das seit Jahrzehnten nicht in Betrieb war, vorbei, ihren Vater vor Augen. Ich habe daran gedacht, ihre Hand zu nehmen, aber als Mann konnte ich das nicht. Wir liefen an den verwahrlosten Holzbuden vorüber, den handgemalten hölzernen Werbetafeln von Chesterfield und Wrigley's, von denen die Jahreszeiten die Farbe gewaschen und gesprengt hatten: Seine Hände in ihren Haaren, seine Handflächen an ihren Wangen.

Er lächelt.

Unsere Schritte auf dem schmutzigen Sand, in dem das Öl der vielen Supertanker und Luxusliner und die Traurigkeit der Welt hängen geblieben waren, die New York zu überwinden versprochen hatte, solange die zwei Türme des World Trade Center der Freiheitsstatue noch den Rücken stärkten. Seine Hand an ihrem Hemd und an der Hose, die Diskrepanz in der Größe der beiden Körper, ihre helle Stimme und dunkel die von ihm. Über die Bürgersteige an den Häusern mit ihren Vorgärten und geparkten Autos entlang bis zur Treppe, die in den Untergrund führte. Ein Körper glatt und unentschieden, der andere nicht. Nellys Hand zu nehmen, das ging jetzt nicht mehr. Das hätte ich gleich machen müssen, das war der letzte Moment dafür, jetzt wäre es eine Geste der Überlegenheit gewesen, ein unsicherer Trost, in dem die Ursache der Unsicherheit nicht auszumachen war, daher eine Geste, die zur Herablassung geraten würde, zum Testament des Bedauerns, nicht der Geschwisterlichkeit. So blieb ihr Vater bei ihr, als wir in den silbernen Waggon stiegen, die Türen sich hinter uns schlossen, damit wir im Gepolter und dem Anhalten und erneuten Beschleunigen unter dem Wasser durch nach Manhattan schaukelten. Wir führten die Bewegungen simultan aus, zu denen uns die Bahn zwang, aber nicht zusammen. Ihr Vater saß nicht nur neben ihr, er war über ihr, hinter ihr, vor ihr, nackt und stark und behaart und zielstrebig. Wieso stellte ich ihn mir glücklich vor? Platz, an den ich mich hätte stellen oder setzen können, von dem aus ich sie hätte umarmen können, ließ er mir nicht. Nicht einmal berühren ließ er mich sie. Beim Aussteigen aus dem Waggon und Klettern an die Luft war ihr Vater um sie herum. Wortlos liefen wir so über den Rasen vor ihrem Haus an diesem letzten Abend, zwischen uns ihr Vater. Nelly schloss die Tür auf. Wir standen vor dem Fahrstuhl, einmal lächelte sie, glaube ich, um mich zu trösten. Sie kannte das ja, die Verlegenheit.

Oben angekommen, bemühte sie sich um Normalität und erzählte mir von dem Brief, den sie ein paar Wochen zuvor im Haus ihrer Mutter gefunden hatte. Nelly hat den Brief an ihrer eigenen Handschrift erkannt. Sie hatte keine Erinnerung daran, ihn geschrieben zu haben, aber eine sehr genaue an die darin beschriebene Angst. Das Kind Nelly bat seine Mutter darum, nie wieder mit seinem Vater allein sein zu müssen. Die Gewalt war über das Sexuelle weit hinausgegangen, falls man nicht alles, was zwischen Menschen geschieht, als sexuell bezeichnen und den Begriff daher fallen lassen möchte. Das Kind Nelly, erzählte mir die mehr als erwachsene Frau Nelly, hatte damals um sein Leben gebangt: Das Erwachsensein hatte sie hinter sich gelassen, wenn sie es nicht übersprungen hatte, zusammen mit der Kindheit.

»Und deine Mutter?«

»Nichts.«

Ich ließ Luft durch Zähne und Lippen.

Sie winkelte das rechte Bein ab und setzte sich darauf. Drehte einen Joint, gab ihn mir, stand wieder, ging durch den Raum und legte Leonard Cohen auf: *They sentenced me to twenty years of boredom, for trying to change the system from within. I'm coming now, I'm coming to reward them. First we take Manhattan, then we take Berlin.*

Nelly drückte auf Wiederholung. Bis tief in die Nacht machte sie das so. Wir sangen nicht mit und stellten es laut genug, dass die Freiheitsstatue es hören konnte.

»Meine Therapeutin«, brüllte Nelly in die Musik, »hält es für ein Wunder, dass ich so lebe, wie ich es tue. Dass ich einen Job habe, meine ich, eine Wohnung, dass ich male und unterrichte und so weiter.«

»Ja«, brüllte ich zurück, »das ist gut.«

»Eigentlich«, sagte sie halb lächelnd und leiser, weil das Lied gerade mal wieder zu Ende war, »müsste ich eine Nutte sein.« Sie lachte, stand auf, sagte: »Die meisten von uns sind welche, angeblich.« Sie drückte auf Wiederholung und sang jetzt mit, so laut sie konnte. Niemand beschwerte sich, und in ihrer Nähe war kein Platz, an den ich mich hätte legen können, aber genau das hätte sie gebraucht.

Am Morgen, vor meiner Weiterreise, bin ich noch allein zum Ground Zero gelaufen. Es regnete stark, und ständig wurde ich angerempelt oder bekam einen Schirm an den Kopf. Zwei Tage später parkte ich meinen blauen Mietwagen an einer Tankstelle in Texas und blickte auf ein Schild: »Das unerlaubte Tragen von Schusswaffen wird mit Gefängnis nicht über zehn Jahren bestraft.«

Ich weiß nicht, ob sich nur jemand vertan hat dabei oder ob man das wirklich von dieser Seite sah. Mein Plan war, über Texas zu schreiben und über den Irak, über Wetter und Charakter, und nachdem ich Wasser gekauft hatte und wieder losgefahren war, fiel mir auf, wie flach und endlos dieses Land ist. Wie gerade und hoch dabei die bekanntesten Häuser. In Austin saß beim Mittagessen ein Rechtsanwalt an meinem Tisch. Er war aus dem Norden hierher gezogen und arbeitete im internationalen Patentrecht. Das Klima von Austin gefiel ihm, er empfahl mir, eine Führung durch den Tunnel zu buchen, der das Parlament mit dem Amtssitz des Gouverneurs verbindet. »Auch wenn«, setzte er kumpelhaft und ernst hinzu, »der Neue kein so intellektuelles Schwergewicht ist wie George Walker Bush. So eins gibt es halt nicht alle Tage.«

Am Abend war ich in Austin in einem Motel und erklärte Nelly am Telefon: »Europäer lieben das Drama, die schiefe

Ebene und den Sisyphus, ihr strebt immer die Eindeutigkeit an, Sieg oder Niederlage. In Amerika gibt es nur oben und unten.«

Nelly hatte noch eine ihrer vielen Stimmen für mich aufgehoben. Kalt, als wären wir uns nie begegnet und einander komplett unsympathisch, fragte sie: »Und?«

AUS meinem Plan, nach der Rückkehr aus Texas möglichst bald in den Irak zu reisen, um mich auf den langen Weg zu einem richtigen Schriftsteller zu begeben, wurde nichts. An Einreise war nicht zu denken, und im Verlauf des Jahres 2003 kam die von den Attentätern ausgelöste große Verunsicherung als Wirtschaftskrise in Europa an. Ich hatte mich bis dahin mit Artikeln in den *Berliner Neuesten Nachrichten* über Wasser gehalten. Unter Mühen konnte ich ein sehr kurzes Kriminalhörspiel und ein noch kürzeres Theaterstück verkaufen. Das Hörspiel wurde aber wegen Budgetproblemen verschoben, das Theater, das mich beauftragt hatte, geriet in den Lokalwahlkampf und sollte geschlossen werden. Das Stück wurde nicht gespielt. Jemand sandte mir anonym einen Zeitungsartikel zu, in dem behauptet wurde, ich hätte hunderttausend Mark vom Verlag kassiert und lieferte nicht. Ich zitterte mal mehr, mal weniger, spülte stündlich Allergen von meinem Körper, ab und zu klaute ich im Drogeriemarkt Kondome.

Dann brach der Anzeigenmarkt der Zeitungen ein. Angeblich geschah das wegen des 11. September, unter vorgehaltener Hand wurde aber gesagt, es komme vom Internet. Meine Zeitung machte innerhalb von zwei Wochen dicht. Die monatliche Rate bei der Bank war hoch, dazu kam der Unterhalt für die Kinder, die jetzt offiziell bei Nadja wohnten. Sie hatte ihren Hauptwohnsitz umgemeldet, und auf den Einwand, dass das ohne meine Zustimmung nicht rechtens war, behauptete das Amt, einen Fehler nicht mit einem zweiten korrigieren zu können. Ich fand mich in einer Kanzlei wieder. Der Anwalt riet zum Großangriff, einer Klage bezüglich des Aufenthaltsbestimmungsrechtes, aber dazu fehlte mir alles: Mut, Kraft, Überzeugung und Wille. Zu Beginn des Winters war ich pleite.

Deshalb vermietete ich das Loft an einen Zahnarzt. Ich nahm mir eine winzige Dachwohnung in Kreuzberg, in der ich die Kinder nicht länger als eine Nacht empfangen konnte, jedenfalls nicht zusammen. Süchtig danach, angefasst zu werden, flog ich mit der Kaution des Zahnarztes nach Thailand und ließ mich jeden Tag massieren, ohne je einen Schritt weiter zu gehen oder eine der viertausend Happy Bars zu betreten, an denen ich vorbeikam. Danach ging für ein paar Monate mit einem Aufenthaltsstipendium in die Nähe von Amsterdam. Jeden Montag fuhr ich quer durch Deutschland, um abwechselnd eine Woche mit Jakob zu leben, Merle wenigstens ab und zu sehen zu können und in der anderen Woche meiner Anwesenheitspflicht an der holländischen Grenze nachzukommen. Ich schrieb langsam und trank schnell. Ständig hatte ich einen Schwindel im Kopf, und im Spätsommer kamen Muskelkrämpfe dazu. Sie waren plötzlich da und so stark, dass ich schlecht laufen und kaum noch eine Treppe steigen konnte. Ich zitterte nun auch in den Beinen, im Rumpf. Dann verschwanden die Krämpfe, und nach ein paar Tagen waren sie wieder da. Als der Dramaturg anrief und mein Stück doch noch umsetzten wollte, hatte ich vergessen, was darin stand. Zu einem Freund hörte ich mich am selben Abend sagen: »Ich muss meinen Verstand versoffen haben.« Dazu lachte ich, aber als sich diese Szene einige Tage später mit einer Kollegin wiederholte, lief mir bei der Wortfolge: »Verstand versoffen« ein Schauer über den Rücken. Ich hatte mehr ausgesprochen als verstanden.

Ab dem Moment war ich ein Zootier im Spiegelsaal. Zu sehen bekam ich einen einzigartigen Karneval, meinen persönlichen Hokuspokus: Die maximale selbst gemessene Konzentrationsspanne am Bildschirm betrug neunzig Sekunden. Nach neunzig Sekunden meinte ich aufstehen und eine Pause machen zu müssen, um mich zu sammeln, wieder hinzusetzen und weiterzuschreiben, es zumindest zu versuchen. Schwierig, so oft neu anzufangen, aber heroisch! Das Gedächtnis bewertete ich als schlecht, mittlerweile vergaß ich Termine auch dann, wenn ich mich irrsinnig auf sie freute, zum Beispiel wenn ich Jakob bei einem Freund abholen sollte. Eine Gabel konnte ich unfallfrei kaum zum Mund führen, immer fiel etwas herunter, oder ich spritzte mir Salatöl aufs Hemd. Über Magen und Darm rede ich lieber nicht, denn statt verdaut zu werden, vergammelte offenbar nur, was ich aß. Mein Auto fand ich nicht wieder, obwohl es nicht mal einen Kilometer entfernt stand und ich mich mehrmals am Tag hinsetzte und darüber meditierte oder alle Straßen ablief, in denen ich je geparkt hatte. Erinnerung, es dort abgestellt zu haben, wo ich es nach zwei Wochen zufällig entdeckte, war keine da. Die Aufzeichnung endete einige Minuten vor dem Einparken.

Angesprochen auf ein Buch, das ich übersetzt hatte, stand ich wie vor einer Wand: *Blackout*, den Krimi, hatte ich übersetzt, ja. Wie der Kommissar hieß? Das Opfer? Man sprach mich auf Konversationen an, die ich geführt haben sollte. Ein Mal hielt ich es für einen Irrtum, aber nicht vier Mal. Weil ich nicht wie Nelly ein Spiel spielen wollte, dessen Ziel es war zu verlieren, legte ich alle Arbeit weg, stellte das Telefon ab und ließ mich aufs Bett fallen und aus der Welt. Meine Aufgabe, fand ich, war nur noch die Diagnose.

Die ging so: Zuerst nahm ich an, dass mir nichts fehlte. Es fehlte keine Zuwendung, kein Hormon und keine Lebenslust. Stattdessen glaubte ich jetzt etwas in meinem Körper, das dort nicht hingehörte. Das war eine Art höhere Eingebung, die ich aus den Muskelkrämpfen und dem Schwindel extrahierte. Dann überlegte ich, wann das, was nicht in meinen Körper gehörte, hineingekommen sein konnte. Begonnen hatte alles 1993: Nach

Hunderten Stunden Denken und Erwägen und Sortieren und Verwerfen und erneutem Erwägen blieb nur das Ausbohren einer alten Zahnfüllung, die wegen einer kaputten Pumpe ohne Absauger und ohne Spülung gemacht worden war. Ich hatte mich darüber aufgeregt und es dann halb vergessen, obwohl in der Woche danach die ersten Symptome aufgetreten waren. Zwar hatte ich die Sache öfter bei Dr. Berg und Frau Senke, der Hausärztin von Nadja, erwähnt. Auch mein Zahnarzt, der nicht wusste, wieso ich dauernd Entzündungen hatte und Antibiotika nicht halfen, kannte die Geschichte. Aber alle hatten immer abgewunken, und ich selbst glaubte auch, dass der Tausch der Plomben nichts als übliche Geschäftemacherei war. Schließlich müssten Millionen Menschen krank sein, wenn es derart gefährlich war. Warum sollte ausgerechnet ich der eine Mann sein, der sich davon umwerfen ließ? Jetzt googelte ich aber Schilddrüse, Quecksilber, Blockade und hatte mein Ergebnis nach null Komma vier Sekunden auf dem Bildschirm.

Es handelte sich um eine private Meinung. Ich googelte Quecksilbervergiftung und verbrachte vier Tage damit, Symptomlisten zu lesen, auszudrucken und nach Qualität zu sortieren. Das war gar nicht so einfach: Die eine Sorte Autoren war hysterisch und ungebildet, bei der anderen gab es kommerzielle Interessen, die man mit fehlenden Forschungsergebnissen stützte. Aber am Ende hatte ich mich für neun seriös wirkende Listen mit jeweils neun bis elf Symptomen entschieden. Davon hatte ich siebenmal neun Symptome über die Jahre verteilt gehabt, einmal elf und einmal alle zehn genannten. Alle gleichzeitig hatte ich nie, aber das machte mich nicht skeptisch, denn jemand schrieb, zwei Patienten hätten niemals die gleichen Symptome: eine wirklich universal anwendbare Krankheit.

Vier Tage verbrachte ich damit, einen Arzt zu suchen, der bereit war, mir Dimercaptopropansulfonsäure zu injizieren. Sie bindet Metalle und verlässt den Körper binnen zwei Stunden. Es gab nur einen solchen Arzt in Berlin, kurioserweise der Inhaber des Labors, das meine abstrusen Hormonwerte jahrelang ausgewertet hatte. Niemand nahm sein Telefon ab, und dann hatte er eine Ansage aufgesprochen, er behandle keine Quecksilberpatienten mehr, sondern nur noch Aids. Schließlich rief ich Nadjas Ärztin an, Frau Senke. In der Krankenakte über mich las ich später: Phobien, Psychosomatik, Hämorrhoiden. Aber davon wusste ich noch nicht. Ich kannte nur die als Notiz wiedergefundene Meinung: »Nimmt unphysiologische Mengen Thyroxin.« Ihre Sprechstundenhilfe explodierte vor Freude: »Quecksilber?? Da sind wir in Berlin die großen Experten!!« Es dauerte vier Tage, bis die Säure in der Apotheke war, wo ich sie bezahlte, an mich nahm und über die Straße trug, in die Praxis. Frau Senke zog sie auf die Spritze, setzte die Nadel an und stach sie in meine Vene, in der das Blut jede Minute einmal im Kreis lief. Als der Kolben den Boden berührte, fragte ich, wie denn die Ausleitung gemacht würde, wenn der Test positiv wäre.

»Wieso?«, sagte sie. »Das ist doch die Ausleitung.«

Ob sie wahnsinnig sei, fragte ich irre vor Angst. »Wir setzen doch die Hormone frei.«

Sie stutzte, ihr Gesicht nahm das tiefste Rot an, das ich je in einem noch für menschlich gehaltenen Gesicht gesehen habe, und sagte: »Na, das wäre doch gut, wenn wir es jetzt endlich gefunden hatten!«

Vor allem *wir*, dachte mein Kopf wie ein Knallkörper, als sie im Sprechzimmer verschwand. Nach einer Stunde gab ich eine Urinprobe ab, aber Frau Senke, die sich eigentlich über meine körperlichen Reaktionen informieren wollte, war nicht mehr zu sprechen. Sie wurden auch erst eine Woche später spürbar, nach Weihnachten, das ich überraschenderweise mit gutem Schlaf und stundenlangem Lesen verbrachte. Konzentration: kein so großes Problem. Zu Silvester lud mich meine Nachbarin ein. Wir hatten uns nicht viel zu sagen, schliefen aber auf ihren

Vorschlag in einem Bett. So einfach konnte man sich das also machen. Nach stundenlangen Küssereien und Umarmungen unserer nackten Körper befriedigte ich sie, weil sie mich nicht für einen Besuch aufnehmen wollte und die Spannung nicht mehr auszuhalten war, mit wenigen Strichen des Zeigefingers. Sie bedankte sich. Mir gönnte ich dasselbe mit der Faust.

An Neujahr packte ich einen Koffer für drei Monate, um ein Stipendium in Kalifornien anzutreten. Von Jakob und Merle verabschiedete ich mich vor dem Haus, in dem sie mit Nadja wohnten, und verheult zog ich meinen Koffer zur S-Bahn, fuhr nach Tegel, stieg aus dem Bus, nahm das Flugzeug nach Paris. Ich zitterte schlimmer, als ich es bei Nelly je gesehen hatte. Auf dem Flughafen wollte ich ein paar Zeitschriften, Getränke und ein monströses belegtes Brötchen bezahlen, brachte aber meinen Namen nicht aufs Papier. Auf einem zweiten Zettel versuchte ich es ein paarmal, doch die Frau an der Kasse schüttelte den Kopf. Nicht ahnend, dass der Betrag schon abgebucht war, zerriss ich den Beleg, suchte einen Automaten, aus dem ich gegen Riesengebühr Geld ziehen konnte, und zahlte bar ein zweites Mal. Beim Gehen hörte ich den abfälligen Ton der Frau in meinem Rücken, die zu ihrer Kollegin sagte: »Drogen!«

Ich bestieg den Flug nach Los Angeles, auf dem ich mit einer mich noch im Nachhinein selbst beeindruckenden Willenskraft meinen Ruhepuls auf achtzig steigen ließ, auf neunzig, auf hundert und auf hundertzehn. Ich bestellte Rotwein. Nahm eine Schlaftablette. Konnte schlafen und erwachte, als das Flugzeug auf der Landebahn aufsetzte. Durch das kleine Fenster sah ich Beton, Rasen, die weiße Kuppel des Flughafens und den Himmel über den kalifornischen Hügeln. Die Flügel des Riesen wankten gutmütig in meinen Kopfschmerz hinein und schnitten ihn entzwei, sodass er aus verschiedenen Richtungen neu angreifen konnte.

AM vierten Tag, den ich in der Villa Aurora verbrachte, rief mich eine Frau an. Sie besaß eine Stimme, die etwas in mir zum Klingen brachte, dessen Existenz ich vier Sekunden davor noch geleugnet hätte. Sie sei Journalistin, verbringe ein paar Monate in L. A. und interessiere sich für meine Arbeit. Sie lud mich zum Abendessen ein, fragte, welcher Tag mir angenehm sei, und saß mir jetzt gegenüber. Sie stillte unseren Sohn.

»Erinnerst du dich noch an die zweite Injektion in L. A.?«

Lycile winkte ab, sagte dann: »Ich hab den halben Abend nicht verstanden, wieso du immer auf die Uhr gesehen hast, jede Minute oder öfter. Das hat mich echt wahnsinnig gemacht.«

»Der Puls war bei hundertzwanzig, wenn ich still saß, und bei hundertfünfzig, wenn ich mich bewegt habe.«

»Wer ahnt schon, dass der junge Mann eine Pulsuhr am Handgelenk hat?«

»Ich war in Lebensgefahr!«

Sie schüttelte die Hand, als hätte sie sich verbrannt: »Hohoo!!!«

Mit der Dosis war ich an dem Tag schon auf dreihundertfünfundzwanzig heruntergekommen, und am nächsten Morgen setzte ich das Thyroxin komplett ab. Auf null. Außerdem verbrachte ich die Nacht bei Lycile, die sich mit dem Rücken an mich lehnte. Ich lag wach und genoss die Nähe zu dieser seltsamen Frau, die sich meine Geschichte ganz angehört hatte. Die mich gefragt hatte, ob ich die Ärztinnen schon verklagt hätte. Die meinte, dass ich zu betrunken sei, um noch in die Villa zurückzufahren. Zumal ich schon nüchtern keine Treppe runtergehen konnte, ohne mich festzuhalten. Die Knie zitterten zu stark.

Lycile wohnte in einem Dachgeschoss am anderen Ende der Stadt und hatte mich auch nach meiner Familie gefragt. Sie wusste, wie lange ich meine Schwester nicht gesehen hatte, und war der Meinung, das erkläre sich alles nicht: »Deine Mutter hätte sich doch halb krank freuen müssen, dich doch noch bekommen zu haben. Oder nicht?«

Ich hatte mit den Schultern gezuckt und einen Himmel voller Fragezeichen geerntet. Ich hatte erzählt, dass mein Vater nicht lange nach ihrem Tod die Finanzen gerecht zwischen mir und meiner Schwester geregelt hat und dann verschwunden ist. Dass ein Nachbar ihn in Brasilien gesehen haben will, betrunken, zwei Mädchen im Arm. Dass ich dem nichts beimaß, schon gar nicht Bedeutung.

»Und am Morgen«, sagte Lycile, »stehst du nur mit einem Unterhemd bekleidet auf und spazierst durch die Wohnung einer dir fremden Frau, kochst Kaffee und schäumst Milch.«

Sie grinste und nahm Ray über die Schulter. Er rülpste gleich.

»So fremd nun auch wieder nicht, nachdem sie mir ihr Bett angeboten hat und Rücken an Rücken schläft.«

»Das hat mich schon beeindruckt, dass du plötzlich halb nackt warst und so herumgelaufen bist. Nur mit T-Shirt. So was macht wirklich kein Mann.«

»Wieso nicht?«

»Traut sich keiner.«

»Ich war sauer, dass nichts gelaufen ist. Es ist halt immer dasselbe. Erst heiß machen und dann kalt abduschen.«

»Bislang hast du das ganz anders erzählt.«

»Echt?«

Lycile lächelte.

»Na ja, provozieren wollte ich dich schon.«

Sie wechselte Ray auf die andere Schulter, und er rülpste ein zweites Mal laut und schickte ein leises Jammern hinterher.

»Das ist dir ja gelungen.«

»Ich war froh, noch am Leben zu sein.«

»Und dann gleich so frei.«

»Grenzsituationen machen frei.«

»Nicht immer«, sagte sie und stand auf, streckte die Arme mit Ray vor, »nimmst du ihn mal?«

Ich legte ihn auf meine geschlossenen Oberschenkel und nahm seine winzigen Hände in meine. Seine Finger versuchten sich um meine Daumen zu schließen, als ich sie dafür in seine Handflächen legte. Er hatte die ersten beiden Tage seines Lebens hinter sich, die Finger waren kräftiger geworden, ich hatte keine Angst mehr, sie allein durch Berührung zu zerbrechen. Sein Kopf hatte einen größeren Umfang. Die vier Schädelplatten, die bei der Geburt übereinandergeschoben worden waren, entspannten sich. Und natürlich wuchs er.

NELLY hatte ich damals sofort geschrieben, dass ich auf null war. Ohne Hintergedanken. Sie hatte noch einmal begeistert zurückgeschrieben, in fetten Lettern: »YEAH, YOU GO!«, hatte sie gratuliert. Und dann, einen Tag später, rief sie an.

»Ich habe als Kind mal ein Thermometer im Mund zerbrochen.«

Wir versuchten, die Situation zu rekonstruieren. Sie zitterte. Sie schlief nie. Sie konnte sich nicht konzentrieren und nahm jede Menge Thyroxin.

»Wie lange geht das alles schon?«

»Immer schon.«

»Und wie hast du deine Bilder gemalt?«

»Im Wahn.«

»Und ihr habt nichts unternommen, nachdem es zerbrochen war?«

»Ach was.«

»Soweit ich weiß, gibt es einen Höhepunkt nach vierzehn bis achtzehn Jahren, danach wird es besser.«

»Hm. Ist viel länger her.«

»Wenn nichts Neues dazukommt.«

Sie überlegte.

»Mach einen Test.«

Sie machte einen Test. Man gab ihr die schwächere Dimercaptobernsteinsäure. Sie wurde oral verabreicht, der Test war negativ, im Urin fand sich eine nur leicht über normal liegende Menge Quecksilber. Ich erklärte ihr, dass das nichts bedeute, weil nicht entscheidend war, was man ausschied. »Entscheidend ist, was im Körper bleibt. Das kannst du nicht messen.«

Sie wandte sich ab, und ich merkte das. Ich war im Vorwärtsgang, feuerte Weisheiten ab: »Nur positiv ist eindeutig, negativ ist mehrdeutig. Je chronischer es ist, desto weniger kommt jedes Mal heraus. Die Säure geht nur in die Zellzwischenräume, Lymphe und so weiter. In die Zellen kommt sie so schnell nicht, ins Knochenmark logischerweise auch nicht, in den Kopf sowieso nicht. Und da ist das meiste.«

»Die Ärztin hat auch so was gesagt, dass das nicht total zuverlässig ist. Aber diese Säure geht über die Bluthirnschranke.«

Ich redete von mir statt von ihr: »Merkst du denn eine Veränderung, geht es dir besser? Fühlst du dich leichter? So ist es bei mir, hundert Kilo hat mir eine unsichtbare Hand vom Rücken genommen, seit der Stoffwechsel vom Dreck befreit ist und die Muskeln wieder versorgt werden.«

»Nein.«

Ich überlegte. Wollte es nicht wahrhaben.

Fragte: »Emotional? Ich habe nach den Injektionen gemerkt, dass ich keine Bandbreite mehr hatte. Das Gift klebt ja alles zu Brei zusammen, Hunger und Sattheit, Schlaf und Wachen, Freude und Traurigkeit. Alle Pole verschwinden. Genau wie beim Alkohol, nur viel stärker. Ich kann jetzt wieder weinen oder vollkommen grundlos euphorisch sein!«

Nelly entschied sich dagegen. Streng antwortete sie, und es tat mir weh: »Marko, es hat sich ergeben, dass ich keine Schwermetallvergiftung habe. Das ist erst mal das Faktische.«

»Aber ...«

»Nichts aber. Ich kämpfe hier schon an zu vielen Fronten. Was ich brauche, Mark, ist ein klarer Kopf.«

ICH dachte, sie bräuchte Zeit, genau wie ich. Ich hatte Dr. Engel gefunden, und sie setzte mir alle sechs Wochen eine Spritze mit der schwefelhaltigen Säure. So hatte ich es mir angelesen, so bestätigte sie es. Jede drehte mein Nervensystem auf links, mich, und auch das hatte ich genauso gelesen.

Wir lebten wieder in Berlin, jeder in seiner Wohnung, und an den schlimmsten Tagen war Lycile mit den Worten gegangen, sie könne jetzt nicht mehr und wolle allein sein. Wann immer ich sie dann angerufen hatte, einen Tag später oder nur einen halben oder zwei Tage danach, und sie zu kommen bat: Sie war gekommen. Einmal dauerte es auch nur zwei oder drei Stunden, nach denen ich mich schon mit einem Hilferuf meldete, und manchmal hatte ich sie angebrüllt, wo sie denn sei, wieso sie nicht bei mir sei, wann sie denn kommen wolle, wenn nicht jetzt. Wie oft das passiert war, wusste ich nicht mehr. Nur einmal hatte ich ihr von dem hellen Licht erzählt, das ich bei der plötzlichen Einsicht, das Ganze könnte auch schiefgehen, gesehen hatte. Ihr antwortender Blick war eindeutig. Das half mir damals so, wie sie es jetzt bereuen wird.

Vielleicht ist sie auf dem Weg hierhin, wo immer ich hier bin, denn ich habe nicht gefragt, als ich nach dem Transport aufgewacht bin. Sie haben mir bestimmt Beruhigungsmittel gegeben. In Berlin sind wir jedenfalls nicht, auf dem Flur, der die Zellen mit diesem Trakt verbindet, habe ich den Himmel über einem Innenhof gesehen, und er war sehr hell, heller als in Berlin. Es muss viel Wasser in der Nähe sein, wir sind noch an der Küste. Vielleicht in Rostock oder in Greifswald oder irgendwo in Polen, nein, dann wären alle Anweisungen an den Türen auf Polnisch, vielleicht sind wir in Sassnitz. Vielleicht sitzt Lycile im Auto, und unsere ersten Jahre ziehen an ihr vorbei wie die Kilometer:

sinnlos. Nichts von dem, was mir guttat, bezahlte damals die Krankenkasse, vieles bezahlte Lycile. Ich stellte Strafanzeige gegen die Zahnärztin, die ohne Pumpe gebohrt hatte. Wegen Verjährung wurde der Vorgang zu den Akten gelegt, obwohl noch immer Erfolg ihrer Tat eintrat, wie es im Juristendeutsch heißt, also noch immer neue Folgen eintraten und auch solche, die mir von der Tat Kenntnis gaben. Was eigentlich Verjährung aufhebt. In Nebensätzen teilte die Staatsanwaltschaft mit, was sie von diesem Unfug hielt: Quecksilber, das in Milliarden von Zähnen täglich Bruttoregistertonnen wegkaute. Ich fuhr zur Praxis der Frau und ließ mir unter einem Vorwand die Behandlungskarte geben. Ich nahm einen Anwalt des Medizinrechts, der mir vorschlug, einen Privatdetektiv zu beauftragen, um den Pumpendefekt nachzuweisen. Alle Detektive rieten ab, denn ich hätte mit einigen Tausend Euro zu rechnen. Aussicht auf Erfolg sah keiner. Dann stellte ich Dr. Berg zur Rede. Es war komisch, aber ich hätte gerne Einvernehmen mit ihr gehabt, als wären wir eine Schicksalsgemeinschaft und sie könnte mich trösten. Aber sie sagte, sie habe schon genug private Probleme. Wegen Fehlbehandlung ging ich in eine Schlichtung der Ärztekammer. »Die«, hatte man in der Kanzlei müde gesagt, »ist umsonst.«

Ich versuchte zu schreiben, aber es gab zu viele Tage, an denen ich bis zum Satzende seinen Anfang nicht behalten zu können glaubte, und viel zu viele, an denen es nicht erheblich besser war. Mut hatte ich sowieso keinen. Dr. Engel behandelte mich umsonst. Sie sagte mir, dass bei zehn Jahren Vergiftung mit fünf Jahren Entgiftung zu rechnen sei. Sie fand die Nitrate und Nitrite, die dem Quecksilber in die Hände spielten, empfahl jodhaltiges Essen. Ich schlief wieder schlecht, phasenweise. Alle sechs Wochen war genug Gift aus den Zellen gekommen, das wir mit der Säure abräumen konnten. Wenn ich zu früh spritzte, wenn ich spritzte, bevor es mir schlecht genug ging, leitete ich nur die guten Metalle aus und wollte ein paar Tage später sterben, weil ich wie ein Schwamm Gift aus den Depots zog: So erklärte ich mir das.

Ich verdiente keinerlei Geld, und die Miete vom Zahnarzt reichte wegen einer nassen Wand im Schlafzimmer, in dem ich nie hatte schlafen können, seiner Mietkürzung und der Weigerung der Versicherung, für den Wasserschaden aufzukommen, gerade aus, um das Loft zu halten. Ausziehen wollte er nicht. Ich wollte das Loft verkaufen, was keine gute Idee war. Die Immobilien waren seit Atta beständig in den Keller gegangen. Außerdem hatte ich, in meiner Begeisterung, wie der Makler sagte, damals gut gezahlt. Ja: Ich hatte mich unverwundbar gefühlt.

»Warten Sie zwanzig Jahre«, sagte er, »das kommt.«

Ich lachte: »Ein Leben!«

»Sie werden vollkommen gesund werden«, sagte Dr. Engel so sanft wie ernst.

Ich bot mein altes VW Cabrio, das in einer Garage am Stadtrand auf eine mir unbekannt gewordene Lust wartete, damit durch die Stadt zu fahren, zum Verkauf an. Es meldeten sich mehrere Amerikaner, darunter ein Soldat, der abwechselnd aus Bagdad und vom Sinai schrieb, wo er freie Wochenenden verbrachte. Er plapperte wie ein achtjähriger Analphabet auf Drogen, kaufte täglich mehrere Spielzeugpanzer, wie mich der Marktplatz gern informierte, und ab und zu ein Auto, das er sich nach Alabama kommen ließ, wo seine Mutter wohnte. Ein anderer, schon älterer GI rief einen Monat lang jeden Tag aus einer Baracke in Südkorea an. Wenn er etwas Deutsches sehe, erklärte er mit schuldiger, devoter Stimme, müsse er es einfach haben. Zum Glück zügele ihn seine Frau, die er in Korea nach langen einsamen Jahren endlich gefunden habe. Sie habe diesem deutschen Qualitätscabrio nach eingehender Diskussion aber zugestimmt, und schließlich bot er sich mit seinem Kollegen im Irak hoch und zahlte eine astronomische Summe, die ich zwischen meinem Anwalt, dem Apotheker und einer Zahnärztin aufteilte, die mir die letzten Giftplomben aus dem Mund gebohrt hatte. Die Schutzmaßnahmen für Paranoiker kosteten extra, obwohl sie nach drei oder fünf Sekunden verrutschten und die Zahnärztin alles Gift in den Rachen spülte. Ich lieh mir von Lycile Geld, von dem ich einen alten VW kaufte, den mir die Amerikaner aus den Händen rissen. Davon zahlte ich neue Spritzen.

Kontakt zu Nelly hatte ich nur noch selten. Sie meinte, Autos zu verkaufen sei schick für einen Schriftsteller, doch ich glaubte, das sei vielleicht in den USA so. Aber nicht in Deutschland. In Deutschland, erklärte ich ihr, müsse man ein Genie sein, arm und Alkoholiker oder irgendwie anders psychisch krank und hilflos. Oder total autoritär, quasi diktatorisch. Das sei doch dasselbe, meinte sie, und ich meinte, ein Genie sei hier etwas, auf das man gern herabblicke. Das klinge ja nicht so gut, fand sie, während ich nach zehn oder elf VW auf Mercedes umstieg, weil die Amerikaner mir alles bezahlten und ich keinen passenden VW fand. Manchmal musste ich mit einem Angestellten der Bank des Käufers telefonieren, dem *bank manager*. Die Amerikaner kauften alles auf Kredit, auch Allradcabrios, die sie zum Ausführen eines nassen Hundes benötigten oder um mit dem Surfbrett an den Strand zu fahren. Am besten gingen allerdings Feuerwehrautos mit Sirenen und Blaulichtern, die die Käufer selbst *toys* nannten.

Währenddessen vergaß ich Arzttermine. Markus Ringel, der Bestsellerautor, wollte mir ein Gutachten für das Gericht schreiben, wie aussichtsreich und geradezu sicher meine steil begonnene Karriere einmal gewesen sei, ja, dass er ohne meinen Krimi nie selbst einen hätte schreiben können. Ich war mit ihm im alten Café Einstein verabredet, aber das fiel mir so spät wieder ein, dass ich mit dem Wagen durch die Stadt raste, als wäre Bond mein Name, zuletzt auch falsch herum durch zwei

Einbahnstraßen. Kein Scherz. Fast hätte ich dabei ein Kind überfahren, auch das ist kein Scherz. Vier Minuten kam ich zu spät, Ringel war weg.

Nie wusste ich, wann Jakob kam oder wann ich ihn vom Training abholen musste. Hatte meine Schwester angerufen und mir gesagt, unser Onkel in Kiel sei gestorben? Wer sonst hätte mir das erzählen sollen, oder wie sollte ich darauf gekommen sein, wenn er lebte? Lebte sie noch in der Wohnung unserer Eltern, die auch mir gehörte und für die sie noch nie Miete an mich gezahlt hatte? Meine Konzentrationsfähigkeit, wenn ich versuchte zu schreiben, lag mal bei anderthalb Minuten, mal bei einer Viertelstunde. Ich nahm erst siebzehn Kilo zu und dann wieder Thyroxin, die normale Dosis von fünfundsiebzig. Die Libido war normal, Lycile mochte das. Es hielt uns zusammen. Denn ich glaubte nicht, noch einmal ein Buch schreiben zu können. Eines Tages machte Lycile klar: »Ich will dich als Schriftsteller. Als Autohändler will ich dich nicht.«

Die Schlichtungsstelle der Ärztekammer mogelte den Befund eines anderen Patienten in meine Akte. Sein Gehirn war zum Zeitpunkt, zu dem ich Dr. Bergs Praxis das erste Mal betreten hatte, schon von Lösungsmitteln zerfressen gewesen. Auf meinen Protest fragte eine Sekretärin am Telefon: »Woher wollen Sie das denn überhaupt wissen?«

»Was?«

»Dass das nicht Ihr Befund ist.«

Nach sieben schriftlichen und telefonischen Interventionen wurde auch Dr. Hondas Bericht endlich dazugenommen, und der Gutachter fand viele Fehler, die Dr. Berg gemacht hatte. Sie ließen sich als eine große Unterlassung zusammenfassen. Die Mengen Thyroxin erzeugten Kopfschütteln. Unterlassung war ein grober Behandlungsfehler, der vor Gericht Beweislastumkehr erwirkt. Nicht ich hätte die Vergiftung nachweisen müssen, was nur mit einem Würfelchen Hirnmasse möglich gewesen wäre, das man in einen Mixer schmeißt und danach in einen Massenspektrografen. Kein Pech gehabt? Dr. Barbara Berg hätte mir nachweisen müssen, dass ich keine solche Vergiftung hatte. Und auch sonst hätte ich nichts haben dürfen. Also gar nichts.

»Im Grunde«, sagte mein Anwalt, »ist es bei grobem Behandlungsfehler sogar egal, was es am Ende wirklich war. Entscheidend ist dann, dass die Behandlung lege artis falsch war und Sie dadurch einen Schaden erlitten haben.«

Er legte einen Zettel mit Dr. Neuers Adresse vor mich hin und bat mich, dort einen Termin zu vereinbaren: »Wir wollen doch mal sehen, ob Sie noch arbeitsfähig sind.«

Dr. Neuer setzte mich an den Fragebogen, der die Paranoia offenlegte, und dann an einen seiner Rechner, der in einer bestimmten Reihenfolge akustische und optische Signale von sich gab, auf die ich reagieren musste, zum Beispiel wenn sich drei von ihnen rückwärts wiederholten. Das ging eine Weile ganz gut, aber die Abfolgen wurden schneller und komplizierter. Die Frage war, wann ich ausstieg, und als ich ausstieg, drehte ich mich zu ihm um, und das Programm lief weiter, obwohl er gesagt hatte, ich solle es sofort anhalten, wenn es so weit wäre, ich dürfe es nicht weiterlaufen lassen, denn gemessen würde, wann ich es stoppte.

Er stand hinter mir und beobachtete mich.

Ich drehte mich um, fragte: »Wie stoppt man das?«

Langsam und grinsend sagte er: »F10.«

ALLES kostete Geld: was auch sonst? Es kostete so viel Geld, dass ich damit ein Luxusleben zwischen Palmen hätte führen können, aber das wäre nicht meine Geschichte gewesen, und auf sie kommt es ja an: Jeder braucht eine eigene Geschichte. Also machte ich weiter. Ich hatte auch einen Kunden, Jay, der mir eine ganze Handvoll Autos abkaufte, während man mir bei der Akupunktur eine Therapie gegen Angst vor Ärzten zu verkaufen versuchte. Jay fing mit einem Geländewagen an, den ich von einer Feuerwehr in Frankfurt hatte, dann kam ein Funkbus der Bundeswehr in Tarnfarben, man konnte ohne Weiteres einen Golfplatz damit erobern oder einen Autobahnparkplatz. Einige kuriose Fahrzeuge folgten, die ich mir gar nicht mehr persönlich ansah. Im englischen Wikipedia schrieb ich zu den Modellen, von denen ich annahm, sie gefielen ihm, wie selten sie waren und welch fantastische Summen ähnliche Autos in den letzten Jahren bei Veranstaltungen der großen Auktionshäuser in Basel, Miami, Amsterdam, Monterrey und Meadow Brook oder auf Ebay erzielt hatten. Jay Jay Rukowski besaß einen Wald in Illinois, der sicher nicht klein war. Und er schwärmte von Deutschland und deutscher Technik: »Ihr habt ja alle Dächer mit Solarzellen bedeckt, im ganzen Land, alle Dächer.«

»Äh, ja. Klar.«

»Was?«

»Natürlich. Alle.«

»Toll.«

»Jedes einzelne. Das ist hier Vorschrift.«

»Hm?«

»Ein Gesetz. Dächer ohne Solarzellen sind verboten. Du kommst in den Knast, wenn du ein nacktes Dach hast.«

»Ihr seid einfach genial, ihr Deutschen.«

Von den Autos, die ich selbst manchmal erst seit ein paar Stunden besaß oder überhaupt noch kaufen wollte, genügten ihm Fotos. Er hatte nie viel Zeit und nahm meine Zahlen aus den Einträgen bei Wikipedia, um seine Angebote zwanzig Prozent darunter zu fixieren. Ich sagte bei zehn Prozent zu, und er schickte dann das Geld. Ich beauftragte eine Spedition, die das Auto nach Bremerhaven brachte, und Jay Jay bedankte sich ein paar Wochen später für »den tollen Wagen, den du wieder für mich gefunden hast!«.

»Keine Ursache. Mir macht es Spaß.«

»Aber pass auf, Mark«, sagte er einmal, »tu mir einen Gefallen.«

»Gerne, Jay.«

»Besorg mir einen Polizeiporsche.«

»Hm.«

»Bitte.«

»Einen Porsche von der Polizei?«

»Bitte besorg mir einen.«

»Sehr selten, weißt du. Wirklich richtig selten.«

»Ich hab ein einziges Mal einen gesehen. Aber zu wenig geboten, verstehst du? Ich hab zu wenig geboten. Er war weg. Scheiße, Mann, verstehst du mich? Ich hab ihn nicht gekriegt.«

»Ja«, sagte ich, mit jedem seiner Sätze lässiger werdend, »die sind wirklich teuer. Jay, das ist eine ganz andere Kategorie als alles, was wir bislang miteinander gemacht haben.«

»Wie viel?«

»Na ja ...«

»Was kostet ein Polizeiporsche? Bitte, sei nett zu mir. Bitte, bitte.«

»Ich werde mich mal umhören, Jay. Du weißt ja, wenn ich keinen finde, dann gibt es keinen.«

Und so ein Auto gab es tatsächlich nicht. Den Schritt, einen ausgelutschten Porsche mit einer halben Million Kilometern auf der Uhr in Grün-Weiß umspritzen zu lassen, eine blaue Lampe auf den Kopf zu kleben, ein Funkgerät auf das Armaturenbrett und so lange damit durch den Wald zu fahren, bis der Lack wieder gebraucht aussah, bin ich nicht gegangen. Ich war aber nahe dran. Lycile meinte, ich sollte lieber wieder schreiben.

»Wenn du in transatlantischen Geschäften Geld abräumen kannst, ohne mit der Steuer, dem Zoll, der polnischen Mafia oder der amerikanischen Bürokratie ins Gehege zu kommen, dann kannst du auch einen Roman schreiben. Es wird Zeit«, sagte sie, »wieder normal zu werden.«

»Normal?«, hatte ich gefragt.

»Das Leben ist kein Unfall.«

»Sondern?«

»Ein Geschenk. Sagte ich schon mal.«

Mit den Injektionen hatte ich aufgehört. Die Symptome waren langsam abgeklungen, seit ich keine Plomben mehr im Mund hatte. Auf Lanzarote verflog dann der Rest, glaubte ich, in der sauberen Luft. Und Lycile war das erste Mal schwanger. Wir suchten uns eine große Wohnung, Jakob und Merle hatten darin ein gemeinsames Zimmer, und ich musste mir etwas überlegen.

Ray schlief auf meinen Beinen ein, und ich legte ihn wieder in den Wagen. Auf meinem alten Rechner sah ich, wie die Intervalle, in denen Nelly mir geschrieben hatte, länger geworden waren. Manchmal zehn Tage nichts, dann vier, dann drei Wochen Ruhe. Alle paar Minuten musste ich ein vor schädlichen Eindringlingen warnendes Fenster wegklicken, das mir das längst gelöschte Antivirenprogramm erneut verkaufen wollte.

Wenn Nelly schrieb, dann jammerte sie. Die Wiederwahl von George Bush hatte sie in eine Paranoia getrieben, zu der sie immer schon eine Anlage gehabt haben muss. Sie schrieb mir von ihrem Hitler-Projekt: Alle Amerikaner, die Hitler hießen, hatte sie angerufen.

»Verstehst du«, sagte sie mit erbostem Atem am Telefon, »es gibt zwei Dutzend Amerikaner, die Hitler heißen. Sie stehen im Telefonbuch, und du kannst sie anrufen. Peter und Peter S. Hitler, Sue Hitler, Crisanne Hitler. Rita Hitler, Selvan und Scott Hitler, Peggy Hitler. John, Keith, Neill und Jennifer Hitler. Und natürlich sechs oder sieben Adolf Hilter. Plus einen Adolph mit pee-ha. Es gibt sogar eine Rachel Hitler.«

»Echt?«

»In Chicago.«

Ich fand das auch erstaunlich, empfahl aber, die Leute in Ruhe zu lassen.

Nelly explodierte: »Stell dir vor, einer hat mir gesagt, er fühle sich als Teil einer unterdrückten Minderheit! Er fordert Gerechtigkeit. Für die Hitlers dieser Welt.«

»Nelly«, sagte ich, »verrenn dich nicht.«

Sie schnaubte. Wollte ein Papier zusammenstellen.

»Gib es mir, wenn es fertig ist.«

Ob ich das in Ordnung fände, Gerechtigkeit für die Hitlers?

Ich wusste es nicht.

Sie: »Da stimmen doch die Relationen nicht.«

»Kommt auf den Standpunkt an, aber als Hark Hitler hätte ich mich auch eher umbenannt. Das machen die Behörden sicher kostenlos.«

»Abartig, Mark, es ist unmenschlich, widerlich.«

Ich riet ihr zur Vorsicht bei der Wortwahl und dazu, einen Zeichentisch anzuschaffen und große Bögen Papier und Stifte, um beim Telefonieren zu kritzeln, zu notieren und zeichnen, wenn sie aufgelegt hatte. Aber das nächste Mal, als ich mit ihr sprach, wollte sie alle Frauen anrufen, die in New York wohnten, mit Nachnamen Black hießen, mit Vornamen Nele, Nelly, Nelli oder Nola und die am selben Tag Geburtstag hatten wie sie.

»Alle N. Blacks eben.«

Sie hatte angefangen, die Namen herauszuschreiben. Die Ersten hatte sie bereits angerufen. Bislang war kein passender Geburtstag dabei gewesen, aber es waren über hundert Treffer zu erwarten, selbst wenn die Statistik bei so kleinen Zahlen kaum noch etwas hergab.

»Ich lade sie zu unserem Geburtstag ein.«

»Nelly«, sagte ich belehrend, »Respekt. Das klingt mal wieder nach dir.«

»Es werden ganz junge darunter sein und ganz alte. Nehmen wir an, wir haben eine Spanne von neunzig Jahren. Na ja, ich hoffe schon auf hundert, Marko Dünn, ich werde mich mit ihnen anfreunden. Dann treffe ich mich mit jeder allein und höre mir die Lebensgeschichte an, ihre Träume und ihre Ängste. Ich verschmelze alle zu einer Person, das Ganze wird ein Bilderzyklus in Episoden, ein Menschheitsroman des widerlichsten Jahrhunderts. Drück mir die Daumen, dass ich eine Nelly Fucking Black finde, die hundert ist und am 11. Januar geboren!«

Ich drückte schon, versicherte ich ihr, während sie überlegte, ob sie auch schwule Noels und Neils und Nolans dazunehmen sollte.

»Falls es nicht genügend sind, weißt du. Transsexuelle nehme ich unbesehen, das ist okay. Etwas transsexuell bin ich auch.«

»Ist doch jeder, oder?«

»Aber nicht schwul. Schwul bin ich nicht.«

»Was denn?«

»Semilesbisch und pseudohomosexuell, das ist doch nicht das Gleiche!«

»Ach so«, sagte ich, »ich bin ja strunzhetero. Kann ich auch nichts für.«

»Mark«, sagte sie langsam, »ich kann dich immer noch gut leiden.«

»Echt?«

»Ja, trotz allem.«

»Allem?«

»Du weißt schon.«

Ich hörte aber nie wieder von den Nellys und auch nicht von den Hitlers. Als ich nachfragte, meinte sie, das Magazin, das ihre Recherchenotizen über die Hitlers im Faksimile drucken wollte, sei pleitegegangen und habe ihr keine Belege mehr geschickt und kein Honorar. Sie versuche aber, an Exemplare zu kommen, denn gedruckt hätten sie es.

»Schick mir einfach Kopien.«

»Die Originale sind flöten, Marko, diese Ignoranten und Betrüger haben sie wahrscheinlich von der Putzfrau wegschmeißen lassen, kannst du dir das vorstellen?«

»So nach: Ist das Kunst oder kann das weg?«

Sie lachte verloren, und ich fragte, warum sie das nicht den Galeristen mache lasse, aber sie hatte von ihm nichts mehr gehört, seit sie das Geld eingefordert habe, das er ihr schuldete.

»Wie lange ist das her?«

»Ich hab's vergessen, Mark.«

»Ungefähr?«

»Zwölf Jahre gefühlt.«

Einmal konnte ich Nelly am Telefon gar nicht verstehen. Sie klang nicht besoffen, nur so ähnlich.

»Ich bin auf so einem Antidepressivum. Weil es mir gestern so schlecht ging, Markomann. Mir geht es nicht gut. Ich schlafe nie. Ich kann nicht schlafen.«

Ich fragte nicht, ob sie zitterte, denn ihre Stimme zitterte so, dass das Zittern auf mich übergegangen wäre, hätte ich mich nicht bewusst dagegen gewehrt und alle Muskeln im Oberkörper angespannt, wie man es bei Kälte macht. Sie hatte mehrere Lungenentzündungen gehabt. War im Krankenhaus gewesen. Blutete. Sie erzählte mir von Vivians neuer Freundin.

»Lesben brauchen einen Tag für Sex, Mark, zwei Tage, um Schlüssel auszutauschen, und am dritten ziehen sie zusammen.«

»Wie lange bleiben sie dann?«

»Für immer, was denkst du denn? Für immer. Und wenn man zusammen aus dem Fenster hopst.«

»Ach so.«

»Kopfüber machen die das.«

»Ich dachte Hand in Hand?«

»Schließt sich das aus, Mark?«

Noch einmal lachten wir, aber jeder lachte für sich, denn genauso wie wir über Vivian sprachen, hätten wir noch monatelang nicht über sie sprechen können, dass es geschah, war Zufall, und das ist nicht Freundschaft. Freundschaft ist eine gemeinsame innere Uhr, Freunde wissen genau, wann es Zeit ist, sich zu melden, und sagen: Ah, gerade wollte ich dich anrufen. Es kann einmal in der Woche sein oder einmal im Monat oder nur zum Geburtstag und zu Weihnachten oder Neujahr. Mit Lycile redete ich an Wochentagen immer gegen sechs Uhr, wenn die Arbeit getan war und das Einkaufen für das Abendessen organisiert werden musste. Mit Nelly war ich einmal bei täglichem Kontakt gewesen, dann bei wöchentlichem. Auch bei monatlichem war noch alles gut. Jeder hatte mit sich zu tun, und es konnte ohne Weiteres wieder anders werden. Aber je mehr meine Genesung voranschritt, desto mehr setzte unsere gemeinsame innere Uhr aus. Gespräche taten weh, weil wir nicht wussten, wann wir wieder sprechen würden oder ob überhaupt. Wir wussten längst, dass wir uns nicht weiterhalfen. Sie wollte nicht hören, dass es mir besser und besser ging, ich nicht, dass bei ihr alles immer schlechter wurde. Sie dozierte über diese Scheißwelt. Sie hatte gesehen, wie auf dem Dach gegenüber eine Frau vom Blitz getroffen wurde.

»Mark«, sagte sie fasziniert, »sie leuchtete auf und verbrannte. Ich habe es gesehen.«

Jetzt regte ich mich auf: »Wieso geht die im Gewitter auf das Dach eines Hochhauses? Das ist doch bescheuert.«

»Mark, das verstehst du nicht?«

»Kein bisschen. Will ich gar nicht. Das ist doch krank.«

»Seit dem Attentat sind hier auch alle krank, Mark. Das ist ganz normal, da raufzugehen und dieser Welt den Finger zu zeigen.«

»Nelly …«

»Was?«

»Das bringt doch nichts.«

»Doch«, sagte sie mit zitternder Stimme, »das bringt was,

Mark. Solange unser Superaußenminister, der so integer und charmant und eloquent ist wie Woody Allen, Jodie Foster und Charlie Chaplin in einer Person, mit ein paar Fotos von irgendwelchen Lastern in irgendeiner Wüste dieser Welt beweisen kann, dass der Irak Massenvernichtungswaffen hat, und unsere Analphabeten deshalb dorthin müssen, um zu töten und zu sterben, genau so lange, Mark, bringt das was.«

»Und was?«

»Dass sich alles nicht so taub anfühlt.«

»Du wolltest doch weggehen, wenn Bush wiedergewählt wird.«

»Mark«, sagte sie jetzt mit ihrer warmen, lieben Stimme, die sie offenbar nicht verloren hatte, »Bush wurde schon beim ersten Mal nicht gewählt.«

»Das ist keine Antwort.«

»Und New York ist alles, was ich habe. New York, meine hübsche, kleine Wohnung im Himmel mit all den alten Teebeutelflecken. Das lass ich mir nicht auch noch nehmen.«

Sie wollte sich zwei Katzen zulegen und erbat sogar meine Zustimmung, denn die Allergie gegen Katzen war meine schlimmste gewesen.

»Nelly«, hatte ich sagen müssen, »das ist rührend, aber ich bin doch sowieso nie bei dir.«

Sie schickte dann Fotos der beiden, machte sich über den Kater und sein Gehabe lustig und sprach verliebt von der Katze. Sie hatte Geldprobleme. Kam auch mit dem Malen nicht voran.

»Das ist eine Scheißwelt«, schrieb sie, als ich einmal Geld geschickt hatte, ein zweites Mal aber nicht reagierte, »eine Scheißwelt, aber für uns alle: Immerhin sind wir zusammen in ihr drin. Eine Scheißwelt für uns alle.«

Nein, dachte ich, ohne es zu sagen: Wir sind nicht zusammen. Und ich kann auch nicht mehr.

DR. ENGEL erklärte mir, dass Schlafstörungen die Folge von Energiemangel seien, denen man mit einer spät am Abend eingenommenen kleinen Mahlzeit begegnen könne. Fett sollte sie sein, ein Fischbrötchen oder ein Stück Käse, kaum gekaut. Huhn geht auch, ungekaut in Stücken. Das Spätstück würde dann die Nacht über im Magen liegen und sehr langsam verdaut, sodass es stetig etwas Energie abgäbe wie eine Batterie. Sie setzte mich auf die Vitamine B12, B6 und B1 und trug mir auf, das Coenzym Q10 in Kapseln zu nehmen.

»Lieber eine mehr als eine weniger!«

Sie erlaubte mir eine Kombination aus Glutamin, Magnesium, Nicotinamid und Zink, die ich bei der Suche nach einem bezahlbaren Q10-Lieferanten in einem Katalog für sportliche Nahrungsergänzungen gefunden hatte. Diese Kombination verbesserte laut Prospekt alles, was mir fehlte: Schlaf, Konzentration, Gedächtnis und sexuelle Leistung, die unter den Durchschnitt gerutscht war, jedenfalls wenn ich Dr. Bergs Definition der Normalität anwandte. Das Immunsystem sollte gestärkt, die Stimmung aufgehellt werden. Kaum geschluckt, wirkte das Zeug wie das Anlegen von zweihundertzwanzig Volt Wechselspannung bei meinem alten Rechner, bei dem der Akku kaputt war.

Dr. Engel fragte: »Träumen Sie?«

»Nein.«

»Haben Sie aber mal?«

»Natürlich.«

»Und wie lange nicht mehr?«

»Schwer zu sagen, zwanzig Jahre?«

»Nehmen Sie B2 hoch dosiert, Sie werden träumen wie ein Hund nach der Jagd.«

Sie nahm einen quadratischen hellblauen Zettel, schrieb einen Herstellernamen darauf und schob mir den Zettel mit aufmunterndem Blick über den mattweißen Tisch. Zehn Tage später träumte ich und hörte nicht mehr auf.

Alle paar Wochen kaufte ich ein Computerprogramm zum Gedächtnistraining, hielt aber wegen der Frustrationen keines lange durch. 2006 fing ich wieder an zu trainieren. Ich war ja früher einmal Rad gefahren, und alle, und allen voran Dr. Engel, hatten dringend zugeraten. Ich begann zaghaft, musste nach acht Kilometern kotzen und hatte Angst vor Rückschlägen, aber bald war ich bei größeren Einheiten angelangt. Nach dem ersten vier Stunden langen Training machte mein Erinnerungsvermögen einen Quantensprung. Plötzlich konnte ich ein Drittel der Nummer meiner Kreditkarte, von der ich kaum glauben konnte, dass ich sie noch besaß, auswendig hinschreiben. Einzelheiten aus meiner Jugend fielen mir wieder ein: die Klassenlehrerin, die nichts begriffen hatte und der man jede Ungerechtigkeit durchgehen ließ, weil sie im Krieg so ein schweres Los gehabt habe, unter dem sich die Schüler nichts vorstellen konnten und auch nicht sollten. In meinem Kopf war ein Mitschüler, an den ich Jahrzehnte nicht gedacht hatte und der damals nur ein Thema kannte: das Fernsehprogramm vom Vortag. Aus dem leeren Schwarz meiner Vergangenheit heraus wusste ich sogar seinen Namen: Martin Poltranski. Ich hatte vor Augen, wie er durch eine ruckartige Kopfbewegung seinen Scheitel hochschmiss, und ich hatte seine Stimme im Ohr: »Ey, und der Kommissar dann so, ey.« Er stellte die Szenen nach und fasste jeden grob am Arm, der nicht zuhörte. Ich wollte zwar nichts von Martin Poltranski wissen, aber dass meine Jugend aus dem Dunkel auftauchte, gefiel mir. Wenn ich nachts wach lag, fielen mir die unwichtigsten Einzelheiten von Fußballspielen ein, die ich gespielt oder gesehen hatte. Mein erster Schulfreund und wie wir uns aus den Augen verloren. Dasselbe vom zweiten. Was eine Freundin, die ich nach der zehnten Klasse nicht wiedergesehen habe, einmal auf einem Wandertag zu mir gesagt und wie es mir den Kopf verdreht und das Herz verwrungen hatte. Einzelheiten vom Studium und aus dem Kindergarten:

Erinnerungen wie Fotos, die beim Aufschlagen eines Albums herausfallen, weil man sie nie eingeklebt hat. Mein Theaterstück, das nicht gespielt worden war, das ich vergessen hatte, war fast komplett wieder da, ohne dass ich es noch einmal gelesen hätte. Lycile beschwerte sich morgens über meine Plapperei, bis sie begriff, dass ich gesundete. Ich hielt mich dann auch zurück.

Es war nicht ausgeschlossen, dass ich wieder Vertrauen zu meinem Kopf fassen würde, eines Tages. Übrig blieb noch die Sache mit meinem Kieler Onkel: War er gestorben? Es würde sich, dachte ich in diesem ersten Licht, eine Gelegenheit ergeben, das zu klären, denn jetzt ging das Leben ja weiter. Und es ging auch weiter: Wir verloren unser Kind. Das kleine Herz, das wir im Ultraschall hatten schlagen sehen können, tucker-tuck, tucker-tuck, stand in der neunten Woche still. Die Wirbelsäule, die ein paar Millimeter groß gewesen war, wie die Ärztin erklärt hatte, wuchs nicht mehr und ließ sich nicht mehr sauber abbilden. Ich musste Lycile ins Krankenhaus bringen, damit die Frucht entfernt wurde, wie es hieß. Was Leben sein sollte, war ein Infektionsrisiko geworden, und während Lycile betäubt im Operationssaal lag, saß ich zuhause über Aktenbergen zur Vorbereitung der Klage gegen Dr. Berg.

Die Schlichtung war abgeschlossen. Mit einem zweiten Gutachten hatte die Ärztekammer aus den vorhandenen Unterlagen einen anderen Fall konstruiert, genauer: aus einem Drittel der Unterlagen. Zwei Drittel waren nach hinten sortiert und vom Gutachter nicht gelesen worden. Zwar lag laut Schlichterspruch ein Fehler in der Medikation vor, er habe aber keinen Schaden verursacht. Die Hobbyrichter der Schlichtungsstelle bestritten auch die Vergiftung. Sie behaupteten, die Werte meiner Quecksilberproben seien stetig gesunken, denn sie hatten jene Laborberichte, in denen sie gestiegen waren, im Ordner weit genug nach hinten sortiert. Die Werte seien sowieso nie hoch genug gewesen, um die behaupteten Symptome zu belegen, auch wenn der Gutachter bekannt war für seine Studie, die bewies, dass die Werte im Urin bedeutungslos seien und eine Mindestkonzentration, unterhalb der das Schwermetall schadlos sei, nicht existiere. Deshalb hatten wir ihn vorgeschlagen.

Schließlich hatten die Hobbyrichter geschrieben, Millionen müssten krank sein, falls das, was ich erlebt haben wollte, krank machen würde. Ich hätte mir Ursache und Beschwerden eingebildet. Sogar das mit der Schilddrüse hätte ich mir eingebildet, denn ich bräuchte ja überhaupt kein Thyroxin mehr. Dass ich längst wieder welches nahm, die normale Dosis von fünfundsiebzig, stand in den Akten. Sie hatten gesagt, meine Hausärztin habe ja schon Phobien festgestellt: Das bezog sich auf meine Allergien und die Aussage, ich fordere im Loft eine Quarantäne, lasse keinen Besuch zu und niemanden in mein Zimmer. Vom wem Frau Senke das wusste? Von mir nicht. Dr. Honda vom Kompetenznetzwerk hatte Phobien ausgeschlossen, er wurde nicht erwähnt. Dafür bekam Frau Senke einen Doktortitel, den sie nicht besaß, während ihre allererste, mir nie mitgeteilte Annahme, ich sei ein Psychosomatiker, den Schlusspunkt setzte.

Ich war in der Psychiatrie gewesen, aber nicht in der mit einem ausgezeichneten Ruf ausgestatteten Psychosomatik der Charité. Dass mich niemand hinschickte: mein Problem. Drei andere Gutachter, die wir vorgeschlagen hatten, weil sie mit Publikationen zur Toxizität von Quecksilber hervorgetreten waren, hatten abgelehnt. Immer aus denselben Gründen: gesundheitlichen. Ich solle klagen, hatte mein Anwalt gesagt, ohne das letzte Rechtsmittel in der Schlichtung einzusetzen, indem wir die Versäumnisse hätten benennen können.

»Die ändern«, sagte der Anwalt, am Telefon, »ihre Meinung sowieso nicht mehr. Und ob es nun Quecksilber war oder etwas anderes, ist für die Fehlbehandlung egal.«

Prozessrisiko: siebzigtausend Euro.

Auf der Habenseite hatte ich die Feststellung des Fehlers, meinen Arbeitsausfall, meine von Dr. Honda dokumentierte Merkschwäche, den Hirnschaden, den Dr. Neuer genau vermessen hatte, um mich arbeitsunfähig zu schreiben. Ich hatte eine Frau, die, kaum dass sie ohne Kind aus dem Krankenhaus kam, mit mir die Unterlagen in der Wohnung ausbreitete. Dem Anwalt war plötzlich eingefallen, dass nur noch drei Tage blieben bis zur Abgabe der Klageschrift. Seine Version hatte mir nicht gefallen, denn in ihr wurde nur wiederholt, was die Ärzte sich ausgedacht hatten. Nitrate kamen nicht zur Sprache. Es kamen die Ernährungstipps von Dr. Engel nicht zur Sprache, die mir halfen. Die Klage musste meiner zweifellos paranoiden Meinung nach komplett neu geschrieben werden. Auf Zehenspitzen staksten wir zwischen den Papierstapeln herum, die den Boden in der Wohnküche bedeckten: Epikrisen, die von Nervengiften wie Peroxynitrit, von Psycholabilität und Nitrierung der Aminosäuren inklusive der Schilddrüsenhormone sprachen, von der Schädigung der Großhirnrinde per Vaskulitis, von Störungen im Hippocampus und im Hirnstamm, von objektivierbaren multisensorischen Integrationsausfällen, von Histaminose, Neuropathie und dem Stickoxid NO_X, dessen Spiegel die zulässige Obergrenze um das Vierfache überstieg. Dazu kamen Befunde von Hirnschrankenparametern, mehrere CDs mit Aufnahmen der dysfunktionalen Halswirbelsäule, Messungen der Trittsicherheit bei genommener Sicht, die Testergebnisse der Schwindelversuche auf dem Drehhocker, bei denen ich erst gekotzt hatte und dann geheult. Die Empfehlung, weitere bildgebende Verfahren des Hirns zur Diagnose anzuwenden, da nur eine Noxe zu solchen Schäden führen konnte, deren Folgen bereits deutlich somatisiert seien. Zettel mit kaum leserlichen Notizen, Rechnungen für Dimercaptopropansulfonsäure, für Labor, für Vitamine, für Ärzte, die ich schon vergessen hatte, für Aminosäuren, für die Zahnärztin, der beim Ausbohren der letzten Amalgamplomben das Tuch, der Sauger und der Bohrer verrutscht waren, während sie lachte, mich auslachte, Rechnungen für das in Deutschland überteuerte und in England bezahlbare Q10, für Selen, für Jod und Spritzen mit B12, für Berge der Vitamine C und E und Fahrten zu Ärzten. Die Chinesin war dabei, die mir eine Therapie gegen Angst vor Ärzten verkaufen wollte und mich verklagt hatte, weil ich nach zwanzig Minuten gegangen war, keine ordentliche Rechnung von ihr erhielt und dennoch bezahlen sollte. Sie hatte mir mit den Akupunkturnadeln nur Schmerzen zugefügt, war der Meinung, ein Schriftsteller müsse so empfindlich sein, hatte im schriftlichen Vorverfahren verloren und Konkurs angemeldet. Der Otoneurologe in Niedersachsen war dabei, der den Befund des anderen Patienten in meine Schlichtungsakte gemogelt hatte. Er hatte von seinem Sportflugzeug erzählt und von dem Dreck, den die *Bild*-Zeitung ständig über Ärzte schrieb. Ganze achtzig Mark habe er von meiner Kanackenkasse bekommen, ließ er mich wissen: vierzig Euro. Die benutzten Geräte allein kosteten aber mehrere Hunderttausend. Auch der Radiologe in Stuttgart war dabei. Er hatte mir vor Ort erklärt, er wolle für das Röntgenbild meiner verklemmten Halswirbel, die an den Nerven zerrten, sobald ich den Kopf drehte oder kippte, was wieder die Bluthirnschranke am Arbeiten hinderte, ein paar Hundert Euro. Die Sprechstundenhilfe, die am Telefon ganz sicher gewesen war, es handle sich um eine Kassenleistung, wisse das nicht so genau. Weit hinten auf dem Fußboden sah ich die Rechnung der Sauerstoffüberdruckkammer, in die sie mich zwölf Mal gesteckt hatten, weil das generell entgifte, was die Allergien runterfahre, sodass ich besser Luft bekäme. Darunter lag die von Dr. Neuer. Er hatte mir aufgetragen, in den kommenden Jahren sehr genau auf die Ausfälle meines Gehirns, meines Gedächtnisses zu achten, sie penibel zu dokumentieren und dabei nicht so paranoid zu sein. Ich hatte einen Anwalt, der mir nichts mehr glaubte, seit er das Mandat der Krankenkasse, ihre Ansprüche gegen Dr. Berg durchzusetzen, nicht bekommen hatte. Ihre Unterstützung hatte ich verloren, als das erste Gutachten in der Welt war und den Fehler Dr. Bergs festgestellt hatte: jahrelange Untätigkeit bei absurder Medikation. Mein Anwalt arbeitete flächendeckend für die Kasse, wie mir irgendwann die Sekretärin aus Versehen erzählte oder absichtlich, damit ich kapierte: Ich war der kleine Fisch, der allen durchs Herz schlüpfte, aber bitte nur einmal. Der allen zur Last fiel, wie ich als Kranker allen zur Last gefallen war, und der, nun wieder halbwegs gesund, noch immer denselben Kampf kämpfte, als wäre er sein Lebensinhalt.

Er war auch mein Lebensinhalt: Lycile ohne Kind auf dem Boden zwischen den Akten balancieren zu sehen war der Moment, in dem sich der einst an der Mauer gefasste Wille mit dieser plötzlichen Einsicht verband. Dank dem Vitamincocktail träumte ich jede Nacht, und ich träumte mittlerweile von Arztpraxen. Ich hatte geträumt, dass eine neue Ärztin mit zwei Helferinnen aus dem Sprechzimmer kam, alle drei berückend attraktiv, in Lack und Leder, und jede hatte ein Schlachtermesser in der Hand. Sie grüßten freundlich die alte Dame, die mir gegenüber an der Wand saß und mit der Handtasche auf den Knien und den Händen auf dem Stock wartete, aufgerufen zu werden. Dabei unterbrachen sie nicht ihren Gang, sie kamen stracks auf mich zu. Sie lächelten weiter, halfen mir aufzustehen. Die Ärztin mit den knallroten Lippen und eine Helferin hielten mich fest, die zweite Helferin begann an meiner Ferse, denn ich war schon entkleidet, in aller Ruhe die Haut aufzuschneiden. Mit gekippter Klinge zog sie sie ab. Dann legten sie mich auf den Boden und schnitten mein Fleisch von der Ferse bis zum Arschloch auf. Das wiederholten sie auf der anderen Seite, klappten alles auseinander. Der Oberkörper wurde schnell, aber nicht hastig zerlegt. Die Messer liefen durch Haut und Fleisch und Weichteile wie heiße Eisen in Butter, bevor sie am Kopf waren. Auch hier: Haut abziehen, Schädel in der Mitte spalten, zwei Augen, die ihre Synchronisation verloren, starrten einzeln in das Wartezimmer und konnten keine der drei Personen mehr fixieren. Oder lag es nur am ehemals ballrunden, jetzt wie Melonenstücke auseinanderfallenden weißen Knochen, dass das so wirkte?

Ein anderes Mal irrte ich vom Bauchnabel abwärts nackt und mit dem abgeschnittenen Fred in der rechten Hand durch die Nacht. Über irgendwelche Gleise. An der Schnittstelle, über den seltsam unbedeckt hängenden Hoden, spiegelte eine perfekt gerundete Kuppe aus Quecksilber das kalte Licht irgendwelcher Neonscheinwerfer, wie ein Perspektivspiegel an unübersichtlichen Ausfahrten dem Autofahrer Einblick in den Verkehr gibt. Darin war der gereckte Oberkörper meiner Schwester zu sehen. Sie trug ein Lächeln zur Schau, das Lächeln der Blödheit.

Was kein Traum in der Nacht war, sondern einer am Tage bei vollem Bewusstsein: eine Schrotflinte mit auf den Rücken verdrehten Armen auf meinen Atlas zu richten, den Daumen ungelenk am Abzug, um mir die Hirnschranke wegzublasen. Das war meine Zwangsvorstellung, eine Sauerei in Rot mit verklebten Haaren und einem sprudelnden oder wenigstens doch suppig blubbernden Stumpf. Über Monate hatte ich sie in Wein ertränkt. Noch länger hatte ich gebraucht, um auch die genauen Pläne meines Amoklaufes in Whisky und Ibuprofen aufzulösen. Zuerst die Zahnärztin mit der kaputten Pumpe: peng. Dann Frau Dr. Berg, die für keine Leistungsstörung eines Professors verantwortlich war: peng peng. Dann die Quecksilberexpertin Frau Senke mit dem tiefroten Gesicht und dem Daumen auf dem Kolben der Spritze, Auge in Auge: peng peng peng. Und dann auf die Straße treten und in den Himmel sehen, die Waffe lässig an der baumelnden Hand.

Vielleicht war es ja ein schöner Tag, vielleicht waren noch keine Polizeisirenen zu hören und ich würde die Straße entlangschlendern, wie ich sie zwischen zwei Injektionen einmal entlanggeschlendert war, als ein großer Müllwagen an mir vorbeirollte und in die Straße einbog, die ich queren musste. Der am Lenkrad kurbelnde Fahrer hatte mich gesehen, an seinem Gesicht erkannte ich, dass er annahm, ich würde trotz Vorrecht zurückweichen. Ich ging aber weiter, wollte sehen, wer der Stärkere ist. Der Müllwagen war beinahe neu, konnte erst wenige Tage im Dienst sein, der orangene Lack brüllte in den sonnigen Tag, man sah dem Wagen seinen Müll nicht an, nicht den von gestern, nicht den des Tages und noch weniger den zukünftigen. Ich ging einfach weiter auf meinem geraden Weg, der die Bahn des Wagens kreuzte, und als ich von der Ecke des Wagens nur noch einen Meter entfernt war und ihn beinahe hätte berühren können, sah ich, wie der Beifahrer in seiner orangenen Latzhose vom Sitz geschleudert wurde und die Arme nach vorne warf, um den Flug gegen die Scheibe abzufangen. Der Idiot hatte sich nicht angeschnallt. Die Reifen gaben auf dem Kopfsteinpflaster das quietschende Geräusch von sich, das alle Hälse drehte, die Scheibe brach, der Beifahrer fiel auf die große Ablage vor seinem Sitz, und der Fahrer rief, als ich vor ihm und seinem kindischen Müllwagen weiterging, als wäre ich schon Mondstaub, aus dem offenen Fenster: »Ey, bist du Gott?«

Was hatte er denn gedacht? Töten konnte ich jedenfalls, wen ich wollte, und das hätte ich auch tun sollen. Ray würde noch leben oder wäre, da ich mich wahrscheinlich selbst auch ausgewählt hätte, immerhin nicht gestorben. Zwei Wochen auf dieser Welt sind ja, egal was man über sie denkt, nicht erstrebenwerter als zwanzig Jahre oder achtzig oder hundertdrei. Aber ich fällte keine solche Entscheidung, ich nutzte mein bisschen Gottsein nicht, und Lycile turnte in den Unterlagen auf unserem Küchenfußboden herum, eine Lippe oft zwischen den Zähnen. Sie sah mich an und fragte, wo der Brief von Ringel sei.

»Welcher Brief?«

»Von Ringel. Zu deinen Erfolgsaussichten. Wollte er dir doch attestieren.«

»Ist nie gekommen.«

»Ach so?«

Sie stand auf, in beiden Händen Papiere.

»Aber der ist doch total wichtig. Der wollte doch bestätigen, wie gut du damals am Start warst.«

»Er hat ihn nie geschrieben.«

»Scheiße. Das sagst du jetzt?«

»Was sollte ich machen? Ihm den Krieg erklären?«

»Keine Ahnung.«

»Es waren auch viele andere Autoren gut am Start, manche besser als ich. Ich kann dir ein Dutzend nennen, die damals in allen Zeitungen waren, Preise bekamen und heute von keinem Buchhändler und keinem Journalisten gekannt werden. Weißt du, wer den Krimipreis damals gekriegt hat?«

Wusste sie nicht.

»Nötebeck.«

»Nie gehört.«

»Dreizehn Wochen auf Platz 1.«

»Lese ich neuerdings Krimis oder Beststellerlisten?«

»Der hat noch ein zweites Buch gemacht, aber das war nix. Dann ist er zurück an die Börse.«

Sie ließ Arme und Mundwinkel hängen. »Krank ist er immerhin nicht. Und ein Brief von Ringel beeindruckt trotzdem, so sind die Menschen nun mal. Auch Richter.«

Von Lycile hatte ich auch geträumt, aber das wusste sie nicht. Der Traum ging so: Sie sitzt auf der Bettkante und dreht mir den Rücken zu, will mir ihr glattes, schönes Gesicht, in das sich vor Kurzem die ersten Fältchen an den Augen geschlichen haben, nicht zeigen. Ich bitte sie darum und beteuere, dass ich die Falten mag, ich bettle und frage, wieso sie mir ihr Gesicht nicht zeigt. »Bitte«, sage ich, »bitte, schau mich doch an«, und im Traum vergeht eine vierfache Ewigkeit, bis ich ganz hohl bin vor Enttäuschung und sie das merkt und sich endlich zu mir dreht, mir langsam ihr Gesicht zeigt, das ein Totenkopf ist, der grinst und grinst und grinst und grinst, der nicht aufhört zu grinsen und zu grinsen und zu grinsen und schließlich nicht mal laut lacht, sondern nur ganz leicht und lässig. Ich hatte nicht gewusst, dass man mit rasendem Herzen und pumpenden Lungen aufwachen kann, schweißgebadet. Eine Woche lang hatte ich auf dem Bett gelegen, den Bauch nach unten, obwohl ich wegen der Halswirbel, dem Kabelbaum und der Bluthirnschranke meinen Kopf nicht so verdrehen konnte, worauf ich Dr. Berg bei meinem ersten Besuch hingewiesen hatte. Zerviko-enzephales Syndrom eben, aber gewünscht hatte ich nichts mehr. Dann war ich aufgestanden, weil Lycile, der ich den Traum nachzuerzählen mich weigerte, es so wollte. Sie hielt mir die guten Seiten unseres Lebens vor: Ich hatte wieder Kontakte zu alten Freunden geknüpft. Es gab sogar zwei oder drei neue Freundschaften. Mit Nadja hatte ich mich ausgesprochen: Sie habe sich von mir nicht ernst genommen gefühlt. »Wir waren keine Familie, sondern ein Familienbetrieb, in dem jeder an die Macht wollte. Dumm war das«, hatte sie gesagt. Wir hatten geweint, und zu Merle war danach endlich Nähe entstanden. Kinder nehmen den Eltern eben alles ab.

»Und Jakob«, sagte Lycile gerne, »war doch eh nie weg gewesen. Der war doch immer bei dir.«

Statt mit Lycile das Leben anzufangen, vom dem sie sprach, quälte ich sie damit, auf dem Boden in den Aufzeichnungen der Ignoranz und der Niedertracht, wie ich gemeint hatte, nach Perlen zu suchen. Dort, wo eigentlich ein chaotischer Haufen Fotos von unseren Abenteuerreisen sein sollte oder von unseren windeltragenden, mit Nudelsoße eingesauten Kindern oder wenigstens Berge von Liebesbriefen, die ich ihr im Arbeitszimmer hätte schreiben können, während der Verleger auf sein

Manuskript wartete. Was ich stattdessen auf dem Boden sah, war der Bauplan für eine lebenslange Krankheit, zu der ich mich gerade entschied. Genau wie die Schlichter es von mir behaupteten. Wenn ich in den kommenden acht Jahren des Prozesses darauf achtete, was ich vergaß, wann ich nicht schlief und welche Wörter ich in den Sätzen wegließ, wenn ich die Fachbegriffe lernte, die Dr. Neuer für meine logischen Fehler genannt hatte, dann würde ich nicht vorwärtskommen. Ich musste davon weg, damit aufhören. Es vergessen.

Scheiße, dachte ich, die haben recht.

Offenbar hatte ich das auch gesagt, denn Lycile fragte: »Was?«

»Wir haben«, sagte ich möglichst lässig, »noch eine andere Möglichkeit.«

»Ach so?«

»Wir können das hier auch alles lassen.«

»Was bitte?«

Mit dem Kinn wies ich auf die Akten am Boden: »Das hier alles.«

Perplex stellte sie fest: »Lassen.«

»Genau.«

Die Frau, ohne die ich mich nicht denken konnte, setzte sich auf einen Stuhl, der rückwärts am Küchentisch stand, hatte die beiden Papiere noch in Händen, Beine gespreizt wie ein Handwerker, kein Kind im Wagen. Sie sah auf die Dokumente auf dem Boden.

»Können wir«, sagte ich. »Wir sind Herren des Verfahrens. Wir entscheiden.«

Ihr Mund öffnete sich langsam. »Du hast fünfzehntausend Euro für Anwälte und zwei Jahre Arbeit investiert.«

Das stimmte.

»Du hast einen Schlichterspruch, der einen Fehler festhält, vermutlich einen groben, und behauptet, er habe keine Folgen gehabt, aber sonst selbst vor simpel zu belegenden Fehlern aus den Nähten platzt.«

»Und acht Jahre Prozess vor mir, in denen ich zahle und zahle und zahle und dafür maloche und dabei jeden Gedächtnisfehler notieren muss. Es wird davon nicht besser werden.«

Sie lächelte matt. »Ist doch auch ein Training.«

»Aber ich muss mir mich selbst als krank und geschädigt vorstellen.«

»Bist du doch auch. Oder willst du sagen, dass du mich all die Jahre verarscht hast?«

»Äh, nein. Aber, dass wir jetzt entscheiden können, frei zu sein.«

»Aha, frei. Interessant.«

»Jetzt sofort.«

Wir hatten noch einen Tag bis zum nächsten Einsetzen der Verjährung. Freundlicherweise hatte der Anwalt behauptet, es sei nicht so wichtig, was in der Klage stünde. Hauptsache, der Termin werde gewahrt. Und klar war, dass die Gegner, zwei große Versicherer, durch alle Instanzen gehen würden. Angeblich.

»Und die vierzehntausend Euro Behandlungskosten? Der Verdienstausfall, der sich in die Zukunft fortsetzt?«

Ich machte eine wegwerfende Handbewegung. »Schwer zu belegen. Das ist nicht kalkulierbar. Ich muss nach vorne sehen.«

Lycile sagte sehr langsam, dass sie mir niemals raten würde, die Klage fallen zu lassen. »Das kannst du nur selbst tun.«

»Es ist eh schmutziges Geld.«

»Oh, du willst es gar nicht haben?«

»Lass uns was essen gehen.«

Sie stand auf, setzte sich auf einen anderen Stuhl, der richtig herum am Tisch stand, und ließ die Schultern beim Ausatmen fallen. »Mir wär lieber, wir hätten das hier fertig. Dann können wir immer noch entscheiden.«

»Ich möchte mit dir essen gehen. Ins Paparazzi zum Beispiel.«

»Ach so. Haben wir nichts noch Teureres, wo wir reservieren können?«

»Wenn du was weißt. Jay Holzporsche gibt einen aus.«

Erschlagen sagte sie: »Nein, nein, Paparazzi ist okay.«

Ich hatte schon mein Telefon in der Hand, die Nummer war noch in dem uralten Telefon eingespeichert, und Giuseppe wusste sofort, mit wem er sprach.

»Aaaah, unglaublisch. Was denkst du, habe isch Tisch für Dottore Criminal! Wo bist du gewesen sechs, sieben Jahre, eh?«

»Tokio, Rom, San Francisco.«

»Eh, la Roma! Buonissima Roma, eh? Isch mache buon tschena fuhrr disch.«

»Giuseppe, wir sind zu zweit.«

»Mamma mia, Dottore, e anche un bambino, eh?«

»Nein, Giuseppe, das nicht. Schlechtes Thema.«

»Kommt noch, Dottore, kommt noch. Und erst maa die beste Tisch ist fuhrr eusch.«

»Giuseppe, in einer halben Stunde?«

»In halbe Stunde, Dottore, perfetto, eh.«

Lycile starrte auf das unfertige Mosaik der Dokumente auf dem Boden. In den Suchbewegungen ihrer Augen sah ich, wie das System, mit dem sie die Papiere ordnen wollte, noch arbeitete.

»Das räume ich nachher weg«, sagte ich. Und weil sie skeptisch aussah, schob ich hinterher: »Wenn wir es so entscheiden.«

Aber ich hatte mich entschieden. Und ich hatte Hunger. Weil sie noch einmal gesagt hatte, es mache ihr nichts aus, das durchzustehen und zu Ende zu bringen, sagte ich beim Nachtisch, dass ich die Seiten wechseln müsse.

»Die Seiten.«

»Ich habe nur zwei Möglichkeiten.«

»Nämlich?«

»Ich kann bei den ewigen Antragstellern sein.«

Ein auffordernder Blick, in dem Erschöpfung war und ganz am Ende ein Nanogramm Licht.

»Ein Verlierer. Das Opfer.«

»Oder du bist auf der anderen Seite.«

»Genau. Deshalb rufe ich morgen Hottinger an.«

»Hottinger?«

»Meinen Verleger. Ich hab mir aus der Thailandreise was zusammengestrickt, was ganz vernünftig ist, glaube ich.«

Wartend sah sie mich an.

»Ein Krimi, ziemlich politisch, dazu historisch und zur Geschlechterdebatte, also hochaktuell.«

»Na dann«, sagte Lycile vorsichtig.

»Ich will wieder schreiben.«

Jetzt lächelte sie natürlich, hatte sie mich doch endlich auf dem Gleis. Dann sah sie in ihr leeres Proseccoglas, und zum ersten Mal in meinem Leben schnipste ich nach dem Kellner: »Giuseppe!?«

DIE Sekretärin war noch die alte, Frau Wohlgemuth. Außer ihrer Professionalität ließ sie sich nichts anmerken: »Herr Kindler«, hatte sie geträllert, ohne dabei eine Regung wie Freude, Überraschung, Nähe oder Gereiztheit zu zeigen, »wie geht es?«

»Beinahe perfekt.«

Das freute sie.

Ob Hottinger mal in Berlin sei.

»Moment.«

Ich verschluckte meine aufsteigende Freude, als ich Wohlgemuth, nachdem sie mich weggedrückt und Rücksprache gehalten hatte, lässig sagen hörte: »Natürlich.«

Schließlich hieß das noch gar nichts.

»Ob er Zeit hat für einen Kaffee?«

Sie drückte mich abermals weg, nach ein paar Sekunden klirrte und knackste es an meinem Ohr, und ich hatte ihn selbst dran. Seine Stimme dröhnte wie vor acht Jahren. Tatsächlich sei er übermorgen eh in Berlin, brüllte er. Ob mir das passe. Keine Frage, wie es mir gehe.

Übermorgen passte mir ausgezeichnet.

»Dass es ein Kaffee wird, kann ich allerdings nicht versprechen. Wir sehen uns am Nachmittag, sechzehn dreißig. Worum geht's?«

Ich hatte seinen Zigarrenqualm in der Nase, musste husten und hielt den Hörer eine Handbreit vom Ohr weg, weshalb ich selbst lauter sprechen musste: »Ein Krimi.«

»Soso.«

»Kriminalroman.«

»Das hab ich verstanden.«

»Spielt in Thailand.«

»Schon mal gut«, dröhnte er, »da wollen viele gerne sein!«

Zwei Tage später versuchte ich in der Paris Bar neu anzufangen oder überhaupt einmal anzufangen. Ich spielte ihm einen Schriftsteller vor und nahm an, dass ich das nur so lange durchhalten musste, bis man mich von dieser Rolle nicht mehr unterscheiden konnte. Er bekam die Kurzfassung des Plots, eine Geschichte in der chinesischen Minderheit, die Chiang Kai-shek 1949 nach der Niederlage gegen Mao im Norden des Landes zurückgelassenen hatte. Seit Jahrzehnten lebten sie ohne thailändische Bürgerrechte, jetzt wollten sie eine Spaltung Thailands in vier Teile.

»Es gibt«, sagte ich, »einen militanten Arm.«

Hottinger brummte irgendwas, und wir kamen auf meine Genesung. Dass ich eine Klage wegen Fehlbehandlung gegen die Ärztin führte und Ringel mir ein Gutachten versprochen habe, wegen des Verdienstausfalls. Damit Hottinger sah, dass ich noch meine Kontakte hatte. Damit er verstand, dass ich nicht aus Unlust oder Größenwahn abgetaucht war. Sein tägliches Brot war internationales Urheberrecht, er beschäftigte zwei Dutzend Angestellte aus allen möglichen Ländern, die Verträge aushandelten. Ich konnte nicht mit Kleinigkeiten ankommen, und Großschriftsteller Ringel sollte ihn beeindrucken.

»Guter Mann«, sagte er anerkennend und zum Glück, ohne Details über meinen Gesundheitszustand wissen zu wollen. »Ob dein erstes Buch ohne Ringel überhaupt in den Listen aufgetaucht wäre, ich bezweifle es ja. Er hat kräftig Mundpropaganda gemacht, weißt du das überhaupt?«

Wusste ich.

»Wieso eigentlich?«

»Er fand es halt gut«, sagte ich, »wieso?«

»Nur so.«

»So was gibt es noch, im Ernst. Der fand es gut, das kannst du mir mal so glauben.«

»Du hast den richtigen Anwalt?«

Ich nickte wieder. »Bei grober Fehlbehandlung wie zum Beispiel bei Unterlassung gibt es Beweislastumkehr. Eine Besonderheit im Medizinrecht.«

»Und es war Unterlassung?«

»So sagt es das Erstgutachten der Schlichtung. Und so war es auch. Es wurde über sechs Jahre keine Differentialdiagnostik gemacht oder nur versucht. Obwohl ich das immer gefordert habe.«

»Sondern?«

»Die Psychoschiene.«

Es regte sich Zustimmung in ihm, und er fragte, was das für eine Schlichtung sei. Er fragte aber unwillig, deshalb winkte ich lässig ab. »Das läuft alles und ist nicht mein erstes Thema.«

»Ach so.«

»Das macht dich eh krank, wenn du da täglich drüber nachdenkst. Ich will das hinter mir lassen.«

Jetzt nickte er und grub dabei mit der rechten Hand in der Tasche seines Jacketts, als suchte er da etwas. Er hatte zwei Wodkas bestellt und erklärte, ein Comeback sei viel schwieriger als ein Senkrechtstart.

»Die Journalisten müssen immer was zum Deflorieren haben.«

»Mir schon klar.«

»Na ja, Thailand ist gut und Krimi auch. Aber wenn das dein Comeback werden soll, dann wäre es besser, du machst nicht so viel Politik.«

Ich sah ihn an.

»Mach lieber Krimi.«

Ich versicherte ihm, dass ich kein Anfänger war. Er machte mit der Hand eine Wiege, sah auf die Uhr und auf meine kahle Stirn und sagte: »Ich sag's ungern, aber du bist weder jünger noch weiblicher geworden. Der Buchhändler hat nur fünf Sekunden, um zu entscheiden, ob er dein Buch hinlegt oder ein anderes.«

»Fünf«, hatte ich aufgeschlossen wiederholt.

»Wahrscheinlich sogar nur drei.«

Natürlich nickte ich. »Drei.«

Was der Vertreter in den drei Sekunden über meinen Roman sagen solle, fragte er und antwortete selbst: »Bestimmt nichts Kompliziertes!«

Es kam nicht infrage, ihm etwas von den Ausläufern eines Bebens vorzuschwärmen, das sich Zweiter Weltkrieg nannte und das sich eben nicht zum größten Teil zwischen der Normandie und Stalingrad ereignet hatte, wie die meisten Deutschen immer noch glaubten.

Gut fand er einen Vorabdruck im *Playboy* oder ein Interview in einem Frauenmagazin. Er sagte: »Überleg mal.«

»Hab ich schon. Das Ganze spielt natürlich im Rotlicht. Aus dem heraus wird eine Terrorgruppe der Chinesen finanziert. Es gibt vereinzelte Morde an Politikern, dann einen kleinen

Anschlag, in den mein deutscher Held, ein Studienabbrecher der Psychologie, zufällig hineingerät. Er wohnt bei einem Engländer, emeritierter Professor, schwul, der leitet eine Pension als Tarnung. Tatsächlich hat er mehrere Etablissements und ist der Terrorpate. Bevor es zum großen Anschlag kommt, der schon lange geplant ist, klärt unser deutscher, etwas unschuldiger Held den Fall notgedrungen auf.«

Die Wodkas wurden vor uns hingestellt. Hottinger zog seine Hand aus der Tasche und hatte eine Zigarre in den Fingern, die er ansah, als hätte er erwartet, sein Telefon zu sehen. Dann steckte er sie wieder weg.

»Wo ist die Liebesgeschichte?«

»Der Engländer wurde von einem chinesischen Kindermädchen erzogen, das seine Eltern einst nach einer Bildungsreise als Kriegswaise nach London mitgenommen haben. Die Eltern starben nicht lange danach zusammen bei einem Autounfall, er hat sein Leben mit der Chinesin verbracht und rächt sie.«

»Hm«, sagte er, »das könnte gehen.«

»Ist noch nicht alles. Der deutsche Student ist ein Hetero, der auf reifere Frauen steht, wie er erst in Thailand bei den Masseurinnen herausfindet. Er muss an den Terrorpaten rankommen, um das Attentat zu verhindern.«

»An den Professor?«

»Das geht nur über Sex. Der deutsche Hetero muss sich überwinden.«

Hottingers Braue war hochgeschossen.

»Willst du nicht einen Wiener aus ihm machen?«

Ich fand das gar keine schlechte Idee, hielt den deutschen Markt aber für größer, und er meinte, es sei ein Scherz gewesen.

Ich schilderte ihm die erste Szene des Buches. »Sie spielt in einem Massagesalon in der Provinzhauptstadt Chiang Dao: Nachdem mein Held sich auf der Matte ausstreckt, legt die Masseurin ihm zur Entspannung ein Tuch über die Augen und stützt dann über beide Hände ihr Körpergewicht auf seine Oberschenkel. Die gut proportionierte Frau, sie ist etwa Mitte fünfzig, atmet dazu gleichmäßig aus und stellt dann unvermittelt ihren Schritt auf seine Fußspitze. Eine Minute verharrt sie so. Der Held verharrt ebenfalls, erst mal wie gelähmt. Dann zunehmend elektrisiert. Er überlegt, ob er seinem Zeh trauen kann, er sieht ja nichts. Als er sich endlich entschlossen hat, seinem Zeh zu glauben, dass er das Geschlecht der Masseurin berührt, bleibt er schon deshalb still, weil direkt neben ihm eine andere Masseurin an einer Frau arbeitet. Die beiden Matten sind nur durch einen Vorhang voneinander getrennt. Nachdem er eine Weile innegehalten hat, bemerkt er, wie eine Menge Energie der Masseurin durch die Berührung in seinen Körper fließt und er sich entspannt.«

Hottinger ging so weit mit und wartete.

»Gegen Ende dieser langen, über acht Seiten ausgebreiteten Minute bezeichne ich ihn als neugierig.«

Er nickte abermals.

»Aber man versteht schon, wie glücklich er ist.«

»Ach so.«

»Es geht dann so weiter, sie setzt sich hier und da mit gutem Kontakt ihres Organs auf ihn drauf, und als sie zum Schluss das typische You okay, Mister?, fragt, nickt er nur und schluckt ein Yes herunter, das in seiner Kehle stecken geblieben war.«

Hottinger hatte gegrinst. Und noch mal genickt.

»Auf dem Rückweg bemerkt er, dass die Rückenschmerzen weg sind, wegen denen er gekommen war.«

»Hm.«

»Er hat noch nie für Sex bezahlt, kann sich das aber plötzlich gut vorstellen.«

»Ach so?«

»Das endet natürlich in Rausch, Leere und Depression.«

»Ja. Klar.«

»Den Engländer gibt es übrigens tatsächlich: Ich habe bei ihm gewohnt, ein Professor im Ruhestand, Linguist. Stockschwul, ein Haufen hübscher Jungs schmeißt seine Pension.«

Er grinste.

»Nur ist er natürlich kein Terrorist.«

Hottinger nickte wohlwollend.

Ich also weiter: »Tatsächlich hat er mir viele historische Informationen gegeben und damit den Einblick ermöglicht. Er bietet Ausflüge ins Hinterland an und doziert dir vierzehn Stunden lang was an die Backe, bis du ein Klappmesser ziehen willst, um ihn zur Ruhe zu bringen.«

»Hehe. Sage ich doch, dass du keinen Unikurs für Senioren machen sollst.«

Ich schüttelte den Kopf. »Das Buch läuft zügig auf einen Doppelanschlag an einem burmesischen Grenzposten und die Polizeistation in Chiang Dao zu, bei dem der Deutsche beinahe verletzt wird.«

»Okay.«

»Opfer: weit über hundert.«

»Hm.«

»Seiten für das Blutbad: mindestens zwanzig.«

Wie ich das schreiben wolle, fragte er, ich bräuchte doch jede Menge Details. »Daran muss dann alles stimmen.«

Ich erzählte ihm etwas von privaten Videos aus dem Irak, die ich über einen nicht ganz legalen Agenten bekommen habe: »Ausgezeichnetes Material. Meist verwackelt und unscharf, weil mit Telefonen aufgenommen und oft im Laufen, aber gut genug, dass ich mir ein Bild machen konnte.« Ich hatte die Schreie gehört und das Heulen, das Blut gesehen, abgerissene Körperteile und so weiter.

Hottinger sah mich überrascht an, während er versuchte, die Information einzusortieren.

»Bilder«, sagte ich, »die kein Sender je ausstrahlen wird.«

»Und woher hast du die?«

»Völlig schräge Geschichte: Ich habe mein altes Käfer Cabrio angeboten und dabei Kontakt zu einem GI in Bagdad bekommen. Der hat sie mir verkauft. Man muss sich die Sachen ein paarmal ansehen, bevor man zurechtkommt. Es gibt auch einige literarische Vorlagen für Anschläge aus Israel, aber ich finde die alle zu schwach. Man muss da richtig schonungslos hineingehen, das Tempo muss stimmen. Man darf nicht zu schnell werden, weil Gewalt und vor allem der Schrecken sich langsam am besten entfalten: Darum geht es gerade in der Literatur so gut, viel besser als im Film. Die Israelis brechen immer ab, wenn es schlimm wird, obwohl man das verstehen muss. Das wird bei denen ja schneller angreifbar, als wenn ich das aus der Distanz eines Mitteleuropäers mache. Hier ist man nicht mehr so kritisch.«

Weil er mich wartend ansah, log ich: »Die Massage war übrigens nicht schlecht, aber auch nicht alles.«

Er grinste, hatte seine rechte Hand wieder in der Tasche und kippte den Wodka mit links.

»Mit der Fünfundfünfzigjährigen?«

»Quatschkopp«, log ich, das ist im Buch so. »Die sind eher zweiundzwanzig.«

»Sagen sie. Aber lass das mal so, über fünfzig ist perfekt. Das nächste Mal treffen wir uns übrigens in einer Raucherbar. So was wird es doch in Berlin noch irgendwo geben, oder?«

Ich nickte, denn ohne Verleger ist Schreiben auch sinnlos.

Er griff mir über den Tisch weg an die Schulter. »Ich sehe jedenfalls, dass du dich trotz deiner langen Abwesenheit weiterentwickelt hast.«

»Ja.«

»Was mich für dich wirklich freut.«

»Entscheidend ist, ob es dich für dich freut.«

»Wieso?«

Ich rieb gut sichtbar mit dem Daumen meinen Zeigefinger.

Er grinste, denn das war seine Sprache. Dann stand er auf, wollte mal verschwinden. Kumpelhaft deutete ich auf das goldene Schildchen mit dem schwarzen Pfeil, das über dem Tresen weit oben an der Wand befestigt war.

Er lachte. »Das finde ich hier auch mit frischem Kopfschuss noch.«

Als er durch den Raum und um die Ecke ging, sah ich ihm nach. Er ging mittlerweile gebeugt. Ich hatte noch nie darüber nachgedacht, wie alt er eigentlich war. Wahrscheinlich war er jetzt knapp über sechzig, ein Alter, das einen Mann rund machen kann und klein, mit müden Augen, die alles gesehen haben, oder mager und aufrecht mit immer wacher werdendem Blick. Hottinger hatte von beidem etwas, seine Bewegungen verliefen immer auf kurzen Wegen. Sicher war er einer, der vor dem Pissbecken die Beine durchdrückte, den Oberkörper nach hinten legte, den Blick zur Decke hob und seinen Schwanz mit der rechten Hand von links oben umgriff. Er liebte die Handlungsfähigkeit, und genauso einen brauchte ich. Ich mochte ihn noch mehr als früher, aber daran durfte ich jetzt nicht denken. Ich hatte ja begriffen, dass vor dem Leben das Geschäft kam und Erfolg hatte, wer die Bedingungen bestimmte.

Als der Kellner in meine Nähe kam, schnipste ich ihn heran und goss meinen Wodka schnell in eines der leeren Gläser auf seinem Tablett. Zwei Frauen am Nachbartisch grinsten, zwei Männer auf der anderen Seite sahen missbilligend weg, als es gerade so gut gegangen war. Denn Hottinger war schon zurück. Er fuhr mit der Hand auf seiner Stuhllehne entlang und schwang seinen Hintern herum, um noch im Hinsetzen zu erklären, dass er schon einen Umschlagentwurf und einen Titel im Kopf habe.

»Es hängt aber alles allein von der Umsetzung ab. Du musst es halt richtig machen. Du kannst mit der falschen Umsetzung den besten Stoff ruinieren. Das ist überhaupt kein Problem.«

Ich nickte.

»Du musst vor allem einfache Sätze schreiben.«

Nachdem ich ihm klargemacht hatte, dass ich es mir überhaupt nicht leisten konnte, das Ding zu ruinieren, bot er mir einen gut dotierten Vertrag an. Die Zahl war in meinem Ohr wie das Öffnen des Fensters im Frühling, von dem man vergessen hatte, wie er sich anfühlte. Sex unter Palmen oder ein Ticket zum Mond war die Summe nicht.

»Viel zu früh«, sagte ich deshalb mit der Mimik eines Betonpfeilers und einer kurz angehobenen rechten Hand, die ich schnell wieder fallen ließ.

Ich atmete aus und sah ihn an, seine Braue war unter meiner Antwort erneut hochgeschnellt, und es war der plötzlich feindselige Blick, der mir zeigte, dass ich ihn auf der Rückhand hatte. Auch wenn er sich nach einer halben Sekunde fing und mir seine Villa anbot.

»In der Nähe von Rom!«

Ich zeigte ihm Freude.

»Aber das erzählst du keinem der anderen Autoren!«

»Glaubst du, ich will die dann auch alle dahaben?«

»Sind auch neue Autorinnen drunter, Lyrik, Erzählungen, Essays …«

Ich schüttelte den Kopf und erzählte ihm von Lycile. Danach plauderten wir noch etwas, über Neue Musik, für die sich kein Mensch interessierte, weil niemand sie überhaupt noch als Musik identifizieren konnte und die Komponisten das auch noch schick fanden und sich in Unverständlichkeit überboten. Fast hätte ich gesagt, dass ich das schönste aller Instrumente wieder spielen würde, jenes, bei dem niemand weghören kann, dem jeder sklavisch zuhört: die menschliche Stimme. Aber ich konnte mich zusammenreißen, und er fragte zum Glück etwas anderes, nämlich wie es der Stiftung Jüdischer Kultur in Berlin gehe. »Du bist der Sprecher?«

»Das läuft gut, ich hätte ja nie gedacht, dass man im Ministerium auf einen Zeitungsartikel reagiert.«

Er meinte, ich hätte das aber ziemlich gut geschrieben gehabt. Ich fand, das lag an der Eindeutigkeit der Sache: »Ein in der DDR verfallenes Gutshaus, dreißig Minuten vom Alex im Wald, an einem See, so sieht doch keine Gedenkstätte des deutschen Widerstands aus, oder? In dem Juden versteckt worden sind? Und wie gedenkt man? Am besten, indem man weiterarbeitet, am besten am Geist, der einzigen Waffe gegen die Teilnahmslosigkeit.«

Er habe den Artikel gelesen, sagte er ruhig, ich müsse ihm kein Impulsreferat halten. Meinen Einsatz fand er aber gut. Das spüle eben immer auch den Namen durch die Zeitungen.

»Na ja, echte Herzenssache in dem Fall. Aber der reine Künstler wirkt eh immer so persönlich. So fordernd. Das ist nichts für mich, auch wenn das ein neues Modell in Deutschland ist, was ich da mache, und nicht jedem gefällt, ich weiß.«

»So neu auch wieder nicht«, sagte er, »das gab es alles schon mal. Aber aus dir wird noch mal was.«

DASS ich also noch immer nichts war, dachte ich auf dem langen Rückweg, und dass mich das nicht überrraschte. Ich hatte mich unter Druck setzen wollen mit dem Gespräch und dem Buch, hing jetzt aber an ihm wie die Spinne am Faden: kopfüber. Ob ich mein Instrument überhaupt beherrschen würde oder Dr. Neuer recht behalten sollte, war ja noch offen. Ich musste Zeit gewinnen und brauchte Gründe, die Abreise nach Italien aufzuschieben. Hottinger gab mir auf meinen Wunsch wieder Aufträge für juristische Gutachten, wie ich sie geschrieben hatte, bevor ich sein Buchautor wurde. Zum Warmwerden. Sie machten mir Mut, Anfangsmut, der sich mit jedem gelingenden Satz etwas mehr zu Selbstvertrauen aufbaute. Dann behauptete ich, für das Buch vor Ort recherchieren zu müssen, für die Szenen brauchte ich schließlich Bildmaterial im Kopf, Plätze, Gebäude, Fahrzeuge, Gesichter, Gesten. Auf der ersten Thailandreise hatte ich von einem Krimi nichts geahnt und nicht genügend auf solche Einzelheiten geachtet. Ich flog nach Chiang Mai, wo ich mich massieren ließ und sehnsüchtig in den Himmel sah. Zuhause versteckte ich mich hinter der Arbeit für die Stiftung. Ich gab kleine Interviews, hatte ab und zu Dienstreisen zu machen und heikle Telefonate mit Leuten, deren irrwitzigen Reichtum es ohne Zwangsarbeiter nicht gegeben hätte. DDR war das Zauberwort, es wirkte wie ein Glückselixier, wie das Passwort zu ihren Konten.

Nach einer monatelangen Nervenreiberei mit dem Bauamt und den Denkmalschützern, die sich nicht grün waren, nach vielen Sitzungen mit einer Bürgerinitiative, die den Weg um den See für alle offen halten wollte, hatten die Bauarbeiten ihre schlimmste Phase hinter sich. Bald sollte der von einer internationalen, nach meinem Ausscheiden rein jüdischen Jury ausgewählte Gast dort wohnen, und anstelle von Nelly war der erste ein Geiger aus Israel, ein Violinist.

Das Jahr ging auf sein Ende zu, und Hottinger meinte ungehalten, ich solle jetzt endlich meinen Scheiß-Thaikrimi schreiben. »Oder glaubst du, du lebst ewig?«

Das glaubte ich nun wirklich nicht, und nach vielen von Lycile finanzierten Monaten suchte ich einen Untermieter für unsere Wohnung, fand einen gut zahlenden amerikanischen Jungmanager, der weiß Gott was in Berlin zu tun hatte. Ich ging an den Weihnachtstagen mit Merle und Jakob erst in den Zoo, dann ins Kino und schließlich in die Eisdiele. »Eisessen im Winter«, hatte Merle strahlend berichtet und dann als Erste von uns beiden geheult, als ich sie bei Nadja ablieferte: Wenn man vier ist, sind vier Monate eine Zeit, in der der Himmel zerreißen kann oder die Erde sich entscheiden, ihre Drehrichtung zu ändern. Nur unter großer Kraftanstrengung hatte Merle überhaupt akzeptiert, dass ich länger nicht da sein würde, als sie sich vorstellen konnte. Dass ich mich in etwas aufhielt, das alle Italien nannten und von dem sie nicht wusste, wie es aussah. Nein, akzeptiert, kann man nicht sagen, sie nahm es bestenfalls hin.

Als wir packten, damit ich einen Kriminalroman schrieb, obwohl ich seit acht Jahren nicht versucht hatte, einen Roman zu schreiben, und obwohl niemand einen Roman brauchte, dozierte ich vor unseren offenen Koffern, dass man einen Roman schließlich nicht essen könne. Als ob ich mich vor etwas zu retten versuchte: »Man kann mit ihm nicht nach Paris fahren, wenn man verliebt ist oder traurig, und er heilt keine Kranken.«

Lycile hatte gelächelt, einen Zeigefinger am Mund, den Blick auf ihren Koffer gerichtet.

»Man kann niemanden damit zu einem besseren Liebhaber machen, und wohnen kann man auch nicht in einem Roman.«

Sie lächelte. »Was willst du jetzt hören?«

»Er ist einfach nur Luxus.«

»Was hast du neuerdings gegen Luxus?«

»Nichts.«

»Ohne Luxus ist alles nur öde und grau«, sagte sie. »Stell dir vor, es gäbe keinen Überfluss. Nirgends. Außerdem unterstützt Hotte das Buch, der ist doch kein Wohltäter.«

»Aber das ist Zeitvertreib für ihn, er hübscht sich damit auf, während seine Anwälte überall Prozesse führen, damit die restliche Welt sich um die wichtigen Themen kümmern kann, um die wirklichen Themen.«

»Zum Beispiel?«

Sie hatte sich von ihrem Koffer abgewandt, einen Stapel Unterhosen auf der Handfläche balancierend, sah sie mich an.

»Zum Beispiel wird man mir eine Elektrode ins Hirn einführen, sobald der Tinnitus schlimmer wird. Die können ihn mit einem exakt ausgemessenen Gegenstrom zum Schweigen bringen.«

»Echt?«

»Und wenn die Zeitungen nicht lügen, hat man auch etwas gegen Alzheimer in der Hand, bis er bei mir ausbricht.«

Lycile sagte dazu nichts.

»Einen Farbstoff.«

»Was denn für eine Farbe?«

Sie hatte sich wieder dem Koffer zugewandt, in dem ich einige Dessous liegen sah.

»Blau.«

»Welches Blau?«

»Methylblau.«

»Hm.«

»Oder so.«

»Das ist doch keine Farbe.« Über den Koffer gebeugt, zählte sie Sockenpaare. Ihre Nägel verschwanden zum Teil in der flauschigen Baumwolle.

»Kann man ja sowieso nicht sehen, wenn sie im Kopf ist«, sagte ich, als Lycile ins Badezimmer ging. »Aber sie haben auch was gegen Alkoholsucht gefunden. Eine Tablette, die schon sechzig Jahre auf dem Markt ist.«

Lycile war im Bad, sie war nie krank gewesen.

Ich redete etwas lauter: »Sie ist eigentlich gegen Spastiken, blockiert aber auch die Alkoholrezeptoren im Gehirn.«

Sie machte im Badezimmer Geräusche, die Tür stand offen.

»Man verliert dann die Lust. Ein französischer Kardiologe hat es rausgefunden!«

Im Bad fiel irgendwas auf den Fußboden, Glas zersprang.

Ich rief: »Professor in New York, selbst schlimmer Säufer!«

Lycile: »Scheiße!«

»Ich sehe das positiv«, rief ich lauter.

Sie brüllte zurück: »Was denn?«

Ich überlegte noch, als sie mit einer ganzen Tüte Toilettenutensilien in der Hand vor mir stand und wartete.

Ich besann mich, sagte: »Dass wir fahren zum Beispiel.«

Sie freute sich.

»Und sonst auch alles eigentlich im Moment.«

»Mach dich nicht immer so klein«, sagte sie, »als wolltest du dich zum Verschwinden bringen.«

Es folgte eine flüchtige Umarmung, unsere Lippen berührten sich, ihre Hand war auf meinem Rücken, und ihre Brust berührte meine. Ihr Atem war in meinem Atem, Sauerstoff und Stickstoff und der Rest, die künstlichen und organische Düfte. Das Sonnenlicht fiel schräg durch den Raum und wurde von den uns umgebenden Dingen in seine Farben zersprengt. Irgendwo lief Musik, oder ich bildete mir das ein. Lyciles Augen und ihr Mund waren sehr groß vor mir, und ich sah ihre Nase und die Ohren mit den kleinen goldenen Steckern, die die Ohrläppchen an keiner Stelle überragten. In den weichen Flaum auf der Ohrmuschel fiel Sonnenlicht. Ich sah den Flaum auch auf ihrer Wange und die Feuchtigkeit auf der Hornhaut ihres Auges. Sie strich mit der Innenfläche ihrer Hand an meiner Wange herab.

Für sie war die Reise so unkompliziert wie das meiste in ihrem Leben. Ihrem Chefredakteur gefiel die Idee, deutsche Künstler in Rom auszuspionieren, wie sie sagte, und ich hoffte, dass sie nicht auf den verweichlichten langhaarigen Maler stieß, dessen Foto ewig auf ihrem Schreibtisch gelegen hatte. Er war früher angeblich Callboy gewesen, peppte damit seine PR auf und machte jetzt mit albernen Übermalungen afrikanischer Landschaften ein Vermögen. Er posierte gerne als erfolgreicher Grenzgänger für Magazine, die ihn anhimmelten.

Auf dem Zubringer zur Autobahn zog Lycile im Spiegel der Sonnenblende ihre Lippen nach, strahlte vor Freude und legte bald ihre Hand mit den schlanken Fingern in meinen Nacken. Ich bog in Charlottenburg Richtung Potsdam und später dann nach Leipzig und München ab. Wir übernachteten in Südtirol, auf dem Apfelplateau oberhalb von Brixen. Da hatte ich als

Jugendlicher manchen Sommer verbracht und auch Nadja kennengelernt. Sie war Betreuerin einer Jugendgruppe gewesen, ich einer der Teilnehmer. An die Zeit vor Lycile dachte ich gern zurück, weil sie vorbei war.

Am nächsten Morgen fuhren wir die Brennerautobahn hinunter, durch die Poebene, an Florenz vorbei nach Rom. Über Silvester hatte Hottinger uns das Ehrengastapartment der Villa Massimo organisieren können, in seinem Haus war er selbst. Ich stellte Lycile überall als meine Frau vor und beobachtete dabei das Spiel ihrer Gesichtszüge. Sie lächelte immer wie die Mona Lisa und betonte, dass ich bislang nicht einmal gefragt hätte.

»Sein Weg zum Erfolg ist noch ziemlich weit«, sagte sie gerne, »aber wir setzen schon Hoffnung in ihn.«

»Wer«, fragte ich, »ist wir?«

»Oh, so ich und Lycile!?«

Ich lachte wie zwischen zwei Spiegeln. »Das freut mich.«

»Ja?«

»Eine Frau ist auf Dauer möglicherweise eh etwas wenig.«

Sie schlug mir auf den Arm und lachte auch, aber schöner als ich. In dieser Stimmung zogen wir an einem der ersten Januartage nach Bellegra um. Es war gut, dem Getue in der Stadt zu entkommen. Wir suchten eine Wohnung für Lycile, die wir in der Altstadt fanden, sie wollte nicht vierundzwanzig Stunden in meiner Nähe sein. Wir begannen zu arbeiten. Ab der dritten Januarwoche beantwortete ich keine aus Berlin kommenden Emails mehr. Sie waren immer griesiger und depressiver geworden.

Als Nelly sich bei mir meldete, saß ich im Atelier am großen Fenster, die Füße auf dem Sims, einen ratlosen Kugelschreiber im Mund. Angeblich ragte im Tal manchmal der Petersdom aus dem Dunst heraus. Ich versuchte zu ignorieren, dass zehn Monate einfach so vergangen waren, dass ich kein Vertrauen in meinen Kopf hatte und nicht das richtige Herz. Seit ein paar Tagen schrieb ich an der ersten Szene, wie ich sie in der Paris Bar entworfen und in Chiang Dao auch erlebt hatte: ein Massagesalon am Rande der Provinzhauptstadt. Ich rätselte, warum es Hotte gefallen hatte, dass die Frau über fünfzig war, als der Rechner piepte. Ich nahm die Füße von der Fensterbank. Das Postfenster hatte sich automatisch mit dem albern darin herumkletternden Affen geöffnet. Fett und blinkend stand da Hottingers Name. Ich überlegte, ob ich die Mail anklicken wollte oder nicht, wahrscheinlich wollte er wissen, wie es ging, die tödlichste aller Verlegerfragen. In dem Moment ging das Telefon. Ich wartete das vierte Klingeln ab und sagte in Erwartung von Hottingers Raucherhusten dann möglichst abgelenkt: »Ja?«

»Elke Schön, Außenministerium! Herr äh …«

»Kindler. Grüß dich.«

Ich lehnte mich wieder in den Stuhl, legte die Füße wieder auf das Fensterbrett, sah in den Himmel und überlegte, wie ich meine Freude über den Anruf herunterspielen konnte, als mein Rechner ein zweites Mal piepte. Um auf den Bildschirm zu sehen, nahm ich die Füße wieder herunter. Fett und blinkend stand in der obersten Zeile jetzt, einer Gewitterwolke zum Verwechseln ähnlich: »Nele Black.«

Aus Berlin fragte Elke Schön, was das gewesen sei.

»Das Geräusch?«, sagte ich unkonzentriert. »Keine Ahnung.«

Ich lehnte mich wieder nach hinten und legte meine Füße auch wieder auf die Fensterbank. Gut möglich, dass ich die linke Hand am Hinterkopf hatte, und nach einem trüben, milden Nachmittag schickte die Sonne gerade ein erstes gelbes Licht über die alten Häuser von Bellegra und die Burg. Ich wollte mich auf Elke konzentrieren und auf die Einladung des jüdischen Geigers, der im Mai nach Berlin kommen sollte. Elke war die rechte Hand der rechten Kulturhand des Außenministers, Dr. Hein, und hatte mir gerade erklärt, dass von der offiziellen

Einschätzung der Gefährdung abhing, ob alles noch sehr teuer werden würde.

Während ich überlegte, was Hotte und vor allem Nelly geschrieben haben könnten, meinte Elke, die Zehntausender würden nur so durchrauschen, wenn wir vollen Polizeischutz für das ganze Jahr bräuchten. Ich hörte sie sagen, dass die ganze Schirmherrschaft dann nicht mal mehr auf der Kippe stünde.

Sie sagte: »Hörst du?«

Das tat ich, während ich das Gesicht des Geigers vor Augen hatte, wie ich ihn für seinen Kurzbesuch in Schönefeld abhole, um eine Pressekonferenz und ein pompöses Abendessen mit Sponsoren und dem Kultursenator zu bestreiten. Wie er mich fixiert, als ich sage, wir haben drei schöne Tage vor uns. Wie bissig er fragt, woher ich das weiß, und wie kleinlaut ich ihm versichere, dass wir alles tun werden und ich mehr nicht versprechen kann. Er hatte undeutlich genickt und nicht weggesehen und mich weiter wie einen Feind fokussiert, den man im Fadenkreuz behalten muss: Als wäre ich mit dem Wärter verwandt, der seine Tante zur Gaskammer kommandiert hatte. Wenn die Einladung jetzt auf unserer Seite scheiterte, wie Elke es mir in Aussicht stellte, am Geld, wenn wir ihn jetzt ausladen würden, weil die Sicherheit zu teuer war? Elke hatte vielleicht die Aufgabe, es mir schonend beizubringen, als wäre die Stiftung mein Eigentum und meine Verantwortung. Ich seufzte. Wollte nicht hinhören.

»Jetzt seufz nicht gleich so«, befahl sie. »Ich habe einen Termin mit der Berliner Polizei und dem Bundeskriminalamt gemacht.«

»Aha.«

»Mittwoch. Du kommst ins Ministerium. Willst du am Flughafen abgeholt werden?«

»Wozu gibt es Taxen?«

»Eine Übernachtung?«

Auch eine Übernachtung brauchte ich nicht. Ich flöge dann am selben Abend wieder nach Rom.

»So in Eile?«

»Das nicht«, behauptete ich, aber ich dachte an Merle. Ich würde sie belügen müssen, wenn ich jetzt nach Berlin reiste. Denn machte ich eine Ausnahme, indem ich einfach vor ihrer Tür stünde, statt vier Monate weg zu sein, dann würde sie auf die zweite Ausnahme warten, darauf, dass ich erneut vor der Tür stünde. Und wenn die nicht kam, würde sie von mir noch enttäuschter sein als durch diesen ersten Beweis, dass sie etwas beweint hatte, das nicht mal der Wahrheit entsprach. Das Einzige, das sie verstünde, wäre, dass andere Dinge, andere Menschen und andere Orte für mich wichtiger waren als sie. Also würde ich vor meiner Berlinreise mit ihr telefonieren müssen, würde fragen, was meine Perle gemacht hat, was es in der Kita gab und was Oma beim Besuch mitgebracht hat. Ich würde sie fragen, ob es in Berlin schneite, ich würde erzählen, wie in Bellegra die Wolken aussahen und dass ich draußen trainiert hatte, weil es in Italien auch im Winter so mild war. Sie würde fragen, was mild hieße, und ich würde sagen: »Warm, fast jedenfalls.« Und dann würde ich nach Berlin fliegen, ins Ministerium gehen und nach Bellegra zurückkehren und das gleiche Gespräch mit ihr wieder führen. Ich würde sie nicht gesehen und nicht auf dem Arm gehalten haben, würde hoffen, dass kein Freund von Jakob mich auf der Straße erkannt hätte. Ich würde meine Nase nicht in Merles Hals gebohrt haben, damit sie lachte und ich sie riechen konnte.

Zu Elke sagte ich: »Das hat technische Gründe.«

»Welche?«

»Vom Arbeitsverfahren her. Aber ich kann doch die Sicherheit eh weder feststellen noch herstellen und würde nur die Aussagen der Beamten entgegennehmen.«

»Das ist ein Nachmittag.«

»Das Fliegen ist ein Nachmittag. Die Weltreise ist Bellegra – Flughafen und zurück.«

»Herr Kindler«, sagte Schön und lehnte sich dabei nach vorne oder nach hinten, »man erwartet Sie hier. Bei Ihrem Projekt. Das der BM freundlicherweise unterstützt.«

»Der BM?«

Sie räusperte sich: »Der Bundesminister.«

»Und die Kosten? Wir sparen sonst, wo es geht.«

Sie lachte und trug mir auf, die Flüge als gebucht zu betrachten. Die Buchungsnummern kämen per Mail. Ich bedankte mich, sagte, dass ich mich auf einen halben Tag in der Heimat freute.

»Na, ich wünsch dir bis dahin viel Regen. Das ist zum Schreiben doch gut, oder? Hier ist das Wetter wunderbar. Soll auch so bleiben.«

»Eine Sauerei, hab ich gehört, seit November schon, oder?«

Sie freue sich auch auf mich, meinte sie, müsse jetzt aber Schluss machen: »Ab und zu arbeiten wir hier, falls du weißt, was ich meine.«

»Gar nicht. Aber das interessiert mich. So als Künstler.«

Der Rechner piepte erneut, und ich nahm die Füße vom Fensterbrett, beugte mich vor. Jetzt stand Nellys Name zweimal fett blinkend dort in zwei Zeilen untereinander, über dem von Hottinger. Ich wechselte den Hörer in die linke Hand und schloss mit der rechten das Programm.

»Mailst du eigentlich«, fragte Elke sofort, »während ich mit dir rede?«

»Das könnte ich gar nicht. Kannst du so was?«

»Woran schreibst du denn?«

»Ein Krimi.«

»Och.«

»Ziemlich politisch.«

Sie gähnte, und was sie dabei sagte, hörte sich so ähnlich an wie: Wahnsinn.

»Auch historisch, über die Nachwirkungen des Zweiten Weltkrieges, bis heute. Bisschen Psychologie, Geschlechterdebatte.«

»Hm-mh.«

»Nicht unkompliziert für Außenstehende. Wolltest du nicht auflegen?«

»Hätte ich fast vergessen. Also pass auf dich auf.«

Aufpassen würde bei uns Lycile, sagte ich, »und das nur sehr ungenügend. Meine Aufgabe ist die Verausgabung.«

Sie lachte. »Deswegen klingst du auch wie eine Leiche kurz vorm letzten Transport. Sechzehn Uhr ist Sitzungsbeginn, hab ich schon gesagt, oder?«

»Dann hab ich's überhört.«

Sie überging das. »Ich sehe dich am Dienstag hier gut ausgeschlafen um 15.45 im Büro. Die Flugdaten, wie gesagt, per Mail, Tickets sind am Schalter. F-i-u-m-i-c-i-n-o.«

Den Namen hatte sie wirklich extrem langsam, Buchstabe für Buchstabe, ausgesprochen. Als hörte ich schlecht oder wäre vergesslich und tauchte schon mal am falschen Flughafen auf.

»Ausweis nicht vergessen!«

Ich holte Luft.

»Bis Dienstag, Mark.«

Ich suchte nach einer Floskel, die ich mit »Elk« hätte abschließen können, aber sie hatte aufgelegt.

Aus dem großen Fenster des Ateliers sah ich ins Tal. Unter dem Spiel der Wolken mit dem gelben Licht lag das unbewegliche alte Bellegra mit der Burg und wandte sein Gesicht wie seit Jahrhunderten Richtung Rom und Mittelmeer. Vielleicht konnte ich doch die Kuppel von Sankt Peter sehen, ich war mir nicht mehr sicher, musste aber weitermachen. Auf dem Bildschirm war mein offener Text. Ich ging ein paar Sätze durch und fand, dass die Massage unfertig war. Fast schon wie automatisch fing ich zu arbeiten an. Ich ließ die Masseurin nun mit einem

Moped ankommen, weil sie für den Helden extra herbeitelefoniert worden war. Dann fügte ich Wetter ein: Es ist schwül, obwohl Winter, und mit dreiunddreißig Grad viel zu warm. Es hat sogar geregnet, was Anfang Januar sehr ungewöhnlich ist. Das T-Shirt der Frau ist halb nass geworden, sie wechselt es so wenig, wie sie sich die Hände wäscht. Der Held wirft ihr deshalb zu Beginn der Begegnung einen missbilligenden Blick zu, den sie lässig ignoriert. Gerüche fehlten noch: im Holzhaus Putzmittel, scharf, dazu frischer Lack. Von Hose und Hemd aus hauchdünnem Leinen, die man ihm vor der Massage reicht, ein angenehmes Waschmittel. Massageöl ist irgendwo, wahrscheinlich auf den Massageplätzen nebenan, er selbst wird klassisch trocken geknetet. Von der Straße schwebt schlecht verbrannter Diesel herein. Dazu der Lärm von Bussen und Pick-ups. An der Frau riecht er Schweiß, was ihn stört, bevor sie anfängt. Im Verlauf der Behandlung wird ihr dann warm. Frischer Schweiß kommt hinzu, und mit jeder neuen Berührung ihrer Hände, Schenkel und Scham spürt er mehr der Feuchtigkeit nach, die in ihr ist, in ihrem Atem und zunehmend in den Stoffen, die ihre Körper voneinander trennen. Eine halbe Stunde war vergangen, und ich hätte dieser Frau am liebsten die Achseln ausgeleckt, während mein Held in seiner Passivität bleiben musste. Jetzt hatte ich auch seine Schwäche erkannt: Er war ohne sexuelle Persönlichkeit. Von sich selbst wusste er nichts. Was er wollte, was er mochte, wo er es bekommen konnte: Er hatte sich das alles nie gefragt. Das machte ihn so verwundbar, wie ich ihn brauchte, und ich befand alles für stark genug, um es bis zum nächsten Morgen ruhen zu lassen. Seit wann hatte ich dieses Gefühl nicht mehr gehabt?

Das späte Gelb am Himmel über Bellegra war unterdessen orange und rot und fahl und aschgrau geworden, und jetzt war es schwarz. Der Ort war eine hingeworfene Menge Lichtpunkte. Von der Landstraße hörte ich beschleunigende oder mit dem

Motor bremsende Autos, die mir vorher nicht aufgefallen waren. Und als ob wir miteinander telepathierten, kam Lycile mit dem Wagen in die Einfahrt. Die Autotür ging auf und wurde zugeschlagen, Schlüssel klimperten. Meine Frau kam die Treppe zum Haus herauf. Sie hatte eingekauft. Für die Abendstimmung wäre es das Beste gewesen, wenn ich gleich in die Küche hinuntergegangen wäre und ihr noch an der Tür eine Tüte abgenommen hätte. Das hatte ich auch vor.

Wie automatisiert öffneten meine Finger aber das Mailprogramm. In weniger als einer Viertelsekunde rief ich nacheinander zwei Postfächer ab, ohne dass ich jemandem die Tastenkombination hätte ansagen können, die ich bediente. Neue Post gab es nicht. Als das Fensterchen mit dem Ladebalken zum zweiten Mal binnen nichts verschwand und das Programm zum Hauptpostfach zurückkehrte, sah ich in der Eingangsliste fett und blinkend die Namen. Ich hatte die Mails vergessen.

Seit ich Nelly Anfang Januar auf ihren gierigen Anrufbeantworter gesprochen hatte, waren zwei oder drei Mails von ihr gekommen. Sie hatte geschrieben, dass es schön gewesen sei, meine Stimme zu hören, und dass sie zurückgerufen habe, eine ganze Woche lang. Das stimmte aber nicht, denn das hätte ich am Mobilteil gesehen. Sie verpasse mich immer, hatte sie geschrieben, sie rufe offenbar zu den dafür perfekten Zeitpunkten an. »Mein Lieber«, schrieb sie jetzt, »ich versuch's weiter.« Eben habe sie die älteren Briefe von mir gelesen und wolle mir sagen, dass sie mich wirklich sehr vermisse. Sie habe viel an mich gedacht, na, das tue sie ja eigentlich immer. »Dir geht es gut«, fragte sie, »oder?« Dann erzählte sie, dass sie wieder im Krankenhaus gewesen und leider alles total unklar sei. Irgendwas Gastroenterologisches schien es zu sein, aber auch was Neurologisches und: »hundert Prozent die Hölle!« Ob sie mir überhaupt erzählt habe, dass sie ihren Blinddarm kürzlich hatte herausnehmen lassen müssen? Nichts sei besser geworden seitdem, den ganzen Januar habe sie durchgekotzt, nicht geschlafen, und der Rest Leben drum herum falle auseinander. Ich strich mit dem Ringfinger über ein Haar auf meiner Nasenspitze, das ich schon den ganzen Tag über hatte ausreißen wollen. Sie sei ziemlich unsicher, ob sie mich behelligen solle, sie habe ja nur Negatives zu erzählen. Vor allem sei sie unsicher, weil ich selber so hart gearbeitet hätte, um davon wegzukommen. Das stimmte wenigstens. Am Tag zuvor hatte ich ihr Fotos von der Katze geschickt, die uns zugelaufen war oder zur Villa gehörte. Ob ich nicht mehr allergisch sei, fragte sie jetzt. Ich war es nicht mehr. Wie die Katze heiße, fragte sie. Dass es doch komisch sei, meinte sie, dass wir so vieles in der Krankenakte gemein hätten. Genau darüber wollte ich nicht reden. Ich hatte ihr extra von der Einladung des Geigers erzählt und von der Familie aus dem Westjordanland und gehofft, es würde sie freuen, dass ich arbeitete, dass meine Arbeit gut lief, dass es weiterging. Ich hatte gehofft, es würde sie anstecken können. Dass sie vielleicht doch noch käme. Aber sie ging nicht darauf ein, und das wunderte mich. Es ärgerte mich auch. Ich hörte, wie Lycile unten schon die Küchentür aufschloss. Sie sprach mit Kätzi, so hatten wir sie genannt. Durch das gekippte Fenster hörte ich sie miauen, die Plastiktüten raschelten. Ich schloss die Email und öffnete die zweite Nachricht, die sie nur drei oder vier Minuten später geschrieben hatte. Da las ich: »Ich brauche Hilfe, Marko. Kann ich dich anrufen? Morgen Abend meiner Zeit, um sechs? Oder übermorgen?«

Ich atmete aus, und durch die große Scheibe sah ich nach draußen. Es war jetzt ein kühler Abend. Die Wolken hängten ihre Bäuche in das gelbe Streulicht der vielen Tausend elektrischen Lichtquellen, dazwischen standen wenige Sterne. Weiße Nadelstiche im Schwarz. Ganz hinten war irgendwo das Meer und spülte, ohne je zu ermüden, Rillen in den Sand. Ganz vorne reckte sich die Burgruine in ihrer warmen Beleuchtung und wollte nichts weiter, als da sein. Gemessen an diesen Dingen ist ein Menschenleben besonders kurz, dachte ich. Und was für ein sinnloser Gedanke das war. Ich sah wieder auf den Bildschirm. Das Geld, das sie brauchte, hätte ich gerne gehabt. Aber es hätte auch nichts genutzt.

Schnell schrieb ich zurück: »Jederzeit, Nelly, immer.« Ich schrieb keine Anrede, keinen Gruß und keine Zeit, zu der sie mich erreichen konnte. Schickte es so ab. Ich wollte nicht mit ihr reden, überflog Hottingers Bitte, den Stromzähler abzulesen, und klappte den Rechner zu, obwohl ich das sonst gar nicht machte.

Dann verließ ich das Atelier und schloss von der Terrasse aus die verzogene Tür ab.

Die Luft war frisch und trug den Rauch der vielen mit Holz befeuerten Kamine bis zu uns an den Berg. Über die Außentreppe ging ich nach unten. Ich spürte meinem Körpergewicht nach, wie ich es mit abwechselnd aufsetzenden Füßen abfing und die Stöße über Waden und Oberschenkel, sogar von den Zehen bis in den Nacken in einen gleichmäßigen, weich federnden Rhythmus verwandeln konnte, der auch in meine Arme, Finger und Fingerglieder lief. Ich war ausreichend trainiert, mein Gang auf der Treppe ähnelte dem Tänzeln eines Boxers beim Aufwärmen. Die letzten drei Stufen übersprang ich, während meine Antwort vielleicht schon in New York war. Vielleicht hat Nelly im fünfzehnten Stock in ihrem Arbeitszimmer vor dem Rechner gesessen und meinen kurzen Satz gelesen, während in einer der Straßen unter ihr ein Krankenwagen heulte und eine Polizeisirene ging, als müssten sie der Welt das Lied ihres Lebens vorsingen.

Unten stand die Tür auf, ich ging ins Haus. In der Küche traf ich auf zwei Hungrige und Gutgelaunte: Lycile und Kätzi. Unsere Katze begrüßte mich erfreut. Sie hatte die Fähigkeit, mit Menschen zu sprechen. Ich kraulte sie am Ohr und an der Kehle, und sie schnurrte und legte ihr weiches Kinn auf meine Fingerspitzen. Die Augen hatte sie dabei zu. Dann fiel sie auf die Seite, mit erhobenen Pfoten bot sie ihren Bauch dar. Ich kniete mich hin, fuhr mit den Fingern durch ihr Fell und umfasste den Bauch mit der Hand. Ich spürte ihre Zitzen und umfuhr sie, so gut ich konnte.

»Huhn«, sagte Lycile, mit halb vollem Mund irgendetwas kauend. Sie hielt das in rosa Papier geschlagene Fleisch triumphal grinsend in die Luft, »in sehr dünnen Scheiben! Alkoholfreies Bier, frische Tomaten, kuck mal!«

Die roten Kugeln baumelten an einem über ihrem Zeigefinger hängenden kleinen grünen Ast.

»Ich hab schon eine probiert, sensationell für Februar!«

Mit der anderen Hand zog sie Orangen aus der Tüte. »Die hier sind noch besser. Fünf Cent das Stück.«

Ich sagte: »Quatsch.«

»Fünf Cent!«

Ich kraulte die Katze und sah Lycile an.

»Und das Allerallerbeste!«

Jetzt wies sie, weiter kauend, mit einer Bewegung des Kopfes auf einen Umschlag aus Pappe, der auf dem Tisch lag. »Die DVD war im Briefkasten.«

»Welche?«

»This Lady Hamilton«, sang sie und zog eine Flasche Rotwein aus einer der Tüten. »Der Abend ist gerettet!«

Ich tippte Kätzi auf die Nase, als wäre sie ein Hund. Sie mochte sogar das und wartete mit in der Luft hängenden Pfoten darauf, dass ich zum Bauch zurückkehrte. Vielleicht war sie gar keine Katze, dachte ich, sondern ein Wesen, dass nur in der Welt war, mich Vertrauen zu lehren.

Ich sah zu Lycile.

»Und«, fragte sie, »kommst du voran?«

Ich stand auf und ging auf sie zu, um sie zu küssen.

DIE ganze Nacht schneite es. Am Morgen lagen auf den Fenstersimsen und dem Balkon schon zwei Handbreit. Unsere Pflanzen bogen sich unter schweren Hauben. Krähen waren keine zu hören. Ray und Lycile ging es richtig gut, sie strahlten, und die ersten Rückmeldungen von Nellys Freunden waren da. In meinem Anschreiben hatte ich es bei der Andeutung einer schlechten Nachricht belassen und nach Telefonnummern gefragt. Keinen hatte ich in den letzten Jahren gesprochen. Ich wartete mit den ersten Anrufen bis zum Nachmittag.

Keiner der Freunde, die noch im letzten Jahr mit ihr Kontakt hatten, war informiert. Keiner war überrascht. Ihr Boxlehrer war an Weihnachten mit Nelly verabredet gewesen und hatte sich schon gedacht, dass ihr Schweigen nichts Gutes bedeutete. Dann hatte ich Joy am Apparat, sie kam auf das Stipendium zu sprechen, Nellys deutsches Stipendium.

Joy sagte: »Das war unsere letzte Hoffnung gewesen.«

»Sie hatte ein ganzes Jahr Unterkunft frei und genug Geld fürs tägliche Leben. Sie wäre krankenversichert gewesen, und ich hätte sie zu allen meinen Ärzten geschleppt.«

»Dazu kam das Geld vom Untermieter in New York, der schon angezahlt hatte. Unsummen. Kein Wunder bei der Wohnung. Ich hatte ihr geholfen aufzuräumen.«

»Aber sie wollte nicht aus New York weg.«

»Wegen Zero. Man hätte ihn nicht wieder reingelassen.«

»Ja, Zero. Ihm sollte ein Bein amputiert werden.«

»Schräge Geschichte. Es wurde ja nicht amputiert.«

»Ehrlich gesagt, habe ich damals nicht mehr hingehört.«

»Bei uns war sie die Drama Queen.«

»Du glaubst nicht, was ich im Ministerium erlebt habe, als sie nicht kam.«

»Doch, glaube ich.«

Nellys Liste der Krankheiten wurde immer länger: Ich hörte mehrfach von den Lungenentzündungen, die sie nach dem Attentat gehabt hatte. »Von da an«, sagte der Kollege, der bei dem Interview mit dem Fummler dabei gewesen war, »ging es stetig bergab.« Erst recht, nachdem sie sich mit einer UV-Lampe, die sie für ihre Pflanzen gekauft hatte, verbrannt hatte. Sie war danach von einem Schmerzmittel abhängig.

Schließlich sprach ich wieder mit Vivian. Durch Nelly hatte Vivian ihren Weg zu den Frauen gefunden, sie lebte ein sehr zufriedenes Leben. Zum Glück war Vivian sehr sachlich: Wie bei mir war Nelly auch bei ihr zur Freundin geworden, nachdem es für Vivian nicht die ewige große Liebe gewesen war. Ich wusste darüber viel von Nelly selbst. Nun erfuhr ich, dass Nelly immer Geld brauchte und mehrere Zehntausend Dollar von Vivian geliehen hatte. Auf ihrem Weg zum Flughafen hatte Vivian Nelly das letzte Mal gesehen, kurz vor Weihnachten.

»Sie war in desolatem Zustand. Sie hatte wie im Jahr davor einen Brief von einem Rechtsanwalt bekommen, der ihr die Wohnung streitig machte.«

»Aber sie besaß doch einen Mietvertrag auf Lebenszeit.«

»Dachte ich auch.«

»Mit kontrollierter Miete.«

»Das hat sie immer gesagt.«

»Und?«

»Ich weiß es doch nicht, Marko.«

»Paranoia halt.«

»Was?«

»Sie hat überall Angriffe gesehen. Sie hat nichts anderes mehr wahrgenommen als Feindschaft. Ihr zu sagen, dass man ihr was Gutes tun wollte, war so, als ob man einem Asiaten ein R ins Ohr rollt.«

»Na ja.«

»Das hören die nicht, weil sie es nicht kennen.«

»Nelly hatte jedenfalls keine Krankenversicherung, sie blutete, sie zitterte furchtbar, man konnte gar nicht zusehen.«

»Die haben nie ein R gehört, und das Hirn bildet es auf einem L ab. Aber wenn man das Gute nicht kennt, muss man es sehen lernen.«

»Die Wiederwahl von Bush hat sie vollends runtergezogen.«

»Vivian«, sagte ich und musste aufpassen, nicht zu laut zu werden, »George Bush gehört in den Knast, aber wir sind nicht im Weltkrieg. Gerade das East Village ist nicht mehr der Drogensumpf, den Nelly in ihren ersten Bildern gezeigt hat. Heute kann man da leben.«

»Kann man eben nicht. Heute wirst du von Anwälten terrorisiert, die von Immobilienmaklern bezahlt werden.«

»Aber wenn sie nichts in der Hand haben?«

»Die haben Geld in der Hand. Du brauchst Geld, um gegen die anzukommen.«

»So negativ sehe ich das nicht. Diese Auseinandersetzungen sind nur die Reibung, die in der Gesellschaft gleicher Chancen entsteht. Jeder möchte seine Chance wahrnehmen. Es ist doch keine Alternative, dass jeder da sitzen bleibt, wo er ist, und sich niemals verbessern kann. Und nach Bush kommt wieder was anderes, wer anderes. Das ist der Gang der Dinge.«

»Den Gang der Dinge hat Nelly anders gesehen.«

»Und der Anwalt hat gewonnen.«

»Oh«, sagte sie, »das glaube ich nicht, dass du so zynisch geworden bist.«

»Immer anderen die Schuld geben, das ist ungesund. Stell dir eine Welt vor, in der jeder zuerst für den anderen empfindet und nicht für sich, eine Welt der totalen Empathie, das ist Terror, die totale Enteignung, in der du nicht mehr für dich selbst stehst. Es sind ja sowieso immer nur die Schwachen, die sich für das Leid der anderen interessieren, der noch Schwächeren, an denen sie sich aufbauen. Besser, du schaffst dir selbst eine gute Situation. Dazu gehört zum Beispiel eine einfache Rechtsschutzversicherung.«

»Damit sich zwei Anwälte das Geld zuschieben«, sagte Vivian langsam.

»Ab und zu muss das Recht weitergeschrieben werden, oder soll sie in zwanzig Jahren im Vergleich zu den Leuten um sie herum ein Zehntel an Miete zahlen? Das wird nicht gehen, wenn das Haus nicht verkommen soll. Man muss ein bisschen mitspielen, das gehört gerade dazu, wenn jeder die gleichen Chancen haben soll, wer nicht mitspielt, verliert.«

»Man wollte ihr kündigen.«

»Und hat es schon mal nicht geschafft.«

Sie schwieg und ich auch.

»Jedenfalls«, setzte Vivian dann wieder an, »habe ich ihr einen Zwanziger in die Hand gedrückt und ein Taxi von der Straße gewinkt. Das Letzte, was sie mir durchs Fenster der Autotür gesagt hat, war: ›Vivian, ich möchte sterben.‹«

Genau, dachte ich. Und sagte langsam: »Und das war wann?«

»Vor Weihnachten.«

»Ja, aber an welchem Tag?«

»Zwei Wochen vor Weihnachten. Ich bin zu meiner Mutter geflogen, wie immer.«

»Danach hattet ihr keinen Kontakt mehr?«

»Nein. Bei meiner Mutter gibt es kein Internet. Das Nächste war die Email von Zero.«

»Es passt so zu ihr«, sagte ich.

»Ja, das passt zu ihr«, meinte Vivian, ohne jeden Vorwurf gegen irgendwen und mit viel Bedauern, »das war wirklich Nelly.«

Dass Nelly in den letzten Jahren zu mir immer »have a day« gesagt hatte, erzählte ich. Statt: »Have a nice day.«

Vivian klang jetzt nachdenklich: »Das ist der Nellysound.«

»Sie fand's lustig. Und ich am Anfang auch. Aber es gab einen Punkt, an dem ich es nicht mehr mitmachen konnte. Es hat mich runtergezogen.«

»Das ging allen so.«

»Sie ist in ihrer Paranoia versunken. Zum Beispiel hat sie gemeint, sie könne nicht nach Deutschland kommen, wegen des Philosemitismus.«

»Wegen was?«

»Philosemitismus. Das war noch, bevor Zero sein Bein abkriegen sollte. Jeder Deutsche sei total scharf darauf, eine Jüdin zu ficken.«

»Das hat sie gesagt?«

»Genau so. Das hat sie mir gesagt, nachdem ich mich beim Minister zu ihrem Deppen gemacht habe. Sie hat sich auch wochenlang über Deutschland lustig gemacht, mir Links geschickt über Tölpeleien aus Deutschland. Irgendwas mit einer Krötenplage bei Hamburg. Im Betreff stand: ›Ist das das Land, in dem ich bald leben soll?‹«

»Oh, scheiße.«

»Irgendwas hat sie daran beleidigt, dass es hier ein Stipendium für sie gab mit Krankenversicherung und Auskommen.«

»Genau, was ihr in New York fehlte.«

»Ausgerechnet in Deutschland.«

»Das ist zum Heulen.«

»Weißt du, was ich ihr geschrieben habe?«

»Hm?«

»Ich meine, am letzten Tag. Am 17. Dezember. Ich hab geschrieben: ›Hey, noch am Leben?‹«

Sie fragte: »War das der Tag?«

»Hab dich so verstanden.«

Vivian schwieg.

»Das war unsere Floskel. Das war wie: ›Have a day.‹ Wir sagten: ›Hey, still alive?‹ Ich hab's aufmunternd gemeint.«

Vivian schwieg, und ich hatte mich vor Augen, wie ich den Satz getippt und vor dem Abschicken den Finger dreimal in der Luft angehalten hatte, sodass er wie eine Drohung aussah.

Ich war nicht sicher gewesen, ob der Ton dieser Mail noch der richtige war. Beim vierten Mal war der Finger in irgendeiner Hoffnung auf die Taste gegangen, die nicht als Hoffnung ankam.

»Ich dachte«, sagte ich und wurde dabei so leise wie früher bei meinem Vater, wenn ich etwas sagte, von dem ich wusste, er mochte es nicht, »etwas Falsches ist immer noch besser als gar nichts, weil ich dachte, gar nichts ist das Allerfalscheste.«

Vivian machte ein komisches Geräusch, die Leitung knackte. Dann hörte ich sie sagen: »Sie hätte gern mehr von dir gehört.«

»Nur was? Ich hatte ihr von der Stiftung erzählt, dass jetzt ein Geiger aus Tel Aviv kommt, der den See bespielen kann, aber sie kam immer wieder auf unser verlorenes Kind zurück.«

»Sie wollte selbst so gern Mutter sein.«

»Verloren hatten wir unseres.«

»Als das passierte, ist sie sehr traurig gewesen«, sagte Vivian und stockte.

Das reizte mich: »Musste sie doch nicht. Warum muss man alles übertreiben?«

»Marko, sie hat das so erlebt.«

»Dann will ich davon nichts wissen. Es war nicht ihr Kind. Es war unser Kind. Es hatte eine Wirbelsäule, einen Namen und ein Herz, das wir schlagen gesehen haben und wie es stillstand. Sie muss es nicht tragischer nehmen, als wir es tun.«

Vivian blieb still. Ich wollte sie hören und hörte sie nicht. Fragte deshalb: »Gibt's eigentlich Neues von Zero?«

»Habe ihn nicht erreicht. Ich hab ihm geschrieben, dass er sich melden soll, wenn er Hilfe braucht.«

»Das habe ich auch gemacht. Vielleicht ist er ausgewiesen worden.«

»Mir egal.«

»Mir auch.«

»Kennst du eigentlich Nat?«

»Nathalie?«

Vivian kannte sie aus Erzählungen, nicht persönlich. Nelly war Patin von Nathalies Sohn, aber auch sie hatten sich aus den Augen verloren. Mir gegenüber hatte Nelly nur noch sehr enttäuscht von der Freundschaft gesprochen: Nathalie schwimme im Geld, helfe ihr aber nicht.

»Wir müssen ihre Nummer rauskriegen«, sagte ich.

»Nat hat mir schon geschrieben, weiß gar nicht, woher sie die Email hatte.«

»Zero?«

»Möglich. Ich war Nellys letzter Kontakt außerhalb ihrer Wohnung und innerhalb New Yorks.«

»Ja.«

Ich fürchtete mich vor dem Ende des Gesprächs. Lieber hätte ich noch ein paar Jahre weiter mit Vivian telefoniert, obwohl sie nicht mehr so zärtlich war und ich ihre Stimme nicht mehr einordnen konnte. Ich wollte nicht auflegen. Aber weil sie immer langsamer und weniger zugewandt sprach, wusste ich, dass sich das Gespräch auf sein Ende zubewegte, und irgendwann sagte Vivian dieses erwartete, nicht mehr richtig beteiligte, messerscharfe: »Okay, Marko.«

»Das geht mir nicht aus dem Kopf«, sagte ich schnell.

»Was?«

»Dass ich sie morgens frage, ob sie noch lebt. Wie aus dem Nichts. Was hat das zu bedeuten?«

»Nur das, was wir wollen, dass es bedeutet.«

Ich konnte nichts sagen.

»Sonst nichts«, sagte sie.

Ich heulte und wollte nicht, dass sie es merkte, aber sie merkte es doch.

»Das hast du gut gesagt, Vivian. Danke.«

»Gut, Marko ...«

Als winkte sie von der Mole und ich von der Reling der ablegenden Titanic.

»Schick mir Nats Email«, bat ich hastig, aber die war, das gab Vivian mir mit einem milden, kümmernden, traurigen und trauernden Ton zurück: »Schon unterwegs.«

DIE Zeilen an Nathalie waren schnell geschrieben. Auf dem Weg in die Küche legte ich das Telefon auf die Station und setzte mich zu Lycile und der Hebamme, die mich trockener begrüßte als an den ersten beiden Tagen. Wir waren jetzt normale Arbeit für sie, keine Sensation mehr. Ich erfuhr, dass Ray zugenommen hatte und Lycile aufpassen musste, weil sich ein roter Fleck an der linken Brust gebildet hatte. Es sah aus, als hätte jemand mit einer Brennnessel darübergestrichen.

»Kommt von innen«, erklärte die Hebamme mit ernster Miene, »eine beginnende Entzündung. Totale Ruhe und Schonung für die Mutter!«

Ich nickte brav.

»Wenn das nicht weggeht, helfen nur Antibiotika. Dann muss sofort abgestillt werden und gefüttert. Das erhöht das Risiko, dass er später Allergien entwickelt. Er würde lebenslang schneller krank. Er hätte keine so große Bindung zu Menschen, er wird nicht so intelligent und …«

»Haben wir verstanden«, sagte ich und bemerkte meinen strengen Ton. Ich streckte die Hände aus und bekam zum Glück meinen Sohn überreicht.

»Wahnsinn«, sagte die Hebamme. Sie blickte aus dem Fenster in das Grau und hatte die Hände auf die Oberschenkel gelegt, als müsste sie die Hosenbeine runterschieben, »wie das schneit.«

Als sie in der Tür stand, klingelte das Telefon. Ich hoffte auf Vivian, die vielleicht doch noch etwas Tröstendes sagen wollte. Aber es war Nathalie, die sich für meine Nachricht bedankte. Ich winkte der Hebamme und machte die Mundbewegung eines »Danke«, und sie nickte kurz, während ich Nathalie hörte:

»Schön, dich endlich mal zu sprechen. Ich habe oft von dir und deinen Kindern gehört. Kein schöner Anlass allerdings.«

»Das stimmt.«

Nathalie war mit allen in Kontakt. Auch mit Zero und mit Nellys Vater. Sie war zur Nachlassverwalterin bestellt. Seit zwei Jahren lebte sie in Washington, wo sie gerade einen neuen Job angenommen hatte. Nelly schuldete ihr über fünfzigtausend Dollar.

»Nelly hat mir gesagt, du hättest sie sitzen lassen.«

»Es war nicht leicht, ihr zu sagen, dass ich nichts mehr geben kann. Das war vor einem Jahr oder, warte, vor einem halben Jahr. Ich habe eine teure Scheidung hinter mir und stecke bis zu den Augäpfeln in Schulden, die ich in den nächsten Jahren abarbeite.«

»Ach so. Das hat Nelly ganz ...«

»Jeder meint natürlich, eine Anwältin schwimmt im Geld. Pff. Schön wär's.«

»Verstehe. Ich habe einmal was geschickt, ganz wenig. Ich war lange krank.«

»Weiß ich alles, Quecksilber. Geht's besser?«

»Ja, danke. Außerdem war dann Zero da, und ich dachte, er kann ja für sie sorgen.«

Nathalie lachte. »Der ist über vierzig und hat in seinem Leben noch für nichts gesorgt außer für Chaos. Er hat sie in die Drogen zurückgezogen.«

»Die falschen Freunde der Kranken.«

»Da sagst du was. Wir dachten ja, sie hätte das hinter sich gebracht. Aber Nelly war schon auf dem College dermaßen scharf auf ihn, da gab es überhaupt keine Hilfe. Und als er vor zwei Jahren wieder auftauchte, blendete sie alles andere aus. Das hatte mit Intelligenz nichts mehr zu tun.«

»Nicht umsonst heißt es ›falling in love‹.«

»Ja.«

»Ich hatte mir damals gesagt, dass immerhin jemand da ist. Dass sie nicht allein ist. Obwohl ich kein gutes Gefühl dabei hatte.«

»Und was sollte man anderes tun? Man kann ihr nicht vorschreiben, mit wem sie schläft.«

Dass sie sich von ihm Liebe vorspielen ließ, ohne zu wissen, was oder wie Liebe ist, gab ich zu bedenken, und dass Zero sie zwei Wochen suchte, statt zur Polizei zu gehen.

»Konnte er ja nicht.«

»Angeblich suchte, jemanden schicken hätte er schon können. Sie haben im Krankenhaus nichts gewusst über sie, welche Medikamente sie braucht zum Beispiel. Thyroxin und Thybon. Wie sollen sie darauf kommen?«

»Vivian war nicht da. Er hatte niemanden zum Schicken.«

»Sie war nicht krankenversichert.«

»Nein. Sie war auf das öffentliche Programm angewiesen.«

»Und wo ist sie jetzt?«

»Sie ist sofort eingeäschert worden.«

Ich schluckte, und Nathalie ließ mir dazu genug Zeit.

»Das machen sie bei Bestattungen auf Hart Island automatisch, wegen der Kosten. Aber, Marko, hör mal. Wir werden hier eine Trauerfeier abhalten, deshalb rufe ich auch zwei Minuten, nachdem ich deine Mail gelesen habe, an. Zwei ihrer Kolleginnen, die sie vom College kannte, organisieren das. Ich komme dann von D. C. hoch. Ich hoffe, du kannst auch dabei sein.«

Ich sagte nichts oder reagierte nicht schnell genug für sie.

»Kannst du?«

Wann das denn sei, brachte ich fertig zu sagen.

»Oh, das ist übermorgen, wir haben das eben festlegen können. Weißt du, ich plane noch eine kleinere Feier, nur für die engsten Freunde, nach der Trauerstunde. Ich verhandle mit ihrem Vater gerade um die Urne. Er wird ja kommen. Und die

Urne gehört ihm, aber das ist nicht optimal. Wenn du weißt, was ich meine.«

»Allerdings.«

»Ich denke, dass ich ihn dazu überreden kann, die Asche zu teilen. Ich möchte nicht, dass er allein mit der ganzen Asche wegfährt.«

WER hatte mir das erzählt, dass die Krematorien eine Menge Aufträge pro Tag brauchen, um wirtschaftlich arbeiten zu können, und die Asche in einer Urne deshalb keineswegs sicher von dem Toten stammt, den man bestattet? Hilfreich war dieses Wissen nicht, als ich nach Flügen sah und mir vorstellte, im Frost durch NoHo und über den Washington Square zu laufen, um Nelly nicht zu treffen und stattdessen mit gedämpfter Stimme bei Kaffee und Kuchen über sie in der Vergangenheit zu reden. Ich merkte mir die Preise. Vierhundert Euro war das Minimum, lächerlich für einen Transatlantikflug. Der großzügige Vorschuss aus dem Vertrag mit Hottinger, den ich nach der Rückkehr aus Bellegra schwungvoll unterschrieben hatte, war noch lange nicht ausgegeben.

Ich lehnte mich im Stuhl nach hinten. In der Glocke über Nellys Foto kräuselte sich das Wasser, als ich die Hände von der Tastatur nahm und der Stuhl vier Handbreit zurückrollte. Für den Moment entstanden auf der Wasseroberfläche konzentrische Kreise, die von außen nach innen liefen, dabei an Höhe gewannen, übereinanderschwappten und verklangen. Ob eine Beerdigung immer unwirklich ist? Nein, die meiner Großmutter war real.

Ob ich fuhr, wollte ich Lycile überlassen. Ich rollte mit dem Stuhl wieder an den Tisch und öffnete die letzten Mails von Nelly. Einmal fragte sie, ob wir denn nun ein Kind bekommen hätten und wieso sie das nicht wisse. Ich hatte ihr einen idiotischen Link zu einem Artikel in der *Arab News* geschickt, in dem ich wegen des Besuchs der Buchmesse in Riad vorkam. Sie schrieb von zwei gebrochenen Rippen, auf jeder Seite eine. Das bezog sich auf Zero, der im Bad ausgerutscht war und dann, mit einer gebrochenen Rippe, im Schlafzimmer gestürzt. Ich hatte ihr von meiner Nacht im Krankenhaus in Rom erzählt, wo man mich trotz entzündeten Blinddarms nicht operiert, sondern nur mit Antibiotika vollgepumpt hatte und morgens mit niedrigeren Werten entließ, ohne dass ich geschlafen oder eine Mahlzeit bekommen hätte. Unglaublich hatte sie das gefunden, und ich hatte erzählt, dass die staatlichen Krankenhäuser in Italien umsonst seien, dass mich der Dorfarzt, den wir um Hilfe baten, nicht nach der Versicherung gefragt, sondern dorthin geschickt hatte. Dass römische Freunde später meinten: »Das Ospedale Sandro Pertini? Das ist für Folgendes bekannt: Das gehst du rein – und dann stirbst du.«

Nelly war darauf angesprungen wie auf jede schlechte Erfahrung, die man in dieser Welt machen konnte. Deshalb hatte ich ihr nicht mehr von den Kranken erzählt, die auf den Fluren vor sich hin stanken und stöhnten, als wären wir nicht mitten in Rom, in Europa, sondern im Kriegslazarett eines Blockbusters. Auch nicht von dem vielleicht neunzigjährigen, vielleicht noch älteren Mann, der mich so an meinen Großvater erinnert hatte und bei seiner Einlieferung nachts um drei von den Krankenschwestern zusammengestaucht wurde, als hätte er mit dem Kommen eine Unverschämtheit begangen oder wäre es nicht wert, auch nur angesprochen oder gehört, geschweige denn angeschaut zu werden. Er sollte einfach nur die Klappe halten. Nicht davon, wie dieser kleine, zähe, kraftlose Mann zitterte, wie seine Lebensgeister bei jedem Halbsatz, der ihn traf, weiter zusammensackten und ich mir Sorgen machte um ihn, dass ich für ihn protestierte und die Pflegerin mich gar nicht beachtete. Den Rest der Nacht hatte er neben mir verbracht, beide waren wir schlaflos in dem grell beleuchteten Saal, in dem wir in Straßenkleidung auf Pritschen halb lagen, halb saßen. Wir hörten dem lauten Radio zu, das Schnulzen spielte, den grölenden Witzen der Pfleger, ihrem Schlurfen auf den Fluren. Wir ignorierten ihr Schnauzen, ich solle endlich das Telefon ausstellen, auf dem meine Versicherung stündlich anrief, um zu hören, wie es mir gehe, und zu sagen, wie weit sie mit der Suche nach einem Chirurgen seien. Das störe, schimpften die Pfleger lauthals, die anderen.

Auch von der im selben Raum halb nackten, alten, sterbenden Frau mit den offenen Wunden und den gurgelnden Schläuchen, die von einer jungen Pflegerin mit hüpfenden Brüsten, roten Fingernägeln und klackernden Schuhen stündlich wegen ihres Gejammers angepflaumt wurde, als wäre sie ein verzogenes Kind, das um Süßigkeiten bettelte, hatte ich Nelly nicht erzählt. Dass ich gesehen hatte, was asozial bedeutete, dass ich die menschliche Fähigkeit zur puren, unverfälschten Teilnahmslosigkeit gesehen hatte, mitten in Rom: Ich behielt es für mich, denn Nelly hätte mich ausgelacht, ob ich im Ernst nach Rom hätte fahren und meinen Blinddarm so hätte zurichten müssen, nur um herauszufinden, dass Menschen mehr als gern über Leichen gingen? Und dann hätte sie trotzdem getobt, und ich hätte den zweiten Teil der Geschichte kaum noch anbringen können, in dem meine Versicherung, die mich während der Nacht beschwor, dort zu bleiben, mich beruhigte und gleichzeitig in München einen Krankenwagen mit Arzt und Notoperationsbesteck in Bereitschaft hielt. Man würde nach Rom kommen und mich holen, sagten sie mir, wenn sie nicht bis acht Uhr morgens eine Lösung vor Ort hätten. Fliegen durfte ich ja nicht. Der Arzt aus dem Krankenwagen würde mich, falls ich es nicht bis nach München schaffte, im nächsten an der Autobahn gelegenen Krankenhaus operieren: persönlich! Sie fanden einen Platz im Vatikan, hatte ich Nelly nur kurz geschrieben: »Erstklassiger Service, neueste Schnitttechnik!«

»Du Glueckspilz«, tippte Nelly auf Deutsch, »still alive!«

Nachts, wenn sie nicht schlafen konnte, schickte sie Listen neu erdachter Emoticons, obwohl sie die ja eigentlich nicht mochte. »Emoticons in Zeiten des Krieges« – so die Betreffzeile. Darunter zum Beispiel ein clownesker Bush aus Sternen und mit einem offenen Lachmund, der sie an Hitler erinnere. Ein weiterer, ganz anderer Hitler ließ die Mundwinkel hängen und trug über den Augen einen Schrägstrich. Wie jene Katze, die aussieht wie Hitler und noch immer ein Hit im Internet ist. Nelly hatte sie mir über Monate mehr als einmal als Foto oder Link zugemailt: »The cat that looks like Hitler. The cat that looks like Hitler. The cat that looks like Hitler.«

Dass es besser sei, in der Nacht zu schlafen, habe ich geantwortet. Dass Sport helfe und Abstinenz bei Drogen. Und manchem auch Vitamine. Dass unsere Katze vier Junge bekommen hatte.

Dass wir wieder ein Kind verloren hatten, das dritte, sagte ich nicht. Wir gaben ihnen keine Namen mehr. Keines von ihnen hatte das Stadium erreicht, in dem es sich fragen konnte: Was soll das? Lamento bringt nichts. Es gibt genug andere Menschen, denen das widerfährt, und am Ende ist es gut so, denn niemand bleibt krank zurück. Es ist normal. Ich löschte ein paar von Nellys Briefen und ärgerte mich dann darüber.

Zur Beerdigung zu fahren stellte Lycile mir frei. Jakob wollte ihr helfen, wenn ich einige Tage weg sei. Er richtete sich auf, als er das sagte, und ich meinte gehört zu haben, dass seine Stimme in einen tieferen Ton gefallen war. Auch die Freundinnen könne man reihum belasten, meinte Lycile: Martina, Terese, Norma.

»Ach«, sagte sie dann, »ganz einfach. Meine Mutter soll kommen. Die freut sich halb tot.«

Wir klatschten uns ab, und über Rays kleines Gesicht schien ein Lächeln zu huschen, aber vielleicht habe ich mir das eingebildet, als ich schon auf dem Weg ins Arbeitszimmer war, um den Flug zu buchen. Was ich in meiner Mailbox fand, war Hottingers Rückmeldung auf das Manuskript. Er war im Großen und Ganzen, wie er schrieb, einverstanden und sehr glücklich mit dem Krimi, wie er ihn ohne Zögern nannte. Er hatte einen halben Aufsatz über das Buch geschrieben und lobte die Dramaturgie. Wie man mit der deutschen Hauptfigur, Hauke Held, mitgehe, nachdem er erst diese schräge Massage bekommt, seine Rückenschmerzen los ist und dann am selben Tag mit Riesenglück den Bombenanschlag in Chiang Dao überlebt. Der sei tatsächlich so bildreich dargestellt, dass man ihn nicht vergesse. Auch wie der Held dann langsam mit Schaudern begreift, selbst direkt in der Terrorzentrale zu wohnen, gehe komplett auf. Super Tarnung, schrieb Hottinger, als Ferienhotel eines alten schwulen Engländers! Dessen Verhältnis zu einer chinesischen Kinderfrau fand er auch plausibel: Ich hatte die Eltern des Professors früh sterben lassen, ein Autounfall 1955. Damals wohnte die Kinderfrau schon bei der Kleinfamilie im Haus, als Kriegswaise hatte sie Flüchtlingsstatus, später auch die Aufenthaltsgenehmigung in England bekommen. Nach dem Tod der Eltern übernahm sie auf Anordnung des Jugendamtes dann zunächst provisorisch die Pflege des minderjährigen Jungen und erstritt sich später in einem langwierigen Prozess tatsächlich das Sorgerecht. Die emotionale Abhängigkeit des Engländers von dieser Chinesin sei stark geschildert, auch dass er selbst erst mit Ende sechzig, als sie gestorben ist, seine Homosexualität erkennt.

»All das«, schrieb Hotte, »ist spannend. Und dass der Terrorpate gar nicht selbst verstanden hat, wie stark er seine Ziehmutter noch liebt, dass er aber nicht sie, sondern seine eigene lebenslange Unfreiheit rächt, für die er die Ziehmutter eigentlich hassen müsste! Tatsächlich straft er sich die ganze Zeit ja nur selbst. Dass er am Ende seines verlorenen Lebens einfach nur noch andere in den Strudel der Zerstörung ziehen will, kommt gut.«

Hottinger freute sich, dass ich den Rat, nicht zu viel Politik hineinzunehmen, toll beherzigt hatte. Die sei ja nur Ausstattung, obwohl es verlockend gewesen sei, zumal für einen männlichen Autor.

»Aber pass auf«, schrieb er zum Ende, »zwei Sache noch, Mark: Den Titel *Der gute Mann* können wir nicht nehmen, der klingt nach Sachbuch. Vielleicht einfach *Tod in Chiang Dao*, aber ich bespreche mich hier noch, sage dir dann Bescheid. Und dann das Finale, in dem dein Hauke dem Engländer den Unaussprechlichen lutscht, um sein Vertrauen zu gewinnen, mit dem er ihn dann vom geplanten großen Anschlag in Bangkok abbringt, also, mein lieber Herr Gesangsverein, das musst du wirklich umschreiben. Das nimmt dir niemand ab: Fellatio für den Frieden. Auch wenn es eine schöne Idee ist, ganz unter uns, das muss ich zugeben. Lass dir da bitte noch was Vernünftiges einfallen.«

Ich musste schmunzeln, warf einen Blick auf Nellys stetes Unterwasserlächeln und die verschränkten Arme. Für die Szene hatte ich mir von meiner Masseurin Lina die Nummern einiger Prostituierter geben lassen, um etwas über Geschmäcker zu erfahren. Salzig und bitter, hieß es überall, wie das Wasser auf dem Joghurt, sagte eine, vergorener Apfelsaft eine andere: eine Frage der Pflege. Ich hatte in schwulen Foren vom Trick mit der täglichen Ananas zum Frühstück gelesen, der allerdings nicht wirklich funktionieren soll. Besser war Verzicht auf Alkohol, Tabak und Kaffee. Ich hatte meinen Helden begleitet, wie er sich Zungentechniken anliest und wie man saugt. Die Damen vom Gewerbe hatten mich ausgelacht, weil ich so detailliert darüber reden, es mir aber nicht vorführen lassen wollte, nicht mal für lau. Das kränkte sie. Manche nahmen Brausepulver, mit dem ich auch Hauke Held am entscheidenden Tag ausgestattet hatte, nachdem ihm wochenlang von den thailändischen Damen gezeigt worden war, wie man mit den Lippen Druck und mit der

Zunge die kreisende Bewegung auf dem Eichelrand und dem Frenulum machte. Man brauchte Kraft und sollte ein trainiertes Kauwerk haben. Die Szene durch das Lektorat zu kriegen hatte ich aber nicht erwartet.

Hottinger brauchte die neue Version bis übermorgen. »Zwei Nächte ohne Schlaf hältst du doch aus, Künstler?« Mehr könne er mir wegen der vielen Abstimmungsprozesse mit Korrektorat, Werbung, Vertrieb und Auslieferung nicht geben.

»Alles«, sagte ich, Auge in Auge mit Nelly laut lachend, zu mir, »mal wieder umsonst!«

AUF einem Billigportal fand ich eine gute Flugverbindung mit Zwischenlandung in München, wo es einen Zahnarzt gab, der sich auf Fälle wie meinen spezialisiert hatte. Er machte eine aufwendige Analyse der individuellen Unverträglichkeiten von Zahnfüllmaterialien, bevor er an die Zähne ging. Ich hatte zwar längst eingesehen, dass milliardenfach verwendetes Amalgam nicht krank machte, ausprobieren musste ich es trotzdem nicht noch mal. Vor allem interessierte mich aber, dass der Mann den Biss korrigierte, damit die Halswirbelsäule entlastet wurde und die Hirnphysiologie in Ordnung kam. Ich hatte seine ausführlichen Angebote auf der Website gelesen, die mit Hunderten Patientenberichten gespickt war. Mit der zweiten Rate von Hottinger, die mit der Annahme des Manuskriptes fällig wurde, würde ich ihn bezahlen können, und ich rief in seiner Praxis an, um zu sehen, ob man mir so schnell einen Termin geben könnte.

»Wann?«, fragte die Sprechstundenhilfe.

»Morgen früh elf Uhr. Ich komme zwischen zwei Flügen in die Stadt.«

»Positiv«, sagte sie staatsmännisch.

Also buchte ich mit Stopover von gut vier Stunden, den Rückflug von New York direkt, und ging wieder nach vorne.

Jakob war in seinem Zimmer am Rechner, er spielte das neue Spiel mit irgendwem aus seiner Klasse, der online war. Das Manuskript sei angenommen, ließ ich Lycile wissen.

»Ohne Einschränkung?«

»Nur die Schlussszene soll anders.«

»Also doch. Was machst du?«

»Ich werd' sie ein bisschen entschärfen.«

»Im Ernst?«

In meinem rechten Ohr begann es zu sirren. Mit der rechten Hand am Ohrläppchen erklärte ich: »Ich muss erst mal zurück in den Markt. Wenn ich das schaffe, dann kann ich machen, was ich will.«

Lycile schüttelte den Kopf: »Du willst deine Stimme verleihen, um später eine zu haben?«

»Genau. Und meine Zähne bezahlen.«

Mit Blick auf meine Hand am Ohr verstummte sie und beschränkte sich darauf, Ray zu wiegen. Er schlief. Ich drückte mit dem Daumen unter der Ohrmuschel auf den Knorpel, hielt mit dem Zeigefinger innen dagegen und bewegte die Ohrmuschel mit Kraft hin und her, um die Durchblutung im Inneren zu erhöhen. Die übertragenen Geräusche und das Kribbeln im Gehörgang waren angenehm, das Sirren blieb aber. Ich atmete aus, und Lycile stand auf, strich mir mit ihrer kleinen Hand über die andere Wange, lächelte aufmunternd und wollte mir Ray geben.

»Ich gehe in den Keller«, sagte ich schnell, »eine Flasche Wein holen. Auf den zeitgenössischen Kriminalroman! Mein Comeback. Du kriegst ein Viertelglas ab.«

Die Flasche trank ich quasi allein. Sie fragte mich, wo ich in New York denn übernachten wolle, und verzog den Mund, als ich Vivian angab. Das ist mir erst hier in der Zelle aufgefallen, gesagt hat sie nichts. Wir schliefen zu dritt in einem Bett, und als Lycile Ray stillte, habe ich von meiner Mutter geträumt. Wie herrisch sie immer die angetrockneten Blätter von den Topfpflanzen gerissen hat, die sie doch so liebte.

UM vier stand ich auf und schrieb das Manuskript um. Es waren noch immer ein paar Szenen im Text, die nur neben der Fellatio harmlos wirkten, von denen hatte sie gut abgelenkt. Online sah ich, dass man den Flughafen Tegel so weit vom Schnee geräumt hatte, dass die meisten Flüge starten würden. Meiner war dabei. Ich trank jede Menge Kaffee, kochte um sieben Tee für Lycile, den sie kalt werden ließ, weil sie gleich wieder einschlief, nachdem ich ihr Ray abgenommen hatte. Ich machte das Rotlicht im Bad an und ließ Wasser in die hohe Plastikwanne ein, die wir für die ersten Monate ausgeliehen hatten. Beim langsamen Eintauchen riss Ray vor Staunen Augen und Mund weit auf. Dann genoss er die gleichmäßige Wärme, mit der das Wasser ihn ganz umgab. Er strampelte und hielt inne, strampelte und hielt inne. Sein Bauch begann sich schon genau so zu runden, wie die Hebamme es vorausgesagt hatte.

Nach dem Abtrocknen und Anziehen legte ich ihn wieder zu Lycile. Er wollte sofort trinken. Ich verabschiedete mich von beiden, Lycile machte einen Kussmund, und ich schloss die Tür des Schlafzimmers vorsichtig hinter mir. Dann weckte ich Jakob und sprach ein paar Worte mit ihm, rief ein Taxi, auf das ich in der Straße warten musste. Berlin war im Schnee versunken. Von den Maschinen ausgeworfen, türmte er sich meterhoch an den Straßenrändern, der Verkehr rollte sehr langsam und leise. Nirgends sah man Asphalt. Der Schnee klebte an den Reifen, und flache Klumpen fielen in einem Bogen herab, wenn ein Rad sich zu drehen begann. Unter Füßen und Rädern knirschte es, die Profilrillen waren weiß und bildeten mit den Gummiblöcken der Lauffläche langweilige Muster. Zum Glück sprach der Taxifahrer nicht. Im Radio meldeten sie, dass es nun auch in München schneite.

Der Flug wurde aber nicht gestrichen, und um elf Uhr war ich wie verabredet in der Praxis von Dr. Zweife in Garching. Man machte am Röntgengerät ein Panorama meines Gebisses, bevor ich den Arzt zu Gesicht bekam. Dr. Zweife war ein großer, tatkräftiger Mann mit roten Haaren und Bart. Er hatte eine sehr angenehme Stimme und sagte, er habe nicht viel Zeit, weil ich ja ohne Termin gekommen sei. Ich erzählte die kürzeste Fassung der Geschichte meiner Schilddrüse, dass die Ärztekammer aber keinen Zusammenhang zu Quecksilber kannte und es daher etwas anderes gewesen sein musste, wahrscheinlich das Kopfgelenk.

Er schüttelte den Kopf, meinte, dass das in jedem Handbuch der Krankenpflege stehe.

»Was?«

»Dass Quecksilber die Deiodase stört.«

Übertölpelt sagte ich: »Echt?«

»Durch Selenmangel. Sie haben dann einen Mangel an T3, obwohl T4 immer in Ordnung ist.«

»Nein!«

»Das weiß sogar die Weltgesundheitsorganisation, und die weiß wirklich nicht viel. Und Sie hatten T4 im Himmel und T3 im Grünen.«

Ich fragte, wo genau man das finde, und während er mir den Latz umband und meinen Körper gleichzeitig in den Sitz drückte, machte er eine Bewegung mit dem Kopf, sagte, das finde man leicht.

»Justiziabel? Wir haben das wochenlang gesucht.«

»Sie lesen Englisch?«

»Allerdings.«

»Haben Sie Internet?«

Ich räusperte mich.

»Na, also. Aber ein Handbuch der Krankenpflege tut's, wie gesagt, auch.«

»Dann müssten doch Millionen krank sein.«

»Sind sie doch.«

»Wo denn?«

»Wie viel Millionen Deutsche nehmen Thyroxin?«

Ich hatte keine Ahnung.

»Thyroxin ist nach Ibuprofen das meistverkaufte Medikament, und das liegt sicher nicht am Jodmangel, denn Jod ist längst in jeder Mahlzeit ausreichend zugesetzt. Mehr als ausreichend sogar. Anzunehmen, dass eine Unterfunktion Todesursache Nummer eins wäre, wenn man es nicht synthetisch herstellen könnte, das ist schon wirklich lächerlich!«

Ich sagte lieber nichts.

»Das hat die Natur sicher nicht so eingerichtet. Aber die Schilddrüse ist nicht das einzige oder größte Problem, das statistisch mit der Verbreitung von Quecksilber auftauchte. Die Demenzindustrie ist ja mittlerweile auch gewaltig.«

Auf dem Röntgenbild fuhr er mit einem Instrument an mehreren Zahnhälsen entlang und fragte dann nach meinem Jahrgang: »Vor '64, ja?«

»'63.«

»Sie haben diesen Karies, der in einem Faden durch den ganzen Zahn geht. Man sah beim Anbohren oben kaum etwas, und dann war der Zahn doch fast hin.«

Ich erinnerte mich an diverse Zahnärzte meiner Kindheit, die Mundgeruch hatten und genau dieselbe Masche.

»Das gab es nur bis '63, vor allem '62 und '63. Dann wurden die Atombombenversuche in der Atmosphäre eingestellt. Aber davor haben sie noch mal richtig hingelangt, vor allem die Amerikaner. Das Zeug regnete dann weltweit ab und wurde nicht nur in das Knochenmark der Föten und Säuglinge eingebaut. Man kann es heute noch mit dem Geigerzähler nachweisen, auch bei Ihnen.«

Er simulierte die Bewegung, mit der er an meinem Arm entlangfahren würde.

»Im Schmelz hat es dann diesen bestimmten Typ Karies erzeugt.«

Er richtete seine Grubenlampe auf meinen Mund und zückte den Spiegel und einen dünnen Gegenstand. Mein Mund war automatisch aufgegangen, ich wollte das jetzt ohne Eklat hinter mich bringen, einen Eklat war der Kerl nicht wert. Er klopfte Zähne ab. Die Provisorien, die anstelle meiner Amalgamplomben seit Jahren meine Zähne zierten, seien ausgewaschen und zum größten Teil undicht, sagte er.

»Darunter ist Karies, das geht gar nicht anders, da ist Eile geboten. Sie belasten Ihr Immunsystem ungemein.«

Zwischen seine Instrumente murmelte ich die Frage, ob das nicht ein Training für das Immunsystem sein könne. Ich hatte seit Jahren keine Entzündungen mehr gehabt. Er reagierte nicht darauf, diktierte seiner Helferin mit den Nummern der Zähne immer Karies und dann das Material der Füllung, das er mit einem »wahrscheinlich« versah. Ich selbst wusste auch nicht, aus welchen Legierungen die Kronen und Inlays gemacht waren, die nach Gold aussahen.

»Dann müssen die«, sagte er, »alle raus.«

Gurgelnd und auf sein Instrument beißend fragte ich: »Alle?«

»Ich kann Ihnen sonst nicht garantieren, dass alle Störquellen weg sind. Im Moment ist das eine große Batterie, die Sie da im Mund haben. Die Stromstärken liegen teilweise im Bereich von Hirnströmen.«

Ob man das vermessen könne, wollte er mir wieder nicht beantworten und klopfte lieber auf einen Backenzahn.

»Und?«

»Na ja.«

Er klopfte auf einen anderen, fragte, ob der kleiner sei, ob er sich kleiner anfühle als der erste Zahn.

Unfähig zu reden, weil er seine Hand auf meiner unteren

Zahnreihe abgelegt hatte und auf einen Bildschirm sah, auf den er das Kamerabild seines Instrumentes übertrug, nickte ich.

»Und unter den meisten wird auch noch Amalgam sein. Das kann ich auf keinem Röntgenbild sehen. Das sehe ich nur, wenn ich es aufmache.«

»Fur Feit geht ef mir gut«, sagte ich, musste dann aber würgen.

Er holte einen grauschwarzen Stein aus einer Kitteltasche hervor.

»Schauen Sie: ein Zahn. Gestern gezogen. Das ist der Zahnhals, oben ist er abgebrochen. Wieso ist der schwarz?«

Ich sah wechselweise Dr. Zweife und den dunkelgrauen Stumpf an.

»Wo Zähne doch weiß sind. Das ist Amalgam. Das wandert am Zahnhals runter und von da in den Nerv.«

Er zeigte mit dem spitzen Gegenstand auf das dunkle Ding in seinen Fingern.

»Wir nennen das Quecksilbertätowierung. Leider reden wir hier von Zellgift. Vom giftigsten Element, das Sie im Periodensystem finden können. Kennen Sie das Video von der Nervenfaser unter Einwirkung von Quecksilber?«

Ich hatte davon gehört, hatte es nie sehen wollen und sagte abwehrend: »Nein.«

»Vom Zahn aus sind die Autobahnen und Landstraßen des Körpers schnell erreicht. Er besteht ja zum größten Teil aus Flüssigkeiten, das muss ich Ihnen nicht erklären, oder? Schon erstaunlich, dass eine ganze Menschheit annimmt, das Zeug sei nicht gefährlich, sondern ein Glück der Medizin. Genauso gut können Sie Bokassa als Menschenfreund bezeichnen. Er hat die Menschen ja gemocht, oder?«

Er steckte den Zahn wieder weg und suchte weiter in der Ruine meines Gebisses nach seiner Wahrheit. Dann richtete er sich auf, sah mir ins Gesicht und erklärte mir, dass kaum jemand wisse, wie wichtig es für den Hirnstoffwechsel ist, die Halswirbelsäule nicht schief zu stellen.

»Der Kiefer sitzt am Hals wie ein Schraubstock an der Werkbank. Wenn Sie an einem Schraubstock ein paar Tonnen Belastung am Tag verarbeiten wollen, machen Sie den Schraubstock gut fest und schauen, dass der Tisch nicht wackelt. Dasselbe im Hals. Wir brauchen hier Stabilität, aber wenn die Kräfte einseitig laufen«, sagte er und strich mit dem spitzen Gegenstand an meinem Nacken herunter, dass sich mir die Härchen aufstellten und ich mich zusammenreißen musste, um sitzen bleiben zu können, »kriegen Sie die übelsten Verspannungen, die den ganzen Körper aus der Balance bringen. Vor allem kann die Hirnschranke nicht arbeiten, wenn der Hals nicht ausgeglichen ist. Die größten Kräfte treten im Körper nicht etwa beim Gehen, Laufen und Springen auf, sondern beim Kauen. Sie quetschen einfach ihre Lebensader ab. Wir korrigieren das von der Quelle aus im Trial and Error. Langwierig, aber der einzige Weg, die Sache in den Griff zu kriegen. Niemand in Deutschland weiß das. Niemand sagt hier: Wieso und wieso nicht? Nur wir.«

Er berichtete von der Statistik über seine Patienten, die belegte, wie erfolgreich seine Methode war. Dass er sie ins Netz gestellt hatte und deshalb fast seine Approbation verloren hätte.

»Um ein Haar«, sagte er, »ich habe lange gekämpft. Ich habe auch mal mit einem Staatsanwalt zusammengearbeitet, aber der gab auf, nachdem er Morddrohungen bekommen hatte.«

Ich fasste Dr. Zweife an der Hand, die wieder in meine Mundhöhle eingedrungen war, um im Zahnfleisch zu stochern. Es blutete schon lange nicht mehr.

Ich zog seine Hand aus meinem Mund.

Fragte: »Morddrohungen von wem?«

Mit gezückten Instrumenten stand er da. Lachte: »Na, meinen Sie, die legen eine Visitenkarte dazu?«

Schon hatte er wieder einen Sauger und an die sieben Finger in meinem Mund. Druckluft strömte um die freiliegenden Zahnhälse. Die Helferin hielt den Sauger und fuhr mit der Rückseite ihrer Hand zärtlich über meine Wange. Sicher hatte sie unter dem Kittel keinen BH und nur eine dünne Unterhose an, in der alles gut untergebracht war. Dr. Zweife entfernte meinen Zahnstein. Er erklärte, dass man juristisch nie Erfolg haben würde, weil dann sofort jemand komme und ein Urteil übertragen sehen wolle auf den Straßenverkehr. Verbieten Sie dann Autos, weil es zwangsläufig Unfälle gibt? Und Alkohol? Es würde immer weitergehen, bei allem, was ein Restrisiko habe.

Er hielt inne.

»Verstehen Sie? Damit fangen die gar nicht an.«

Ich wollte Rauchen als Gegenbeispiel nennen, aber er fummelte eine Weile, bis er sagte, dass ein Sauger beim Ausbohren von Amalgam übrigens gar nichts helfe, weil der Bohrer mit hunderttausend Umdrehungen laufe und den Staub mit mehrfacher Schallgeschwindigkeit in die Mundschleimhaut jage. Ich lag sehr tief im Stuhl und hatte das Gefühl, sein Fredel streife dauernd meinen Ellbogen, obwohl ich den schon zurückgezogen hatte.

»Davon merken Sie«, fuhr er fort, »natürlich gar nichts, aber die Sauggeschwindigkeit ist ein Witz für Opas. Ich bohre hier nur mit doppelter Abschirmung im Mund. Wir tragen Atemmasken, die Raumluft wird gefiltert mit einem Gerät, das für Raucherkabinen auf Flughäfen entwickelt worden ist.«

Mit seinem Instrument deutete er auf einen riesigen Fang aus Alublechen, der an der Wand hing. Er nannte eine Zahl Liter Raumluft pro Sekunde, die er absaugte. Ich konnte sie mir nicht merken. Er nahm die Finger aus meinem Mund, ich bedankte mich.

»Das kostet mich im Winter ein Vermögen, weil kein Wärmetauscher so schnell ist, der Abluft die Energie zu entziehen.

Außerdem bestünde dann die Gefahr, dass wir Schadstoffe zurückhielten. Aber meine Patienten haben keine Allergien mehr, wenn ich mit allem durch bin, sie schlafen besser und haben natürlich gute Laune. Um von den Langzeitfolgen gar nicht zu sprechen.«

»Ich verstehe nur nicht«, sagte ich in einem sogar für diesen selbstsicheren Mann erkennbar schnippischen Ton, »wieso die Kassen das nicht unterstützen. Man könnte doch Milliarden sparen, wenn all die Folgeerkrankungen wegfallen.«

Er hatte mich wieder hochgefahren, während ich das sagte, und als er herzhaft lachte, kippte der Sitz mich in die Vertikale. »Da haben Sie ja die Kassen wirklich gar nicht verstanden. Die sind doch nicht am gesunden Patienten interessiert. Der Kranke ist das Geschäft, und das muss wachsen! Das System funktioniert so lange, wie wir neue Krankheiten erfinden, wie wir größere Kliniken betreiben und Labore mit besserer Rendite. Momentan investieren alle in chinesische Dentalfabriken. Ich habe mir letztes Jahr eine angesehen. Da wird Ihnen ganz anders, das kann ich Ihnen sagen.«

Er nahm mir den Latz ab.

»Bitte.«

»Danke.«

»Wie gesagt, heute konnten wir uns nur mal kennenlernen. Das nächste Mal kommen Sie mit mehr Vorlauf, dann ist der Physiotherapeut da, und wir schauen uns den Hals zum ersten Mal an. Darf ich mal?«

Er drückte seine Daumen in meine Kaumuskulatur.

»Tut das weh?«

Es tat weh, er hatte stark genug gedrückt.

Ich sagte: »Nein.«

»Fühlt sich entzündet an.«

Er drückte auf der anderen Seite, aber nicht ganz so stark.

»Vergleichen Sie die beiden Seiten.«

»Minimal. Eigentlich nicht anders.«

»Es kommt auf die kleinsten Spannungen an. Mir sagt der Muskel links, dass er gerne loslassen möchte. Aber das müssen wir mit mehr Ruhe ansehen. Machen Sie vorne einen neuen Termin?«

Er nickte seiner Assistentin zu, die kein Wort gesagt hatte, jetzt aber lächelte und den Kittel zurechtzupfte, denn ich hatte auf ihren schönen kleinen Busen gekuckt. Dann gab er mir seine große Hand, die eine harte Haut hatte.

DIE S-Bahn glitt angenehm ruhig aus der Stadt, ins Erdinger Moos und unter die Halle des Flughafens. Dann die Sicherheitskontrollen, das Warten, ich sah anderen Reisenden beim Blättern und Telefonieren zu und wie sie auf ihr Telefon starrten und Tasten drückten. Das Einsteigen, Hinsetzen, Warten, Hören der Durchsagen. Die Maschine rollte auf die Startbahn hinaus, beschleunigte und hob mit all meinen Zähnen ab. Den anderen beim Fernsehen und Schlafen zusehen. Der Bildschirm mit der Flugroute, eine dicke gelbe Linie, die sich wie eine Schneckenspur erst über Europa, dann den Atlantik arbeitete. Die Langsamkeit des Fliegens ist eine Zumutung. Einzige Beruhigung bleibt das Rauschen der dünnen Luft am Flugzeugkörper, der Luftstrom mit tausend Kilometern pro Stunde, bei Gegenwind, nur eine Handbreit vom Kopf weg, wenn man ihn an das Fenster legt.

New York hatte sich verändert. Der Skytrain fuhr anstelle eines Busses. Es war mild, jedenfalls über null, und trocken, als ich auf den Zug wartete, der unter dem von der Subway altbekannten langsamen Ratomm-ratomm angerollt kam. Ich hatte eine der Bahnen mit lila, rosa und orangenen Sitzen erwischt. Sie war leer, ein paar Schwarze beobachteten mich, und auf der Strecke füllte sich der Wagen nach und nach. Bevor man die verletzte Silhouette Manhattans zu sehen bekam, tauchte die

Bahn in den Untergrund. Ich hatte vergessen, wo ich aussteigen musste, und in der Bahn keinen Empfang. Also stieg ich irgendwo aus. An der Oberfläche roch die Luft noch wie früher: Straßenstaub.

Vivian war nicht böse, dass ich betrunken bei ihr auftauchte. Sie nahm mich lange, lange, lange in den Arm und hielt mich, kochte dann Kaffee und nahm mich wieder in den Arm, wischte mit Papiertüchern meine Tränen weg. Nach einer oder zwei Stunden ging es mir gar nicht mehr so schlecht.

»Wirklich schön, dass du da bist«, sagte sie, als wir vom Kaffee wieder auf Rotwein umgestiegen waren und mich der Jetlag zu holen begann. »So ist Nelly auch hier. Sie ist hier im Zimmer, bei uns. Das war vorher nicht so. Jedenfalls nicht so stark wie jetzt.«

Neuigkeiten von einer möglichen Trauerfeier der Freunde nach der Feier von allen hatten wir keine, und es kamen auch keine mehr, bis wir uns am folgenden Nachmittag warm anzogen und nach vorn gebeugt, mit zusammengezogenen Schultern über den Cooper Square liefen. Es fror jetzt, der Wind war scharf. Ich hatte das Gefühl, ein paar Eiskristalle ins Gesicht zu kriegen, während wir auf den Broadway zusteuerten, und als wir um die Ecke bogen, wechselten wir, froh um den Windschatten, einen schnellen, einvernehmlichen Blick. Wir konnten langsamer laufen und uns aufrichten.

Die Halle lag direkt am Washington Square im Parterre. Eine große, schlanke Frau mit schwarzen Locken begrüßte uns an der Tür, nachdem wir wortlos durch einen flachen Vorraum gegangen waren. Durch ihre Entschlossenheit wirkte sie größer, als sie tatsächlich war: Nathalie.

Sie gab mir die Hand.

»Das ist sehr schön, dass du es geschafft hast.«

Ich nickte, dann gab sie Vivian die Hand. Wir betraten den nüchternen Raum. Er erinnerte mich an die Turnhalle meiner

Grundschule, vielleicht weil die Fenstersimse auf Schulterhöhe waren. Man sah auf das Nachbarhaus steil nach oben. Am gegenüberliegenden Ende stand ein Tisch mit der Urne. Sie war dunkelrot oder lila, schwer zu entscheiden in dem Zwielicht, das sich aus der fahlen, durch den Winterhimmel sickernden Sonneneinstrahlung und den in Aluminiumkästen eingefassten Neonröhren bildete. Wie verabredet, gab es keine Blumen. Man hatte in den Rundmails um Spenden an zwei Wohltätigkeitsorganisationen gebeten, die Nelly wichtig waren: für bedrohte Elefanten die eine, für Opfer sexueller Gewalt die andere.

Viele Menschen waren es nicht, die sich verabschieden wollten, kaum zwanzig. Der Raum hätte mit der Bestuhlung gut hundert gefasst. Ich erkannte zwei Kollegen wieder, die ich damals getroffen hatte, legte aber keinen Wert auf einen Gruß oder gar ein Gespräch. Das konnte man später noch machen. Ein anderer war vielleicht der Boxer, ich hatte ihn nie gesehen. Zwei ältere Damen saßen links vorne, eine hielt Nellys Katalog in der Hand. Vivian und ich setzten uns wie automatisch auf die rechte Seite der in der Mitte geteilten Stuhlreihen. Nicht ganz vorne, aber fast. Ich sah mich um, vielleicht war Zero irgendwo. Er war aber noch nicht da, wie mir Vivian mit einer Kopfbewegung mitteilte. Es war kurz nach vier.

Nathalie ging an das Stehpult. Sie entschuldigte sich, wir würden noch auf jemanden warten müssen. Sie nickte einem älteren Herrn zu, der neben den Damen Platz genommen hatte. Später sprach sie ihn als Nellys Vater an. Nat kam zu mir und fragte, ob ich eine Rede halten wolle, aber das wollte ich auf keinen Fall.

»Irgendetwas, das ich in Bezug auf dich sagen soll?«

»Mir fehlt ihr Spruch: ›Oh my god, I'm so intense!‹«

Sie lächelte andeutungsweise, nickte, ging wieder. Vivian atmete heftig aus und führte einen Finger an ihr Auge. Dann kam Musik aus Lautsprechern, die ich nicht erblicken konnte.

Offenbar aus Nellys Regal genommene Musik. Vivian freute sich jedenfalls und weinte dann kurz. Wir warteten eine Viertelstunde, eine halbe Stunde. Dann begann die CD von vorne. Endlich richtete sich Nat, die neben dem Tisch mit der Urne auf einem Stuhl gesessen hatte, auf. Sie sah den Gang zwischen den Stuhlreihen hinunter, und alle drehten sich automatisch um. Ein junger, besonders gut aussehender Mann mit beinahe weißen, aber nicht erkennbar gefärbten Haaren kam den Gang entlang. Er hatte eine teure Jeans an, Cowboystiefel, eine Lederjacke. Der Kragen war hochgestellt, die Haare fielen ihm in einer Locke übers Gesicht, seitlich war es kaum gegelt, aber doch genug, um Halt zu finden. Sein Hemdkragen, ein blutrotes Hemd, stand offen, als hätte er nicht wie wir anderen durch den Frost gemusst.

Ich beugte mich zu Vivian, fragte: »James Dean?«

Sie nahm die Faust vor den Mund, um sich zu räuspern: »Zero.«

Er nickte niemandem zu, versuchte nicht, das Klackern der Eisenbeschläge seiner Cowboystiefel abzumildern. Ungerührt von der Aufmerksamkeit, die ihm entgegengebracht wurde, ging er bis zur ersten Stuhlreihe. Den ersten Stuhl innen rechts nahm er. Wohin er blickte, konnte ich nicht sehen. Ob er die Urne ansah? Es gab auch keine Geste der Verständigung mit Nathalie, die ich bemerkt hätte. Sie stand einfach auf, ging zum Pult und begrüßte die Trauergäste. Während ihrer Rede konnte ich aus dem Fenster sehen, wo der Verkehr floss und Busse, Lkw und manchmal das Dach eines SUV an den hohen Fenstern vorbeizogen: das Leben. Eine der Scheiben nahm manchmal die Vibration eines Motors auf und schepperte kurz und leise, bevor sie sich wieder beruhigte. Nathalie traf den richtigen Ton, sie wurde nicht beliebig, erzählte manche Geschichte von Nelly und manche nicht. Sie begrüßte mich als weit gereisten Gast und engsten Freund, ohne dazuzusagen, dass ich der ehemals engste Freund war. Schließlich erwähnte sie auch Nellys eigene

Klage über ihre Intensität. Das war schon gegen Ende ihrer Rede, dafür hatten alle ein gutes Gespür. Meistens teilt der Redner auch über seine innere Spannungskurve mit, wo er sich in seinem Text befindet. Die Selbstironie von Nelly erzeugte ein schönes Lachen unter uns, und ich war froh, dass es keinen Gang zu einem Grab geben würde, dass wir nicht überlegen und verhandeln mussten, wer den Sarg trägt. Dass ich mir ihren Körper nicht vorstellen musste, wie er mit im Schoß zusammengelegten Händen schaukelnd den Schritten der Sargträger folgte, bis er ein letztes Mal erschüttert und dann zurückgelassen wurde, mit Haaren, die auf dem nachgewachsenen Millimeter ihre wahre Farbe zeigten. Dass es keine weiteren Reden am Grab gab. Ein Grab ist ja nicht einfach nur ein Skandal an sich.

Nathalie schloss ihre Rede mit einem Dank fürs Kommen und Zuhören, und nach ihr sprach Professor Bonk über den Fluch des Talents in der Kunstgeschichte. Als ob ein Mensch auf die Welt käme, um Kunst zu erzeugen. Natürlich sprach er viel zu lange und musste am Ende auch noch van Goghs altes Ohr rausholen. Nach weiterer Musik, die ich nicht kannte, stand Zero auf. Ohne einen Blick für irgendjemanden, geradeaus und ohne Zurückhaltung, nicht zu schnell, aber strebsam wollte er den Gang hinuntergehen, wie er gekommen war. Nur seine in den Jackentaschen verstauten Hände verrieten mir seine Unsicherheit, und für eine Nanosekunde erwischte ich doch seinen Blick, in dem ich keine Reaktion ausmachen konnte. Der Mann war nicht auf dieser Welt, und für seine Umarmung hatte Nelly alles getan. Als Nächster stand ihr Vater auf und bedankte sich bei Nathalie. Sie schüttelten Hände, und nachdem Nat die Urne mit beiden Händen angehoben und vorsichtig auf einen Rolltisch gestellt hatte, schob der große, hagere Mann diesen Tisch in einen Nebenraum und kam nicht wieder. Ich wollte etwas zu Nathalie sagen, hatte Luft geholt, aber sie bedeutete mir, bitte zu schweigen.

In einem mexikanischen Restaurant war ein großer Tisch auf ihren Namen reserviert. Mir fiel ein, dass Nelly am Anfang manchmal gesagt hatte, sie könne so gut Spanisch wie ich Englisch und wie schade sie es fand, dass wir uns nicht auch noch in meiner Sprache getroffen haben. Beim Mexikaner erfuhr Vivian von Nathalie, dass Nelly die staatliche Unterstützung für chronisch Kranke, mit der sie ihre Schulden begleichen wollte, längst bewilligt und ausgezahlt bekommen hatte. Nathalie erzählte auch, dass Zero die Bibliothek, das Klavier und den Rechner mit Bildentwürfen, Recherchen, Musik, der gesamten Korrespondenz und den Dokumentationen von *New York Times* bis *Krieg und Freundschaft* auf Ebay verkauft hatte.

»Er hat nicht mal die Festplatte rausgenommen.«

Nathalie hatte den Käufer ausfindig gemacht, aber die Platte war schon neu formatiert. Wir dankten Nathalie immer wieder für alles, vor allem für ihre Haltung, und boten jede brauchbare Hilfe bei der restlichen Wohnungsauflösung an, egal wie blöd oder schwierig es sein würde. Kurz bevor ich ging, behauptete eine Frau, die ich nicht kannte, dass auch Nellys Bruder da gewesen sei, der Computer.

IN der Nacht hat die New Yorker Polizei dann versucht, Zero wegen Drogenhandels festzunehmen. Wir erfuhren es auf der Wache, auf der alle, die auf der Trauerfeier waren, am nächsten Morgen verhört wurden. Das ging stundenlang, man fragte alles dreimal. Wahrscheinlich brauchte die CIA so lange, um jeden zu überprüfen. Der genaue Bericht, den mir ein sechzigjähriger Beamter gab, sollte mich vielleicht gesprächig machen, ich weiß es nicht. Ich wurde gefilmt, als er mir schilderte, wie fünf Beamte nach Mitternacht mit gezogenen Schusswaffen an der Tür vor Nellys Wohnung standen, unter den Deckenleuchten mit den nikotingelben Gläsern auf dem welligen, gebohnerten Linoleum. Ich roch ihre Angst, als ich dem alten Polizisten zuhörte. Er hatte sehr ruhige Augen. Einer seiner Kollegen hatte mit den Knöcheln so entschlossen an die Tür gepocht, wie man es aus jedem Krimi kennt. Nichts rührte sich, nur die an Gürteln baumelnden Schlagstöcke. Der Klopfende nickte dem Polizisten ganz rechts zu, der daraufhin die Tür eintrat. Am Schloss splitternd, flog die Tür auf, Nellys Tür. Sie knallte an die Wand zu Nellys Badezimmer, wo die Klinke Nellys Putz abschlug, der auf Nellys Parkett rieselte. Zero lag auf dem Sofa, mit dem Kopf Richtung Tür, Blick zum Balkon, falls er die Augen aufgehabt haben sollte. Das war für die Beamten nicht zu sehen, versicherte mir der Mann. Zero rührte sich nicht, aber als zwei der Polizisten näher kamen, zog der Idiot eine Waffe zwischen seinem Körper und der Sofalehne hervor, weshalb der Mann ganz links hinten und der rechte der beiden näheren jeweils einmal schossen. Ich bekam eine Skizze zu sehen. Der erste Schuss streifte Zero am Arm, seine Pistole fiel herunter, mit dem guten alten Heroin versetztes Blut spritzte aufs Polster. Der zweite Schuss zerfetzte seine Hauptschlagader direkt über dem Herzen, und bevor der Krankenwagen vor dem Haus stand, sein Blaulicht zwischen den Streifenwagen lautlos in der Winternacht drehte, sodass Passanten jeden Alters stehen blieben, der Arzt mit dem Fahrstuhl hinaufgefahren und den Flur entlanggeeilt war und mit schnell gehendem Atem und dem Koffer in der Hand durch die offene Tür in Nellys Wohnung trat, war Zero tot.

»UNGLAUBLICH«, sagte Lycile, als ich ihr den Polizeibericht vorlas. Sie stand am Herd und drehte mir den Rücken zu. Ich weiß nicht, ob sie es wirklich so desinteressiert sagte, mit einer leichten Häme, die aggressiv untermalt war, oder ob ich mir das beim Nachdenken in der Zelle eingebildet habe. Man kommt auf alle möglichen und unmöglichen Gedanken, wenn man allein ist und sich nicht bewegen kann und versucht zu verstehen, warum man sein Kind entführt hat. Der Mutter weggenommen. Aber falls diese Abweichung in ihrem Ton lag, reichte sie für eine echte Irritation und die Frage, ob etwas nicht stimmte, noch nicht aus. Wieso sollte ich auch jeder Kleinigkeit sofortige Bedeutung geben, davon hatte Dr. Neuer mir schließlich abgeraten, ich war sehr froh und sogar stolz, das nicht mehr zu tun. Andererseits ist es für den Reisenden leicht, sich für interessant zu halten und nicht viel darüber nachzudenken, was die erlebt haben, die zuhause geblieben sind. Ich hatte noch alles einzeln vor Augen: die Urne, Nathalie und Bonk, Vivians Tränen und meine, das Blut von Zero auf dem Sofa, auf dem Vivian einmal mit Nelly gelegen hatte. Obwohl ich das Blut nicht gesehen habe. Es dauert, bis das Erlebte in die Vergangenheit hinübergleitet, an die man sich dann als etwas Abgeschlossenes erinnern kann, weil man eine Meinung dazu hat. Ich hörte noch dem alten Polizisten zu, dem ich nicht helfen konnte, als ich auf dem eigenen Sofa saß, Ray in der linken Hand. Ich hatte noch das Tosen des Flugzeugkörpers im Ohr, auf den Bildschirmen kroch seine Linie über den Planeten, als legte eine Ameise den Weg auf der Erde zurück.

Wenn Lycile in einem unbeteiligten Ton gesagt hatte, dass sie den Polizeibericht oder den Tod von Zero oder sonst etwas unglaublich fand, würde das aber schon zu der Art passen, in der sie mich empfing. Dass ich mich auf eine Umarmung gefreut hatte, merkte ich, nachdem der Koffer abgestellt und die Jacke aufgehängt war, und diese Umarmung ausblieb. Meine Arme fuhren ins Leere, denn sie drehte sich gleich weg und ging in die Küche, wo Ray im Wagen schlief. Vielleicht hatte er sich geregt, sie bewegte den Wagen hin und her. Vielleicht war sie auch nur müde, zu müde. Ihre Müdigkeit konnte ich nicht übersehen, und ich fragte gleich nach der ausgebliebenen Umarmung danach. Ray habe Koliken beim Trinken, sagte sie vorwurfsvoll, jedes Mal dauere es eine Stunde, bis er sich beruhige.

»Von da schläft er nicht mehr lange, bis er wieder trinken muss.«

Lyciles Mutter war nicht gekommen, dem Vater ging es nicht gut. Die Brustentzündung war noch da, hatte sich immerhin aber nicht verschlechtert.

»Eine gute Nachricht ist das nicht.«

»Nachts«, sagte Lycile, »kann mir eh niemand helfen, nicht mal du.«

»Sag das nicht.«

Ich nahm Ray aus dem Wagen, was ihr deutlich missfiel. Das verstimmte mich, und vielleicht war es ab da eine Abwärtsspirale, eine Misstrauensfalle, die nach uns schnappte und am Ende meine Flucht auslöste. Ray war größer geworden und wachte auf meinem Arm auf, was Lycile noch mehr missfiel. Er bewegte sich schneller, hatte einen größeren Horizont. Er wollte nicht bei mir bleiben und reagierte eindeutig, so meinte ich, auf seine Mutter, wenn sie etwas sagte oder in seine Nähe kam. Ich kann mir das eingebildet haben. Lycile bot mir immerhin an, Kaffee zu machen, was ich gerne annahm. Sie schäumte Milch, während ich den Bericht vorlas, an dem sie etwas unglaublich fand, was auch immer es war.

»Man erlebt das«, sagte ich, »aber man begreift es nicht.«

»Ja«, meinte sie abwesend oder ablehnend.

»Faszinierend, wie sich jeder einfach nimmt«, setzte ich deshalb zynisch nach, »was er haben will.«

»Wer, die Polizei?«

»Zero«, sagte ich, »der ihre Gefühle und alles andere, was sie hatte, zu Geld gemacht hat, zu sehr wenig Geld auch noch? Und der Vater, der mit dem geht, das er immer haben wollte?«

»Nämlich?«

»Der Urne?«

»Und die Mutter?«

»Ja, die Mutter.«

»Was?«

»Die ewige Mutter, gefesselt an ein Gestell, sitzt sie in Texas im Bett und gibt Befehle. Nellys Therapeutin war der Meinung, der Hass halte sie am Leben. Sie will unbedingt noch möglichst vielen Menschen schaden, bevor sie verschwindet.«

»Krass«, sagte Lycile, aber sie sagte es noch immer abwesend, auch abwertend. Oder ablenkend. »So scheint das in der Welt eben zu sein.«

»Ja, genau so«, wiederholte ich, »am besten, man findet sich damit ab. Oder?«

Dass sie mich gemeint hatte, kapierte ich nicht. Und ich kapierte es auch nicht, als sie spitz fragte: »Wie war es denn mit Vivian?«

Meine Antwort geriet zu weich, das merkte ich sofort, Hingabe lag in meiner Stimme, Liebe: »Das war wunderbar.«

Sie stand auf und ging zum Fenster. Ich überlegte, ob ich was ausführen sollte, von Vivian erzählen. Aber Lycile fragte, ob sie noch immer in der Einzimmerwohnung lebte.

»Ja.«

»Und wo hast du geschlafen?«

Ich hatte mit Vivian in einem Bett geschlafen, denn ihre Freundin war verreist, und ein zweites gab es nicht. Der Verdacht war aber nicht nur absurd, er beleidigte meine Trauer endgültig.

»Jetzt sei nicht albern.«

Es verging ein Moment. Noch etwas nachzusetzen hätte sie nur noch eifersüchtiger gemacht, wie das mit der Eifersucht eben ist. Alles, was ich hätte sagen können, hätte wie Rechtfertigung geklungen, aus der sie ein schlechtes Gewissen gelesen hätte und damit Bestätigung. Ich wartete. Bis sie fragte, ob ich jetzt über sie schreiben wolle.

»Über Nelly?«

»Wen denn sonst?«

»Ich habe die Urne vor Augen, wie der Vater sie auf einem Rolltisch rausschiebt, um sie in eine Tasche zu tun, in den Kofferraum zu stellen und damit nach Hause zu fahren, und du fragst, ob ich über sie schreibe?«

»Wieso nicht?«

»Weiß ich nicht.«

»Was weißt du nicht?«

»Wie man über sie schreiben soll, mein Gott.«

»Dann schreib darüber, warum du es überlegt hast.«

Ich habe unwillig irgendwas gebrummt und gehofft, nicht weiter darüber reden zu müssen, während ich mit der rechten Hand den Rechner aufklappte und auf der Tastatur spielte, die Liste der Emails rauf- und runterfuhr, als ob auf ihr etwas zu entdecken wäre. Hottinger hatte einen Umschlagentwurf geschickt. Ich lud ihn herunter, brauchte aber ein Zusatzprogramm, um ihn zu öffnen. Auch das klickte ich an.

Während der Ladebalken im Schneckentempo länger wurde, dachte ich nach. Ich hatte mit Vivian geheult und getrunken und gelacht und in einem Bett geschlafen. Zu sagen, dass natürlich nichts vorgefallen war zwischen einer lesbischen trauernden Freundin, die in einer mehr als festen Beziehung lebt, und dem todmüden, trauernden, betrunkenen heterosexuellen Besucher aus Deutschland, der sich fragte, warum er wenige Stunden vor ihrem Tod seine Freundin per Mail gefragt hatte, ob sie noch lebte – nichts, was störende Bilder produziert hätte, und schon gar nichts, was ihr etwas wegnähme, das Lycile zu erklären fand ich nicht angemessen. Es wäre für alle beschämend gewesen.

»Schreib, wie es war«, sagte sie, als redete sie mit einem Grundschulkind über einen Aufsatz, »du fängst einfach vorne an. *Hanna und Hark*. Roman. An einem heißen Tag im Juni 1999 war Hark Wassermann am Tompkins Square Park mit der jungen Malerin Hanna Money verabredet. Ihre erste Einzelausstellung in den Räumen des Sammlers und Mäzens Pierre Stalker an der Upper West Side hatte drei Wochen zuvor eröffnet.«

»Vier.«

»Dann eben vier Wochen.«

»Und *zuvor* kannst du im ersten Absatz nicht nehmen, das ist ein Killer für jeden unter achtzig, der wirklich liest und nicht nur alles überfliegt.«

»Lief seit drei Wochen.«

»Vier Wochen.«

»Meine Güte!«

»Vier klingt ungerade, ist es aber nicht, bei drei ist es genau umgekehrt. Eine drei tötet jede Aufmerksamkeit. Drei ist wie am Ende der Ferien den ganzen Tag im Regen Regionalexpress fahren.«

»Lief seit vier Wochen.«

»*Wie* es war, ist außerdem komplett unwichtig. Wenn überhaupt etwas interessant ist, dann *was* es war. Ihr gerecht zu werden ist aber unmöglich.«

»Das zu versuchen ist wohl auch vermessen.«

»Aber die Gefahr, gegen ihren Willen ein weiteres Mal über sie zu verfügen, ist real. Man wird immer nur an ihr schuldig.«

»Was du dir immer einbildest!«

Dass ich kein Recht hatte, Nellys Geschichte zu erzählen, sagte ich nicht. Ich empfand es nur ungenau, unbewusst, glaube ich. Dass ich diesen Satz schon einmal gehört hatte, aus Nadjas Mund, ist mir auch erst hier richtig klar geworden, wo sich die Zeit in den zwei Tagen noch schneller im Kreis gedreht hat, als sie es an diesem quadratischen Tisch tut. Der Satz isolierte mich auf eine mir sehr bekannte und gefährliche Art. Und für mein Ohr unerklärlich bissig setzte Lycile noch hinzu: »Aber wenn du meinst, dann beschweig sie mal schön unschuldig.«

Ich daher, giftig: »Schreib doch selber, das rettet sie bestimmt.«

»Sie nicht, aber andere.«

Wieso das meine Aufgabe sein sollte, wusste ich nicht.

»Du bist Autor.«

»Du bist Journalistin, das ist ein realer Fall.«

Sie stöhnte. Ich entschuldigte mich, immer noch kein Held sein zu wollen, und ging mit Ray auf dem Arm nach hinten, wo ich als zweiten, zwölften oder endgültigen Fehler das Schneeglas holte. In der Küche stellte ich es auf den Schrank und bemerkte, dass niemand je ganz stürbe.

Sie starrte das Glas an. »Ah ja.«

»Beziehungen enden nicht.«

Sie nickte widerwillig.

»Nellys Lieblingssatz.«

»Davon hatte sie viele.«

Ich setzte mich wieder aufs Sofa, jetzt beleidigt. Ray spuckte mir auf die Schulter. Lycile kam mit einem Tuch und wechselte endlich das Thema, aber das war keine Entspannung. Es wirkte, als hätten wir eben nicht über den Tod einer Freundin, sondern über die ausbleibende Bestätigung des Windelabos geredet: »Wie war eigentlich der Zahnarzt?«

»Welcher Zahnarzt?«

»Oooh«, stöhnte sie, »der in München?«

»Ach so, der. Der ist total paranoid.«

»Nicht dein Ernst.«

»Doch.«

»Fährst du morgen eigentlich zum Standesamt?«

Sie stellte mir den Kaffee mit der perfekt geschäumten Milch hin, aber ich brachte kein Danke heraus, sondern fragte unfreundlich, ob ich heiraten sollte.

»Das musst du selbst wissen.«

»Und vor allem: wen?«

Sie schüttelte das mit einer Kopfbewegung weg. »Jemand muss den jungen Mann hier mal anmelden.«

»Ach so.«

»Damit er überhaupt existiert. Und ich mach das bestimmt nicht.«

»Nein.«

»Ich mache Quarkumschläge auf meine Euter und widme mich meinem Schlafdefizit, wenn's erlaubt ist.«

Ja, vielleicht war es doch einfach ihr Schlafmangel, er hatte sie so reizbar gemacht. Und weil ich mich damit so gut auskenne, hätte ich es verstehen und auffangen müssen. Ich war aber zu langsam. Sie gab mir einen Ausdruck mit der Adresse und den Öffnungszeiten, und in dem Moment lächelte Ray zum ersten Mal.

Ich rief: »Hast du gesehen?«

»Was?«

»Das Lächeln!«

Sie grinste wahrscheinlich nur nachsichtig, ich nahm es als Herablassung.

»Hat er vorgestern schon mal.«

Ich stöhnte, mein Rechner machte ein unbekanntes Geräusch, und auf dem Bildschirm erschien der Umschlag meines Romans. In seiner Schlichtheit gefiel er mir.

Lycile, wieder so unbeteiligt: »Oh, sehr schön! Könnte aber origineller sein. Ich würde mir noch mehr Vorschläge machen lassen an deiner Stelle.«

Sie streckte die Arme aus, um mir Ray abzunehmen, den ich ihr automatisch gab, obwohl ich das gar nicht wollte, und der das mit einem Geräusch zu begrüßen schien. An meiner Brust blieb eine leere Stelle zurück, und in der wieder flammenden Lust, mit ihm wegzugehen, allein, nahm ich den Kaffee, schlürfte Schaum ab und sah nach draußen, wo eine Krähe vom Geländer wegflog und dabei nassen Schnee in den Hof warf. Es taute.

»Bist du neidisch?«

Mit der rechten Hand an Rays Hinterkopf gluckste sie: »Auf einen Buchumschlag? Übrigens hat deine Schwester angerufen.«

»Was will sie?«

»Irgendwas mit der Wohnung. Ich habe gesagt, du meldest dich morgen.«

WEGEN des Jetlags kam ich erst spät ins Schlafzimmer. Vorher las ich den Roman von Koch zu Ende, eine Geschichte aus der argentinischen Diktatur, in der sich am Ende die Opfer als Täter wiederfinden und umgekehrt. Das war keine gute Wahl an dem Tag, denn ich träumte erst davon, dann von Zero und den Kugeln, jemand fiel aus einem Hochhaus, dann lag ich wegen der Schmatzgeräusche auf der anderen Bettseite lange wach. Später trug ich den wegen seiner Bauchschmerzen weinenden Ray in der Wohnung herum. Erst im Morgengrauen, als die beiden aufstanden und mich allein ließen, schlief ich richtig ein.

Um zehn kam Lycile mit Kaffee und scheuchte mich dann los. Autofahren fiel mir schwer, ich hatte diesen Blick der Erschöpfung, mit dem man nicht alle drei Dimensionen gleichzeitig erfasst, vor allem nicht die Tiefe des Raumes. Mit der Freisprechanlage wählte ich die Nummer meiner Schwester. Sie wollte mich gern in ihrer Wohnung treffen, in unserer also. Ich versprach, auf dem Rückweg bei ihr vorbeizufahren. An der nächsten Ampel ging ich das Gespräch vom Vorabend durch, und auch da fehlten mir einige Dimensionen. Ich stellte fest, dass Lycile vor allem wollte, dass ich sofort weiterschrieb, jetzt, wo das Buch fertig war. Nelly kam ihr dabei gerade recht. Ich bohrte mich in dem Gedanken fest, dass sie nicht mich als Schriftsteller gewollt hatte, wie ich sie einmal verstanden hatte. »Ich will dich als Schriftsteller«, hatte sie damals gesagt, »als Autohändler will ich dich nicht.« Das war in meiner aufkochenden Wut plötzlich sehr leicht zu übersetzen: Sie wollte nicht mich, sondern nur einen Schriftsteller. Und ein Kind.

Im hohen Flur des Tempelhofer Standesamtes musste ich nicht lange auf der Holzbank zwischen den eierfarbenen Wänden sitzen und meine Augen das gewellte Linoleum abtasten lassen, auf dem die Bohnermaschine ein störend unregelmäßiges Muster hinterlassen hatte. Nach ein paar Minuten, vielleicht waren es nur vier, rief man mich durch die alte, viele Schichten Lack tragende Holztür, hinter der ich die Geburtsanzeige vorlegte und das Formular unter den gütigen Blicken zweier Damen ausfüllte.

»Neuerdings leiden auch die Männer unter Stilldemenz«, sagte die ältere der beiden Frauen belustigt, weil ich meinen Nachnamen schon halb ausgeschrieben hatte, bevor ich meinen Fehler bemerkte. Die jüngere grinste vielsagend. Ich lernte, dass Doppelnachnamen mittlerweile verboten sind und Eltern, die nicht denselben trugen, sich entscheiden mussten.

Ob sie ein zweites Formular für mich hätten.

»Streichen Sie Ihren einfach durch.«

Nachdem Ray den Familiennamen von Lycile und ich das Dokument sauber gefaltet in der linken Innentasche meines Jacketts hatte, verabschiedete ich mich und nahm gute Wünsche für ein schönes Leben mit auf den Weg. Ein Formular zur Teilung des Sorgerechtes konnte ich nicht mitnehmen, das müsse man, meinten beide wie Zootiere nickend, vor Ort unterschreiben. Gemeinsam.

»Und Gesundheit!«, rief mir die Jüngere noch zu, als ich in der Tür stand.

»Ja«, sagte ich, »ohne die ist alles nichts!«

Beide lächelten mir hinterher, gutmütig, wie man es bei einem freundlichen, altklugen Kind machen würde. Auf der Fahrt nach Moabit überlegte ich, ob ich wirklich über zehn Jahre nicht in der Wohnung meiner Eltern gewesen war, konnte das allerdings nicht klären und gab die Frage als unwichtig auf. Ich fuhr ohne besondere Erwartungen die Straße entlang, in der ich als Kind gespielt hatte. Das Kopfsteinpflaster war billig asphaltiert worden, die neue Decke platzte an manchen Stellen auf, sie bröselte, die Katzenköpfe waren hier und da an der Luft wie Knie, die durch zerrissene Jeans kuckten. Die Räder rollten in die Schlaglöcher, deren Stöße mir in den Nacken fuhren. Auf den Asphalt hatte man hohe, mit Erde gefüllte Betonkästen gestellt. Vermutlich waren sie einmal bepflanzt gewesen, aber auch mit dem Unkraut, den leeren Bierdosen und den Glasscherben behinderten sie den Verkehr wie geplant. Ich hatte einst die Hälfte einer saftigen Rechnung für all das bezahlt.

Meine Schwester machte gleich auf. Die Wohnung liegt im Parterre im Hinterhaus, man braucht von der Straße keine vierzig Schritte. Selal stand an der Tür und erschrak, als sie mich sah. Den Blick konnte sie kaum von meiner hohen Stirn nehmen.

»Siehst gut aus«, sagte ich spitz, ohne sie angesehen zu haben.

»Oh, danke.«

Eine Wohnung mit Garten hat nicht jeder in Berlin, und meine Schwester kam nach höflichem Geplauder schnell zur Sache: Die Eigentümerversammlung hatte beschlossen, das Treppenhaus sanieren zu lassen. Die Kostenvoranschläge, die sie nannte, klangen in meinem Ohr außerirdisch: um die zwanzigtausend Euro. Ich war ewig auf keiner Eigentümerversammlung mehr gewesen.

»Sind das Bekannte von jemandem hier im Haus?«

»Wer?«

»Na, die Malerfirma.«

Darüber hatte sie noch nicht nachgedacht.

»Die Malerarbeiten sind auch der geringere Teil, es wird über eine neue Heizung nachgedacht, Erdwärme ist im Gespräch.«

»Ist nicht eine Luftwärmepumpe besser?«

»Eine Luftpumpe?«

»Man kann die Differenz zur Außenluft nutzen. Kühlschrankprinzip.«

»Es geht doch ums Heizen, nicht ums Kühlen.«

»Das ist egal. Hinten am Kühlschrank ist es ja auch warm, hast du mal angefasst?«

Davon verstehe sie überhaupt nichts.

»Man kühlt die Außenluft jedenfalls weiter herunter und heizt damit innen.«

»Mit Strom?«

»Vor allem mit dem Energiegefälle, das möchte sich ja ausgleichen.«

»Keine Ahnung.«

Ich fragte nach der nächsten Sitzung, sie war noch nicht angesetzt worden, und meine Schwester zeigte mir die Flügel der Fenster zum Innenhof und die Terrassentür, beide mussten ersetzt werden. Aber sie wollte kein Geld haben. Sie wollte mir meinen Teil der Wohnung abkaufen. »Das würde ich gerne machen. Es ist für dich sicher günstiger, wenn du sowieso nicht hier wohnst.«

Ich fragte, was sie mir für meine Hälfte bezahlen wolle, unter Berücksichtigung der Tatsache, dass sie mir nie eine Miete überwiesen habe.

»Du hättest hier jederzeit mit mir wohnen können.«

Ich wollte eine Zahl hören, und sie sagte eine, die absurd niedrig war. Ich gönnte mir die Freude, einfach zuzustimmen. Spätestens wenn ich weg war, musste sie sich teuflisch ärgern, nicht noch weniger geboten zu haben.

»Die Immobilien sind natürlich jetzt im Keller«, sagte sie entschuldigend.

Als wäre ich reich, wischte ich das mit einer Kopfbewegung weg, und sie versuchte ihre Überraschung und die momentane Freude zu verbergen.

»Willst du noch Kaffee?«

Das wollte ich nicht. Ich wollte lieber gehen und setzte mich gar nicht erst. Geplant hatte ich, ganz nebenbei eine halbe Frage nach unserem Onkel Ferdinand in Kiel zu stellen, um herauszufinden, ob er lebte oder sie mich tatsächlich angerufen hatte, wie ich es mir einbildete. Ich wusste nicht, wieso ich nicht bei der Beerdigung gewesen war, wenn er wirklich gestorben sein sollte. Ich musste es damals vergessen haben, entweder hatte ich vergessen hinzugehen oder danach zu fragen, wann und wo sie stattfindet. Erst nach Wochen oder Monaten hatte ich wieder daran gedacht und war dann nicht mehr sicher, ob meine Schwester mich angerufen hatte. Vielleicht hatte ich nur geträumt? Ich überlegte, ob es gut wäre, nach der Telefonnummer der Kieler zu fragen, um das Gespräch darauf zu bringen. Es klingelte aber an ihrer Tür, und sie stand sofort auf und drückte auf die Taste der Gegensprechanlage.

Eine Frau meldete sich, entschuldigte die Störung, ob sie für einen Moment an die Tür kommen dürfe. Ohne zu fragen, worum es ging, ließ meine Schwester sie mit dem Summer ein und öffnete die Wohnungstür einen Fingerbreit. In den vierzig Sekunden, die die Frau brauchte, um den Innenhof zu durchqueren, dabei stehen zu bleiben, sich umzusehen, einen Blick in den Himmel zu werfen, weiterzugehen, die Tür des Treppenhauses zu öffnen und die vier Stufen zur Wohnung heraufzusteigen, wollte meine Schwester das Gespräch auf einen Termin beim Notar bringen. Sie habe schon mit einem gesprochen.

Mir war kalt, und ich zuckte mit den Schultern, was sie als Zustimmung wertete.

»Gib mir doch mal deine Handynummer.«

Ihr kleiner Bildschirm warf ein fahles Licht in ihr Gesicht, als sie dastand, auf die Ziffernfolge wartete und die Frau die vom Luftzug leicht geöffnete Wohnungstür sachte aufdrückte. Sie schwang nach, die Klinke stieß an ein dafür vorgesehenes Gummipolster an der Wand. Ich wollte jetzt erst recht weg, einen langen, stillstehenden Moment sahen wir drei uns aber an. Die Frau war mindestens achtzig. Sie war anspruchsvoll gekleidet, ohne das zur Schau zu stellen, trug angemessenen Schmuck. Sie war leicht geschminkt, ihr Alter dabei auf angenehme Weise achtend.

»Entschuldigen Sie«, sagte die Frau laut, denn sie hörte offenbar schlecht. »Ich hatte nur klopfen wollen.«

Und weil wir nichts sagten: »Frau Kindler wohnt hier noch?«

Meine Schwester sah mich an, sodass ich auf sie wies und sagte: »Das ist Frau Kindler.«

»Oh, entschuldigen Sie, Sie sind sicher die Schwiegertochter.«

Ich sagte: »Die Tochter.«

Die Frau blickte mich ratsuchend an, fragte: »Wie bitte?«

Laut sagte ich: »Die Tochter. Worum geht es denn?«

Jetzt wurde sie sehr unsicher, ihre Stimme war brüchig, als sie nach einer Helene Kindler fragte: »In meinem Alter?«

Unsere Mutter sei schon vor sehr langer Zeit gestorben, erklärte ich, und als meine Schwester fragte, ob sie sie gekannt habe, suchten die Tränen der Frau auf beiden Wangen die kürzesten Wege von Falte zu Falte. Sie schnappte nach Luft, zeigte über die Schulter auf die Wohnungstür gegenüber, wollte etwas von Nachbarschaft sagen, entschuldigte sich, klickte die teure, aber nicht zu teure Handtasche auf und hatte ein Papiertaschentuch zur Hand. Dann entschuldigte sie sich ein zweites, drittes und viertes Mal, während meine Schwester sie hereinbat.

»Aber nein«, schniefte sie, »ich mache Ihnen jetzt Umstände und habe mich nicht mal angemeldet. Wenigstens anmelden hätte ich mich können.«

Meine Schwester hatte bereits begriffen, dass es sich um Frau Hanke handelte, von der meine Mutter oft gesprochen hatte. Während des Krieges wohnten Hankes auf dem Flur gegenüber, Frau Hanke jedenfalls mit ihren zwei Töchtern. Ihr Mann hatte

Pech, er kam erst 1955 aus der Kriegsgefangenschaft zurück. Kurz darauf starb er, und Frau Hanke war dann nach Westdeutschland gezogen.

»Sie kommen jetzt erst mal herein«, gab meine Schwester die Anweisung, »gehen können Sie jederzeit wieder.«

Sie bedankte sich, nahm die Einladung an, sich in der Küche zu setzen.

»Wissen Sie«, sagte sie wieder sehr laut, »ich bin wie automatisch in die Straße gelaufen, ich war Jahrzehnte nicht in Berlin.«

Meine Schwester sah sie freundlich, wenn auch nicht freudig an. »Und dann haben Sie es nicht vermeiden können zu klingeln, als Sie den Namen gelesen haben.«

»Das habe ich jetzt davon, entschuldigen Sie. Ich sollte gehen.«

Sie stand auf, Handtasche rechts, das Taschentuch links.

»Sie setzen sich jetzt. Ich möchte etwas hören von Ihnen.«

Sie setzte sich wieder.

»Kaffee?«

»Aber keinen starken, und nur wenn …«

»… es keine Umstände macht. Machen wir es so: Falls ich beim Kaffeekochen feststelle, dass es zu viele Umstände macht, melde ich mich, ja?«

»Sie sind wie Ihre Mutter«, sagte Frau Hanke froh und wischte die nächste Träne weg.

Meine Schwester lachte und sagte: »Nicht nur.«

Dann begann sie Frau Hanke auszufragen. Wo sie lebte, das war Leverkusen. Wie lange sie nicht in Berlin gewesen sei, es waren vierzig Jahre. Meine Schwester beteuerte zweimal, dass sie Zeit habe und heute nicht zur Arbeit müsse. Ich setzte mich auch. Bald wunderte ich mich, geglaubt zu haben, über den Einfall der Roten Armee gut informiert zu sein. Vielleicht war es auch nur etwas anderes, aus dem Mund eines Menschen, der dabei gewesen war, zu hören, wie die Russen zwei Wochen lang am S-Bahnring immer wieder zurückgeschlagen wurden und dann aber in zwei Tagen von dort bis zum Reichstag kamen. Sie nahmen sich, was sie brauchten, auch in diesen Wohnungen schlugen sie ein Quartier auf. Darüber hatte meine Mutter nie ein Wort verloren.

Frau Hanke erzählte flüssiger, wie die Russen bekocht wurden und dass an den Abenden Musik machen musste, wer ein Instrument spielte. Es wurde sehr viel getrunken und geraucht, die Türen standen immer offen. Manchmal wurden sie von Soldaten mit Finger am Abzug bewacht, und niemals durften die Türen zu sein, egal was sie gerade gemacht hatten.

»Ganz egal«, sagte Frau Hanke bedeutsam, und Selal nickte. Die Wohnungen im Parterre bevorzugten sie wegen der Fluchtwege, das sei halt ihr Pech gewesen, meinte Frau Hanke mit brüchiger Stimme. »Wenn sie wenigstens die Türen zugemacht hätten, wissen Sie.«

Wir hörten ihrer Pause zu.

»Na ja«, sagte Frau Hanke, »Sie wissen es ja.«

»Was?«

»Wie es war. Ich kann es ihnen nicht mal wirklich verdenken. Wir waren ja junge Dinger.«

Meine Schwester stutzte vorsichtig, ich verhielt mich sowieso still.

»Wir Stadtfrauen dürften auch noch besser weggekommen sein als so manche auf dem Land. Der Kommandant hier im Viertel hat für eine gewisse Ordnung in alldem gesorgt. Er war ein wirklich großer Mann mit Adleraugen und Manieren, immer eine ordentliche Uniform in all dem Dreck. Die Mädchen mit Verletzungen konnten zu ihm gehen und sich beschweren. Verletzungen hat er nicht geduldet, für Verletzungen hat er Strafen verteilt. Die Soldaten mussten dann im Haus der Mädchen helfen, sie schleppten Steine, schlugen im Tiergarten Holz und trugen es in Bündeln her. Manchmal mussten sie auch die Küche wischen, eigentlich nur, um von den anderen Soldaten ausgelacht zu werden. Das setzt nicht jeder Kommandant durch, wissen Sie, bei meiner Cousine in Charlottenburg war das nicht so.«

Offenbar um noch mehr zu hören, stimmte meine Schwester zu.

»Es gab auch ganz junge Burschen, die um jeden Kuss gebettelt haben. Nicht, dass man es ihnen hätte abschlagen können, sie kamen immer zu zweit und hatten eine Hand auf der Waffe. Aber sie waren für jede echte Freundlichkeit dankbar, und manchmal hatte man Mitleid mit ihnen, mit ihrem Flaum und den Kindergesichtern, die noch gar nicht verstanden hatten, was hinter ihnen lag. Wir wussten zwar damals nicht viel über Stalingrad, aber geahnt haben wir es schon, man hat sich über das Schweigen der Männer, die zurückgekommen waren, so seine Gedanken gemacht, viele wachten in der Nacht schweißgebadet auf. So was sprach sich unter den Frauen rum, und deshalb haben wir mit der Rache der Russen gerechnet. Man versuchte dann eben ganz still zu sein und es vorbeigehen zu lassen.«

»Es gab«, sagte meine Schwester bestimmt, »noch *den* Russen.«

Frau Hanke drückte ihren Rücken durch und die Kiefer aufeinander.

»Unsere Mutter hat ihn mal erwähnt.«

Ich erinnerte mich daran, dass es immer *der* Russe war, mit dem sie ihre kargen Kommentare über alles, was das Kriegsende betraf, abgeschlossen hatte, ich hatte ihre verächtlich wegwerfende Handbewegung vor Augen, als hätte ich sie am Vortag das letzte Mal gesehen: Sie schüttelt den Kopf, legt die Hände an die Wangen, als redete sie von einem dummen Kind, das nichts versteht und alle ins Unglück stürzt. Manchmal hatte ich ein Zittern in ihrem Kiefer zu sehen gemeint und den Eindruck gehabt, derjenige in der Familie zu sein, vor dem sie es am meisten zu verbergen suchte. Das bestätigte sich jetzt, wo meine Schwester so gezielt nach dem Russen fragte, und ich verstand, dass mit *dem* Russen nicht eigentlich *die* Russen an sich gemeint waren, wie die übliche Redensart ging. Das hatte ich als Kind immer angenommen. Um mich zu schützen? So sind Kinder ja, aber tatsächlich war ein besonderer Russe gemeint, ein bestimmter. Bei Frau Hanke sah ich ein Augenlid zucken, ihre Hände klammerten sich an den Griff ihrer Handtasche, die sie nicht vom Schoß genommen hatte. Die Sehnen traten an ihren schönen, alten Unterarmen hervor, und ich saß so still daneben, wie ich vor Jahren neben Nadja im Jugendamt gesessen hatte, als sie zögerte, die Sorgerechtsteilung für Merle und Jakob zu unterschreiben.

»Was sollten wir machen?«, sagte sie. »Wir waren ja froh, dass der Krieg vorbei war und wir noch am Leben.«

Verschämt suchte sie meinen Blick, wie um zu prüfen, ob ich noch da war und zuhörte oder sie etwa missbilligte. Ich saß keine Armlänge von ihr weg, und ich hätte sie umarmt, wäre das nicht die ultimative Unverschämtheit gewesen. Ich hätte sie einfach umarmt und auch eine Träne geweint, aber sie wollte jetzt nicht mehr erzählen, suchte ein Ende, einen Ausweg aus dem Gespräch, und wollte vielleicht noch einmal sagen, es sei schon gegangen mit den Russen. Sie wollte gefasst bleiben, tapfer. Sich nicht unterkriegen lassen. Das war in dem Seitenblick auf mich deutlich zu sehen, deshalb stand ich auf, entschuldigte mich und ging in das neben der Küche gelegene Bad.

Ich wusch mir die feuchten Hände, ließ dann Wasser in die hohle Hand laufen und drehte sie einmal in jede Richtung im Halbkreis, damit die vielen Bartstoppeln, die ich im Becken vorgefunden hatte, im Abfluss verschwanden. Jedes in der Küche laut gesprochene Wort konnte ich verstehen, weil beide Räume über einen gemeinsamen Schacht entlüftet wurden, der in den Sechzigern auf Wunsch meiner Mutter eingebaut worden war, weil sie nirgends mehr Luft bekam. Früher hatte ich das genutzt, um meine Eltern beim Streiten zu belauschen. Es war also schon damals keine Glück bringende Technik gewesen. Jetzt fragte meine Schwester, was das besondere *dieses* Russen gewesen sei, und Frau Hanke sagte ohne Umstände, der habe der Frau immer die Faust zwischen die Kiefer geklemmt, Speichel auf der Zunge gesammelt und in den aufgesperrten Mund tropfen lassen.

»Ein Schwein«, sagte Frau Hanke nicht mehr vorsichtig wie in meinem Beisein eben noch, sondern ganz sachlich mit einer gefassten Wut: »Es war in diesem Zimmer.«

Von der Küche sah man nur eine Zimmertür, die des Schlafzimmers meiner Schwester.

»Die Tür war ausgehängt, wissen Sie, und er hat das auch mit den Minderjährigen gemacht. Ihre Mutter«, hüstelte sie und brachte ein spitzes Lachen zustande, das im Husten endete, »also Helene hatte geschworen, nie wieder einen Mann an sich heranzulassen.«

Es entstand eine Pause, und ich fürchtete, dass meine Schwester mein Lauschen ahnte, mein Atmen hinter der Wand spürte.

»Wie schön«, setzte Frau Hanke wieder an, »dass sie dieses Versprechen gebrochen hat. Ihr Bruder könnte ihr nicht ähnlicher sehen.«

»Sind Sie nicht zum Kommandanten damit?«

»Für den zählten nur sichtbare Verletzungen. Blaue Flecke nicht, aber Schürfwunden, Platzwunden und Bisse, Striemen von Fesseln und so weiter. Einmal gab es einen Armbruch, zwei Häuser von hier. Wir haben die beiden Soldaten nie wieder gesehen.«

Ich zog die Spülung, wusch mir die Hände, nahm den Rasierpinsel auf dem Brett über den Handtüchern zur Kenntnis, und als ich zurück in die Küche kam, umfasste meine Schwester die Handgelenke von Frau Hanke so, dass die Handballen der beiden Frauen aufeinanderlagen. Es sah schön aus. Meine Schwester sah Frau Hanke ermunternd und vertrauensvoll an, so etwas hatte ich ihr nicht zugetraut. Ich habe sie ja nie besonders gemocht.

»Leider«, sagte ich, »muss ich los.«

Frau Hanke befreite sich daraufhin. Ohne es zu merken, zog sie Rotz hoch. Sie wollte mir ihre Nummer geben.

»Vielleicht können wir in Kontakt bleiben? Ich komme noch einmal, wenn Sie Zeit haben. Ich komme noch einmal nach Berlin. Dann melde ich mich an.«

»Das macht«, sagte ich schnell, »meine Schwester für uns.«

Ich nahm meine Jacke, und Frau Hanke gab mir ihre Hand. Sie übertrug ein leichtes Zittern, das ich jetzt auch sehen und hören konnte: Der Kopf wackelte, die Stimme tanzte, beides so wenig, dass ich es unter ihrer wegen der Schwerhörigkeit so lauten Stimme fast nicht bemerkt hätte. Diese Frau wollte den Erzählbogen ihres Lebens schließen, und wenn nur für sich selbst. Ich hätte ihr dabei helfen können. Ich hätte sie im Arm halten können, ihren zerbrechlichen kleinen Körper, wenn ich mich nur mit ihr verabredet hätte, ohne meine Schwester. Weil man seine Planungen nicht so schnell ändert, wie es richtig wäre, fragte ich sie, ob sie die aktuelle Telefonnummer der Kieler habe. »Ich muss eine alte haben.«

In einer ungelenken Bewegung stand sie auf, ächzte und fasste sich auf den Bauch.

»Ich bin nächste Woche da oben unterwegs«, sagte ich, als gäbe es etwas zu entschuldigen.

»Die würden sich freuen, dich zu sehen«, wusste sie ganz sicher, während sie die Nummer auf der Liste auf ihrem Telefon suchte. »Das hat damals nämlich wirklich niemand verstanden, dass du nicht zur Beerdigung gekommen bist. Und ohne jede Erklärung.«

»Ich war krank.«

»Das hättest du ja sagen können, oder?«

Ich bedankte mich, hob die Hand zum Gruß und sah vom Hof aus noch einmal durch das Küchenfenster Frau Hanke, deren Pausbacken ich gerne lange wortlos angesehen und berührt hätte.

Im Auto saß ich eine ganze Weile reglos mit dem Schlüssel in der Hand und ohne Idee, was ich tun sollte. In der irrwitzigen Annahme, dass Lycile sich diese Geschichte nicht würde anhören können, und nervös, weil Frau Hanke jederzeit die Straße hätte entlangkommen können, wählte ich Linas Nummer. Das war eine Übersprungshandlung, zuvor hatte ich an ein Glas Whisky gedacht, aber dafür war es viel zu früh, auch an eine normale Massage irgendwo, aber man bekam erstens keinen Termin sofort, zweitens wollte ich sicher sein, richtig angefasst zu werden, damit sich meine Gespanntheit auflöste.

Lina hielt sich im Schlossgarten Sanssouci auf. Sie wusste sofort, wer ich bin. Die strenge Ordnung, die man in Sanssouci in die Natur gebracht habe, sagte sie fröhlich, möge sie sehr, aber in vierzig Minuten könne sie im Studio sein, »ganz ohne Stress«. Nur mit einem Tuch bekleidet, empfing sie mich an der Tür. Wir küssten uns auf die Wangen. Dazu beugte ich mich, da ich Straßenschuhe und Jacke trug und meinen Schlüsselbund noch in der Hand hatte, weit vor. Ich trank einen Tee mit ihr, legte das Geld, das ich aus einem Automaten gezogen hatte, auf die Messingschale, zog mich aus, duschte und streckte mich auf das Lager. Bald war ich zu abwesend oder zu müde, um Linas Arbeit richtig genießen zu können. Ich kannte auch jeden Handgriff auswendig und überlegte, warum ich sie angerufen hatte, denn was Lina mit mir machte, war banal. Es war so banal wie all die Filme, die ich gesehen hatte, die Schamlippen und Zungen, die menschliche Anatomie, die uns allen ein so beschwerliches Fortbewegen beschert, verglichen mit Katzen,

Pferden oder Vögeln. An meinem Kopf sitzend, strich Lina meinen Oberkörper aus, und um abwechselnd an der Hüfte und unter dem Kreuzbein ansetzen zu können, beugte sie sich über mich. Früher hatte der offene Blick auf ihr Geschlecht mich angemacht, es war ein schönes Spiel der Reizung und Beherrschung gewesen, Vertrauen und Respekt und die Fähigkeit, etwas offen zu lassen. Jetzt schaute ich sachlich auf die glatt rasierten Polster mit einigen leicht entzündeten Haarwurzelkanälen und den kleinen hervorragenden Zipfel, den ich nie berührt hatte: ein profanes Ensemble, technisches Detail einer funktionellen Natur, ein japanisches Schriftzeichen, das man entziffern konnte und das mit hoher Geschwindigkeit durchs Weltall raste. Es konnte etwas bedeuten oder nichts und hatte in der ziellosen Geschichte der Menschheit nur zufällig gerade dieselbe Bahn wie ich. Dagegen war natürlich nichts zu sagen. Wieso sollte man auch?

»Er ist ganz zusammengefallen«, sagte Lina ein paar Schritte und Stellungen später enttäuscht, und wir beschlossen, die Sache ausklingen zu lassen. Sie wechselte die Musik, legte mir zwei Tennisbälle in den Nacken, weil sie eine Verspannung vermutete, befahl, ruhig liegen zu bleiben und zu atmen, und zog sich an.

Eine Viertelstunde später saßen wir in der Straße vor einem spanischen Restaurant. Man hatte Heizstrahler unter die Markise montiert und Decken in die Sessel gelegt. Ich aß eine Tortilla, sie trank einen Gin Tonic. Dass das sehr unprofessionell sei, sagte sie listig, denn man gehe nicht mit Kunden essen, als wären sie Freunde. Nur bei mir mache sie eine Ausnahme. Sie glaubte eh, ich solle zu einer ihrer Freundinnen gehen, die als Vollprofis arbeiteten.

»Es ist ganz normal«, sagte sie mit dem mich belustigenden holländischen Zungenschlag. »Mit den Massagen fängt man an. Auf Dauer will man dann alles. Oder traust du dich noch immer nicht?«

Das hatte ich ihr früher mal erzählt. Jetzt erklärte ich freundlich, dass es vollkommen egal sei, ob ich einen Nachmittag Sport triebe, allein oder zu zweit, oder es sein ließe.

»Ich glaube, es täte dir gut. Das sind ganz offene, entspannte Frauen.«

»Ich stehe mehr auf spannende Frauen.«

»Sind die auch. Die sind gerne nackt. Wirklich.«

»Lina«, sagte ich, »wenn du es so gern möchtest, dann gehe ich, aber es hat keine Bedeutung.«

Sie lachte, meinte, es sei dumm zu glauben, dass die Momente der Liebe sich mit Geschlechtsverkehr weniger gut einstellten als ohne. Ich wollte antworten, aber sie fasste in ihre Tasche, in der das Telefon vibrierte, nahm es heraus, sah die Nummer, hob eine Augenbraue und sagte: »Entschuldigung.« Während sie dranging, sah sie mich an und rollte die Augen hin und her, hörte dem Anrufer zu, ohne sich gemeldet zu haben. Dann bügelte sie ihn mit einem Satz ab: »Ist okay, Johannes, lass gut sein.«

Das Telefon verschwand.

»Ein Kunde«, grinste sie, »der sich in mich verliebt hat.«

»Warum gehst du ran?«

»Ich habe ihm erlaubt anzurufen.«

»Wieso?«

»Er möchte das so.«

»Das ist so abgesprochen?«

»Das ist so abgesprochen.«

Ihr Telefon vibrierte erneut, sie warf mir einen bedeutungsvollen Blick zu, ging wieder ran, lauschte eine halbe Minute und sagte dann erbost: »Johannes, ich lege jetzt auf.«

»So ist es abgesprochen?«

»Genau so.«

»Er bezahlt dich dafür?«

Sie nickte, schaltete das Telefon aus, steckte es weg, und alle Anstrengung fiel von mir ab.

»Das Leben«, sagte ich und lehnte mich zurück, »ist ein Gefängnis.«

Wir brachen in ein großes Gelächter aus und lachten so lange und so laut, dass über uns ein Fenster aufging und eine Frau drohte, die Polizei zu holen. Der Ober war gleichzeitig an unseren Tisch getreten und bat vorsichtig um mehr Ruhe, es gebe leider Beschwerden der Nachbarn. Ich zahlte, in der Sonne vor den Tischen nahmen wir uns in den Arm, und Lina wünschte sich, dass ich auf mich aufpasste.

»Mach's gut«, sagte ich, von einem Sonnenstrahl geblendet und eine Horde Krähen im Ohr, die ich nirgends erspähen konnte, als ich mich wegdrehte und die Straße hinunterging. Abschied zu nehmen war ein großartiges Gefühl.

TROTZDEM habe ich noch immer keine Sekunde ernsthaft oder bewusst daran gedacht, mit Ray wegzugehen. Ich war viel zu benommen, um strukturiert zu denken, und warum ich dann wirklich gegangen bin, muss der Psychologe erklären, falls er noch kommt. Falls sie mich nicht zurückbringen in meine Zelle, in der sie genau wie in diesem Raum hier eine Kamera auf mich richten, wegen der Selbstmordgefahr.

Lycile habe ich nebenbei von Frau Hanke erzählt, als ich zurück war und Ray anzog, um mit ihm rauszugehen. Sie war leider fasziniert von dem Gespräch, das ich im Badezimmer hinter der Küche durch die Belüftung mitgehört hatte. Das löse das große Rätsel, meinte sie, aber ich fand das gar nicht.

»Du meinst nicht«, fragte sie, »dass das alles erklärt?«

»Es erklärt gar nichts.«

»Wieso?«

»Was soll es denn erklären?«

Sie sah mich mit dem Blick an, den ich zu gut kannte und dem ich jetzt schon zu sehr misstraute. Ich konnte mir kaum noch vorstellen, ihr über die Abgründe dieser Welt hinweg die

Hand zu reichen. Ihr Pragmatismus wirkte wie entrückt auf mich, kurz dachte ich an Vivians vorsichtiges Antworten in Momenten wie diesem. Ray machte ein Geräusch und lenkte Lycile genauso ab wie mich, sie sagte nichts anderes mehr dazu.

Wir hatten schon am Morgen ausgemacht, dass ich versuchen solle, eine Stunde mit Ray draußen zu bleiben. Ich ließ mich nicht davon abbringen, auch wenn ich jetzt viel später dran war als gedacht, weil ich auf dem Amt solange hatte warten müssen und er gerade erst aufgewacht war.

»Kann gut sein«, belehrte sie mich, wenn sie sich nicht vielmehr beruhigen wollte, »dass er trotzdem gleich im Wagen einschläft. Immer bewegen ist gut, wenn du anhältst, kannst du ihn hin- und herschieben.«

»Lycile, das ist nicht mein erstes Kind.«

Wir besprachen, dass ich nur ein paar Hundert Meter vom Haus wegginge.

»Ich stelle mein Telefon auf extralaut. Falls ich einschlafe.«

»Mach's aus und schlaf. Kannst du das?«

Sie lächelte, und ich wusste, sie konnte es nicht. Weil ich noch immer kein mobiles Netz hatte, sah ich schnell noch einmal in meine Mails. Ich fand einen langen Brief von Vivian, den ich leider nicht mehr lesen konnte und komischerweise löschte. Jay Rukowski, der auf sein letztes Traumauto zu warten offenbar aufgegeben hatte, schrieb: »Heil Hitler!« Ich loggte mich aus, und obwohl es nicht nötig war, löschte ich den Verlauf und leerte den Papierkorb.

Lycile hatte Ray im Fellsack verstaut, als ich wieder nach vorne kam. Ordentlich lag er im Aufsatz des Kinderwagens und verfolgte uns mit den Augen. Mit der rechten Hand nahm ich die beiden Schlaufen, küsste seine Mutter. Zwei- oder dreimal kontrollierte ich meine Jackentaschen, ob ich Geld, Kreditkarten, Thyroxin, die Vitamine und das Telefon hatte. Dann ging ich.

Sie sagte: »Bis gleich.«

Ich war zwei Treppen abgestiegen, als sie die Tür noch mal öffnete und mich zurückrief. Ich hatte meinen Schlüssel vergessen.

Draußen zu sein war schön. Zwei Krähen diskutierten in einem Baum, auf der Straße machte ich das Telefon aus, dabei fiel der Schlüssel aus meiner Tasche in einen Lichtschacht vor dem Nachbarhaus, ein Versehen. Mit Atem vor dem Mund und Händen am Kinderwagenbügel lief ich unaufgeregt um den Block. Ray schlief ein. Ich wunderte mich, wie schnell ich am Mauermuseum war und von da am Bahnhof. Obwohl ich langsamer ging und auf einen Impuls wartete, umzukehren. Der Impuls kam aber nicht, mit jedem Schritt, mit dem ich mich vom Haus entfernte, in dem Lycile zu schlafen versuchte, wurde eine Umkehr schwerer, der Gedanke daran beschwerlicher. Mit jedem Schritt Richtung Bahnhof wurde mir leichter um Herz und Lunge. Ich löste einen Fahrschein für Zittau und hatte noch vierzig Minuten, die ich zum größten Teil im Drogeriemarkt verbrachte, um Babynahrung, Milchpulver, Windeln und Trinkflaschen zu kaufen. An der Kasse die erste Prüfung: Ich musste mir sagen, dass alles ganz normal war. Die Frau scannte aber einfach die Waren ein und beachtete uns gar nicht. Eine alte Dame, die mehrere Magazine kaufte, lächelte mir erfreut zu und legte den Kopf dumm zur Seite, als sie versonnen Rays Gesichtchen ansah.

Im Zug setzte ich mich möglichst weit vom Mutter-Kind-Abteil weg. Nach circa der Hälfte der Strecke wachte Ray auf und meckerte gleich. Ich tröpfelte Milch aus der Flasche auf einen kleinen Finger und rieb sie ihm auf die Lippen. Er schmeckte das, protestierte schwach, weinte, und ich tippte ihm den mit Milch benetzten Sauger an den Mund. Er wollte ihn aber nicht annehmen, und die ersten Mitreisenden drehten sich zu mir um. Ein- oder zweimal lächelte ich in der Hoffnung zurück, abgeklärt zu wirken, und nahm Ray hoch, wie ich es Tausende Male bei Müttern gesehen hatte. Als der Zug hielt, tat ich so, als stiege ich aus, und setzte mich zwei Wagen weiter. Ich nahm die Batterie aus meinem Telefon.

Auf dem neuen Platz ließ ich mit dem Sauger nicht locker und passte dabei auf, keinen Tropfen Milch zu verlieren. Dabei wurde ich ruhiger. Wir hatten alles, was wir brauchten, sagte ich mir, denn Ray sollte das spüren. Schließlich nahm er die Flasche, ohne zu brüllen, rot zu werden und mit dem Kopf zu zucken, wie ich es mir ausgemalt hatte. Er trank. Ich sah aus dem Fenster, vor dem die Landschaft vorbeiflog, sang leise die Lieder, die er von Lycile kannte. Dass er sich nicht an sie erinnern würde, tat mir leid, aber so war es nun mal. Sie hatte selbst gesagt, dass jeder sich in der Welt nehme, was er haben wolle. Beim Aussteigen halfen mir zwei Frauen mit dem Kinderwagen, ohne Fragen zu stellen, aber ein Mann aus dem ersten Abteil erkannte mich, und ich musste zielstrebig an ihm vorbeigehen. Vor dem Bahnhof nahm ich deshalb ein Taxi und ließ uns ein paar Blöcke wegfahren, wo ich ausstieg, ein, zwei Straßen weiterlief, ein zweites Taxi herbeiwinkte, das ich zu einer Autovermietung fahren ließ. Beim Ausfüllen des Vertrages hatte ich Ray im Tragetuch und verriet der Frau hinter dem albernen Panzerglas auf Nachfrage, wie alt er war.

»Süß!«

Ein Handlanger half mir beim Festzurren des Gurtes um den Korb. Er verstaute den Kinderwagen im Kofferraum. Dann erklärte er mir das Navigationsgerät.

»Wie macht man das aus?«, fragte ich mit einer nie da gewesenen Selbstverständlichkeit.

Gedankenlos zeigte er es mir. Weil ich nicht sicher war, ob es dann wirklich keine Signale mehr mit dem Satelliten tauschte, fuhr ich kurz hinter der Stadtgrenze rechts ran, um das Gerät mit einem Schraubenzieher, den ich beim Werkzeug unter dem

Reserverad fand, aus dem Fach zu stemmen und in den verschneiten Straßengraben zu werfen. Bis zur Grenze waren es nur vier Minuten, wenn ich mich beeilte. Vorsichtshalber hatte ich die Decke ganz über den Korb gelegt, und tatsächlich wurde ich angehalten und kontrolliert.

Der Grenzer sah auf meinen Ausweis, dann in mein Gesicht und bemerkte, dass sich unter dem Tuch etwas bewegte.

»Ihre Katze?«

»Genau.«

»Darf ich mal sehen?«

»Wieso?«

Er sah mich streng an, trat einen Schritt zurück, ließ seinen Blick das Auto abtasten, als wollte er es vielleicht kaufen, ging nach hinten, wo er das Nummernschild sehen konnte, und trat wieder heran.

»Herr«, er blickte auf den Ausweis, »Kindler, in dem Korb ist ihre Katze?«

»Kleiner Scherz«, sagte ich und nahm das Tuch ab.

»Mein Sohn.«

Beide sahen wir ihn an.

Ich sagte: »Süß, oder?«

»Schon.«

»Er liebt mich.«

Eine Augenbraue des Grenzers, die linke, sprang dabei auf wie ein Raubtier, auf das man geschossen hatte.

»Sie haben einen Kinderausweis und die beglaubigte Reiseerlaubnis der Mutter?«

Ich konnte schnell denken in dem Moment, schneller als je in meinem Leben, und tastete nach dem Zettel des Standesamtes in der Innentasche meines Jacketts. Mittlerweile dämmerte es, und der Zettel sah nicht mehr aus, als wäre er erst ein paar Stunden alt. Ich faltete ihn auseinander, suchte und fand meinen Namen, es freute mich, ihn auf demselben Blatt Papier zu lesen, auf dem auch Rays Name stand. Mein Name stand da und darunter: Vater. Stolz reichte ich den Zettel aus dem Fenster.

»Ich bin der Vater, schauen Sie.«

Er nahm den Schrieb an sich, las und sah mich dann wieder an.

»Ihren Ausweis?«

Auch den gab ich ihm.

»Sie benötigen einen Ausweis für Ihr Kind und das schriftliche Einverständnis der Mutter, wenn Sie das Land verlassen wollen.«

»Im Ernst?«

»So ist es«, sagte er.

»Wir sind bei den Großeltern in der Stadt«, sagte ich mit über die Schulter zeigendem Daumen. »Das Einverständnis habe ich in zehn Minuten hier. Aber keinen Ausweis für ihn.«

Meine Schilddrüse drückte etwas, das erste Mal seit der Geburt.

»Dann sieht es schlecht aus.«

»Wie identifizieren Sie denn Neugeborene als Ausweisinhaber? Das geht doch gar nicht. Also da ist Kindsentführung wirklich simpel, wenn Sie mich fragen.«

»Können Sie Ihre Frau nicht herbringen?«

Ich verneinte: »Blinddarmdurchbruch. Wir sind froh, dass alle leben. Schauen Sie, ich möchte drüben zwei Kaninchen kaufen und bin in vierzig Minuten wieder hier.«

»Dazu haben Sie das Kind dabei?«

»Zuhause sind alle sehr erschöpft. Oma und Opa sind über achtzig. Und die Kaninchen sind eine Überraschung.«

Ich betete, dass er nicht fragte, wo ich die Tiere zu kaufen plante, und war froh, als er mich bat, doch bitte einen Moment zu warten. Ich sah ihn mit meinem Ausweis und dem Zettel des Standesamtes zum Gebäude laufen und darin verschwinden und gab beim Wenden leider etwas zu viel Gas. Das kurveninnere Rad malte einen schwarzen Strich auf den Asphalt, und das äußere kam, als ich wieder auf die sich verengende Fahrbahn lenkte, vom festen Belag der Station ab. Es drehte im Staub neben der Straße eine Viertelumdrehung durch und warf ein paar Steinchen in den Radkasten. Im Rückspiegel sah ich den Grenzer aus dem Gebäude zu seinem Wagen rennen, dann war ich um eine Rechtskurve. Zum Glück gab es nach hundert Metern schon eine Abzweigung in eine Anliegerstraße, nach weiteren zwanzig die nächste Querstraße, die unsere Chance vervierfachte, und dann eine Hauseinfahrt, die durch einen hohen Holzverschlag nicht einsehbar war. Hoffentlich war niemand zuhause. Ich stellte den Motor ab, mein Herz pumpte, die Schilddrüse arbeitete in einem Notmodus, ich schwitzte am Kopf und hörte das Blaulicht auf der Hauptstraße vorbeifahren. Ray strampelte lautlos und schlug mit den Armen unkontrolliert um sich. Das beruhigte sich, als wir unerkannt aus der Straße rollten. Nach ein paar Abzweigungen rumpelten wir über einen Feldweg bis zum nächsten Dorf, durch das eine Landstraße führte, der wir ein paar Kilometer folgten, bis ein Schild kam: »Görlitz.«

Ab Görlitz habe ich viele Umwege genommen, die ich jetzt nicht mehr zusammenkriege. In Cottbus stellte ich den Wagen am Stadtrand nicht weit von einer schäbigen Plattenbausiedlung ab, ließ den Schlüssel stecken und die Tür angelehnt. Ich klappte den Kinderwagen auseinander, verstaute die Mappe des Autoverleihs unten im Korb und lief ein paar Blocks. Einmal mussten wir anhalten und den Rest der Milch trinken. Das war an einer Bushaltestelle, und bei der Gelegenheit warf ich die Mappe in den orangenen Mülleimer und zerrte eine Plastiktüte, die schon drin war, nach oben. Ich legte die Batterie wieder in mein Telefon, schaltete es an und schaffte es, den Ton abzustellen, bevor es einen von sich gegeben hatte. Ich löschte alle Nummern und Nachrichten, rief ein Taxi und ließ uns zur nächsten Straßenbahnhaltestelle fahren. Der Fahrer motzte wegen der kurzen Strecke, und ich gab reichlich Trinkgeld, damit er uns in Frieden ließ. An der Haltestelle begegnete ich den Blicken zweier Omas erfolgreich mit einem Lächeln, das das ehrlichste meines Lebens war. Sie halfen mir den Wagen in die Bahn zu heben.

»Toll«, sagte die eine wackelig, »die Männer heutzutage!«

Ich lächelte, und als die automatisierte Frauenstimme den zum Hauptbahnhof Reisenden das Umsteigen nahelegte, stieg ich aus. Ich musste nicht lange nach einem Geldautomaten suchen und zog tausend Euro, zum Glück kamen sie in Fünfzigern aus dem Schlitz. Eine Viertelstunde später stand ich mit einem Ticket für Frankfurt/Oder auf einem falschen Bahnsteig und drehte mich unversehens um, als eine alte Frau sich von hinten näherte. Es kam, wie gewünscht, zu einer unsanften Berührung.

»Oh, entschuldigen Sie bitte. Ich habe Sie gar nicht gesehen.«

Es sei, krächzte sie leise, nichts passiert. Sie hatte schöne grüne Augen mit einem milden Blick, dünne graue Haare, die zu einem Dutt zusammengesteckt waren, und ging an einem Stock. Unter anderen Umständen hätte ich ihr gerne alles über mich erzählt und dabei vorne angefangen. Wir hätten uns vielleicht gut verstanden, und sie hätte sich mit Ray anfreunden und ihm mit der Hand über den Kopf streichen können, wenn er größer wurde. Aber wir würden noch andere Großmütter treffen.

»Das ist nicht der Zug nach Berlin, oder?«

Sie verneinte kopfschüttelnd, dieser fahre nach Liegnitz, und als sie sich ihrerseits umdrehte, um auf die Anzeigentafel zu zeigen, ließ ich das stumm geschaltete Telefon in ihre große dunkelgrüne Handtasche gleiten und bedankte mich für den Hinweis: »Berlin, Gleis 4!« Dann half ich ihr in den Zug.

Frankfurt haben wir spät erreicht, Ray schlief. Die in nitratfreiem Wasser gelöste Pulvermilch hatte er nicht getrunken, auch nicht, nachdem ich die Flasche eine halbe Stunde in meinem Schoß auf Körpertemperatur gebracht hatte. Etwas Brei hatte ich ihm mit einiger Entschlossenheit in den Mund gelöffelt, weil er zu zittern begonnen hatte. Den Regionalexpress nach Bad Freienwalde hätten wir dann fast verpasst, weil ich an einem Imbiss drei Currywürstchen aß und zwei Biere trank, die mir schnell zu Kopf stiegen. Aber von da ging es mit nur kurzen Aufenthalten bis Stralsund weiter, Busse wechselten zwei Tage lang mit privaten Bahnen und normalen Verbindungen, ohne dass wir Berlin noch einmal näher kamen. In jeder Ortschaft suchte ich auf der ausgehängten Karte die nächste aus, die wir ansteuern mussten. Manchmal fragte ich Passanten, wie ich am besten hinkäme. Einmal klingelte ich auch an einem Haus, weil mein Wasser alle war und kein Laden in Sicht. Der Mann fuhr uns zwei Dörfer weiter zum nächsten Bus, ohne etwas zu fragen. Zweimal konnte ich noch Geld vom Girokonto ziehen, dann warf ich die Karte weg. Eine reine Vorsichtsmaßnahme.

In Stralsund empfingen uns die Möwen, ein offener Himmel, und Ray ließ sich trotz Durchfall von meiner guten Laune anstecken. Wir nahmen ein Boot nach Hiddensee, machten einen Spaziergang und verließen die Insel wieder, ohne übernachten zu müssen oder am Strand gewesen zu sein. Das ging mit dem Kinderwagen ja nicht, und wenn ich ihn wo hätte stehen lassen, wären zu leicht zweite Gespräche entstanden. Wir hatten im Hafen gegessen, wo man für Ray eine Flasche aufgewärmt und die benutzten mit kochendem Wasser ausgespült hatte. Endlich trank er die Pulvermilch, meinen Jubel darüber verbarg ich, so gut es ging. Er hatte keine Koliken mehr.

»Die Mutter«, sagte ich der neugierig glotzenden Wirtin, »schläft sich mal richtig aus.«

Sie beobachtete mich dann aber noch misstrauischer als vorher, und ich ging bald. In dem kleinen Supermarkt in Vitte kaufte ich Rasierklingen, einen Pinsel und Seife, und auf der Toilette der Fähre nach Schaprode rasierte ich mich. Ray hatte ich dabei im Tragetuch. Wir waren jetzt schon eine richtige kleine Familie und würden viele Jahre so zusammenbleiben. Zwanzig? Früher war das mehr als ein halbes Leben, und heute konnte es immer noch ein Viertelleben sein, in dem keiner allein war. Ray würde sich immer auf mich verlassen können. Er würde das genießen, wenn er bald agiler wäre, dachte ich, darauf freute ich mich. Wie er die Welt um sich herum immer besser wahrnähme und sich im Sommer ohne Hilfe umdrehen könnte. Er würde sitzen lernen und krabbeln und in einem Jahr schon an meiner Hand neben mir laufen und zu mir aufsehen. Er würde seine ersten Worte sagen und im Bett herumspringen, im Schlafanzug oder ohne, würde nach Papa rufen, wenn er nachts Albträume hätte. Ginge ich aus dem Raum, würde er nach mir rufen und heulen, dass ich dableiben solle. Ich würde die Hand an Tischecken halten oder an seinen Kopf, damit er sich nicht stieße, würde ihm die Haare waschen und zeigen, dass man dabei nur nach oben schauen muss, um kein Shampoo in die Augen zu bekommen. Ich würde ihm erklären, warum sich das Wasser in den Abfluss dreht, ihn loben und ihm die Haare schneiden und dabei einige Comics mehr sehen lassen, die sonst streng limitiert waren. Später würden wir uns streiten müssen um Süßigkeiten, die er nicht bekam, wenn er nichts Richtiges aß, wir würden uns versöhnen, Tränen in den Augen, wenn ich ihm doch Süßigkeiten gab. Ich würde ihm Bücher und Kirchen zeigen, Fußballstadien, Wälder, Zoos und Städte. Wenn ich mit ihm zusammen war, würde ich alles andere vergessen. Ich würde ihm einen Globus kaufen und die Länder dieser Erde erklären, warum die Nacht am Südpol ein halbes Jahr dauert und woher Sommer und Winter und Ebbe und Flut kommen. Er würde sagen, dass ihm dabei ganz »swindlig« geworden sei. Jahre, Jahre, Jahre würde er auf meinem Schoß sitzen und sich an meinen Körper lehnen. Er würde Fragen stellen auf meinem Schoß, würde essen, schlafen und streiten und heulen auf meinem Schoß und sich beruhigen, wenn ich mit einem gespielten Staubsaugergeräusch den Schmerz wegsaugte, nachdem er sich doch einmal gestoßen oder das Knie aufgeschlagen hat. Nichts würde er so gut am Geruch erkennen wie mich. Ich würde die Lieblingskuscheltiere waschen, wenn er im Bett war, und morgens trocken wieder hinlegen, würde die zu klein gewordenen Schlafanzüge aussortieren, in denen er kurz vor dem Schlafengehen in der Küche herumgesprungen war, ein Kuscheltier in der Hand. Ich würde die Schuhe verschenken, aus denen er herausgewachsen war, und alte Fotos ansehen, die mich erinnerten, wie die Zeit vergangen ist. Ich nahm mir vor, Tagebuch zu schreiben. Seine Sprache zu fördern, das braucht Zeit. Mit Kindern muss man langsam reden, damit sie dabei nachdenken können. Ich würde ihm das Lispeln abgewöhnen und erklären, wie das K geht, das er immer durch ein T ersetzte, etwa wenn er an der Tür des Kindergartens fragte: Wann tommst du wieder? Nicht zu früh würde ich das korrigieren, aber bevor die Gleichaltrigen es konnten. Ich würde mit ihm toben und ihm keine Rauferei mit Erziehung oder Moral vermiesen, würde ihm Schwimmen beibringen, und er würde sich an meinen Hals schmeißen, als ginge es um das ganze Leben.

Ich würde aufpassen, dass er sich die Zähne gut putzt, würde die Zähne zu ihm reden lassen: Danke, dass du uns putzt, lieber Ray, und die bösen Bakterien wegmachst, die uns aufessen wollen. Er würde tadellose Zähne haben. In seiner Schule würde ich mit den Lehrern reden, und irgendwann würde ich sagen: Wahnsinn, du sprichst besser Spanisch als ich. Viel besser! Ich würde am Strand Sandburgen mit ihm bauen und die Flut aufzuhalten versuchen, ihm die Phimose erklären und dass die von alleine weggehe, fast von alleine. In Parks würden wir Käfer in Baumrinden aufstöbern, Fußball spielen und dabei laut sein und auf dem Rasen liegen, wenn wir nicht mehr konnten, und Blicke von Frauen auf uns ziehen, die wir ignorieren konnten oder so beantworten, wie wir gerade Lust hatten. Wir würden Kinderlieder schmettern, wenn niemand zuhörte, und Geburtstage feiern, während sein Nasenbein immer kräftiger und gerader würde. Er würde sich über das Älterwerden freuen, und ich würde nicht bedauern, dass wieder ein Lebensjahr weg war, sondern froh sein, ein weiteres schadlos überstanden zu haben: Wer jünger war, konnte schließlich nicht sicher sein, mein Alter zu erreichen. Was man hat, hat man.

Ray würde zum Klavierunterricht gehen, sich einen Sport aussuchen, ins Kino, die Schule wechseln, er würde anfangen, laute Musik in seinem Zimmer zu hören, mir neue elektronische Geräte mit endlosen Benutzerhandbüchern einrichten, ohne sie lesen zu müssen. Er würde Bier trinken. Einen Bart bekommen, Streit suchen, und eines Tages hätte er eine Freundin, die ich freundlich begrüßen würde, ohne den beiden mit zu viel Nähe auf die Nerven zu gehen. Sein Kinn würde sich ausbilden. Mit dem Blick in den halb blinden, in einem Plastikrahmen gefassten Spiegel der Fähre, in dem ich Rasierschaum trug und Rays Hand manchmal aus dem Tuch hochfuhr, als wollte er nach mir greifen, stellte ich mir vor, wie ich, wenn er aus dem Haus war, wieder zu schreiben anfinge, mit einem Leben im Rücken, das ich jederzeit beenden konnte, weil es gelebt worden war. Ich hoffte, dass Hottinger bis dahin mitmachte und mir Aufträge gab. Sonst würde mir etwas anderes einfallen.

SASSNITZ war groß genug, um ein paar Tage nicht aufzufallen. Ich konnte mir Hosen und Unterwäsche kaufen, einen Pullover, eine regenfeste Winterjacke und Handschuhe, durch die man Seile laufen lassen konnte. Dabei gab es eine lustige Szene, weil der Verkäufer sicher war, dass ich Größe XL brauchte, obwohl ich ja auffallend kleine Hände habe, richtige Frauenhände. Ich wollte M probieren, sagte dann aber nichts, weil die Handschuhe, die er brachte, erstaunlich gut passten. Wahrscheinlich ließ der Hersteller die Sachen extraklein ausfallen, damit man sich, statt beleidigt zu sein, größer fühlte! Ich kaufte Windeln und Feuchttücher, und in einem Elektroladen holte ich mir ein billiges Telefon, mit dem ich hoffte, den Kauf des Bootes unauffälliger abwickeln zu können. Einen Mann ohne Telefon gab es schließlich eigentlich nicht, da wäre ich sofort aufgefallen.

Es dauerte trotzdem geschlagene vier Tage, in denen ich die Nervosität nicht immer perfekt unterdrücken konnte. Die Menschen an der See sind zwar wortkarg, aber nicht blöd. Es gab ein älteres Paar, das täglich an der Mole spazieren ging und mich grüßte. Einmal hatten wir ein wenig geplaudert.

»Ja, er ist keine zwei Wochen alt. Die Mutter schläft sich aus.«

»Toll, dass Sie sich das zutrauen«, meinte die Frau, »alleine mit dem Kleinen hier draußen zu sein.«

»Er braucht frische Luft, deshalb sind wir ja hergekommen.«

»Er traut sich das nicht nur zu«, sagte der Mann halb spaßig, halb bitter zu seiner Frau, »er macht das auch, und es geht gut. Das hättest du doch nie zugelassen.«

Ein zweites, drittes und viertes Mal, als ich sie traf, vermied ich Gespräche und grüßte nur aus der Distanz. Aber lange hätte ich das nicht mehr durchhalten können, ohne zu erklären, wo die Mutter war. Ich sah die beiden mit skeptischen Gesichtern sich austauschen und dann diskutieren, wenn sie nicht weit von mir entfernt den Möwen Brot zuwarfen.

Und die Nachfragen, was ich denn mit einem Boot in dieser Jahreszeit wolle, machten die Sache nicht besser.

»Ein bisschen rausfahren. Der Kleine soll Seeluft atmen, und ich möchte ihm gleich die Weite zeigen.«

»Aha.«

»Die ersten Tage sind absolut prägend.«

Man sah mich mitleidig an oder misstrauisch. Ich schlief jede Nacht weniger, zum Glück war es leise und dunkel, wenn Ray in meinem Arm lag, eine Flasche leer trank und mich wärmte. Ich ließ den Alkohol weg, meistens jedenfalls, und zweimal wechselten wir die Pension. Die Schilddrüse hielt durch, seit ich die Dosis erhöht hatte, und das Sirren im rechten Ohr fand ich ja schon lange angenehm.

Jeden Tag erzählte ich aufs Neue, die Mutter sei mit dem Auto später los, wegen einer Untersuchung, der Arzt habe aber die See empfohlen. Zum Glück hustete Ray manchmal. Der Durchfall machte mich allerdings ratlos, und seit ein paar Tagen nahm er auch nicht mehr zu.

»Mit so einem kleinen Kind im Auto«, erklärte ich dem Wirt am vierten Morgen, »wissen Sie! Das ist im Zug eine ganz andere Sache.«

Das Auto sei kaputtgegangen, hatte ich dann abends erzählt, die Mutter komme aber morgen. Beim Frühstück hatte ich mit dem Telefon in der Hand gesagt, ich müsse sofort zurück nach Berlin.

»Eine Blutung!«

Am Tag sah uns der Wirt der ersten Pension auf der Straße, und ich bildete mir nicht ein, dass er mich von Weitem anstarrte. Man redete über uns, und aufzufliegen war eine Frage der Zeit. Deshalb nahm ich das Angebot eines ungepflegten Mannes an, sein etwas zu kleines und zu dreckiges Boot für fünftausend Euro zu nehmen. Auf dem Bug stand in verschnörkelter Schrift »Freiheit«, und es war höchstens viertausend wert, soweit ich es mit zwei anderen, die infrage kamen, verglich. Dafür war es sofort zu haben. Der Mann stellte auch keine Fragen. In der Kabine war die Heizung kaputt, ich hatte zwei Tage lang versucht, ihn zu einer Reparatur zu bewegen. Aber er sagte erst, es morgen machen zu wollen, dann ging er zu »vielleicht morgen« über.

»Also gut.«

Er nahm das regungslos hin, ich bezahlte mit einer Überweisung, die ich in seinem Beisein im Netz als Expressbuchung anwies, anders ging das nicht. Jetzt durfte ich nicht mehr warten. Ich hatte schon eingekauft, im Supermarkt alle Dokumente außer meinen Reisepass in den Verpackungsmüll geworfen, und als ich mit Ray das Boot bestieg, hatte ich überraschend weiche Knie. Der Mann zeigte mir ein paar Handgriffe, und ich sagte dauernd Ja, dass dies und das schon klar sei, dass ich alles wüsste, danke. Er machte aber unbeirrt weiter. Es gab ein Rettungsboot, das sich selbst aufblies, wenn es mit Wasser in Kontakt kam.

»Hier ist die Pistole«, sagte er vor einer aufgezogenen Schublade, »mit den Leuchtkugeln. Einfach senkrecht halten und abdrücken. Vier Schuss.«

Ich lachte, er tat das nicht. Als wir von seinem Bootshaus ablegten, hatte er sich mit der Zigarette im Mund umgedreht und sah uns nicht nach. Es schneite. Es war kurz nach vier und dämmerte, und bald war es dunkel. Meine Ängste, in Litauen von der Polizei begrüßt zu werden, bekämpfte ich mit dem Streicheln von Rays kleinem Kopf. Ich war mir nicht sicher, wie gut die Litauer Englisch sprachen und wie abgezockt es beim Verkauf des Bootes zugehen würde. Das Geld musste für eine Bahnkarte nach Bulgarien reichen und für ein Flugticket von da. Richtig sicher war ich frühestens in Afrika. Ich musste noch herausfinden, in welche Länder ich ohne Visum reisen konnte oder wo ich eines auf dem Flughafen bekam. Allzu viel hatte ich im Internetcafé in Sassnitz nicht recherchieren wollen, aber das konnte ich unterwegs erledigen.

Vom Schaukeln des Bootes wurde ich seekrank. Lange hing ich über der Reling. Ich wunderte mich über das viele Kondenswasser in der Kabine, der Boden war feucht und rutschig. Gern hätte ich gewusst, wie sich das Erdmagnetfeld entwickelt hatte in den letzten Tagen, ewig konnte ich nicht schlafen: Wie kirre man sich in einer Welt macht, die in die Sonne stürzen und verbrennen wird, lange bevor das Universum kollabiert.

Am Morgen stand das Wasser zwei Handbreit hoch vor dem Bett. Ich schöpfte an die drei Stunden mit einem Eimer, konnte aber nicht feststellen, dass der Wasserstand dabei fiel. Mit Ray im Tragetuch saß ich eine Weile an Deck und sah über die kalte Ostsee. Zwei oder drei Stunden fuhr ich mit Vollgas Richtung Nordosten und ließ das Boot dabei immer weiter ins Wasser sinken. Natürlich wurde es immer langsamer. Dann soff der Motor ab. Bei Einbruch der Dunkelheit war es Zeit, das Rettungsboot zu Wasser zu lassen. Es entpuppte sich als orangene Rettungsinsel, die nicht zu steuern war. Als die »Freiheit« gesunken war, schoss ich eine Leuchtkugel ab und dann jede zweite Stunde eine. Dann hatte ich keine mehr, und wir trieben auf dem Meer. Ray weinte, als die Flasche, die ich mitgenommen hatte, alle war. Er brüllte und kreischte, wurde rot und begann zu zucken und nach Luft zu schnappen. Ich redete leise und ruhig mit ihm, und irgendwann schlief er aus purer Erschöpfung ein. Ganz ehrlich: Ich weiß nicht, was ich empfand. Der Geist geht in solchen Situationen in einen automatischen Modus und macht seine Arbeit. Ab und zu hatte ich das Gefühl, große Fische schwämmen um uns herum. Gesehen habe ich aber keinen.

Der Hubschrauber kam im Morgengrauen. Sie ließen eine Strickleiter herunter, die ich beim dritten Versuch greifen konnte. Vorher zog ich mir eine Platzwunde am Kopf zu und riss mir trotz der Handschuhe die rechte Hand auf, aber das war nicht das Problem. Das Problem war, dass sich die Leiter, als wir die Hälfte erklommen hatten, durch eine Bewegung des Hubschraubers oder durch den Wind verdrehte. Wir wurden eingeklemmt, Ray saß im Tragetuch, die Leiter löste sich wieder, und kurz bevor ich oben war, verdrehte sie sich erneut. Jetzt war das lose Ende unter uns schwerer, die Leiter verdrehte sich mit mehr Kraft. Ray weinte und wurde auf meinen Brustkorb gedrückt. Ich versuchte, Platz für ihn zu schaffen, die Schmerzen der Hand spürte ich nicht, ich sah sie nur bluten, eine Sehne lugte weiß, das Blut lief an der Leiter herunter und an meinem Arm in den Ärmel der Jacke, die Hand griff normal zu, so meine Empfindung oder die Erinnerung, die seitdem vor meinem Auge abläuft, sobald ich es schließe. Meine Kraft reichte bei Weitem nicht, ich war zu schwach. Die Leiter verwrang sich und wickelte uns beide ein, eine Sprosse drückte auf uns, ein gelber Plastikbalken, von hinten schnürten die Nylonstricke mich ein, die Luft wurde mir knapp, ich kämpfte. Ray weinte nicht mehr, um uns tosten das Meer und der Wind, und das aufkommende Tageslicht war grau, es gab Lichtflecken auf der Wasseroberfläche und im Himmel, dazwischen Strahlenbündel, die aussahen, als könnte man sie anfassen. Eine Möwe hatte sich auf die orangene Insel gesetzt, als gehörte sie nun ihr. Haare flatterten um meine Gedanken oder Gedanken um die Haare, bevor sie vom Wind weggetragen wurden. Ein Knacken habe ich nicht gehört, dazu sind seine Knochen auch viel zu weich gewesen, und als der Hubschrauber eine Drehung flog, die Leiter sich wieder entwirrte, ich ganz nach oben kletterte, ein Mann mir seine Hand gab und uns in den Hubschrauber zog, mir eine Decke umhängte, ich das Tragetuch löste und mit der blutenden, tauben Hand Rays Kopf hielt, sah ich gleich, dass er nicht mehr atmete und sein Blick starr war.

SEIT Stunden halten sie mich in diesem Raum fest, es sind vier Stunden oder mehr. Die Kamera registriert jede Bewegung eines Lides, ob ich mir ans Ohr oder an den Sack fasse oder in der Nase bohre. Alles wird analysiert werden. Wohin mein Blick geht und wie. Die können mit Kameras, die kein Schwein sieht, längst die Pupillen vermessen. Der Kommissar hat gesagt, ein Herr Danckwart würde kommen und mit mir reden. Ich hätte

Glück, hat er gemeint, das sei ein guter Mann. Glück! Es muss vier Stunden her sein, mindestens. Die Wunde puckert unter dem Verband, die Schmerzmittel wirken aber ganz gut. Kein Wort ist über Lycile gefallen, und ich habe nicht gefragt, in welcher Stadt wir sind, welcher Tag ist, wie viele Tage vergangen sind, ich glaube, es sind vier. Oder wo sie Ray hingebracht haben.

Ach ja, die Tür geht auf. Ein Mann.

»Danckwart«, sagt er mit nervtötend freundlicher Stimme, »ich bin der Psychologe.«

Eine Akte, die er auf den Tisch legt, er setzt sich. So dreißig, Mitte dreißig vielleicht. Sportlich natürlich. Alles an ihm akkurat. Trägt ein säuberlich ausrasiertes Viereck um Mund und Kinn, für das er jeden Tag Zeit vor dem Spiegel verbringt. In zehn Minuten rasiert das niemand so aus. Unbedingte Selbstbeherrschung strahlt es aus, Souveränität, eine extrem ruhige Hand, die sich nicht stören lässt.

Ein zweiter Beamter kommt rein, in Uniform. Er postiert sich rechts neben der Tür, die von außen wieder geschlossen wird. Weil er nicht weiß, wohin mit ihnen, kreuzt er die Hände vor dem Schritt, rechte Hand am linken Handgelenk, Blick geradeaus.

Danckwart packt Schreibzeug auf den Tisch, als ob hier nicht mein letzter Gedanke noch abgelesen und aufgezeichnet worden wäre, als ob es noch etwas zu sagen gäbe.

»Entschuldigen Sie, dass es so lange gedauert hat. Wollen Sie etwas trinken? Wasser?«

Ich starre ihm nur ins Gesicht. Dann auf die Waffe, die am Gürtel des Wachmannes hängt, eine Pistole. Die Schlaufe des Halters darüber ist mit einem gewöhnlichen Druckknopf geschlossen. Der Mann sieht mich an, ich halte seinem Blick gerne stand, in diesem Blick meine ich etwas Menschliches zu erkennen. Er legt die Hand auf die Waffe, und mit Augen und

Stirn weise ich auf sie, sehe ihm dann wieder in die Augen und sage ohne Aufregung: »Warum schießt du nicht?«

Danckwart dreht sich kurz um, begreift und sieht dann wieder zu mir.

»Ich halte Sie nicht für einen bösen Menschen«, lügt er exakt so von oben herab, wie mich alle immer von oben herab angelogen haben. »Ich habe Verständnis für Ihre Geschichte.«

Deutschsprachige Literatur bei DVA

MICHAEL KLEEBERG
VATERJAHRE
Roman

Die Liebe und Sorge eines Vaters, Selbstbehauptung im Beruf, Konfrontation mit Kindheit und Familie, den Abgründen der Freundschaft, Verlockungen des Ausbruchs und der Einbruch des Todes.

Michael Kleeberg erzählt in *Vaterjahre* die Geschichte von Karlmann Renn, einem modernen Jedermann. Er gestaltet seine Welt mit vielfältigen Stimmen, durch die multiplen Perspektiven seines Erzählens. Komik und Tragik, Lakonie und Zärtlichkeit – die sprachschöpferische Lust dieses Romans ist so groß wie seine Präzision unerbittlich.

»Karlmann Renn ist endlich wieder da! Michael Kleebergs lebenskluger Roman weiß alles über den Mann in den besten Jahren und teilt es großzügig mit uns.«
Frankfurter Allgemeine Sonntagszeitung

»Michael Kleeberg ist ein unendlich begabter, unverschämt maliziöser Schriftsteller, der souverän über alle Register der großen Romanorgel verfügt. Dieses Buch hat Ruhm und Ehre verdient.« *Die Zeit*

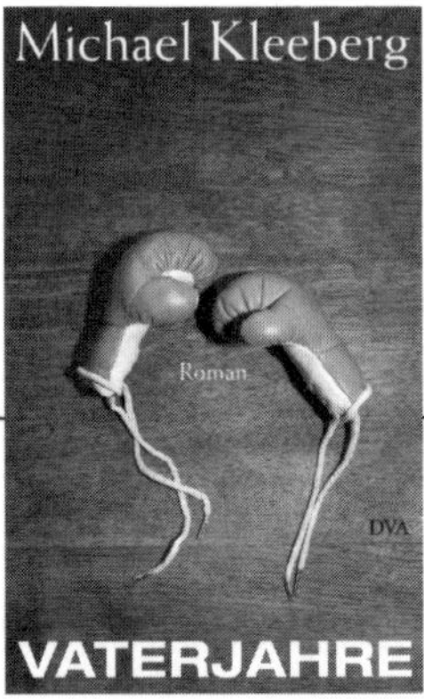

512 Seiten, gebunden
ISBN 978-3-421-04355-9
Auch als E-Book erhältlich

DVA
www.dva.de

MIX
Papier aus verantwortungsvollen Quellen
FSC® C014496
FSC
www.fsc.org

Verlagsgruppe Random House FSC® N001967
Das für dieses Buch verwendete FSC®-zertifizierte Papier
Munken Premium Cream liefert Arctic Paper Munkedals AB, Schweden.

1. Auflage

Gestaltung und Satz: DVA/Brigitte Müller
Gesetzt aus der Fabiol
Druck und Bindung: GGP Media GmbH, Pößneck
Printed in Germany
ISBN 978-3-421-04639-0

www.dva.de